KELLY MORAN

KISSING IN THE RAIN

Aus dem Englischen von Vanessa Lamatsch

ROMAN

Kyss

Die Originalausgabe erschien 2013 und 2017
unter dem Titel «The Dysfunctional Test».

Deutsche Erstausgabe
Veröffentlicht im Rowohlt Taschenbuch Verlag,
Hamburg, Juni 2021

Redaktion Beate De Salve
Covergestaltung ZERO Werbeagentur, München
Coverabbildung Shutterstock
Satz aus der Warnock Pro
Gesamtherstellung CPI books GmbH, Leck, Germany
ISBN 978-3-499-00606-7

Die Rowohlt Verlage haben sich zu einer nachhaltigen
Buchproduktion verpflichtet. Gemeinsam mit unseren Partnern
und Lieferanten setzen wir uns für eine klimaneutrale
Buchproduktion ein, die den Erwerb von Klimazertifikaten zur
Kompensation des CO_2-Ausstoßes einschließt.
www.klimaneutralerverlag.de

FSC
www.fsc.org
MIX
Papier aus verantwortungsvollen Quellen
FSC® C083411

In diesem Buch geht es um Familie, Liebe und all die Eigenheiten, die damit einhergehen. Die Familie meines Vaters stammt aus Serbien, was bedeutet, dass ich zur Hälfte Serbin bin, und dieses Buch musste einfach geschrieben werden. Ich erinnere mich, dass ich als Kind immer dreimal Weihnachten gefeiert habe – mit einem Teil der Familie an Heiligabend, mit dem anderen Teil der Familie am ersten Feiertag, und dann gab es noch das serbische Weihnachten (Hristos se Rodi). Es gibt unzählige Traditionen, die mir über die Jahre in Erinnerung geblieben sind. Und obwohl die meisten meiner «Covics» inzwischen verstorben sind, bleiben mir doch die Bräuche. Daher widme ich dieses Buch der serbischen Seite meiner Familie.

LEBENSWEISHEITEN*

Manche Menschen sind
wie Turnschuhe:
reintreten und wohlfühlen.

*ZUMINDEST WENN ES NACH CAMRYN GEHT

KAPITEL 1

Bereits vor dem Sonnenaufgang und dem ersten Kaffee bekam Camryn Covic den ersten Hinweis darauf, dass sich das Karma mit dem Leibhaftigen zusammengetan hatte, um ihr Leben zu ruinieren. Okay, Cam glaubte nicht an Karma oder Bestimmung. Sie war davon überzeugt, dass die Menschen selbst für ihr Schicksal verantwortlich waren. Andersgeartete Überzeugungen waren Idealisten vorbehalten, die sich weigerten, die Realität zu akzeptieren. Doch langsam begann sie sich zu fragen, ob diese naiven Vorstellungen nicht doch ihre Daseinsberechtigung hatten.

Als Camryn die Wohnungstür öffnete, um die *Chicago Tribune* zu holen, fand sie stattdessen eine Nachricht ihres Vermieters. Ihr Mietvertrag wurde nicht verlängert – und die Verträge ihrer Nachbarn ebenso wenig. Das Gebäude war verkauft worden, und die neuen Besitzer wollten die Einheiten in Luxus-Eigentumswohnungen umwandeln. Oh, bitte! Chicago brauchte so dringend weitere Luxus-Eigentumswohnungen wie ein weiteres Baseballteam. Camryn blieben dreißig Tage Zeit, um ein neues Apartment zu finden.

Das zweite Zeichen hätte sie erkennen können, als sie den letzten Rest ihres lauwarmen Kaffees über ihr schickes beiges

Kostüm kippte, weil sie während der Fahrt durch den Betondschungel der Innenstadt plötzlich abrupt stoppen musste – wegen des Neandertalers vor ihr, der seinem Heckaufkleber zufolge auch für Tiere bremste. Jemand hätte ihm verraten sollen, dass es in Chicago keine Tiere gab. Es sei denn, man zählte die Gangs dazu. Sie musste auf ihre Notfallbluse im Kofferraum zurückgreifen – ein schreckliches, leuchtend orangefarbenes Teil, das ihre Schwester ihr im vergangenen Jahr zu *Hristos se Rodi* gekauft hatte –, weil sie sonst zu spät ins Büro gekommen wäre. Ernsthaft, konnte ihre Schwester ihr nicht ein einziges Mal etwas Nützliches zu Weihnachten schenken? War das denn wirklich zu viel verlangt?

Das dritte Zeichen war wohl der Moment, als ihr nach ihrer Ankunft im Büro von ihrer Sekretärin mitgeteilt wurde, dass Alicia St. John, die Vizepräsidentin, Camryn um Punkt neun Uhr fünfzehn in ihrem Büro sehen wollte. Die schreckliche, spitzzüngige Frau bestellte Mitarbeiter von so niedrigem Rang wie Marketingleiterin nur dann in ihr Büro, wenn es hässlich wurde.

Zuerst hielt Camryn das alles lediglich für Ärgernisse, ein unangenehmer Start in einen schlechten Tag. Doch als sie im Türrahmen zum Büro ihres Freundes-Schrägstrich-Chefs stand, drängte sich ihr langsam der Eindruck auf, dass es sich hier nicht nur um einen schlechten Tag handelte, sondern um den ersten Bremsvorgang, der letztendlich eine Massenkarambolage auslösen würde. Und sie befand sich mitten in dem Wrackhaufen.

Maxwell Orton *der Dritte* blinzelte in ihre Richtung. Er saß hinter einem Mahagoni-Schreibtisch in seinem relativ geräumigen, nichtssagend eingerichteten Büro: eierschalenweiß gestrichene Wände und Bilder von Golfplätzen statt Persönlichkeit. Camryn blieb im Türrahmen stehen und erwiderte das Blinzeln. Sie wartete darauf, dass er ihr verriet, was Alicia wollte. Er arbeitete viel enger mit der Vizepräsidentin zusammen als Camryn; er würde wissen, was der Sukkubus wollte. Doch statt etwas zu sagen, machte sich Maxwell an dem Stapel Papiere auf seinem Schreibtisch zu schaffen, schob alles hin und her, bis er ein Riesendurcheinander angerichtet hatte.

Camryn setzte sich auf den braunen Lederstuhl ihm gegenüber und verschränkte die Hände im Schoß, um eine Ruhe auszustrahlen, die sie nicht empfand. Ihre Brust wurde eng, und ihr Magen krampfte sich zusammen. «Was ist los, Maxwell?»

Er stand auf, warf sich ein Rennie aus seiner Süßigkeitenschale in den Mund und ging kauend an ihr vorbei, um die Tür zu schließen. Als er zu seinem Schreibtisch zurückkehrte und sich setzte, seufzte er so heftig, dass sie das Minzaroma des Magensäureblockers riechen konnte. Er nahm sich ein paar Sekunden Zeit, um seine blau gestreifte Krawatte zurechtzurücken ... was interessant war, weil sie eigentlich nicht schief gesessen hatte.

«Camryn», sagte er dann in einem mitleidigen Tonfall, den man vielleicht gegenüber Straßenkindern verwendete. Nicht dass er irgendwelche Straßenkinder gekannt hätte. «Ich glaube nicht, dass das mit uns funktionieren wird.»

Obwohl sie innerlich in sich zusammensackte wie Babas drei Tage altes Slavski-Kolac-Brot, zuckte sie nicht mal mit der Wimper. Mit «das» meinte er vermutlich ihre inzwischen seit fünfzehn Monaten andauernde Beziehung. Die gesamte Abteilung wusste, dass Maxwell und Camryn miteinander ausgingen, und obwohl es gegen die Firmenregeln von Davis, Davis & St. John Advertising verstieß, hatte niemand etwas gesagt. Konnte das der Grund sein, warum Alicia sie sehen wollte?

«Geht es hier um Alicia?»

Maxwells mittelbraune Augen traten fast aus den Höhlen. Er sah aus, als hätte er in eine Peperoni gebissen. «Du weißt davon? Ich wollte unter vier Augen mit dir sprechen, bevor dir jemand anders von der Beziehung erzählt. In diesem Fall tut es mir leid, dass ich dich nicht gestern Abend angerufen habe.»

Von der Beziehung? Camryns Eingeweide zogen sich so heftig zusammen, dass sie sich fast wunderte, warum nicht pfeifend Luft aus ihrem Bauchnabel entwich. Maxwell bumste das Miststück, hinter Camryns Rücken! Schmerz und ein Gefühl der Zurückweisung bahnten sich ihren Weg vom Magen in die Kehle, während Wut ihre Schläfen pochen ließ. Doch am schlimmsten war die Scham, die sie im Ganzen zu verschlingen drohte.

Maxwell war auf eine nichtssagende Büromenschen-Art attraktiv. Er schien zu Camryn zu passen, da sie beide zu den Leuten gehörten, an denen man auf der Straße vorbeiging, ohne sie wirklich zu bemerken. Sie waren durchschnittlich, gewöhnlich – ganz anders als Alicia. Alicia war …

«Ich verstehe», sagte sie und befahl ihrer Stimme, neutral zu bleiben, ihren Händen, nicht zu zittern. «Hättest du wenigstens den Anstand, mir zu sagen, warum?»

Er verzog in offensichtlicher Abscheu die Lippen. Wann hatte sie angefangen, ihn anzuwidern? Sie war vielleicht keine Alicia, aber sie war nicht widerlich. Oder?

«Genau das ist der Grund», antwortete er, als würde das irgendetwas erklären. «Du», murmelte er und deutete auf sie, als hätte sie nässende Wunden auf den Armen. «Du bist ein Roboter. Du zeigst keinerlei Emotionen. Sex mit dir ist, als schliefe man mit einem Fisch …»

Okay, autsch. Mit noch zwei Aua obendrauf.

Camryns Mund wurde staubtrocken, ihre Augen brannten.

Sie war davon ausgegangen – anscheinend fälschlicherweise –, dass Maxwell, nachdem sie so lange miteinander ausgegangen waren und sogar übers Heiraten gesprochen hatten, hinter die kühle Fassade geblickt hatte, die sie der Welt präsentierte. Sie hatte Gefühle, und ihr Blut war so rot wie das aller anderen auch. Manchmal fiel es ihr schwer, diese Seite von sich selbst zu zeigen und sich anderen zu öffnen, aber sie war nicht gefühlskalt.

Sicher, manchmal konnte sie langweilig wirken, aber sie waren doch beide erwachsen, und Spaß war etwas für Kinder. Sie hatte sich eingeredet, Reife sei eine gute Charaktereigenschaft. Maxwell und sie hatten eine angenehme Routine miteinander entwickelt, waren sich ähnlich und hatten eine gemeinsame Zukunft vor sich. Sie hatten dieselben Ziele: im Verlauf des nächsten Jahres heiraten, eine Eigentumswohnung kaufen, ein Kind bekommen, eine Nanny engagieren. Glücklich und zufrieden bis an ihr Lebensende, mit einer guten Rente und gemeinsamem Aktienvermögen.

«Du lachst nicht mal …»

Sie sah Maxwell an und stellte fest, dass er immer noch redete … beziehungsweise immer noch die vielen Gründe aufzählte, warum sie eine minderwertige, langweilige Person war. Am liebsten wäre sie einfach in ihrem Stuhl gestorben.

Er verließ sie, um mit der schönen, dünnen, aufregenden Alicia St. John zusammen zu sein. Einer Frau, die alles verkörperte, was Camryn nicht war. Und die Demütigung wurde dadurch verstärkt, dass er auch noch dafür gesorgt hatte, dass sie sich dumm fühlte. Das Einzige, worauf sie sich ihr Leben lang hatte verlassen können, war ihr Intellekt. Doch Maxwell hatte eine Affäre gehabt, von der sie nichts geahnt hatte. Und wenn sie sich seine Tirade so anhörte, hatte er sie sowieso nie attraktiv gefunden, was wiederum bedeutete, dass sie auch noch an Wahnvorstellungen litt.

Der Schmerz drohte, sie zu überwältigen. Sie spürte Tränen in ihren Augenwinkeln brennen, doch Camryn drängte sie zurück. Einen Zusammenbruch konnte sie sich nicht leisten, nicht auf der Arbeit. Und sie wollte verdammt sein, wenn sie ihm diese Befriedigung gönnte.

Aus Maxwell Ortons – *des Dritten* – perfektem Scheitel begannen Hörner zu sprießen. Weißes Elfenbein stieß durch seine Kopfhaut, fast ohne die akkurat gekämmten, dunkelbraunen Haare zu bewegen. Die Gläser in dem silbernen Gestell seiner Brille splitterten. Blasen und Schuppen bildeten sich auf seiner Haut. Seine Hände verwandelten sich in Hufe.

«Alicia und ich passen so gut zusammen ...»

Sie vertrieb die Vision vor ihren Augen mit einem Blinzeln, und der normale Maxwell kehrte zurück. Ihre ausufernde Phantasie hatte ihr als Verteidigungsmechanismus stets gute Dienste geleistet. In ihrem Kopf konnten Aliens die Upper West Side angreifen, Pudel als Wirtskörper verwenden und im Anschluss Gummibärchen mit Substanzen zur Gedankenkontrolle versetzen. Doch von außen betrachtet, blieb Camryn der Inbegriff der Ruhe. Das war eine Fähigkeit, die sie während ihrer Kindheit in einer großen, verrückten serbischen Familie entwickelt hatte. Dass sie immer die Fassung bewahrte, half ihr im Erwachsenenleben dabei, öffentliche Gefühlsausbrüche zu vermeiden und jegliche Verletzlichkeit zu verbergen.

Kontrolle. Es ging um Kontrolle.

Sie wusste durchaus, wie andere Leute sie sahen. Hinter ihrem Rücken wurde Camryn von der Rezeptionistin «die Eiskönigin» genannt. Respekt und eine konservative Haltung hatten ihr den Job in der Firma verschafft und dafür gesorgt, dass sie ihn behielt, doch sie hatte mit keinem ihrer Chefs ein so kumpelhaftes Verhältnis wie andere Kollegen. Niemand lud sie auf einen Drink ein oder fragte sie, was sie am Wochenende gemacht hatte.

Wenn ihre Kollegen nur wüssten, was unter der Oberfläche lauerte, wie unsicher und normal sie war, wie dringend sie sich eingliedern und ihren Platz in der Welt finden wollte! Eigentlich unterschied sie sich gar nicht so sehr von allen anderen.

Doch sie hatte geglaubt, Maxwell wäre etwas Besonderes und hätte erkannt, dass man ihren Kühlschrank auch wärmer stellen konnte. Wenn selbst jemand wie er sie nicht haben wollte, dann war sie dazu bestimmt, als alte Jungfer zu enden – genauso wie ihre Familie es immer prophezeit hatte. *Mit zwölf Katzen.* Weder hatte sie das Charisma und den trockenen Humor ihres verheirateten jüngeren Bruders noch die Schönheit, den Charme und den tollen Körper ihrer kurz vor der Hochzeit stehenden jüngeren Schwester.

Ach Mist!

«Was ist mit der Hochzeit meiner Schwester nächste Woche?», brach es aus ihr heraus. Ihre Worte beendeten eine Tirade darüber, dass sie immer nur farblose Kleidung trug. Es hätte wahrscheinlich streitlustig gewirkt, darauf hinzuweisen, dass sie im Moment eine Bluse in der Farbe einer reifen Honigmelone anhatte. «Wir hatten geplant, dass ich dich meiner Familie vorstelle. In vier Tagen brechen wir nach Colorado auf.»

Camryns Familie lebte in Milwaukee, Wisconsin, direkt hinter der Grenze zu Illinois und nur neunzig Minuten von Chicago entfernt. Doch der Verlobte ihrer Schwester, Justin, stammte aus einer gutsituierten Familie aus Boulder, Colorado. Als Justin und Heather sich verlobt hatten, hatten seine Eltern angeboten, die Hochzeit auf ihrem Anwesen auszurichten. Sie ließen die gesamte Sippschaft für eine einwöchige Vor-Hochzeits-Feier nach Colorado einfliegen. Obwohl Camryn nicht weit entfernt vom Haus ihrer Kindheit lebte, verhinderten ihre Arbeitszeiten regelmäßige Familienbesuche; und Maxwell hatte keine übereilte Zwischen-Tür-und-Angel-Vorstellung gewollt. Die Hochzeit von Heather und Justin hatte der große Moment werden sollen.

Maxwell schloss abrupt den Mund. «Offensichtlich werde ich nicht daran teilnehmen.» Er stand auf. «Du musst jetzt zu deinem Meeting mit Alicia. Ich denke, wir sind hier fertig.»

Audienz beendet – dreimal autsch.

Sie sah ihn noch eine Sekunde an, in der sie den Drang unterdrückte, zu weinen und ihn zu verfluchen, dann stand sie auf, ihre Miene ausdruckslos. «Ich denke, du hast recht. Ich bedauere, dass es so enden musste. Ich ... weiß unsere gemeinsame Zeit zu schätzen.» *Du Haufen Affenscheiße!* «Ich werde später noch einmal in dein Büro kommen, damit wir besprechen können, welches Team du mit dem Fenzer-Pitch betrauen willst.»

Er schnaubte. «Das wird nicht nötig sein. Alicia und ich haben bereits ein Team zusammengestellt. Du bekommst den Wholesome-Food-Pitch. Wahrscheinlich.»

Das fünfte Zeichen.

«Ich verstehe». *Viel Glück dabei, Fenzer Footwear ohne mich zu überzeugen.* «Ich bin mir sicher, die Kampagne wird atemberaubend.» *Atemberaubender Mist. Und Fenzers Auftrag wird bei einem Konkurrenten landen.*

Schockiert und niedergeschlagen öffnete Camryn die Tür – nur um festzustellen, dass die gesamte Abteilung sie über die Trennwände des weitläufigen Großraumbüros hinweg anstarrte, alle fünfzig Assistenten, Angestellten und Mitglieder der verschiedenen Marketing-Teams. In ihren Gesichtern las sie eine Mischung aus Mitleid, Reue und ein wenig Angst.

Camryn hasste Dramen, und noch mehr hasste sie es, im Mittelpunkt der Aufmerksamkeit zu stehen. Bürotratsch war am schlimmsten. Besonders wenn sie diejenige war, deren Leben diskutiert wurde. Am besten, sie tat so, als wäre gar nichts passiert. Sie durfte keine Schwäche zeigen, dann würde der Tratsch bald verstummen.

Obwohl sie das Bedürfnis verspürte, sinnloses Zeug zu plappern, zog sie nur die Augenbrauen hoch. «Gute Morgen, alle miteinander», sagte sie höflich, bevor sie ihr Handy aus der Handtasche zog und vorgab, ihre Nachrichten zu checken, als wäre sie nicht gerade in ein riesiges Loch gefallen. Mit zitternden Knien ging sie zum Aufzug. Auf dem Weg schrieb sie ihrer Schwester Heather.

> **CAMRYN:** Könnte sein, dass ich einen Tag früher nach Hause komme. Erklärung folgt später.

Camryn drückte den Knopf für das zwanzigste Stockwerk, wo all die schicken Büros der hohen Tiere lagen. Als die Türen sich schlossen, der Lärm verklang und sie endlich allein war, lehnte sie sich gegen die Wand und atmete einen Moment durch. Sie schloss die Augen und zählte langsam von zehn rückwärts, um sich zu beruhigen. Dabei presste sie die Hände auf den Bauch, um ihren Mageninhalt davon abzuhalten, hochzukommen.

Konnte dieser Morgen noch schlimmer werden? Es war, als wäre sie die Zielscheibe eines Witzes, der einfach kein Ende nehmen wollte.

Sie schluckte, atmete einmal tief durch und richtete sich genau in dem Moment wieder auf, in dem sich die Türen mit einem Bimmeln öffneten. Sie würde das alles nachher durchdenken, einen Plan zurechtlegen, Tabellen erstellen. Es würde schon werden.

Die Rezeptionistin begrüßte sie mit einem kühlen Lächeln. «Hallo, Miss Covic. Miss St. John erwartet Sie. Sie können direkt durchgehen.»

Camryn nickte und schritt den Flur entlang, vorbei an Bildern der Werbekampagnen für ihre vielen Kunden: Tierfutter, Bonbons für frischen Atem und – ihr persönlicher Liebling – Tampons. Sie klopfte an die erste Tür zur Rechten und trat ein.

Alicia St. John, ein Miststück erster Güte, winkte sie mit einer Bewegung ihrer manikürten Hand in den Raum. «Nein, ich will das bis Freitag», blaffte sie ins Telefon.

Camryn wartete im Türrahmen und beobachtete, wie Alicia über den Parkettboden hinter ihrem Mahagonischreibtisch tigerte. Ihre schwarzen Pumps klackerten im Takt des Tickens der dekorativen Kristalluhr auf einem Regal links von ihrem Schreibtisch, die ihr die Firma letztes Jahr als Anerkennung für ihre exzellente Arbeit überreicht hatte. Oder war das schon zwei Jahre her? So ungern Camryn es auch zugab, Alicia beherrschte ihren Job. Aber Sozialkompetenz? Daran mangelte es ihr. Ihr schwarzes Kostüm sah nach Fifth Avenue aus, doch das pinkfarbene Mieder darunter flüsterte *Victoria's Secret.* Ihr perfekt frisiertes blondes Haar fiel in einem eleganten Bob auf ihre Schultern.

Ob ihre perfekte Frisur und ihr perfektes Make-up wohl gelitten haben, als sie die Beine für meinen Freund breit gemacht hat? Wahrscheinlich schreit sie auch im Bett. Würde Maxwell sie noch wollen, nachdem ich ihr die Augen ausgekratzt habe?

«Schön», blaffte Alicia und knallte den Hörer auf – so heftig, dass Camryn sich fragte, wieso die Glaswand hinter Alicia, durch die man einen Panoramablick über die Innenstadt von Chicago genießen konnte, nicht durch die Erschütterungen geborsten war. Ohne zu blinzeln, sah sie Camryn an und deutete auf einen Stuhl.

Bekomme ich ein Leckerchen, wenn ich Sitz mache? Vielleicht sollte sie mit dem Schwanz wedeln.

Alicia reichte ihr einen braunen Umschlag, bevor sie sich selbst setzte. Camryn war zu klug, um den Briefumschlag zu öffnen, bevor Alicia ihr – detailliert – mitgeteilt hatte, was sich darin befand. Wenn die Königin etwas zu verkünden hatte, gebührte die gesamte Aufmerksamkeit ihr. Wenn sie nicht ausreichend beachtet wurde, war die Hölle los.

«Wir haben dieses Quartal zwei große Kunden verloren, also müssen wir den Rotstift ansetzen», sagte Alicia, bevor sie einen Schluck aus ihrem *Starbucks*-Becher nahm. Sie gehörte wahrscheinlich zu den Typen, die irgendeinen Chai-Mist tranken statt echten Kaffee. «Dein Job gehört zu denen, die eingespart werden. Der Art Director kann deine Arbeit erledigen, ohne dass wir ein zusätzliches Gehalt zahlen müssen.»

Ähm, was? Nein, konnte er nicht. Die Grafikabteilung fertigte anhand von Camryns Vorschlägen Skizzen, Computeranimationen und andere Entwürfe an, um den Kunden ihre Möglichkeiten auch visuell zu präsentieren. Die Entwicklung der Ideen fiel nicht in den Bereich der Kollegen.

Und davon abgesehen ... «Es waren nicht meine Kunden, die wir verloren haben. Und ich habe den Fenzer-Footwear-Pitch an Land gezogen.»

Alicia starrte sie an. Starrte sie einfach aus diesen eisblauen Augen an, als wäre Camryn vom Idiotenbaum gefallen und hätte auf dem Weg nach unten jeden einzelnen Ast getroffen.

Stifte und Papiere flogen von Alicias Schreibtisch und wirbelten wie in einem Tornado durch den Raum. Aktendeckel erhoben sich aus ihren Schubladen und überzogen Alicias Gesicht mit Papierschnitten. Als auch der Tacker abhob, stellte sich Camryn vor, wie er Alicia genau an der Stirn traf.

«Bin ich gefeuert?», fragte sie und versuchte, das Zittern ihrer Stimme hinter der abgehackten Frage zu verbergen.

«Nun, ich würde es lieber so ausdrücken: Wir lassen dich gehen. In diesem Umschlag befinden sich ein Empfehlungsschreiben und ein kleines Abfindungspaket. Das sollte dich ein paar Monate über Wasser halten.»

Zeichen Nummer sechs.

Jenseits der riesigen Fenster im zwanzigsten Stockwerk loderte die Skyline von Chicago wie das Feuer einer Fackel. Hubschrauber, die zwischen den Hochhäusern hindurchflogen, stürzten in die Tiefe. Feuer und Asche regneten vom Himmel wie Konfetti. Die Bürofenster zersprangen mit einer solchen Wucht, dass Scherben durch den Raum flogen und sich in die Wände bohrten.

Nicht auch noch ihr Job! Was blieb ihr dann noch? Wen hatte sie gegen sich aufgebracht, um solch eine Katastrophe auf sich zu ziehen? Der Schock ließ Camryn zur Salzsäule erstarren.

Wut, Angst, Scham und ein Gefühl der Zurückweisung

sammelten sich in ihrem Bauch und strömten wie Säure durch ihren gesamten Körper.

«Ich verstehe», sagte Camryn und hasste sich selbst für diese brillante Antwort. Langsam klangen die Worte wie ein Mantra. Sie musste professionell bleiben, damit sie diesen Job bei Bewerbungen angeben konnte, egal, wie sehr sie auch schreien, Beleidigungen brüllen und weinen wollte. Aber verdammt, es kostete sie wirklich Mühe. «Dann werde ich meine Sachen einpacken.»

«Das Sicherheitspersonal wird dich aus dem Gebäude führen ...»

Wunderbar. Wieso rammte sie Camryn nicht gleich noch einen heißen Schürhaken in die Augen, wenn sie schon dabei war?

Camryn hörte nichts mehr außer dem stetigen Pochen ihres Herzschlags in den Ohren. Der Autopilot übernahm die Kontrolle. Sie stand auf, verließ das Büro und ging direkt zum Lift. Stumm fuhr sie nach unten und stieg aus, als das Bimmeln erklang. Dort ging sie direkt in ihr Büro, holte ihre Handtasche und kehrte mit großen Schritten zum Aufzug zurück.

Erst da, während sie auf den Lift wartete, der sie nach unten bringen sollte, bemerkte sie, dass Bill neben ihr stand. Der Wachmann mittleren Alters mit dem dunkelbraunen, schütteren Haar und dem angegrauten Schnurrbart verschränkte die Arme vor der Brust, als wolle er sie herausfordern, ihm Probleme zu bereiten. Glaubte er, Camryn wollte auf dem Weg noch schnell einen Laserkopierer in ihre Handtasche schieben, um ihn mitgehen zu lassen?

Nein, nein. Diese Riesenbeule hat nichts zu bedeuten. Das ist nur mein Terminkalender, Officer.

Erschrocken drehte sie sich um und stellte fest, dass die gesamte Abteilung sie erneut anstarrte. Ihr Herz schlug einmal heftig, dann quittierte es den Dienst.

Alle wussten Bescheid: über Maxwell und darüber, dass Alicia sie gefeuert hatte und ihr Leben den Bach hinunterging.

Das Herz rutschte ihr in die Hose und fiel noch weiter.

Mehrere Sekunden vergingen. Camryn starrte, die anderen starrten. Einige hatten den Anstand, den Blick abzuwenden und vorzugeben, sie würden eine Akte lesen oder ein Telefonat führen, doch andere machten sich nicht die Mühe.

Camryn wollte sterben. Sie wollte direkt hier, wo sie jetzt stand, tot umfallen.

Chelsea, ihre Sekretärin – Ex-Sekretärin, um korrekt zu sein –, eilte mit einem Karton in den Armen heran. «Das sind die Sachen aus Ihrem Büro, Miss Covic. Es tut mir so leid.»

In Wirklichkeit tat es Chelsea nicht leid. Keinem ihrer Kollegen tat es leid. Sie hatten wahrscheinlich in fünf Minuten eine «Ding, dong, die Hex' ist tot»-Party am Wasserspender geplant. Camryn hatte ihren Job erledigt, und das gut. Aber in den acht Jahren, die sie hier gearbeitet hatte, hatte nicht ein einziger Kollege ihre Nähe gesucht, sich beim Mittagessen zu ihr gesetzt oder Witzchen mit ihr gerissen.

Camryn nickte und nahm mit tauben Fingern die Kiste entgegen, als der Aufzug sich öffnete. So ein kleiner Karton nach fast zehn Jahren in der Firma.

Bill trat mit ihr in den Aufzug, und es ging nach unten, tiefer und tiefer. Camryn biss sich auf die Zunge, bis sie Blut schmeckte. Sie wollte verdammt sein, wenn jemand sie weinen sah. Auch wenn ihr sonst nichts mehr geblieben war – und danach sah es aus –, blieb ihr doch zumindest ihr Stolz.

Immer den Kopf oben halten. Benimm dich, als würde es dir nichts ausmachen.

Erhobenen Hauptes durchquerte sie die Lobby und trat durch die Eingangstür. Auch als sie den Parkplatz überquerte, bewahrte sie noch die Fassung – bis sie in ihrem Auto saß. Erst nachdem sie auf den Fahrersitz gesunken war und die Tür hinter sich zugeschlagen hatte, sackte sie in sich zusammen.

Sie presste die Augen zu und sog Luft durch die Nase. Heiße Tränen brannten hinter ihren Lidern. Der Kloß in ihrer Kehle war so groß, dass er drohte, ihr die Luft abzudrücken.

Eine Versagerin. Sie war eine vollkommene Versagerin. In ihrem Beruf, in ihren Beziehungen. Verdammt, sogar ihre Familie hielt sie für einen hoffnungslosen Fall. Himmel, wie dringend sie zusammenbrechen wollte.

Nicht hier. Nicht hier. Fahr einfach nach Hause.

Camryn startete den Motor, setzte aus der Parklücke und fuhr in Richtung ihrer bald nicht mehr vorhandenen Wohnung. Dort würde sie im stillen Kämmerlein heulen wie ein Baby, bis nichts mehr eine Rolle spielte.

Ihr Leben war vorbei. Wohnung? Weg. Job? Weg. Freund? So was von weg.

Der Roggentoast und die Banane, die sie zum Frühstück gegessen hatte, lieferten sich ein Duell auf Leben und Tod darum, wer als Erstes wieder aus ihrem Bauch fliehen durfte. Camryn konzentrierte sich auf den lebhaften Verkehr und die Ampeln, um die Fahrt zu überleben.

Zum Teufel, sie hasste Chicago sowieso.

«‹Verdammt› und ‹Arsch› sind böse Worte. Die darf man nicht sagen.»

Camryn sah ihre dreijährige Nichte an, die im Türrahmen ihrer Wohnung stand, dann hob sie den Blick zu ihrer Schwester. «Anscheinend hatte Tante Heather wieder einen schlechten Einfluss auf dich.»

«Unsinn», sagte Heather, als sie an Camryn vorbei in die Wohnung rauschte. «Niemand kann von mir erwarten, dass ich im Stadtverkehr von Chicago meine Sprache zensiere. Mal ehrlich: Das, was die Leute hier ‹Auto fahren› nennen, ist überwiegend ein Verbrechen.»

Da konnte sie schlecht widersprechen. Camryn sah auf Emily hinunter, die in all ihrer Unschuld sehr ernst wirkte. «Es sind böse Worte. Deswegen dürfen wir sie nicht wiederholen, egal, wer sie vorher gesagt hat.»

Große blaue Augen starrten zu ihr auf. «‹Scheiße› auch. ‹Scheiße› ist ein böses Wort.»

Camryn seufzte. «Ja.» Sie schloss die Tür hinter den beiden. «Heather, unser lieber Bruder wird dich umbringen, wenn er seine Tochter fluchen hört.»

Heather ließ sich auf die schokoladenbraune Couchgarnitur fallen und legte die Füße auf den grau gebeizten Couchtisch. «Ach was. Er ist schließlich auch schon in Chicago Auto gefahren. Er wird es verstehen.»

«Wo wir gerade von Chicago reden, was tut ihr überhaupt hier? Musst du nicht Hochzeitszeug erledigen?» Heather lebte zusammen mit dem Rest der Familie jenseits der Staatsgrenze in Wisconsin. Die neunzigminütige Fahrt war aufgrund des dichten Verkehrs auf der Interstate immer ziemlich anstrengend. Camryn bekam so gut wie nie Besuch von ihrer Familie.

«Das Hochzeitszeug ist erledigt. Wir müssen nur am Freitag ins Flugzeug steigen. Und um das zu feiern, war ich heute mit Emily im Shedd-Aquarium.» Heather stellte ihre roten Pumps wieder auf den beigen Teppich und richtete sich auf, sodass der Ausschnitt des zu den Schuhen passenden roten Kleides bedenklich weit aufklaffte. Sie musterte die Dinge, die auf dem Tisch standen, dann sah sie Camryn an.

Hätte sie gewusst, dass ihre Schwester vorbeischauen würde, hätte sie das Ben-&-Jerry's-Eis versteckt. Und den Wein. Wahrscheinlich hätte sie sich sogar angezogen.

Camryn zog den Gürtel ihres weißen Frotteebademantels enger, doch Heather hob lediglich die perfekt gezupften Augenbrauen.

Seufzend setzte sich Camryn ans andere Ende der Couch. Es spielte keine Rolle, was sie trug oder nicht trug, Heather war immer der Star der Show. Mit den hohen Wangenknochen und dem schlanken Körperbau ihres Vaters sowie dem dichten, dunkelbraunen Haar und der makellosen Haut ihrer Mutter hatte sie die besten Merkmale beider Seiten geerbt. Dasselbe galt für ihren gemeinsamen Bruder Fisher.

Camryn dagegen hatte die Mischhaut und das rote Haar ihres Vaters, dazu die Kurven ihrer Mutter. Während Heather und Fisher essen konnten, was auch immer sie wollten, musste Camryn auf jede einzelne Kalorie achten. Das war gar nicht so einfach in einer serbischen Familie, in der schon ein Bissen eines traditionellen Gerichtes ausreichte, um für den Rest des Lebens Hausverbot bei den Weight Watchers zu bekommen – und wahrscheinlich beim letzten Treffen auch noch verprügelt zu werden.

«Was ist gestern passiert, dass du früher nach Hause kommen – und die gesamte Kühltheke eines Supermarkts ausräumen – willst?» Heather hob den Eiscreme-Eimer an, von dem sie sprach. «Oh Mann, und auch noch Chunky Monkey, meine Lieblingssorte! Du hättest mir was übrig lassen können.»

Emily hatte ihre Wachsmalstifte aus ihrem Rucksack geholt und malte jetzt auf dem Boden Bilder aus. Sie schien abgelenkt zu sein. Camryn sah wieder Heather an. So unterschiedlich sie auch aussehen mochten, Camryn und ihre Schwester hatten sich immer nahegestanden. Heather mochte sie nicht immer verstehen, aber sie war mitfühlend.

«Ich wurde gestern gefeuert, und mein Vermieter hat mir einen Räumungsbeschluss zukommen lassen.» Camryn griff nach ihrem Weinglas und leerte es in einem Zug. «Oh, und Maxwell hat mich verlassen.»

Heather lehnte sich vor. «Scheiße.»

«Das ist ein böses Wort, Tante Heather.» Das kam von Emily, die offenbar doch zuhörte. Außerdem hatte sie sich mehrere Wachsmalstifte in ihre braunen Zöpfe gesteckt, sodass sie aussah wie eine Cartoon-Version von Medusa.

Darauf wollte Camryn einen Toast ausbringen, doch stattdessen sagte sie: «Wieso malst du nicht in meinem Schlafzimmer weiter, Süße? Wir wollen uns nur ein kleines bisschen unterhalten.»

Sobald Emily außer Hörweite war, stürzte Heather sich ohne Rücksicht auf Verluste in das Verhör. «Was ist passiert? Fang am Anfang an und lass nichts aus.»

«Das ist mein Leben, Heather, keine Soap.»

Heather schnaubte. «Ich weiß nicht … für mich klingt es nach *Zeit der Sehnsucht*. Bist du dir sicher, dass du nicht auch einen Hirntumor hast? Oder eine böse Zwillingsschwester?»

Beides erschien Camryn wie eine angenehmere Alternative zur Wahrheit. Sie erzählte Heather von dem Miststück Alicia und dem Rauswurf aus ihrer Wohnung. Als sie zu Maxwell kam, sprang Heather von der Couch auf.

«Er hat *was* gesagt? Dieser Drecksack! Ich schlage vor, wir stürmen das Büro und bringen diesen beiden Arschlöchern bei ...»

«Das ist auch ein böses Wort», tönte es aus dem Schlafzimmer.

Heather setzte sich wieder. «Damit hat er der Sache wirklich die Sahnehaube aufgesetzt.»

«Ich glaube, du meinst die Krone.»

«Was auch immer!» Heather schnaubte. «Und was willst du jetzt tun?»

Da sie keine Antwort auf diese Frage hatte, stand Camryn auf und ging in ihre Küchennische, um eine Kanne Kaffee aufzusetzen. Heather folgte ihr.

Sobald das heiße Wasser auf das Pulver tropfte, drehte Camryn sich zu ihrer Schwester um. «Ich werde wahrscheinlich wieder zu Mom und Dad ziehen. Bis wir nach Colorado müssen, bleiben mir ein paar Tage, um Bewerbungen zu verschicken. Und nach der Hochzeit werde ich Bewerbungsgespräche führen und mich nach einer Wohnung umschauen.» Sie öffnete den Kühlschrank, um die Kaffeesahne herauszuholen. «In Milwaukee gibt es keine großen Werbeagenturen, nur ein paar kleine. Könnte sein, dass ich mich mit einem Job in einer Personalabteilung oder etwas Ähnlichem zufriedengeben muss.»

«Hier gibt es noch andere Agenturen.»

«Ich will nicht mehr in Chicago leben. Ich bin nur so lange geblieben, weil mir die Firma gutes Geld gezahlt hat. Direkt nach dem College war das eine tolle Gelegenheit für mich.» Und sie hatte sich einen ordentlichen Kundenstamm aufgebaut.

«Aber was ist mit der Hochzeit? Mom und Dad glauben, dass du diesen Kerl mitbringen wirst.»

Ach ja. Das. «Das ist das kleinste meiner Probleme.» *Lügnerin!*

«Camryn, du redest hier mit mir. Ich kenne dich. Du warst erleichtert, endlich jemanden mit nach Hause bringen zu können, damit Mom und Dad dich in Ruhe lassen.»

Das stimmte. Eine Sache war Camryn ihr Leben lang ins Hirn gehämmert worden: dass sie einen Mann finden und Kinder bekommen sollte. Es spielte keine Rolle, wie erfolgreich sie in ihrem Beruf war, solange sie niemanden hatte, mit dem sie ihr Leben teilen konnte. Familie war alles. Und ihre Familie bestand aus einem Riesenhaufen Romantiker. Sehr altmodisch. Für die war es schon eine Schande gewesen, dass ihr jüngerer Bruder vor ihr geheiratet hatte. Noch beschämender war, dass nun auch ihre kleine Schwester vor ihr heiratete.

Camryn hätte eigentlich die Nächste sein sollen. Sie hatte jemanden ausgewählt, der gut zu ihr passte. Jemanden, den selbst ihre Familie nicht vertreiben konnte.

Ihre Eltern hatten nicht mal seinen Namen wissen wollen. Sie waren einfach nur erleichtert gewesen, dass sie eine ernsthafte Beziehung mit irgendwem führte. Die einzigen Grundvoraussetzungen lauteten: männlich und nicht tot.

Es hatte Camryn eigentlich nie gestört, allein zu sein. Letztendlich konnte sie sich sowieso nur auf sich selbst verlassen. Niemand sonst schien sie oder ihr Bedürfnis nach Unabhängigkeit zu verstehen. Doch die Vorträge, die sie ihrer Familie über Emanzipation gehalten hatte – und darüber, dass sie keinen

Mann brauchte, um glücklich zu sein –, hatten niemanden interessiert. Ihre Verwandten sahen Camryns Singledasein als eine weitere Enttäuschung an. Wenn es möglich gewesen wäre, hätte man sie wahrscheinlich in einer arrangierten Ehe gegen ein Maultier eingetauscht.

Camryn konnte die Enttäuschung und die mitleidigen Blicke der anderen schon spüren, das Zungenschnalzen hören. *Die arme, arme Camryn. Ganz allein. Niemand will sie.*

Sie goss sich eine Tasse Kaffee ein und ging zurück ins Wohnzimmer, bevor sich Tränen in ihren Augen sammeln konnten. Heather würde sie sofort durchschauen.

«Wieso heuerst du niemanden an? Von einem Escortservice oder so?»

Camryn warf ihr den besten «Halt die Klappe»-Blick in ihrem Repertoire zu. «Da hat jemand wieder zu viele Liebesfilme geschaut.»

«Ich meine es ernst. Bezahl jemanden dafür, dass er sich als Maxwell ausgibt, und verkünde irgendwann später die Trennung. Dann werden sie nicht die gesamte Hochzeit nur darüber reden. Du hast ihn bisher noch nie mit nach Hause gebracht. Sie haben keine Ahnung, wie er aussieht.»

Camryn wusste nicht, was trauriger war: die Tatsache, dass ihre Schwester glaubte, sie könne nur ein Date für die Hochzeit bekommen, indem sie einen Mann dafür bezahlte, oder dass Camryn in der vergangenen Nacht dieselbe Idee gekommen war.

«Nein. Mom und Dad werden darüber hinwegkommen. Irgendwann.» Sie trank einen Schluck Kaffee. «Außerdem könnte ich das mit einem Fremden niemals durchziehen.»

«Sie regen sich immer noch darüber auf, dass wir keine orthodoxe Zeremonie haben wollen. Sie werden die gesamte Reise über nichts anderes reden ... mal abgesehen von deiner Zukunft als alte Jungfer. Sie werden versuchen, dich mit einem von Justins entfernten Cousins zu verkuppeln. Das wird total peinlich.»

Aha, das steckte also wirklich dahinter. Heather machte sich mehr Sorgen darum, dass ihr Hochzeitstag ruiniert werden könnte, als um Camryns Wohlergehen. Auch wenn sie durchaus gute Argumente anführte ... über die Camryn bereits nachgedacht hatte.

«Heather, selbst wenn die Idee nicht absurd wäre, dieser Kerl würde auf deinen Hochzeitsbildern auftauchen. Ich bin über ein Jahr mit Maxwell ausgegangen. Mom und Dad wissen, dass wir übers Heiraten gesprochen haben. Ich kann kaum erklären, warum mein Begleiter nicht mit auf die Fotos soll.»

«Du brauchst jemanden, den wir kennen», sagte Heather.

Camryn verdrehte die Augen, weil sie förmlich sehen konnte, wie sich die Zahnräder im Kopf ihrer Schwester drehten. Es wunderte sie fast, dass kein Rauch aus den Ohren kam. «Nein.»

Doch ihre Schwester hörte gar nicht zu. Sie hatte einen Lauf. «Jemanden, bei dem es uns nicht stört, wenn er auf den Fotos zu sehen ist.»

«Nein.»

«Was ist mit Troy?»

Camryn zuckte zusammen. «Troy Lansky? Der beste Freund unseres Bruders? Er hat nicht genügend Finger und Zehen, um die Frauen zu zählen, mit denen er zusammen war ... allein in diesem Jahr!»

Heather ließ sich nicht beirren. «Genau. Er bringt nie eine Verabredung mit zu Familienfeiern. Er meint es mit keiner Frau ernst.»

«Nein.»

«Denk darüber nach, Cam. Er kennt dich. Kennt dich gut.»

«Nein.»

«Cam ...»

«Nein.»

Heather stand auf. «Cam, er würde den Test bestehen.»

Camryn klappte den Mund zu, bevor ein weiteres «Nein» über ihre Lippen dringen konnte. In diesem Punkt hatte Heather recht. Troy *würde* den Test bestehen.

In ihrer Teenagerzeit hatten sich Camryn und ihre Geschwister etwas ausgedacht, was sie den Dysfunktionalitätstest getauft hatten. Wenn einer von ihnen jemals mit jemandem ausgehen würde, der bereit war, Zeit mit ihrer Familie zu verbringen, dabei nicht dem Wahnsinn verfiel und dann auch noch von der Familie gutgeheißen würde, dann wäre das der oder die Eine. Die Ehefrau ihres Bruders, Anna, hatte den Test bestanden. Auf der Verlobungsfeier hatten die Geschwister Witze darüber gerissen und Anna in das Geheimnis eingeweiht. Als Justin bestanden und Heather einen Antrag gemacht hatte, hatten sie auch ihm gegenüber die Katze aus dem Sack gelassen.

Camryn hatte niemals jemanden gefunden, der auch nur versucht hätte, den Test zu bestehen. Mit fortschreitender Zeit war sie zu dem Ergebnis gekommen, dass es keine Rolle mehr spielte, ob es sich bei dem Mann, den sie mit nach Hause brachte, um einen paranoiden Schizophrenen mit einem Fußnagelfetisch handelte: Er wäre auf jeden Fall gut genug. Maxwell hätte den Test wahrscheinlich nicht bestanden, aber in den Augen ihrer Eltern hätte er ausgereicht. Ein lebender, atmender Mann.

Troy allerdings würde bestehen. Schon als er der Familie im Alter von zehn Jahren als ihr Pflegekind vorgestellt worden war, hatten alle ihn sofort ins Herz geschlossen. Er hatte nie groß darüber gesprochen, aber sein Vater war ein gewalttätiger Alkoholiker. Nachdem er bis zu seinem achtzehnten Geburtstag immer mal wieder als Pflegekind bei ihnen gewohnt hatte, galt Troy als Ehrenmitglied der Familie. Er passte zu ihnen.

Außerdem gehörte er aufs Cover von *Playgirl*. Troy hatte sandblondes, immer ein wenig zu langes Haar, das im Sommer noch heller wurde. Seine Augen waren von einem dunklen, warmen Braun, und es war ein Verbrechen, dass seine Wimpern zu einem Mann gehörten. Er war knapp einen Meter achtzig groß, sein Körper von harter Arbeit und Disziplin gestählt. Doch der wahre Clou war sein Lächeln. Wenn er es wirklich darauf anlegte, konnte keine Frau diesem Grinsen widerstehen.

Niemand würde glauben, dass Camryn und Troy ein Paar waren. Männer wie er gingen nicht mit Frauen wie ihr aus. Das war gegen die natürliche Ordnung. Eher würde die Welt implodieren.

Und das wäre dann noch etwas, wofür ihre Familie ihr die Schuld geben könnte.

Emily kam mit einem Blatt Papier in der Hand angerannt. «Ich habe ein Bild für dich gezeichnet, Tante Cam.»

«Ach ja? Lass mich mal sehen.» Camryn betrachtete die schlichte Zeichnung ihrer kleinen Nichte. «Nicht schlecht, Süße. Aber warum hast du den Mund denn nach unten gemalt?»

«Weil du nie lächelst.»

Okay. Anscheinend war die «Camryn soll sich mies fühlen»-Woche ausgerufen worden. Natürlich lächelte sie hin und wieder. Oder etwa nicht?

Camryn sah Heather an, doch die war gerade damit beschäftigt, Nachrichten zu schreiben.

Um der Dreijährigen ihren Irrtum vor Augen zu führen,

kleisterte Camryn sich ein gezwungenes Lächeln ins Gesicht. «Danke dir. Ich finde es wunderschön. Aber vielleicht könnte ich das nächste Mal lächeln?»

Heather lachte. Camryn dachte, sie werde ausgelacht, bis ihre Schwester das Handy so drehte, dass Camryn das Display sehen konnte.

HEATHER: Um wie viel Uhr kommst du morgen von der Arbeit?

TROY: 15 Uhr. Warum? Hast du deine Meinung in Bezug auf die Hochzeit geändert? Willst du mit mir durchbrennen?

HEATHER: lol. Nein. Cam wird morgen um 15.15 Uhr bei dir vorbeischauen, um dir einen Vorschlag zu machen.

TROY: Cam, hm? Muss was Ernstes sein.

HEATHER: Ist es bei ihr doch immer. Aber denk darüber nach, bevor du ablehnst.

TROY: Oh nein. Du schickst sie nicht vorbei, damit sie meinen Kleiderschrank in Ordnung bringt, oder? Ich kann selbst meine Unterwäsche bügeln.

HEATHER: rofl. Sei um 15.15 Uhr zu Hause.

TROY: Okay.

Camryn biss die Zähne zusammen und stand auf. Sie war schon halb in der Küche, als Heather schließlich etwas sagte.

«Was? Du hast nicht nein gesagt.»

Als Camryn sich umdrehte, trug Heather ein pinkfarbenes Kinderkleidchen und Zöpfe mit Schleifen. Große Sommersprossen zierten ihre Nase. Bevor die Vision verschwand, entspannte Camryn sich ein wenig.

«Ich sage es jetzt. Nein.»

«Komm schon, Schwesterchen. Das kann funktionieren.»

Nein, konnte es nicht. Troy würde sich niemals auf diese Farce einlassen. Und selbst wenn er es täte, wäre es für ihn nur ein weiterer Witz. Doch im Gegensatz zur landläufigen Meinung war ihr Leben keine Lachnummer.

Ihr Leben mochte traurig und jämmerlich sein, aber es war keine Lachnummer.

LEBENSWEISHEITEN*

In anderen Familien
ist Wahnsinn erblich.
In meiner Familie ist er erblich
und ansteckend.

*ZUMINDEST WENN ES NACH CAMRYN GEHT

KAPITEL 2

Camryns Elternhaus lag in einer Sackgasse in der südöstlichen Ecke eines Vorortes von Milwaukee. Das hübsche kleine Häuschen mit zwei Stockwerken und drei Schlafzimmern sah genauso aus wie alle anderen Häuser in der Straße, die sich nur durch die Farbe der Vinyl-Verkleidung unterschieden. Helle Blau-, Grün-, Gelb- und Brauntöne wechselten sich ab, das Haus von Camryns Eltern war braun. Genau wie alle anderen stand es nur drei Meter von der Straße entfernt auf einem vielleicht fünfhundert Quadratmeter großen Grundstück und war während des Wirtschaftsbooms in den fünfziger Jahren erbaut worden. Waldgrüne Läden umrahmten sowohl das große Fenster im ersten Stock als auch die beiden im Erdgeschoss. Rechts neben einer kleinen, weißen Eingangsveranda zog sich eine ordentliche Reihe immergrüner Büsche entlang. Eine Hecke aus denselben Büschen trennte den Garten von dem der Nachbarn. Der gepflegte Rasen leuchtete smaragdgrün, ein Beleg dafür, dass es dieses Jahr ausreichend geregnet hatte. Zwischen dem reparaturbedürftigen Bürgersteig und der Straße waren vor zwanzig Jahren Ahornbäume gepflanzt worden.

Über das Rauschen des Windes hinweg waren der Gesang von Vögeln und das leise Brummen des Verkehrs auf dem

Freeway einen Kilometer entfernt zu hören. All das erinnerte Camryn an ihre Kindheit. In dieser Gegend konnten Kinder ohne Angst Fahrrad fahren oder sich vom Wasser des Rasensprengers berieseln lassen, Eis am Stiel essen und lachen. Ihre Familie hatte nie viel Geld besessen, doch es hatte immer genug zu essen gegeben, sie hatten ein Dach über dem Kopf und Freunde gehabt. Seitdem war kaum jemand aus der Straße weggezogen, sodass es an diesem Nachmittag sehr still war: Die Kinder waren inzwischen erwachsen geworden und fortgegangen.

Camryn stand neben dem Auto und sog die warme, feuchte Luft tief in ihre Lunge, während sie die Eingangstür beäugte. Einerseits machte sie dieser Besuch nervös, andererseits war sie ein wenig erleichtert. Seufzend folgte sie ihrer Schwester und ihrer Nichte die Stufen nach oben, den Koffer in der Hand.

Sobald Heather die Tür aufgeschlossen hatte, hüpfte Emily mit wippenden Zöpfen ins Haus. «Grandma, Grandpa, Tante Cam hat auf der Arbeit ein Feuer gemacht. Und ihr Vermieter hat Auswurf!»

Camryn folgte dem Mädchen, um den Koffer dann im Wohnzimmer vor ihren Füßen fallen zu lassen. Sie schloss für eine Sekunde die Augen, nachdem ihre fünfundachtzig Jahre alte Baba ihren Kaffee in hohem Bogen ausgespuckt hatte.

Heather eilte zu Babas abgesessenem, hässlichem olivfarbenen Sessel und klopfte ihrer Großmutter auf den Rücken, um den Hustenanfall zu mildern. «Himmel, Emily. Du bist schlimmer als die Autokorrektur beim iPhone. Tante Cam hat kein *Feuer gemacht,* sie ist *gefeuert worden.* Und es war kein *Auswurf,* sondern ein *Rauswurf.*»

Die Glatze ihres Vaters glänzte in dem Sonnenlicht, das aufs

Sofa fiel, während er beschämt den Kopf schüttelte, die Zeitung vergessen auf dem Schoß.

Ihre Mutter trat aus der Küche in den Raum, Lockenwickler im Haar und ein Küchenhandtuch über der Schulter. «Du hast auf der Arbeit Feuer gelegt? Und was hat es mit diesem Auswurf auf sich?»

Camryn ging zu Baba und drückte ihr einen Kuss auf die Wange. «Geht es dir gut? Brauchst du eine Herztablette?»

Baba wedelte nur mit der runzligen, arthritischen Hand. «Mach nicht so einen Wirbel. Ich bin alt, nicht tot. Auch wenn ich regelmäßig Auswurf habe.»

«TMI, Baba.» Heather verzog das Gesicht.

«Das heißt MRT, du Dussel. Und meiner Hüfte geht es gut. Das hat der Doktor letzte Woche gesagt.»

«Nein, Baba.» Heather seufzte übertrieben dramatisch. «TMI bedeutet, dass du zu sehr ins Detail gegangen bist. Too Much Information.»

«Wieso hast du dich dann nach meiner Hüfte erkundigt?»

Willkommen zu Hause.

Camryn verdrehte die Augen und setzte sich neben ihren Vater auf den einzigen Gegenstand im Raum, der noch älter war als der Teppich – das Sofa. Seine Farbe war ein wenig heller als der dunkelbraune Zottelteppich. Alte Familienfotos ließen vermuten, dass er mal weiß gewesen war.

«Camryn Covic, antworte mir gefälligst!», forderte ihre Mutter.

Kurz überlegte sie, mit der ersten Zeile eines alten Sketches zu antworten, entschied sich dann aber dagegen. Ihre Familie fand die ironischen Anspielungen auf Abbott und Costello nie witzig.

«Am Montag habe ich meinen Job verloren. Und meine Wohnung wird verkauft. Ich muss umziehen.»

Die Augen ihrer Mutter verengten sich zu schmalen Schlitzen, und sie stemmte die zu Fäusten geballten Hände in die Hüften. Camryn wartete darauf, dass Rauch aus der Nase ihrer Mutter dringen und sie mit dem Fuß aufstampfen würde. Jede Sekunde würde sie angreifen wie ein aggressiver Stier. Zu dumm, dass die Vorhänge nicht rot waren. Camryn hätte sie abreißen und ihre Mutter damit ablenken können.

Doch statt anzugreifen, brummte Mom nur missbilligend. «Und was hat das mit Auswurf zu tun?»

«Nichts, Mama. Ist egal.»

«Was hast du getan, um gefeuert zu werden?» Das kam von Dad.

«Sparmaßnahmen.»

«Wo wirst du leben?» Die Wut war aus Moms Gesicht verschwunden, abgelöst von Sorge. Sorge war schlimme als Wut.

«Sie schläft nicht in meinem Zimmer», verkündete Baba. «Sie schnarcht.»

«Mutter, bitte», sagte Mom. «Camryn steckt schon wieder in Schwierigkeiten. Ob sie schnarcht oder nicht, spielt keine Rolle.»

Schon wieder in Schwierigkeiten? «Ich schnarche nicht.»

Baba schlug sich mit der Hand auf den Schenkel, fest genug, um ihre Kniestrümpfe zu Knöchelstrümpfen werden zu lassen. «Woher willst du das wissen? Du schläfst doch.»

Heather, immer Friedensstifterin und das brave Kind, warf sich ins Getümmel. «Camryn wird hier wohnen, bis wir nach Colorado aufbrechen. Danach wird sie bei Justin und mir einziehen, bis sie eine Wohnung gefunden hat.» Ein Heiligenschein begann über ihrem Kopf zu leuchten.

«In Milwaukee?», fragte Mom. «Du kommst endlich nach Hause?»

Camryn betete, dass sie daran gedacht hatte, eine Schachtel Valium einzupacken. «Ich war in Chicago. Nicht in einem Dritte-Welt-Land.»

Ihr Vater nahm einen Schluck von seinem Bier. «Wo ist da der Unterschied? Shit-cago, sage ich immer. Du bist kein Bears-Fan geworden, oder? Weil du dann auf keinen Fall hier wohnen wirst.»

«Das ist unwichtig», warf Baba ein. «Aber wie soll Heather denn den Sex mit ihrem Ehemann genießen, wenn die da im Raum nebenan schnarcht?»

Mom hielt Emily die Ohren zu. «Hör nicht zu, Schneckchen.»

Camryn vergrub ihr Gesicht in den Händen. «Zu spät.»

«Moment mal.» Ihrem Tonfall nach zu urteilen, hatte Mom soeben eine Eingebung gehabt. «Was ist mit deinem Freund? Wird er dich in Chicago nicht vermissen? Er sollte dich doch zur Hochzeit begleiten. Wo ist er?»

Camryn konnte sich lebhaft vorstellen, wie ihre Mom sich im Raum umsah, als hätte Camryn ihren Freund irgendwo versteckt. Sie war froh, dass ihr Gesicht noch hinter ihren Händen verborgen war, weil so niemand ihre schmerzerfüllte Miene sah. «Was das angeht …»

«Er lebt in Milwaukee», verkündete Heather, lauter als nötig.

Alle Blicke richteten sich auf Heather, Camryns eingeschlossen.

«Er wird Donnerstagabend zum Essen herkommen. Er begleitet sie immer noch auf die Hochzeit. Keine Sorge.»

Camryn stand auf, packte ihre Schwester am Arm und zerrte sie in die altmodische Küche. Der weiße Linoleumboden war inzwischen eher gelblich, und die Eichenschränke hatten mehr Blessuren als Rocky nach einem Boxkampf. Der Raum roch immer nach Bleiche und war kaum groß genug, um ihnen beiden Platz zu bieten. «Was machst du denn? Ich habe dir gesagt, dass das nicht passieren wird.»

Heather besaß tatsächlich die Frechheit, mitgenommen zu wirken. «Cam, wenn du das nicht für dich selbst tun willst – und Gott weiß, dass du das solltest –, dann tu es für mich. Schau sie dir an.» Sie deutete vage in Richtung Wohnzimmer. «Das sind nur drei Familienmitglieder. Denk dir noch all die Yjakas und Tetakas dazu, und das nimmt nie ein Ende. Sie werden mich so oder so blamieren, aber wenn sie dich auch noch als verzweifelte alte Jungfer anpreisen, werden wir nicht eine Sekunde einfach normal feiern können.»

Toll. Einfach toll. Heather schwang die Schuldkeule.

Camryn stellte sich ihre Yjakas und Tetakas vor – Übersetzung aus dem Serbischen: Onkel und Tanten – plus die Kumas und Kumos – Paten – und konnte Heathers Verzweiflung verstehen.

«Troy hat noch nicht mal zugestimmt.»

Verdammt, sie gab tatsächlich klein bei.

Heather schüttelte Camryns Griff ab. «Das wird er. Ich weiß, dass er es tun wird.»

Ja, das würde er wahrscheinlich. Heather zuliebe.

Camryn seufzte. Was bedeutete schon eine weitere Erniedrigung in einer langen Reihe von Erniedrigungen? «Schön, Heather. Ich werde mit Troy reden. Aber du schuldest mir etwas.»

«Du kannst mein Erstgeborenes haben», witzelte Heather.

«Oh nein. Sie würden mich niemals vergessen lassen, was für eine Schande ich als alleinerziehende Mutter über die Familie bringe.»

Die Eingangstür öffnete sich quietschend. Camryn verdrehte die Augen, weil sie sich fragte, wer diesen Tag noch schlimmer machen konnte. Sie bogen um die Ecke und entdeckten ihren Bruder Fisher und seine Frau Anna.

Emily rannte zu den beiden und warf sich in die Arme ihres Vaters. «Tante Cam hat ein Feuer gelegt und Auswurf bekommen. Baba hat auch welchen. Tante Heather kann keinen Sex haben, weil Tante Cam schnarcht. Oh, und ‹Scheiße› ist ein böses Wort. Das dürfen wir nicht sagen.»

Fast hätte Fisher seine Tochter fallen gelassen. «Was zur Hölle ...?» Er sah sich im Raum um. «Ihr hattet sie nur für einen Tag!»

Anna lächelte, auch wenn sie die Lippen zusammenpresste, um es zu verbergen. Mit ihren goldbraunen Locken und den riesigen blauen Augen sah Emily ihr sehr ähnlich. Doch anders als ihre Tochter wusste Anna, wann sie ihren wunderschönen Mund halten musste.

«‹Hölle› ist auch ein böses Wort.»

Allerdings. Camryn schnappte sich ihre Handtasche. Alles war besser als dieser Wahnsinn hier, selbst Troy diesen Vorschlag zu unterbreiten.

«Und ich gehe jetzt. Bis später.» Vielleicht.

Troy blieb nach der Arbeit noch gerade genug Zeit, um zu duschen, bevor Cam mit ihrem angekündigten Vorschlag auftauchen würde. Eineinhalb Tage waren seine Gedanken nur darum gekreist, worum es gehen könnte, doch ihm war rein gar nichts eingefallen, was Camryn von ihm wollen könnte.

Auf jeden Fall war sie immer sehr pünktlich. Und da er sich ohnehin die nächsten zehn Tage für Heathers Hochzeit freigenommen hatte, hatte sein Chef nichts dagegen gehabt, ihn heute früher nach Hause gehen zu lassen. Sie hatten die Bauarbeiten an der South 84th Street sowieso gegen Mittag fertiggestellt. Cam war nicht die Art von Frau, die man traf, wenn man von oben bis unten mit Staub und Sonnencreme verschmiert war, auch wenn sie für Troy fast eine Schwester war. Sie war die einzige Frau auf Erden, die im Stande war, ihn nervös zu machen.

In dem kleinen Bad zog er Jeans und T-Shirt aus und ließ beides auf den salbeigrünen Fliesenboden fallen, dann trat er in seiner Badewanne unter den kalten Wasserstrahl und schloss den mit Bambus bedruckten Duschvorhang hinter sich. Es war ein verdammt heißer Tag gewesen, selbst für Juni. Innerhalb von Sekunden kühlte sein Körper ab. Troy hatte sich gerade die Seife vom Körper gewaschen, als es an der Tür klingelte.

Er wickelte sich ein Handtuch um die Hüften und eilte die kurze Strecke zur Eingangstür, wobei er auf dem Parkettboden fast ausgerutscht wäre. «Cam, du bist früh dran.»

Sie stand in gebügelter Khakihose und einer weißen Bluse auf seiner Türschwelle, die Nachmittagssonne im Rücken, und musterte ihn aus riesigen Augen. «Troy, du bist nackt.»

«Nicht komplett. Ich habe ein Handtuch um.» Er trat einen Schritt zurück, damit sie die Wohnung betreten konnte. «Setz dich. Ich ziehe mich kurz an.»

Nachdem er in seinem Schlafzimmer Shorts und ein T-Shirt übergezogen hatte, ging er durch den Flur in die Küche. Obwohl er ihre Antwort bereits kannte, fragte er: «Willst du ein Bier?»

«Nein, danke.»

«Wasser?»

«Nein, danke.»

Er schnappte sich selbst eine Flasche Bier, dann ging er ins Wohnzimmer und setzte sich neben sie auf den schwarzen Futon vor dem riesigen Flachbildfernseher, wobei er darauf achtete, Camryn nicht zu sehr auf die Pelle zu rücken. «Wie geht es dir in Chicago?»

Sie wandte den Blick von dem Regal ab, auf dem ein Familienporträt stand, um ihn anzusehen. «Ich ziehe nach der Hochzeit wieder nach Hause.»

Bei Camryn Covic musste man genau hinschauen, um ihre Emotionen wahrzunehmen. Sicher, sie hatte Gefühle, aber die waren unter all diesem Mist begraben, den sie darübergeschaufelt hatte. Für Troy waren Camryns Augen der Spiegel zu ihrer Seele. Im Moment erkannte er darin denselben Blick, den er vor zwanzig Jahren gehabt haben musste, als die Sozialarbeiterin ihn zum ersten Mal ins Haus ihrer Eltern gebracht hatte. Er war ohne Abendessen ins Bett gegangen, auf eigenen Wunsch, und Camryn hatte ihm ein Erdnussbutter-und-Gelee-Sandwich gebracht, von dem sie vorher die Kruste abgeschnitten hatte. Sie hatte sich nicht nach seinen Prellungen erkundigt, hatte keine Fragen zu seiner zerrissenen Kleidung gestellt. Tatsächlich hatte sie nichts gesagt außer …

«Willst du darüber reden?», fragte er sie jetzt, womit er die Frage wiederholte, die sie ihm vor so langer Zeit gestellt hatte.

Sie musterte einen Moment sein Gesicht, dann umspielte für eine Zehntelsekunde ein Lächeln ihre vollen Lippen. Ein trauriges Lächeln, aber immerhin ein Lächeln. Offenbar erinnerte sie sich. «Nein, aber vielen Dank.»

So hatte damals auch seine Antwort gelautet.

Troy nahm einen Schluck Bier, um den Kloß aus seiner Kehle zu vertreiben. Camryn war auch die einzige Person, die ihn in eine sentimentale Stimmung versetzen konnte.

«Ich habe das Haus nicht gesehen, seitdem du es gekauft hast. Mir gefällt, was du damit gemacht hast.»

«Danke.» Er sah sich um. Die Wände des Wohnzimmers waren in hellem Ocker gestrichen, seine Möbel waren schwarz. Alles andere verkündete, dass hier ein Junggeselle lebte. Es war ein bescheidener Bungalow mit drei Schlafzimmern, nur ein paar Kilometer entfernt vom Haus ihrer Eltern in einem ähnlichen Viertel, nur dass die Gärten hier größer waren. «Heather sagt, eine weibliche Note könnte nicht schaden.»

«Nun, dann würde es nicht zu dir passen.»

Mann, Camryn hatte ihn immer verstanden. Sogar besser als ihr Bruder, sein bester Freund. Sie verstand, wie wichtig es nach einer Kindheit wie seiner war, etwas Eigenes zu besitzen. Sie hatte ihm das gerahmte Familienporträt zu Weihnachten geschenkt, kurz nachdem er hier eingezogen war. Außerdem hatte sie ihm ein Glas Erdnussbutter gebracht.

«Also, Cam, was für ein Vorschlag ist das? Darf ich auf ein unmoralisches Angebot hoffen?»

Ihre Haltung wurde steif. «Unmoralisch passt. Aber eigentlich ist es kein Angebot.»

«Verdammt», sagte er in dem Versuch, die Stimmung aufzulockern. Sinnlos. «Ist es schlimmer als ...»

«Ich brauche einen Begleiter für Heathers Hochzeit.»

Troy klappte den Mund zu, weil er mit einer solchen Aussage absolut nicht gerechnet hatte. Hoffentlich wollte sie nicht, dass er sie verkuppelte oder so was. Er kannte nämlich keinen einzigen Mann, der mit ihr fertigwerden würde. «Und?»

Sie schloss für einen Moment die Augen. «Wärst du bereit, meine Verabredung für die Hochzeit zu sein?»

Fast hätte Troy gelacht ... bis ihm wieder einfiel, dass Camryn keinen Sinn für Humor hatte. Trotzdem sah er sich im Raum nach einer versteckten Kamera um.

«Was tust du da?»

«Ähm, nichts», murmelte er. «Was ist mit deinem Freund? Fisher meinte ...»

«Das hat nicht funktioniert.» Ungeduld schwang in ihrer Stimme mit, dann schluckte sie. «Um es kurz zu machen, ich bin allein. Du kennst Mom und Dad. Heather macht sich Sorgen, dass die Familie sie bei der Hochzeit demütigen könnte. Ich brauche nur jemanden, der lang genug den Kerl spielt, mit dem ich ausgegangen bin, um diesen Ausflug zu überstehen. Direkt danach werden wir uns trennen.»

Troy stand auf und schaute unter die Couch. Irgendwo hier musste eine versteckte Kamera sein. Ein Mikrophon. Irgendetwas. Weil Camryn Covic stoisch in seinem Wohnzimmer saß und ihn um eine Verabredung bat.

«Troy, was tust du da?»

«Hat Heather das Haus verkabelt? Wie hat sie dich dazu überredet, mitzuspielen?»

Als Camryn nicht antwortete, sah er aus seiner knienden Position vor der Couch auf. Sie hatte die Hand an den Mund gepresst und starrte aus dem Fenster.

Das war kein Witz für sie. Und er war ein Trottel.

So ruhig wie möglich setzte er sich wieder. «Ich habe diesen Film gesehen, weißt du? Es endet immer damit, dass die beiden sich verlieben.»

«Das wird nicht passieren.»

In diesem Punkt hatte sie recht. «Du kannst jeden Mann haben, den du willst. Warum ich?»

Der Blick, den sie ihm jetzt zuwarf, sorgte dafür, dass sogar sein inneres Kind den Kopf einzog. «Mach dich nicht über mich lustig. Ich weiß, dass du gewöhnlich nicht mit Frauen wie mir ausgehst, aber ...»

«Frauen wie dir?»

«Ja. Wir sind vollkommen unterschiedlich. Ich bin nicht dein Typ.»

Jetzt wurde es interessant. «Und was ist mein Typ?»

Sie rieb sich die Stirn. «Dünn, hellblond und eine Körbchengröße, die größer ist als der IQ.»

«Autsch, Cam. Wer beleidigt jetzt wen?»

Zumindest war es ihm gelungen, sie genauso zu frustrieren, wie sie es mit ihm getan hatte. Was bei Cam wirklich nicht einfach war. Die Frau konnte mit allem umgehen und jeder Person das Gefühl geben, dumm zu sein.

Sie stieß die Luft aus, dann wandte sie den Blick ab.

«Wieso sollte ich nicht mit dir ausgehen?» Nicht dass er die Antwort nicht gekannt hätte, doch ihn interessierte, wie ihre Begründung lautete.

«Himmel, Troy. Du siehst von dem Moment an, wenn du morgens aufstehst, aus, als hätte man dich digital aufgehübscht.»

«War das ein Kompliment?» Es hatte ein bisschen wie ein Kompliment geklungen.

Sie starrte ihn nur an, also starrte er zurück – und sah sie dabei wirklich an.

Camryn war eher süß als sexy. Eher der Typ «Mädchen von nebenan» als «Stripperin an der Stange». Sie hatte ein engelhaftes Gesicht, auch wenn der Eindruck durch ihre Stupsnase ein wenig frecher wurde. Ihr Teint war heller als der ihrer Geschwister, was durch ihr schulterlanges, zimtbraunes Haar mit dem Anflug von Rot darin nur betont wurde. Sie war nicht dürr wie Heather, sondern hatte Kurven wie eine Sanduhr – was Troy an einer Frau immer schätzte.

Aber ihre Augen … Es war, als wäre Camryn nie in sie hineingewachsen. Sie waren riesig und hatten eine unglaubliche Farbe, die sich aus Grün, Blau und Braun zusammensetzte.

Wäre sie nicht Camryn Covic, hätte er sie wahrscheinlich anziehend gefunden.

«Du kennst mich, Troy», sagte Camryn leise und unterbrach den Blickkontakt. «Ich weiß, was es für dich bedeutet, das zu tun. Aber bitte. Ich will nicht, dass Heather auf ihre Hochzeit zurückschaut und sich nur daran erinnert, dass ich alles ruiniert habe.»

Sie könnte nichts ruinieren, selbst wenn sie es darauf anlegen würde. Doch noch wichtiger … «Sie werden sauer auf mich sein. Deine Familie ist die einzige Familie, die ich habe. Nach dieser angeblichen Trennung werden sie mich hassen.»

Sie schüttelte den Kopf und starrte auf die Hände in ihrem Schoß. «Nein, das werden sie nicht. Sie werden glauben, dass du vorübergehend den Verstand verloren hattest. Sie werden sauer auf *mich* sein, weil ich dich habe gehen lassen oder dich verletzt habe. Weil ich eine weitere Beziehung in den Sand gesetzt habe.»

Das konnte sie auf keinen Fall wirklich glauben! Aber ihre niedergeschlagene Haltung verriet ihm, dass sie es doch tat. Sie hatte die Lippen zusammengepresst, als bemühe sie sich, nicht zu weinen. Die Cam, die er kannte, wusste nicht mal, wie man weinte. Und sie gab sich niemals geschlagen.

«Fühlst du dich überhaupt von mir angezogen?»

Sie riss den Mund auf und den Kopf nach oben. «Bitte *was*?»

«Die Familie wird erwarten, dass wir uns wie ein Paar benehmen. Händchenhalten, Küsse, öffentliche Zuneigungsbekundungen.»

«Ich halte nichts von öffentlichen Zuneigungsbekundungen.»

Er fragte sich, wie sie wohl zu privaten Zuneigungsbekundungen stand, also rutschte er an sie heran und legte den Arm hinter ihr auf die Sofalehne.

Sie sprang sofort auf. «Was tust du da?»

Er hätte nie vermutet, dass ihre Augen noch größer werden könnten ... Wie sehr er sich geirrt hatte! «Ich küsse dich.»

«Warum?»

Er stand auf und trat einen Schritt auf sie zu.

Sie wich zurück.

Diesen Tanz führten sie auf, bis sie mit dem Rücken an dem Beistelltisch im Flur stand. Troy setzte sie dort gefangen, indem er die Hände an ihre Hüfte legte. Als er sich vorbeugte – nicht um sie zu küssen, sondern um ihr ins Ohr zu flüstern –, berührten sich ihre Wangen. Sein Bartschatten glitt über ihre blasse, weiche Haut. Sie schnappte nach Luft und packte sein T-Shirt, vergrub ihre Finger im Stoff.

Und plötzlich wusste er nicht mehr, wer hier wem einen Streich spielte, hatte keine Ahnung mehr, warum er sich ursprünglich für diesen Kurs entschieden hatte. Er schloss die Augen und atmete tief durch. Sie roch nach Zitronengras. Es war ein leichter, sauberer Duft, der typisch für Camryn war.

Er konnte nicht mehr sagen, ob er ihren Herzschlag spürte oder seinen eigenen. Auf jeden Fall war das kein gutes Zeichen. Um sein Gleichgewicht wiederzufinden, öffnete er die Augen.

«Kannst du vorspielen, dass du dich von mir angezogen fühlst, Cam? Denn wenn du es nicht kannst, wird das nicht funktionieren.» Er trat einen Schritt zurück. Nicht weit genug, um sie freizugeben, aber ausreichend, um sie anzusehen und herauszufinden, ob sie genauso durcheinander war wie er. Bisher war er ihr noch nie so nahe gekommen.

Sie starrte seine Brust an, schluckte schwer. «Das war ein Fehler. Es tut mir leid.» Sie senkte abrupt die Hand, als wäre ihr gerade erst aufgefallen, dass sie sein T-Shirt gepackt hatte. «Tu so, als hätte ich nie etwas gesagt.» Sie schob ihn von sich und entfernte sich.

Hatte er da ein Zittern in ihrer Stimme gehört?

Troy stand immer noch mit dem Rücken zu ihr, doch er konnte hören, wie sie zur Couch ging, um ihre Handtasche zu holen, und im nächsten Moment den Knauf der Eingangstür drehte.

In den zwanzig Jahren, die Camryn Teil seines Lebens war, hatte sie ihn nie um etwas gebeten – nicht mal um Hilfe. Vor allem nicht um Hilfe. Nicht damals. Nicht heute. Niemals.

Es musste demütigend für sie gewesen sein, zu ihm zu kommen, besonders mit einem solchen Anliegen. Und er hatte sie gerade vollkommen auflaufen lassen. Nach allem, was sie für ihn getan hatte …

«Ich mache es, Cam.» Er drehte sich zu ihr um. Zögernd blieb sie an der Türschwelle stehen. «Ich tue, was auch immer du brauchst. Ich verspreche es.»

Sie blickte auf ihre Hand, die auf dem Türknauf lag, und nickte, sagte aber nichts mehr, bevor sie ging.

Troy starrte die Tür an, fuhr sich mit der Hand durchs Haar, starrte noch eine Weile die Tür an.

Schließlich zog er sein Handy aus der hinteren Hosentasche. «Eine kleine Vorwarnung wäre nett gewesen, Heather!» Seine Stimme klang harscher, als er es beabsichtigt hatte, aber er war gerade dreimal innerhalb von zwanzig Minuten tief erschüttert worden.

«Ich weiß, ich weiß. Aber Cam hätte mich umgebracht, wenn ich dich vorgewarnt hätte.» Sie hielt inne, als warte sie darauf, dass er etwas sagte. Das tat er nicht. «Wirst du ... es machen?»

Er sah erneut zur Tür. «Ja.»

«Danke, Troy.»

Heathers Stimme klang plötzlich weinerlich, also ließ er sich auf die Couch sinken und nahm einen Schluck Bier.

«Dieser Kerl, mit dem sie ausgegangen ist, dieser Maxwell ...» Sie stockte. «Er hat eine wirklich üble Nummer abgezogen.»

Niemand tat Camryn etwas an. Das ließ sie einfach nicht zu. «Inwiefern?»

«Erzähl ihr nicht, dass ich etwas gesagt habe, okay? Es ist nur ...»

Troy stellte seine Bierflasche auf den Couchtisch und lehnte sich vor. «Es ist *was*, Heather?»

Sie schwieg so lang, dass er begann, sich Sorgen zu machen. «Gestern wurde sie in der Firma gefeuert und aus ihrer Wohnung geworfen. Sie zieht zurück nach Hause. Das bringt sie wahrscheinlich fast um.»

Ja, das konnte er sich vorstellen. Wenn man Camryn die Kontrolle und Unabhängigkeit nahm, blieb nichts übrig. Zumindest in ihren Augen. «Was hat das mit ihrem Ex zu tun?»

«Er hat mit ihr Schluss gemacht – unmittelbar bevor sie gefeuert wurde. Dabei hat er ein paar Sachen gesagt ...»

Troy stand mit zusammengebissenen Zähnen auf. Schlimm genug, dass Heather sich so aufregte. Er wollte sich gar nicht vorstellen, was in Camryn vor sich ging. «Was hat er gesagt?»

«Ich glaube einfach, dass jemand ihre Moral heben muss. Sag ihr, dass sie hübsch ist. Sorg dafür, dass sie sich als etwas Besonderes fühlt. Wenn irgendwer das schaffen kann, dann du.»

Camryn gehörte nicht zu den Frauen, die ständig umworben werden wollten oder sich leere, bedeutungslose Phrasen ans Ohr quatschen ließen. Er war sich ziemlich sicher, dass Cam ihn schlagen würde, wenn er das versuchte. Und das wusste Heather auch. Außerdem waren Camryn und er definitiv kein richtiges Paar ... Also was zur Hölle war passiert, dass Heather sich so einmischte?

«Heather, was hat dieser Kerl gesagt?»

Sie verstummte für einen Moment. «Er hat sie Roboter genannt. Hat gesagt, sie wäre im Bett ein kalter Fisch.»

Troy biss die Zähne so fest zusammen, dass es knirschte.

«Er hat hinter ihrem Rücken mit einer anderen geschlafen.»

Troy sah Richtung Futon, als säße Camryn noch dort. Langsam begannen ihre Haltung und die Dinge, die sie gesagt hatte, Sinn zu ergeben. Wenn etwas Cam auszeichnete, dann ihr Selbstbewusstsein. Als sie heute angekommen war, hatte sie normal gewirkt. Er hatte sich keine Mühe gegeben, sie zu verstehen oder unter die Oberfläche zu schauen.

Nein. Er hatte Witze gerissen und …

«Wir sprechen später noch mal, Heather. Danke, dass du mir das erzählt hast.»

LEBENSWEISHEITEN*

Lachen ist nur dann
die beste Medizin, wenn man
diejenige ist, die lacht.

*ZUMINDEST WENN ES NACH CAMRYN GEHT

KAPITEL 3

Sobald alle im Haus schliefen, goss Camryn sich ein Glas Wein ein und setzte sich auf der hinteren Veranda an den weißen Plastiktisch mit dem roten Sonnenschirm, der sich nicht mehr schließen ließ. Der Schirm stand schon seit ungefähr zehn Jahren offen. Sie konnte sich nicht mehr daran erinnern, warum er kaputtgegangen war.

Schon in ihrer Kindheit hatte sie nur Ruhe und Frieden gefunden, wenn sie sich nachts nach draußen geschlichen hatte, um einmal durchzuatmen. Heutzutage fühlte sie sich deswegen nicht mehr so schuldig. Und das war auch die einzige Zeit des Tages, zu der sie nicht so tun musste, als wäre alles in Ordnung.

Der Duft von Löwenzahn und frisch geschnittenem Gras hing in der schwülen Luft. Glühwürmchen blinkten über dem Rasen. Eine Reihe Birken markierte die Grundstücksgrenze zu den hinteren Nachbarn. In dem quadratischen Garten – halb Gras, halb zementierte Terrasse – war außer dem Zirpen der Grillen nichts zu hören. Camryn war sich ziemlich sicher, dass dies auch das einzige Geräusch sein würde, das morgen beim Abendessen zu hören wäre, sobald Troy und sie verkündet hatten, dass sie «miteinander ausgingen».

Vorhin, bevor sie zu Troy aufgebrochen war, hatte sie einen

Plan im Kopf gehabt. Wenn er dieser Farce zustimmte, mussten sie die Einzelheiten ihrer «Beziehung» besprechen, um sich nicht in Lügen zu verheddern. Ihre Familie würde nach Details fragen, da war es besser, wenn sie besagte Details vorher besprachen.

Nur dass Troy versucht hatte, sie zu küssen. Seitdem herrschte in ihrem Kopf vollkommenes Chaos. Gott, für eine Sekunde hatte sie sich sogar gewünscht, er würde sie küssen ... womit bewiesen wäre, dass der Wahnsinn in ihrer Familie erblich war.

Mit vor Verlegenheit brennenden Wangen trank sie ihren Wein.

Ihr Smartphone klingelte auf der Küchenanrichte neben der Tür, wo sie es liegen lassen hatte. Sie stellte das Glas ab und holte schnell das Handy, bevor noch jemand geweckt wurde. Während sie sich wieder auf die Terrasse setzte, nahm sie den Anruf entgegen.

«Habe ich dich geweckt?» Troy. Wahrscheinlich hatte er es sich anders überlegt.

«Nein. Aber ich bin froh, dass du deine Meinung geändert hast ...»

«Das habe ich nicht.»

Oh. Warum rief er dann an?

«Du hast mich darum gebeten, Cam. Und ich habe gesagt, dass ich es tun werde.» Als sie nicht antwortete, sprach er zerknirscht weiter. «Hör mal, es tut mir leid, wie ich mich vorhin benommen habe. Du hast mich ... einfach überrascht.»

Sie trank einen Schluck Wein. Er hatte sie ebenfalls überrascht, also waren sie quitt. «Wir sollten wahrscheinlich ein paar Dinge besprechen.»

«Deswegen rufe ich an», sagte er leise. Wahrscheinlich lag er gerade neben einer wunderschönen Blondine und versuchte, sie nicht zu wecken. «Wann sind wir … ähm, das erste Mal miteinander ausgegangen?»

Gott, er konnte es nicht mal aussprechen, ohne zu zögern. «Letzten Januar.»

«Und wie ist es dazu gekommen?»

Hm. In diesem Punkt war sie sich nicht ganz sicher. «Ich weiß nicht. Maxwell und ich haben uns auf der Arbeit getroffen.» Sie schluckte schwer, und ihr Magen rebellierte ein wenig. «Vielleicht warst du übers Wochenende in Chicago, hast bei mir vorbeigeschaut, und irgendwie ist es passiert?» Wenn das nicht der größte Haufen …

«Okay.» Schweigen. «Haben wir schon übers Heiraten gesprochen?»

Maxwells Zurückweisung traf Camryn erneut wie ein Schlag. «Das haben wir, ja. Aber darauf müssen wir nicht eingehen. Ich weiß, dass du nicht heiraten willst …»

«Das habe ich nie gesagt.» Das musste er auch nicht. Falls Troy je einer Frau einen Ring an den Finger steckte, würde die Depressionsrate bei alleinstehenden Frauen sprunghaft ansteigen. Außerdem müsste man ihm starke Beruhigungsmittel geben, damit er es überhaupt vor den Altar schaffte. «Man muss nur erst die richtige Person finden.»

Hm. Camryn hatte gar nicht gewusst, dass Troy ein so guter Lügner war. «Du wirkst einfach nicht wie der Typ, der sich häuslich niederlässt.» Sie ließ den Kopf gegen die Stuhllehne sinken und genoss mit geschlossenen Augen die kühle Brise.

«Welche Farbe hat die Unterwäsche, die du morgen tragen wirst?»

Glücklicherweise hatte sie gerade nichts im Mund. «Wie bitte?»

«Ich kenne Baba. Sie wird einen Beweis dafür fordern, dass unsere Beziehung echt ist.»

Ja, wahrscheinlich. Camryn rieb sich die Schläfen. «Ich weiß es nicht, Troy.»

Er lachte. *Lachte.* Ein volltönendes, ungebetenes Geräusch. «Oh doch, das weißt du, Cam. Du wählst deine Kleidung wahrscheinlich eine Woche im Voraus aus. Ich wette, du weißt sogar …»

«Blau, okay? Sie ist blau.» Zum Teufel mit ihm. Er kannte sie wirklich.

«Schläfst du immer noch in Boxershorts und einem weißen T-Shirt?»

Sie sah an sich selbst herunter und schürzte die Lippen.

«Ich deute dein Schweigen als ein Ja. Wir sind zusammen aufgewachsen. Ich weiß mehr über dich, als du denkst.» Er hielt inne, als warte er darauf, dass sie etwas sagte. Als sie das nicht tat – weil sie nicht konnte –, meinte er: «Ich schlafe übrigens nackt.»

Sie schlug die Hand vor die Augen, als stände er direkt vor ihr. Er musste das Geräusch gehört haben, weil er wieder lachte.

Sie räusperte sich, genervt davon, wie oft er ihre Abwehr unterlief. «Sonst noch etwas, Troy?»

«Ja. Zieh bei mir ein.»

Plötzlich bekam sie keine Luft mehr.

«Nur bis du eine eigene Wohnung gefunden hast», fügte Troy hinzu. «Dann musst du nicht in dem Irrenhaus wohnen. Ich habe ein Gästezimmer. Ich werde auch Pyjamas tragen. Versprochen.»

Camryn packte ihr Handy fester. Niemand war je so aufmerksam gewesen. Zumindest nicht in letzter Zeit.

Andererseits war Troy immer ein netter Kerl gewesen. Er flirtete gerne, war ziemlich frech und hatte eine sehr harte Vergangenheit, die er vor der Welt versteckte ... aber er war nett.

«Denk einfach darüber nach», meinte er leise. Zu leise. «Oh, und Cam?»

«Ja?»

«Du sahst heute wirklich gut aus.»

Sie hatte mit einem «Wir sehen uns morgen» gerechnet, nicht damit. Troy hatte ihr noch nie gesagt, dass sie gut aussah. Niemand hatte ihr je gesagt, dass sie gut aussah.

Sie hatte den Mund bereits geöffnet, um mit einem verlegenen «Danke» zu antworten, als ihr einfiel, was der wahrscheinlichste Grund für das Kompliment war: Heather musste Troy erzählt haben, was Maxwell bei der Trennung gesagt hatte.

Troy war nicht nett – er hatte Mitleid mit ihr!

Nichts hätte peinlicher oder jämmerlicher sein können als die Tatsache, dass er davon wusste. Und wahrscheinlich hatte er auch deswegen dieser ganzen Farce zugestimmt, da würde sie jede Wette eingehen. Er hatte ganz einfach Mitleid mit ihr.

Sie ließ das Handy sinken und beendete das Telefonat.

Bevor sie etwas dagegen tun konnte, liefen heiße Tränen über ihre Wangen. Sie presste die Hände an die Brust und wiegte sich vor und zurück. Während ihr Brustkorb schmerzte und ihr Bauch sich verkrampfte, bemühte sie sich, leise zu schluchzen, damit niemand sie hörte.

Das war noch etwas, was sie als Kind oft getan hatte. Damals hatte sie in ihr Kissen geschluchzt, um die Geräusche zu dämpfen.

Sie war erst einen Tag wieder zu Hause und weinte bereits. Es würde eine höllische Woche werden.

Während sie gemeinsam zum Haus ihrer Eltern fuhren, beobachtete Troy die am Steuer sitzende Camryn aus den Augenwinkeln. Sie hatte darauf bestanden, ihn zum Abendessen abzuholen. Troy hatte das Gefühl, dass sie einfach aus dem Haus hatte entkommen wollen. Eine Versammlung der gesamten Covic-Familie konnte … überwältigend sein. Wenn Camryn das Lenkrad noch ein wenig fester umklammerte, würde es Dellen bekommen.

«Du bist heute ziemlich still», stellte er fest, einfach um ein Gespräch anzufangen.

«Ich habe nichts zu sagen.»

Er würde darauf wetten, dass in ihrem Kopf jede Menge vor sich ging. «Wieso hast du gestern Abend aufgelegt?»

«Ich dachte, wir wären fertig.»

«Du verabschiedest dich nicht, wenn du ein Gespräch beendest? Die meisten Leute tun das.»

Sie starrte unverwandt auf die Straße.

«Es war nur ein Kompliment, Cam.»

«Du musst mir keine Komplimente machen.»

Jetzt wollte er nichts lieber tun. «Männer sagen öfter nette Dinge zu ihren Freundinnen.»

«Du bist nicht mein Freund.»

Sie brauchte ein ganzes Team von Massagetherapeuten – und einen Schnaps. «Ich dachte, wir trennen uns erst nach der Hochzeit.»

Sie warf ihm einen vernichtenden Blick zu.

«Hör mal, Cam, ich bin auch nervös.»

Als sie in die Einfahrt ihrer Eltern einfuhr und den Motor ausschaltete, wirkte sie noch angespannter. Sie starrte das Haus an, als wolle es sie verschlingen. «Letzte Chance, Troy. Danach bist du verpflichtet weiterzumachen.»

Dazu fühlte er sich jetzt schon verpflichtet. Nachdem er erfahren hatte, was ihr Ex getan hatte, wollte Troy, dass diese vorgespielte Beziehung funktionierte, und wenn er ihr dafür einen Heiratsantrag machen musste. «Du siehst gut aus.»

Das tat sie wirklich. Sie hatte das Haar zu einem Pferdeschwanz gebunden, was sie nur selten tat, und die Frisur betonte ihr hübsches Gesicht. Ein knielanges weißes Sommerkleid umschmeichelte ihre Taille und ihre Hüften.

«Hör auf damit, Troy.»

Er stieg nach ihr aus. Gott, die Frau konnte mit Komplimenten wirklich nicht umgehen! «Ich meine es ernst, Cam. Ich sage nichts, was ich nicht ernst meine.»

Sie zögerte auf der Veranda vor der Eingangstür und drehte sich um. Hinter ihrer Sonnenbrille konnte er ihre Augen nicht erkennen. «Hast du das auch schon gedacht, bevor Heather dir erzählt hat, was Maxwell zu mir gesagt hat?»

Manchmal war ihre Intuition ein Fluch.

Er hielt an und umfasste, von Schuldgefühlen erfüllt, ihren Arm. «Camryn …»

«Es ist egal», stieß sie hervor. «Lass uns gehen.»

Und damit öffnete sie die Pforte zur Hölle, bevor er noch

mal widersprechen konnte. Troy holte tief Luft und folgte ihr ins Haus.

Der gesamte Clan hatte sich versammelt, inklusive ihrer zwei Tanten und Onkel. Es roch, als stände Babas *Sarma* auf dem Herd, um die Luft mit dem Gestank von Kohl und Hackfleisch zu füllen. Er konnte nur hoffen, dass auch noch andere Gerichte angeboten wurden, weil sein Magen diese serbische Spezialität heute nicht verarbeiten konnte.

Camryn stoppte im Flur, um die Tür hinter ihnen zu schließen.

Mama Covic eilte heran und tätschelte seine Wange. «Oh, Troy. Du hast es geschafft.» Ihre Schürze verriet, dass sie zusätzlich zum *Sarma* auch noch Gurkensuppe kochte. Widerlich. Gurken gehörten in den Salat. Auch in zwanzig Jahren würde er serbisches Essen noch hassen.

Mama Covic sah an ihm vorbei. «Camryn, wo ist dein Freund?»

Jetzt oder nie. «Das dürfte dann wohl ich sein», sagte Troy so laut, dass das gesamte Wohnzimmer ihn hören konnte, damit er die Aussage nicht noch mal wiederholen musste. Denn wenn es dazu käme, würde er wahrscheinlich in hysterisches Gelächter ausbrechen.

Niemals zuvor war es im Covic-Haus so still gewesen, da war er sich ganz sicher. Verdammt. Wenn nur das nötig war, um endlich alle dazu zu bringen, einmal den Mund zu halten, hätte er das schon früher tun sollen.

Ihre Mutter sah von Camryn zu Troy und wieder zurück zu Camryn. «Das kann nicht sein. Wo ist er?»

Troy kleisterte sich das dämlichste Lächeln ins Gesicht, zu dem er fähig war, ohne dass es weh tat. Am liebsten wäre er nach Hause gerannt wie das verängstigte Kind, das er einmal gewesen war. Er küsste Mama Covic auf die Wange und ergriff gleichzeitig Camryns Hand. Als er feststellte, dass ihre Finger zitterten, drückte er ihr einen Kuss auf den Handrücken.

Camryns Mutter wich zurück, als hätten sie beide Lepra. Gleich würde sie sich bekreuzigen.

Troy führte Camryn tiefer ins Wohnzimmer und fand einen freien Sessel. Er setzte sich und zog sie auf seinen Schoß. Dass Camryn das zuließ, verriet, wie verängstigt sie war.

Er sah sich im Zimmer um. Jepp, immer noch starrten alle sie an – alles klar. «Kommt schon, Leute. So schockierend ist das nun auch wieder nicht.» Das war es natürlich schon. Wäre er einer von ihnen gewesen und ihm hätte jemand erzählt, dass Troy und Camryn ein Paar seien, hätte er genauso reagiert. Er musterte Camryns Profil. Sie starrte Heather an, als flehe sie darum, gerettet zu werden. Aber wer sollte ihn retten? «Ich habe dir doch gesagt, dass wir früher über unsere Beziehung hätten sprechen sollen.»

Sie riss den Kopf zu ihm herum und sah ihn aus großen Augen an. Verständnis blitzte darin auf. «Ja, vielleicht hätten wir das tun sollen.»

«Cam wollte abwarten, bis unsere Beziehung sich gefestigt hat, bevor sie allen davon erzählt.»

Yjaka Mitch lachte. Alle Augen richteten sich auf ihn. Er lachte wieder, wobei sein runder Bauch heftiger wackelte als ein Pudding. Als er endlich aufhörte, war Troy in Versuchung, ein Beatmungsgerät zu suchen.

Nervöses Lachen breitete sich im Raum aus, als wären die anderen angesteckt worden.

Camryns Schultern sanken nach unten.

Troy legte eine Hand an ihren Rücken.

«Für eine Minute hattest du uns», sagte Kuma Viola. «Wirklich sehr witzig. Wie hast du Camryn dazu gekriegt, bei dieser Scharade mitzuspielen? Ich dachte, sie hätte keinerlei Humor. Wann gibt es etwas zu essen?»

Tetaka Myrtle rülpste, gefolgt von einem Hicksen. Sie klopfte sich auf die Brust, als hätte das ihrer Verdauung in den letzten dreißig Jahren in irgendeiner Weise geholfen.

Baba kam aus der Küche, wobei sie sich etwas schwerer auf ihren Stock stützte als beim letzten Mal, das er sie gesehen hatte.

«In zehn Minuten gibt es Abendessen.» Als niemand ins Esszimmer stürmte, saugte sich ihr Blick an Troy und Camryn fest. «Camryn, steig vom Schoß des Jungen herunter, bevor du ihn kaputt machst.»

Gehorsam stand sie auf, doch Troy zog sie wieder nach unten.

Mama Covic warf Heather und Justin böse Blicke zu. «Ihr habt gesagt, wir sollen uns normal benehmen und aufgeschlossen sein. Findet ihr das etwa witzig?» Offensichtlich hielt Mama Covic die Beziehung nicht für einen Witz. «Ihr wusstet davon, ihr beide?»

Justin hob kapitulierend die Hände. Dieser Glückspilz konnte der Familie immer noch entkommen. Noch war er nicht verheiratet. «Ich habe gestern davon erfahren. Macht mir keine Vorwürfe.»

Mit einem enttäuschten Kopfschütteln starrte Mr. Covic Cam und Troy an. Meine Güte, es war ja nicht so, als hätten sie eine verdammte Bank ausgeraubt.

«Das ist nur ein Witz, stimmt's? Der echte Freund kommt später?» Er wirkte unendlich hoffnungsvoll.

Fisher erhob sich langsam und entschlossen. Er gab Emily an seine Frau Anna weiter, die immer noch mit offenem Mund dasaß. Fisher ballte seine Hände immer wieder zu Fäusten, und seine Augen waren nur noch schmale Schlitze.

Troy hatte mit den verschiedensten Reaktionen vonseiten seines Freundes gerechnet, doch nicht mit Wut.

Ihm reichte es jetzt langsam. Es wurde Zeit, den Schock hinter sich zu lassen und in die Verhörphase einzutreten, sonst würden sie sich bis zu ihrem Abflug nach Colorado morgen nur im Kreis drehen. Er stand abrupt auf, packte Camryn um die Hüfte, damit sie nicht umfallen konnte, bog sie über seinen Arm und presste seinen Mund auf ihren.

Sie starrte ihn aus großen, panikerfüllten Augen an und stieß ein leises Quietschen aus.

Das war ohne Zweifel das Unromantischste, was er je getan hatte. Das war nicht die richtige Art, eine Frau zu küssen, selbst wenn es hier um Camryn ging. Er hatte sie gestern vorgewarnt, dass öffentliche Zuneigungsbekundungen nötig sein würden, um die Echtheit ihrer Beziehung zu beweisen. Zumindest hatten sie jetzt diesen ersten, peinlichen Kuss hinter sich.

Peinlicher ging es kaum!

«Oh Gott, meine Augen», verkündete Justin. Was für ein Blödmann.

Troy richtete Camryn wieder auf und hielt sie kurz fest, um sicherzustellen, dass sie nicht in Ohnmacht fallen würde. Dann ließ er sich wieder in den Sessel fallen.

Camryn blieb stehen, den Blick auf das orthodoxe Kreuz an der Wand über dem Kamin gerichtet.

Selbst Jesus weinte.

Baba setzte sich in ihren Sessel und sah sie mit zusammengekniffenen Augen an. «Wieso hat Troy gerade Camryn geküsst? So dringend kann er es nicht nötig haben.»

Troy fiel die Kinnlade herunter. Er richtete den Blick auf Camryn, die sich endlich aus ihrer Starre löste. Sie sah mit gerunzelter Stirn zu Baba und schluckte schwer. Für einen durchschnittlichen Beobachter wirkte sie vielleicht wie immer, gefasst und ruhig. Doch sie hatte die Hände so fest zu Fäusten geballt, dass sich die Fingernägel in die Handflächen gruben, was verriet, dass sie keineswegs ungerührt war.

«Das war nicht besonders nett.» Troy biss die Zähne zusammen, entschlossen, Camryn zu verteidigen, nachdem sich anscheinend sonst niemand dazu berufen fühlte.

Die Menge blieb stumm.

Babas Worte waren einfach nur grausam. Er liebte die alte Frau – liebte all die hier versammelten Menschen –, aber ihre Zunge konnte schärfer sein als ein Schwert.

«Angeblich ist Troy Camryns Freund», meldete sich Yjaka Harold zu Wort, bevor Baba etwas erwidern konnte. Er kratzte sich am Kopf, doch die über die Halbglatze gekämmten Haare bewegten sich keinen Zentimeter.

Mit scharfem Blick sah Baba zwischen den beiden hin und her. «Ich werde anscheinend schwerhörig.»

«Nein, Baba», sagte Heather. «Es stimmt. Ich finde, die beiden geben ein wunderbares Paar ab. Es wurde auch wirklich Zeit.»

Alle starrten Heather an, als hätte sie gerade splitterfasernackt den Ententanz aufgeführt. Ihr Verlobter bildete da keine Ausnahme, auch wenn Justin versuchte, seinen Schock mit einem Nicken zu überspielen. Zur Hölle, selbst Troy konnte seine Zweifel nicht ganz verbergen!

Fisher stürmte aus dem Haus. Die Eingangstür schloss sich mit einem Knall, der tief in Troys Brust widerhallte.

Baba lachte nur. Dann lachte sie noch ein bisschen mehr.

«Heather! Wovon, beim Leibhaftigen, sprichst du da? Anscheinend verliere nicht nur ich mein Gehör, sondern du auch deine Sehkraft, du Dussel. Ich meine, schau sie dir an.» Baba deutete auf Camryn, und erneut richteten sich alle Blicke auf sie. «Meine Enkelin ist hübsch, aber sie spielt nicht in seiner Liga.»

Troy schnappte nach Luft. Über die Jahre hatte er sich daran gewöhnt, dass die Familie ihn wegen seines guten Aussehens aufzog, sich gegenseitig wegen diesem und jenem aufzog: Heather wegen ihres perfekten Äußeren, Yjaka Harold wegen seiner Frisur, Tetaka Myrtle wegen ihres ständigen Sodbrennens, Kuma Viola wegen ihres purpurfarbenen Lippenstifts, Fisher wegen seiner Grübchen, Mama Covic wegen ihrer Begeisterung für Salz, Papa Covic wegen seiner Glatze und Camryn wegen … na ja, so gut wie allem.

Bisher war Troy nie aufgefallen, wie verletzend diese angeblichen Witze sein konnten. Camryn war die Kluge, die Rationale. In gewisser Weise war sie fast eine Mutter für Fisher und Heather gewesen. Sie war viel schneller erwachsen geworden als ihre beiden Geschwister. Troy hatte sich nie die Mühe gemacht, darüber nachzudenken, ob das alles sie störte, weil nichts sie jemals zu stören schien. Camryn beschützte diejenigen, die sie liebte. Aber wer beschützte sie?

Als er sie jetzt ansah, wie sie mit hocherhobenem Kinn und steifer Haltung dastand, wirkte alles normal. Nur dass ihre Augen glänzten und ihre Augenbrauen leicht zusammengezogen waren, was ihm verriet, dass der Schlag gesessen hatte. Als sie schluckte, zuckte ein Muskel an ihrem Kiefer.

Baba – oder eher ihre gesamte Familie – schlug in dieselbe Kerbe wie ihr Exfreund bei der Trennung.

Immer noch sitzend, ergriff Troy Camryns Hand und drückte ihre Finger. Seine Brust war wie zugeschnürt von etwas, was sich wie Schmerz oder Bedauern anfühlte, obwohl nicht er derjenige gewesen war, der sie verletzt hatte. Sie reagierte nicht, und ihre Haut war klamm – wahrscheinlich, weil dank der geballten Fäuste schon seit zwanzig Minuten die Blutzirkulation abgeschnitten war. Hatte sich je irgendjemand aus der Familie die Mühe gemacht, all ihre guten Eigenschaften aufzuzählen? Sie hatte unzählige davon.

«Sie ist hübsch, Baba. Und zu gut für mich.» Wenn sich eine Wahrheit in der Lüge verbarg, die sie erzählten, dann war es diese.

Camryn senkte den Blick auf den Boden und entzog ihm ihre Hand. Sie räusperte sich kurz, dann murmelte sie: «Gebt mir eine Minute, um mich vor dem Essen frisch zu machen, dann helfe ich beim Auftragen.»

So ruhig wie immer ging sie durch das Zimmer zur Treppe und stieg die Stufen hinauf. Erst nachdem man das Schließen einer Tür gehört hatte, begann das allgemeine Geplapper.

Für Troy war das nur Hintergrundrauschen, er verarbeitete keinen der Kommentare. Er wollte es auch gar nicht. Stattdessen stand er auf und sah aus dem Fenster neben der Couch.

Fisher tigerte wütend im Vorgarten auf und ab. Troy warf einen Blick zu Heather, die nervös auf der Unterlippe kaute.

Er schüttelte den Kopf, enttäuscht vom gesamten Covic-Clan, dann sprach er laut genug, dass alle ihn hörten. «Camryn und ich sind zusammen. Es ist weder ein Witz, noch steht unsere Beziehung zur Diskussion.» Punkt.

Bevor sie ihn noch wütender machten oder er etwas sagte, was er später bereute, verließ er das Haus, um sich Fisher zu stellen. Als er sich auf die Verandastufen setzte und darauf wartete, was sein bester Freund zu sagen hatte, versuchte er eine Sorglosigkeit auszustrahlen, die er nicht empfand.

Vögel zwitscherten. Eichhörnchen huschten durch das Laub. Kaninchen hüpften zwischen den Hecken hindurch. Die Sonne schien durch die Ahornblätter und warf unregelmäßige Schatten auf den ordentlichen Rasen. Der Geruch von frisch gemähtem Gras verband sich mit dem Duft der Rosen, die seitlich neben dem Haus standen, während im Westen langsam die Sonne unterging und den Himmel in Pink und Purpur tauchte.

Der Tag hatte so gut begonnen.

Innerhalb von Sekunden wirbelte Fisher zur Treppe herum, offensichtlich gewaltbereit, seine dunkelbraunen Augen zusammengekniffen.

Bevor sein Freund zuschlagen konnte, hob Troy die Hände. «Kein Veilchen bei der Hochzeit, Mann.»

Fisher biss die Zähne zusammen, dann richtete er sich hoch auf und fuhr sich mit einer Hand über sein kurz geschnittenes, braunes Haar mit den leichten Locken.

«Wie konntest du mir das nicht erzählen, Troy? Wie?» Er tigerte zum Rinnstein und zurück. «Camryn? Ernsthaft?»

Es gab keine logische oder sichere Antwort, also verschränkte Troy die Finger und senkte den Blick, konzentrierte sich auf einen seiner Schnürsenkel, der langsam ausfranste. Zeit, ihn auszutauschen. Solche Dinge erinnerten ihn immer an seine Jugend, in der neue Kleidung genauso wenig selbstverständlich gewesen war, wie anständig auszusehen.

«Sind dir die Frauen in Milwaukee ausgegangen? Musstest du deshalb sie ficken?»

Okay. Scheiße.

Troy biss ebenfalls die Zähne zusammen. «Du bist heute heftig überrascht worden, also werde ich dir das durchgehen lassen. Aber selbst ich habe meine Grenzen, Fisher.»

«Sie ist nicht einfach irgendein Mädchen. Für sie ist Dating kein Spiel.»

«Das weiß ich», brüllte Troy und stand auf. Sein Herz raste, und seine Schläfen pulsierten, als er die Hände in die Seiten stemmte und einen Topf mit roten Begonien anstarrte. Um nicht noch mehr zu sagen, konzentrierte er sich auf seine Atmung.

«Wie ...» Fisher stieß den Atem aus, verschränkte die Arme vor der Brust und senkte seine Stimme. «Wie lang geht das schon?»

Troy rief die Informationen ab, die Cam ihm gegeben hatte. «Seit Januar. Ich war in Chicago und habe sie besucht. Die Sache hat sich ... entwickelt.»

«Entwickelt», wiederholte Fisher. *«Entwickelt?»*

Troy rieb sich das Gesicht. «Es tut mir wirklich leid, dass ich dir nicht früher davon erzählt habe.» Nicht dass es möglich gewesen wäre, schließlich hatte er selbst gestern erst davon erfahren.

«Das ist nicht okay.»

Als Troy den Mund öffnete, um zu widersprechen, hob Fisher eine Hand.

«Für mich ist das *nicht* okay.»

«Ich bin gut genug, um dein bester Freund zu sein, aber nicht gut genug für sie? Willst du das sagen, Fisher? Sie hat etwas

Besseres verdient als einen Bauarbeiter mit einem verurteilten Alkoholiker als Vater?»

Fisher schloss die Augen und senkte den Kopf, als wäre ihm sein Fehler bewusst geworden oder es täte ihm leid. Doch unter dem engen blauen T-Shirt und den dunklen Jeans war immer noch deutlich zu erkennen, dass die Muskeln seines drahtigen, hochgewachsenen Körpers angespannt waren.

Die Zeit schien plötzlich nur noch zu kriechen.

Troy war davon ausgegangen, dass sein Freund diese Deutung nach einem Moment leugnen würde, um die Sache zwischen ihnen wieder in Ordnung zu bringen. Doch das tat er nicht, womit er die Wahrheit offenbarte: Troy *war* nicht gut genug, würde niemals gut genug sein. Er gehörte nicht wirklich zur Familie, war nicht blutsverwandt. Er war aus dem Nichts gekommen, was ihn zu einem Nichts machte.

Zwanzig Jahre Freundschaft zerfielen vor seinen Augen zu Staub.

Schmerz und Säure brannten in seiner Kehle. Die Familie würde sich immer auf Camryns Seite stellen. Wenn es hart auf hart käme, würden sie sich für sie entscheiden. Auf jeden Fall würden sie das tun, wenn die Hochzeit vorbei war und er und Camryn «sich trennten».

Und dann wäre er allein.

«Wir reden von Camryn, um Himmels willen», sagte Fisher und brach damit das schreckliche Schweigen. «Sie tut sich nicht leicht damit, Beziehungen einzugehen. Wenn du sie verlässt – und das wirst du –, wird sie das umbringen.»

Troy konnte Fisher nicht die Wahrheit sagen und ihm auch nicht erzählen, dass Camryn ihre vorgespielte Beziehung beenden würde, nicht Troy. Fisher war fast sein gesamtes Leben lang sein bester Freund gewesen. Fast mehr ein Bruder, als es durch eine echte Blutsverwandtschaft der Fall gewesen wäre. Er wusste nichts darüber, was hier wirklich vor sich ging, deshalb trafen seine Worte Troy härter als alles, was sein betrunkener Vater je gesagt hatte.

«Du kannst mir schon etwas mehr zutrauen, Fisher. Cam ist anders. Das zwischen uns ist etwas anderes.» Mehr konnte er nicht sagen. Es war das einzige wirkliche Argument, das er hatte.

Fisher schüttelte den Kopf und starrte ihn böse an. «Gott sei mein Zeuge, du solltest besser genau darüber nachdenken, was du da tust. Und während du das machst, halt dich eine Weile von mir fern.»

Troy beobachtete, wie Fisher um das Haus herumging, aus dem Blickfeld verschwand und alle Hoffnung mit sich nahm.

Gabeln kratzten über Porzellanteller mit Blumenmuster, Münder tranken aus Gläsern Limonade, Wasser oder Bier. Die Kaugeräusche um den riesigen, uralten Eichenholztisch waren in der Enge des Raums so laut, dass Camryn Kopfweh davon bekam.

Das Verhör war ihr fast lieber gewesen als dieses Schweigen.

Hinter den unzähligen Familienfotos, die bis zu ihren Großeltern in Serbien zurückreichten, war die weiße Raufasertapete kaum zu erkennen. Sie fühlte sich, als würden auch all diese Leute auf den Bildern sie abschätzig mustern.

Yjaka Mitch schaufelte sich einen Löffel *Sarma* in den Mund.

«Also, schlaft ihr beide miteinander?», fragte sie dann kauend.

Camryn hatte sich geirrt. Schweigen war besser. Viel, viel besser.

«Natürlich tun sie das», warf ihre Mutter ein, auch wenn ihr Tonfall ihre Angst verriet, Camryn könne die Sache noch nicht besiegelt haben. «Richtig?»

«Ein Gentleman genießt und schweigt.» Troy zwinkerte.

«Ha!», rief Kuma Viola. «Du bist kein Gentleman, Troy Lansky.»

Camryn legte sorgfältig ihre Gabel auf den Teller, obwohl sie noch nichts gegessen hatte. «Manche Dinge sind privat – selbst in dieser Familie.»

Kuma Viola zuckte mit den Achseln und starrte auf ihren Teller. «Ich wette, Cam rezitiert beim Sex Verkaufszahlen.»

Yjaka Harold hustete. «Der war gut.»

Auch Baba hatte bisher noch nichts gegessen. Essen spielte für sie im Moment wohl keine Rolle, zu sehr war sie darauf konzentriert, herauszufinden, was hier nicht stimmte. «Ich bin nicht davon überzeugt, dass sie wirklich miteinander ausgehen.»

Toll. Was kam jetzt? Wollten sie alles über ihre Stellungen beim Sex hören?

Baba kniff die Augen zusammen. Es kostete Camryn all ihre Kraft, nicht aus dem Raum zu fliehen. Ihre Großmutter war zierlich, wog wahrscheinlich kaum fünfzig Kilo, und wenn sie sich zu voller Höhe aufrichtete, war sie nicht größer als eins fünfzig. Trotzdem war sie die furchterregendste Person der Welt.

«Schnarcht sie, Troy?», fragte Baba anklagend.

Das amüsierte Glitzern in Troys Augen half nicht dabei, Camryn zu beruhigen. Er hatte eine Fifty-fifty-Chance, die Frage richtig zu beantworten.

«Nein.»

«Seht ihr, ich habe euch doch gesagt, dass es eine Lüge ist.» Baba riss theatralisch die Hände in die Luft. «Sie grunzt lauter als ein Nashorn in der Brunft.»

Heather legte eine Hand auf Babas Arm. «Ich will nicht mal wissen, woher du weißt, wie ein Nashorn in der Brunft klingt. Und ich sage dir das nur ungern, Baba, aber du bist diejenige, die schnarcht. Ich habe sechzehn Jahre lang mit Cam in einem Zimmer geschlafen. Sie schnarcht nicht.»

Die Kohlrouladen erhoben sich aus der Auflaufform und fingen an, auf der Spitzentischdecke Walzer zu tanzen. Camryn beobachtete, wie sie um den Butterteller wirbelten, bis Baba erneut den Mund öffnete.

«Welche Farbe hat die Unterwäsche, die sie heute trägt, Troy?»

Die *Sarma*-Rouladen sprangen mit einem Klatschen zurück in die Form.

Yjaka Mitch lachte. «Weiß und aus Baumwolle. Sie ist zu konservativ, um etwas anderes zu kaufen. Nicht wahr, Cam?» Er sah sie an, als rechne er wirklich mit einer Antwort auf seine Frage.

«Wenn ihr es unbedingt wissen müsst, ihre Unterwäsche ist blau.» Troy grinste Camryn neben sich breit an, als wolle er sagen: *Siehst du, ich habe dir doch gesagt, dass sie diese Frage stellen.*

«Beweise es», forderte Baba.

Die gesamte Familie sah Camryn an. Sogar Emily.

«Ich werde euch nicht meine Unterwäsche zeigen.»

«Ach, komm schon, Schatz», meinte Troy gedehnt.

Sie war versucht, ihm eine Gabel mitten in die Stirn zu rammen. «Nein.»

Fisher ließ sein Besteck auf den Teller fallen. Das Klappern war lauter als seine gepresste Stimme. «Können wir bitte über etwas anderes reden?»

«Auf meiner Unterhose ist die Schöne und das Biest.» Emily blinzelte voller Unschuld.

Anna stand auf. «Camryn, könntest du mir kurz in der Küche helfen?»

Ihre Schwägerin war gerade zu Camryns liebster Person auf der ganzen weiten Welt geworden. Sie würde ihr im Vorgarten einen Schrein errichten.

«Natürlich.» Sie stand auf und folgte Anna durch die zweigeteilte Schwingtür in die Küche.

Kopfschüttelnd ging Anna zu dem Kuchen auf der Arbeitsfläche und schnitt die schokoladige Köstlichkeit in dünne Scheiben. «Ich habe bisher den Mund gehalten, aber jetzt muss ich einfach fragen: Bist du dir sicher, dass du weißt, was du da tust?»

Camryn reichte ihr kleine Teller, damit sie das Dessert verteilen konnte. «Ich dachte schon. Aber ehrlich gesagt bin ich mir im Moment nicht mehr so sicher.»

Anna lächelte und sah Camryn verständnisvoll an. «Sie sind ein verrückter Haufen, aber sie werden sich wieder einkriegen.» Sie ging zu Camryn, um einen Arm um ihre Schultern zu legen. «Weißt du, was sie noch schneller zum Schweigen bringt?»

Bevor sie den Mut finden konnte, die Frage zu stellen, hatte Anna bereits den Saum von Camryns Kleid gehoben, daruntergespäht und den Stoff wieder fallen lassen.

«Lieber Himmel, sie ist blau!»

Camryn seufzte. «Ich kann nicht glauben, dass du das getan hast. Du bist schon zu lange Teil dieser Familie. Sie haben dich verdorben.»

«Entspann dich.» Anna reichte ihr zwei Teller. «Ich tue das für dich.»

«Ist dieser Familie denn gar nichts heilig?»

Anna schnappte sich selbst ein paar weitere Teller. «Machst du Witze? Als ich mit Emily schwanger war, habe ich jeden Tag und jede Nacht darum gebetet, dass meine Wehen nicht einsetzen, wenn die Familie dabei ist. Und was ist passiert? Die Fruchtblase ist beim Sonntagsessen geplatzt. Weißt du, wie entsetzlich es war, mit zehn Leuten im Raum ein Kind zu gebären?» Trotz allem lächelte Anna bei der Erinnerung. «Doch sobald Emily auf der Welt war, habe ich gemerkt, dass es all das wert war, Camryn. Troy hat niemanden außer uns. Kannst du dir das vorstellen? So gemein und verrückt deine Familie manchmal auch sein mag, ich ziehe sie der Einsamkeit vor.»

Natürlich spielte Anna die Stimme der Vernunft, erinnerte Camryn daran, sich auch in die anderen hineinzuversetzen. «Du hast recht. Du hast absolut recht. Danke.»

Annas Lächeln verblasste keinen Moment. «Lass ihnen Zeit, sich an die Idee zu gewöhnen. Es wird besser.»

Mit den Desserttellern in der Hand gingen sie zurück ins volle Wohnzimmer.

Sobald sich alle den ersten Bissen in den Mund geschoben

hatten, verkündete Anna: «Und nur fürs Protokoll, ihre Unterhose ist blau. Ich habe nachgesehen.»

Auf dem Heimweg fuhr erneut Camryn. Als Troy auf sein Handy schaute und seine Nachrichten las, grinste er.

Camryn schnaubte. «Wieso lächelst du? Die ganze Aktion war eine Katastrophe.»

Mal abgesehen davon, dass Baba ihre Enkelin so fies beleidigt hatte, dass sie vermutlich oben im ersten Stock geweint hatte, und Troy seinen besten Freund wahrscheinlich für immer verloren hatte, hielt er das Ganze für einen vollen Erfolg.

«So schlimm war es nicht», behauptete er deshalb. «Immerhin haben sie uns geglaubt.»

«Erst nachdem Anna mich gezwungen hat, ihr in der Küche mein Höschen zu zeigen.»

Troy hätte dabei gerne ihr Gesicht gesehen. «Heather hat mir gerade geschrieben. Sie hat dein Gepäck in den Kofferraum gestellt, also kannst du heute Nacht bei mir schlafen.»

Cam antwortete nicht.

Troy tippte auf seinem Handy herum, dann spielte er ihr grinsend die ersten Takte von *I Will Survive* vor. «Wie fändest du das als deinen persönlichen Klingelton?»

Sie reagierte nicht.

«Nein? Okay, wie wäre es damit?» *Crazy* von Patsy Cline schallte durchs Auto.

«Ich brauche keinen eigenen Klingelton. Und du bist nicht witzig.»

«Ein bisschen witzig bin ich schon.» Er spielte *My Life* von Billy Joel.

«Was hatte ich vorher für einen Klingelton?»

Er durchsuchte seine Downloads und spielte den *Imperial March* aus *Star Wars* – die Musik, die immer erklang, wenn Darth Vader auftrat.

«Zum Brüllen komisch.»

«Habe ich doch gesagt», antwortete er. Zumindest lächelte sie inzwischen. Er fand *When I See You Smile* von Bad English und drückte auf «*Speichern*».

Camryn bog in seine Einfahrt ab, stoppte vor dem Garagentor und schob den Schaltknauf ihres zuverlässigen, grauen Hondas in die Parkstellung. Sie musterte Troy aus den Augenwinkeln, dann sah sie zu seinem Bungalow aus roten Ziegelsteinen mit braunen Fensterläden. Obwohl es langsam dunkel wurde, fuhren Kinder aller Altersgruppen aus der Nachbarschaft mit ihren Fahrrädern auf der Straße oder spielten Ball. Ihr Lachen und Geschrei drang ins Innere des Autos.

Wenn sie aus Colorado zurückkehrten, musste er dringend die Krüppelkiefern schneiden, die sich um das Fundament seines Hauses zogen. Außerdem würde er seine Nachbarin bitten müssen, die zwei Blumentöpfe auf der Treppe zu gießen, die Heather ihm mit dem Hinweis geschenkt hatte, dass man so etwas einfach brauche. Kein Mann brauchte wirklich Geranien oder orangefarbene Ringelblumen, aber es war nett von ihr gewesen, den Vorgarten ein wenig aufzuhübschen. Troy ging diese Aufgaben im Kopf durch, weil er davon ausging, dass Cam sich zu den Büschen oder Ähnlichem äußern würde.

«Bist du dir sicher, dass es okay ist, wenn ich hier unterkomme? Das könnte deinem Ruf schaden.»

Wie unerwartet. Sie tat so, als wäre ihr Kommentar lustig gemeint, doch er nahm ihr das nicht ab.

«Deine Familie liegt falsch, Cam. Was Baba vorhin gesagt hat … das war gemein und entspricht absolut nicht der Wahrheit.»

Ihr Blick huschte zu ihm, dann starrte sie wieder durch die Windschutzscheibe. Dabei trommelte sie mit den Fingern aufs Lenkrad. «Fisher war ziemlich wütend.»

Ja. Und Troy wollte nicht darüber nachdenken. Diese Wunde war noch zu frisch.

Er stieg aus dem Auto, holte ihr Gepäck aus dem Kofferraum und öffnete die Eingangstür. «Zieh dir schon mal deinen Pyjama an. Wir trinken Bier und schauen *Die Nacht der lebenden Toten.*» Er würde sie heute Abend noch zum Lachen bringen, und wenn es das Letzte war, was er tat.

Als er das zweite Mal als Pflegekind bei den Covics untergebracht worden war, hatten sich Camryn und er, zusammen mit Fisher und Heather, nach dem Zubettgehen hinuntergeschlichen, um sich den Film im Fernsehen anzusehen. Heather war schon nach zehn Minuten heulend nach oben verschwunden, und Fisher war nach einer Viertelstunde eingeschlafen. Troy und Camryn hatten den gesamten Film damit verbracht, sich lachend über die Absurdität der Handlung, die Schauspieler und die schlechten Dialoge lustig zu machen. Das war eine der besten Nächte seiner Kindheit gewesen.

Lächelnd nahm sie ihm den Koffer ab. «Mach für mich ein Glas Wein draus, und ich bin dabei.»

Camryn zog sich nach dem Film um. Sie stieg zuletzt in ihre Pyjama-Boxershorts und starrte anschließend erst das marineblaue Ausklappsofa, dann den Billardtisch an. Wer stellte denn einen Billardtisch in sein Gästezimmer? Andererseits hatte das Haus ursprünglich nur zwei Schlafzimmer gehabt, und sie befand sich jetzt in einem Anbau, den Troy in ein Spielzimmer verwandelt hatte. Der Raum war ungefähr sechs mal fünfeinhalb Meter groß. Wahrscheinlich beherbergte Troy nicht oft Gäste. Wie auch immer, das Sofa konnte sie auf keinen Fall ausziehen: Es stand zu nahe neben dem Billardtisch.

«Ähm, Troy?»

Sie hörte leise Schritte auf dem Flur.

«Ich komme, um dich zu holen, Barbara», verkündete er mit dumpfer Stimme, in Nachahmung einer Textzeile aus dem Film.

Fast hätte sie gelächelt.

Er lehnte sich gegen den Türrahmen und verschränkte die Arme vor der nackten Brust.

Jesus … bronzefarbene, sonnengeküsste Haut. Mächtiger Bizeps. Ein viel zu definierter Waschbrettbauch.

Cams Mund wurde trocken, und gleichzeitig sammelte sich Hitze in ihrem Unterleib. Um ihren Augen eine Pause zu gönnen und sich von der plötzlichen, verwirrenden Welle der Lust abzulenken, ließ sie ihren Blick zu seiner Pyjamahose wandern.

Jepp, das half. Sie schaffte es gerade noch, nicht die Augen zu verdrehen.

Er folgte ihrem Blick. «Was?»

Ja, was …

«Du trägst einen SpongeBob-Schwammkopf-Pyjama», stellte sie fest.

«Ja. Und?»

«Hast du auch Batman-Unterwäsche?» Nur ... Gott, er konnte sogar SpongeBob sexy wirken lassen.

Er grinste, was dafür sorgte, dass sich in ihren Wangen dieselbe Hitze sammelte wie in ihrem Bauch. «Nein. Einfache, weiße Baumwollunterhosen. Willst du sie sehen?»

Ihre Wangen würden gleich in Flammen aufgehen. «Nein.» *Doch.*

«Was ist falsch an SpongeBob?»

Cam starrte Troy an, dann stopfte sie ihre körperliche Reaktion auf ihn in eine Kiste in ihrem Geist und nagelte den Deckel zu. Das war schließlich Troy. «Mal abgesehen von der Tatsache, dass du dreißig Jahre alt bist, meinst du?»

Er zog die Augenbrauen hoch. «Ich wusste doch, dass ich den Scooby-Doo-Pyjama hätte nehmen sollen. Der hier macht dich nicht an, oder?»

Sie seufzte.

Troy lachte. Er hatte ein tolles, unbeschwertes Lachen. Ein Geräusch, das dafür geschaffen war, Unbehagen zu vertreiben und jeden Nerv ihres Körpers zum Vibrieren zu bringen.

«Wo ist das Oberteil dazu?», fragte sie, irritiert, dass er ihr so unter die Haut gehen konnte, ohne wirklich etwas zu tun. Er war besser im Nichtstun als jeder andere, den sie kannte.

Er zuckte mit den Achseln.

«Du hast mir einen Pyjama versprochen. Das beinhaltet ein Oberteil.» *Bitte, um der gesamten Menschheit willen, zieh ein T-Shirt an!*

Er nickte. «Das habe ich.» Er verließ das Zimmer und kehrte wenige Sekunden später zurück – er hatte sich ein T-Shirt angezogen, auf dem Kermit der Frosch prangte.

Lieber Himmel, sie würde sich ein Haus mit einem Mann mit

dem Geschmack eines Kindergartenkindes teilen. «Besitzt du irgendetwas, worauf kein Cartoon-Charakter abgebildet ist?»

«Streng genommen ist Kermit ein Muppet.»

Himmelherrgott! «Vergiss es, Troy.»

Er trat einen Schritt näher. «Wieso stört dich das?»

«Du bist erwachsen.»

Er zuckte wieder mit den Achseln. «Man soll doch sein inneres Kind umarmen.»

«Oder ihm nie entwachsen, wie in deinem Fall.»

Er starrte sie eine Weile an, dann verformten sich seine Lippen zu einem lockeren Grinsen. Verflucht sollte er sein!

«Selbst du warst mal ein Kind, Cam. Stehst du nie früh am Samstagmorgen auf, nur so aus Spaß, und setzt dich mit einer Schale Müsli vor den Fernseher, um Zeichentrickfilme zu schauen?»

Er war ein hoffnungsloser Fall. «Nein.»

«Was für eine Schande.» Er musterte sie schon wieder, als wolle er sie auslachen – oder eine Kissenschlacht anfangen. «Emily hat sie für mich ausgesucht. Jedes Jahr zu Weihnachten zieht Anna mit ihr los, um ein Geschenk für mich zu kaufen. Ich trage die Kleidungsstücke, weil sie mich an Emily erinnern.»

«Oh.» *Oh*. Also, das war eigentlich ziemlich süß.

Cam riss den Blick von seinem Körper los und sah sich im Raum um, um ihn nicht weiter anschauen zu müssen. Der Anblick von Troy mit nacktem Oberkörper war für alle Ewigkeit in ihr Gedächtnis eingebrannt, genauso wie die Wärme, die sie empfand, weil er etwas trug, was seine Patentochter ihm ausgesucht hatte.

Die Wände waren in Babyblau gestrichen, überall hingen gerahmte Drucke von verschiedenen Baseballteam-Logos, und irgendwann nach ihrem letzten Besuch hatte er den Parkettboden in einem wunderschönen Kirschton lasiert und neu versiegelt. Es war eine hübsche Männerhöhle ... sofern es so etwas gab. Passte gut zu ihm.

Und warum genau hatte sie ihn noch einmal gerufen?

Bett. Richtig. «Ich kann das Sofa nicht ausziehen, weil der Billardtisch zu nah davorsteht.»

Troy kam angeschlendert und stellte sich so dicht hinter sie, dass sich seine Brust an ihren Rücken drückte. Bei seiner Berührung geschah etwas Seltsames in ihrem Inneren: als würde sich etwas verflüssigen. Und anfangen zu brodeln.

Cam schloss fest die Augen und erstarrte. Sie war gefangen. Und er roch so gut, nach Wald im Frühling. Und Seife. Sein Atem glitt über ihren Nacken, warm und mit dem Duft von Zahnpasta.

Stumm ermahnte sie sich, den Mund zu schließen. Sie konnte nicht mal schlucken.

Troy lehnte sich vor und legte seine Hand über ihren Bauch, um sie festzuhalten. Die andere Hand schloss er um den Griff des Schlafsofas vor ihnen. Sein Arm glitt über ihren, der schlaff an ihrer Seite hing. Troy hatte im Vergleich zu ihr eine so dunkle, gebräunte Haut, und seine Muskeln waren heiß und hart.

Die Bettfedern quietschten, als er zog. Das Sofa verdoppelte seine Fläche.

Sie sah über die Schulter und erkannte, dass das ausgezogene Bett doch vor den Billardtisch passte. Gerade so.

«Oh, anscheinend geht es doch. Okay.» Sie fühlte sich wie eine Idiotin und war völlig verwirrt. Troy war ihr immer schon unter die Haut gegangen. «Jetzt komme ich klar.»

Er bewegte sich nicht, anscheinend immer noch entschlossen, ihr zu helfen. Die Hitze seines Körpers sorgte dafür, dass ihr warm wurde. Gleichzeitig griffen sie nach der Stange, mit der sich das Sofa ganz ausklappen ließ. Während des anschließenden Kampfes darum, wer zuerst daran zog, stolperten sie nach hinten. Sie landeten auf dem Billardtisch, sie auf ihm, ihren Rücken gegen seine Brust gepresst.

Einen Moment lag sie da, schwer atmend, die Arme ausgebreitet.

«Das ist mir jetzt unangenehm», murmelte sie.

«Ich weiß nicht», entgegnete Troy. Seine Stimme klang seltsam, irgendwie tiefer. «Ich hatte noch nie Sex auf diesem Tisch. Könnte vielleicht Spaß machen.»

Cam stieß ein gequältes Geräusch aus und warf sich nach vorne, sodass sie auf dem Sofa landete. «Könntest du bitte ernst sein, Troy?» Doch aus irgendeinem Grund wünschte sie sich, er hätte es ernst gemeint.

«Angeblich sind wir ein Paar», antwortete er locker.

«Nicht wenn es keine Zeugen gibt.» Sie strich sich mit beiden Händen die Haare aus dem Gesicht.

Sein Lachen hallte mehrere Sekunden durch den Raum. Dann setzte er sich auf und sprang vom Tisch. «Kann ich dir bei noch etwas behilflich sein, Cam? Soll ich dir die Dusche erklären? Oder wie man eine Decke benutzt?»

Sie stieß den Atem aus, die Augen zusammengekniffen. Er machte sie wahnsinnig! «Kann man das Miller-Lite-Schild ausschalten? Für eine Nachtlampe ist es ein wenig zu hell.»

Er zog an der Schnur, die unter der Bierwerbung an der Wand hing, und der Raum versank in fast völliger Dunkelheit. «Besser?»

«Ja. Vielen Dank.» *Und jetzt geh, bevor ich Phantasien entwickle.* Schon wieder.

Troy starrte den Billardtisch an, als hege er ähnliche Gedanken wie sie. Dann blinzelte er und schaute erneut zu ihr. «Wieso nimmst du nicht mein Zimmer? Ich werde hier schlafen.»

«Nein, nein. Alles okay.» Irgendwie.

«Bist du dir sicher? Ich habe Transformers-Bettwäsche.»

Sie schluckte schwer, dann sah sie ihm in die Augen, weil sie wissen wollte, was er wirklich dachte, ohne dass er mit seinen Scherzen ablenkte. «Warum tust du das?»

Sein Gesicht nahm einen irritierten Ausdruck an. «Warum tue ich *was*?»

Nett sein. Mich mit Filmen aufmuntern. Dafür sorgen, dass ich wissen will, was sich unter dieser Kleinkind-Kleidung versteckt.

Sie verschränkte die Arme, weil sie plötzlich fröstelte. Vermutlich war die Klimaanlage dafür verantwortlich. «Warum hast du zugestimmt, mit mir auszugehen?», erklärte sie ihre Frage. «Oder vielmehr so zu tun, als würden wir miteinander ausgehen?»

Er senkte den Blick wieder auf den Billardtisch, seine Miene gequält. «Ich weiß es nicht. Aber ich habe es versprochen.» Er sah sie wieder an. Sein Blick glitt über ihr Gesicht, um dann für mehrere Sekunden auf ihrem Mund zu verweilen. «Ich würde fast alles für dich tun. Das weißt du. Und du weißt auch, warum.»

Sie starrte ihn mit offenem Mund an. Nein, das wusste sie nicht … und sie kannte auch das Warum nicht.

Er wandte den Blick ab und rieb sich den Nacken. «Gute Nacht, Cam.»

«Troy.» Sie kämpfte sich auf die Beine. «Danke.»

In der Tür drehte er sich noch einmal um. «Du musst mir nicht danken.»

LEBENSWEISHEITEN*

Zu spät angerannt
zu kommen gilt auch als
Fitnesstraining.

*ZUMINDEST WENN ES NACH CAMRYN GEHT

KAPITEL 4

Der Sprint durch den Mitchell International Airport erinnerte unleugbar an *Kevin allein zu Haus*. Yjaka Harold beharrte darauf, alle Tickets in der Hand zu behalten, Baba beschwerte sich, weil sie einen Rollstuhl benutzen musste, Kuma Viola trug beim Gang durch die Sicherheitsschleuse Lippenstift auf, und Emily sorgte dafür, dass einer der Wachleute seinen Kaffee ausspuckte, als sie erklärte, er habe einen großen Prügel.

Die Covics hinterließen wirklich überall, wo sie auftauchten, einen bleibenden Eindruck.

Als das Anschnallzeichen erlosch, schloss Troy die Augen und ließ seinen Kopf gegen die Lehne sinken. Drei Stunden lang in einem geschlossenen Flugzeug in zehntausend Meter Höhe mit der Familie. Phantastisch! Er schnappte sich ein Magazin und begann, darin herumzublättern.

Fisher ging an ihnen vorbei, um Emily auf die Toilette zu begleiten. Er nickte Camryn zu und wich Troys Blick aus, stehen blieb er nicht.

«Ich verstehe nicht, warum er so wütend ist», flüsterte Camryn.

«Wir wissen doch beide, wie Fisher ist.»

«Aber warum sollte er wütend auf dich sein? Seine Wut sollte sich gegen mich richten. Ich bin seine Schwester.»

«Er glaubt, ich werde dich verletzen. Und meine bisherigen Beziehungsgeschichten tragen nicht unbedingt dazu bei, seine Meinung zu ändern.»

Tief in seinem Inneren war Troy davon überzeugt, dass Cam und er in Fishers Augen eine unsichtbare Grenze überschritten hatten. Oder zumindest dachte Fisher, sie hätten das getan. Troy wollte seinem besten Freund so dringend erzählen, dass alles nur eine Lüge war, denn dieses Wissen hätte dafür gesorgt, dass Fisher sich besser fühlte. Doch einem Teil von ihm gefiel es auch, diese Scharade zu spielen. Der Teil von ihm, der immer noch beweisen musste, dass er etwas wert war.

«Fisher muss doch wissen, dass eher ich dich verletze. Ich meine, ich bin hier die Zugeknöpfte. Ich lasse niemals einen Mann an mich heran.»

Aber sie hatte sich von einem Mann verletzen lassen. Ihr mochte das nicht bewusst sein – vielleicht ließ sie den Gedanken gar nicht zu –, doch dieser Maxwell-Arsch hatte sie verletzt.

Und Troy war nicht einfach irgendein Mann. Wenn das hier schiefging, würde sich alles verändern; dann wäre er derjenige, der allein in der Kälte stand.

Er legte das Magazin zur Seite und sah sie an. «Du hast Gefühle, Cam. Ich verstehe nicht, warum du glaubst, du müsstest sie verbergen.»

Sie drehte den Kopf, um aus dem Fenster zu starren.

«Mach nur, wende den Blick ab. Aber ich kenne dich besser. Nur fürs Protokoll, ich würde dir nie weh tun. Selbst wenn diese Beziehung echt wäre.»

Sie warf ihm einen kurzen Blick zu, die Stirn in Falten gelegt. Nachdem sie ihn einen Moment gemustert hatte, schüttelte sie den Kopf. «Das ist sinnlos. Niemand wird verletzt werden, weil die Beziehung nicht echt ist. Fisher wird darüber hinwegkommen.»

Ausnahmsweise war sie einmal optimistischer als er. «Auf verdrehte Art ist die Situation fast witzig. Fisher und ich haben uns vor langer Zeit geschworen, uns nie wegen einer Frau zu streiten.»

Einer ihrer Mundwinkel zuckte, und ihre Augenbrauen hoben sich. «Das ist wohl nicht ganz die Situation, an die ihr dabei gedacht hattet.»

Das war eine Untertreibung.

Emily kletterte über seinen Schoß, um zu Camryn zu gelangen. Troy war der lustige Onkel, Heather die Tante, die sie verwöhnte, aber Cam war die Lieblingstante des kleinen Mädchens. Wahrscheinlich weil Cam mit ihr sprach wie mit einer Erwachsenen.

«Du hast Farbe im Gesicht, Tante Cam.»

«Das ist Make-up. Und ich trage fast immer Make-up.»

Emily musterte sie abschätzend. «Nicht so viel. Ist das, weil die Hortons besser sind als wir?»

Die Hortons waren Justins Familie. Troy wartete auf Camryns Antwort. Sie nutzte jedes Gespräch, um wichtige Lektionen zu vermitteln, und wusste immer genau, was sie sagen musste. Eine Fähigkeit, um die er sie beneidete.

«Sie sind nicht besser als wir, Süße. Nur anders. Geld, Religion oder Hautfarbe sollten nie als Grundlage dienen, um ein Urteil über Menschen zu fällen. Es geht nur um das eigene Verhalten und darum, wie wir andere behandeln. Aber wir werden

Gäste im Haus der Hortons sein, also müssen wir uns gut benehmen und auf unsere Manieren achten.»

Amen. Troy nickte. Gleichzeitig wuchs sein Respekt vor Camryn ein gutes Stück, obwohl er bereits vor der Erklärung für ihre Nichte Hochachtung vor ihr gehabt hatte.

Emily lehnte sich gegen ihre Brust und seufzte. «Ich weiß. Daddy hat mir das schon gesagt.»

Troy fragte sich, ob Fisher wohl auch den Rest der Familie angewiesen hatte, sich ordentlich zu benehmen.

«Wie ist Colorado?», wollte Emily wissen.

«Nun, Colorado war die achtunddreißigste Kolonie, die an die Vereinigten Staaten angeschlossen wurde. Der Wappenvogel ist die Lerche, und der Wappenbaum ist die Blautanne.»

Troy lachte. «Sie hat nicht um eine Geschichtsstunde gebeten.»

Sowohl Cam als auch Emily sahen ihn stirnrunzelnd an, also hielt er die Klappe.

Emily wandte sich wieder ihrer Tante zu. «Daddy sagt, es gibt dort Berge.»

«Ja, die Rocky Mountains. Die Stadt, die wir besuchen – Boulder –, liegt gleich östlich davon. Du wirst die Berge also sehen können. Du solltest Onkel Justin über Colorado ausfragen. Er stammt von dort.»

Ohne zu zögern, kletterte Emily wieder auf den Gang und ging im Flugzeug nach hinten, zu Heather und Justin.

Troy sah sich um. Der Großteil der Familie saß weiter hinten, und es war grad niemand unterwegs. Sie konnten sich unterhalten, ohne belauscht zu werden. «Also, erzähl mir von diesem Max-Kerl.»

Sie verzog den Mund. «Maxwell. Er hasst es, Max genannt zu werden. Was willst du wissen?»

Eine Menge Dinge, nach denen er sich wahrscheinlich besser nicht erkundigen sollte. «Was hat er dir letzten Monat zu deinem Geburtstag geschenkt? Du bist nicht nach Hause gekommen. Es muss etwas Tolles gewesen sein.»

Ihr Blick huschte wieder zum Fenster. «Wir sind am nächsten Tag essen gegangen.»

«Am nächsten Tag?»

Sie drehte den Kopf in seine Richtung, weigerte sich aber, ihm in die Augen zu sehen. «Wir haben gerade in der Vorbereitung einer großen Kampagne gesteckt. An diesem Abend haben wir bis in die Nacht hinein gearbeitet, also sind wir erst am nächsten Tag ausgegangen.»

Code für: Der Arsch hat ihren Geburtstag vergessen.

«Hast du ihn geliebt?»

Sie seufzte. «Wahrscheinlich. Das ist jetzt nur nicht mehr wichtig, oder?»

«Liebe ist immer wichtig.» Und Cam hatte jemanden verdient, der ihren Geburtstag nicht vergaß. Hatte mehr verdient als die Karte, die Troy ihr geschickt hatte – selbst wenn die Musik gemacht hatte.

«Was ist mit dir? Wie war deine letzte Freundin so?»

«Felicia. Sie war insgeheim ein Opernfan. Es hätte niemals funktioniert.»

Cam lächelte, und sein Magen vollführte einen Sprung, den er auf ein Luftloch schob. «Mh-hm. Und wo war das Problem bei der Frau vor ihr?»

Er war nur ein paar Wochen mit Felicia ausgegangen. Dasselbe galt für die Frau vor ihr und die davor. Mit allen hatte irgendetwas nicht gestimmt. Aber vielleicht lag es einfach an ihm. Auf jeden Fall waren diese Frauen nicht wichtig genug, um über sie zu reden. «Was hast du an Maxwell geliebt?»

Ihr Lächeln verblasste, und sofort bereute er seine Frage.

«Unsere Arbeit war uns beiden sehr wichtig.» Cam zuckte mit den Achseln. «Er war gefestigt. Verlässlich.»

Sie klang, als würde sie ein Auto beschreiben, doch Troy war klug genug, diesen Gedanken nicht auszusprechen. «Nun, zumindest kann ich dir zeigen, wie man Spaß hat, bevor du mich für den nächsten langweiligen Kerl verlässt.» Ihre braun und grün gesprenkelten Augen wurden schmal, und er grinste. «Selbst ein falscher Freund kann Spaß machen.»

Emily kletterte erneut über ihn auf Cams Schoß. «Onkel Justin sagt, du wärst die Schlaumeierin. Ich soll mir von dir ein Tutu geben lassen.»

Troy lachte, bis sein Bauch weh tat und die Hälfte der Passagiere ihn anstarrte. «Ich stelle mir gerade Cam in einem Tutu vor. Tut mir leid. Ich glaube, er hat Tutorium gesagt. Und dafür ist Tante Camryn genau die richtige Person.»

«Justin Horton, du hast uns nicht erzählt, dass du in einem Hotel lebst!» Nach diesem bissigen Kommentar blieb Baba der Mund offen stehen.

Camryn verdrehte die Augen. Nur ihre Großmutter war fähig, diese Aussage wie eine Beleidigung klingen zu lassen.

Sie stiegen aus dem Wagen, den die Hortons für sie zum Flughafen geschickt hatten. Quatsch, aus der *Limousine.*

Justin rieb sich den Nacken und lief leuchtend rot an. «Ähm, na ja … so groß ist es gar nicht.»

Doch es *war* so groß. Camryn musterte das weitläufige Anwesen aus grauen Backsteinen, das sich vor ihnen erstreckte. Von dem schmiedeeisernen Tor mit dem Sicherheitsschloss aus waren sie fünf Minuten lang eine private Einfahrt entlanggefahren, um von der Straße bis zur Eingangstür zu kommen. Das Gebäude war mindestens drei Stockwerke hoch und musste an die tausend Quadratmeter Wohnfläche haben. Blühende Büsche und perfekt angelegte Beete bildeten Inseln aus Rot, Pink, Gelb, Purpur und Blau auf dem Rasen. Die Garage allein war größer als das Haus ihrer Eltern. Im Garten hätte man eine Hochzeit mit dreimal so vielen Gästen feiern können, wie Justin und Heather eingeladen hatten. Sogar das Kentucky Derby hätte hier Platz gefunden. Und das war nur der Teil des Anwesens, den sie von dem kreisrunden Platz am Ende der Einfahrt aus sehen konnte.

Rechts vom Haus meinte sie die Ecke eines Schwimmbeckens zu erkennen. Auch der Pool war umgeben von einem hohen schmiedeeisernen Zaun, diesmal in Weiß. Es gab sogar ein kleines, weißes Poolhaus mit burgunderroten Fensterläden, die farblich zu denen am Haus passten. Sarkastisch fragte Cam sich, ob es wohl auch einen Poolboy gab. Links von ihr, hinter einer weitläufigen Rasenfläche, erhob sich ein dichter Mischwald, der sich aus Kiefern, Zypressen, Eichen, Gummi- und Ahornbäumen zusammensetzte, soweit sie sah. Und am Waldrand leuchtete die weiße Rinde von Birken.

Trotz der angenehm sommerlichen Temperaturen hing der Duft von Schnee in der trockenen Luft. Camryn nahm an, dass er von den Bergen kam, die in der Ferne hinter dem Haus zu sehen waren. Auf der Fahrt zum Haus waren sie noch besser zu erkennen gewesen. Gezackte, graue Felsen mit schneebedeckten Gipfeln erhoben sich am Horizont wie eine in Nebel gehüllte Fata Morgana. Der kobaltblaue Himmel über den Bergen betonte nur ihre Schönheit.

Es war atemberaubend im Vergleich zu dem, was Cam gewöhnt war. Auch wenn sie in einem Wohnviertel mit einem ganz eigenen Charme aufgewachsen und danach in eine Stadt voller Parks gezogen war, unterschied sich Colorado doch vollkommen von ihrem Heimatstaat. Wisconsin hatte viele Seen, Wälder und Flüsse, Weingüter und Bierbrauereien, Farmen und Zoos. Aber das hier? Die Einsamkeit und die Aussicht wirkten wie ein kleines Stück vom Himmel. Keine hupenden Autos, kein Verkehr, keine Wolkenkratzer, kein Geschrei oder anderer Lärm.

Jetzt verstand sie, warum Heather so nervös gewesen war.

Eine Frau trat aus der Eingangstür, stieg die steinernen Stufen nach unten und ging direkt auf Justin zu. «Schön, dass du endlich zu Hause bist!» Genau wie ihr Sohn hatte sie hellbraunes Haar und ein schmales, kantiges Gesicht. Sie trug ein mintgrünes Kostüm, das sicherlich mehr gekostet hatte, als Camryn in einem Monat verdiente. «Oh, Heather. Es ist so wunderbar, dich wiederzusehen.»

Heather stellte den Rest der Familie vor. Zum Glück schwiegen alle. Camryn hoffte inständig, dass diese Schockstarre die ganze Woche anhalten würde.

Bernice Horton ging vor Cams Nichte in die Hocke. «Und du musst Emily sein. Ich habe vom Personal extra viele Filme für dich kaufen lassen, nur für den Fall, dass es regnet.»

Emily strahlte. «Mit Cockporn? Tante Cam macht das beste Cockporn.»

Anna kicherte nervös, dann hob sie Emily hoch und setzte sie sich auf die Hüfte. «Sie meint Popcorn. *Popcorn.* Camryn macht ihr gerne Popcorn und … ähm.»

Der entsetzte Ausdruck auf Bernice' Gesicht verschwand. «Natürlich. Mit Popcorn, Süße.» Sie drehte sich zu Justin um. «Dein Dad ist im Arbeitszimmer. Wieso rufst du ihn nicht und machst mit der Familie eine Führung durchs Haus?»

Ein paar Angestellte in einfachen schwarzen Uniformen traten hinaus, um das Gepäck zu holen, als alle anderen eintraten. Camryn und Troy folgten der Gruppe mit ein wenig Abstand.

Er lehnte sich zur Seite, um ihr ins Ohr zu flüstern. «Zumindest teile ich mir ein Zimmer mit einer Frau, die gutes Cockporn macht. Was du mir nicht alles verschweigst.»

Sie bemühte sich, ein Lächeln zu unterdrücken, und versagte kläglich. «Halt die Klappe, Troy.»

Justins Vater machte einen ebenso freundlichen Eindruck wie seine Mutter. Sobald er die Gäste ins Haus kommen sah, erhob er sich hinter seinem Schreibtisch in dem kleinen Arbeitszimmer neben dem Foyer und schüttelte allen die Hände. Er war genauso groß wie Justin, wenn nicht größer, mit einem schlaksigen Körper und einem birnenförmigen Gesicht, das sich zum Teil hinter einer Brille mit breitem, schwarzem Rand verbarg.

Das Haus war unglaublich: Mahagoniparkett, drei Meter hohe Fenster, offener Grundriss, zerfurchte Dachbalken, Gewölbedecken. Komplett mit einer Bibliothek und einem Medienraum, der Emily sofort in Begeisterungsstürme ausbrechen ließ, wirkte das Haus, als wäre es einem Hollywoodfilm entsprungen. Aus den Fenstern nach Osten hatte man einen wunderschönen Blick auf die Flatirons und die Hügel, die den Bergen vorgelagert waren. Camryn hätte gewettet, dass die Aussicht bei Sonnenaufgang noch atemberaubender war. Auf der Südseite lag der Pool von olympischen Ausmaßen, den sie vorhin schon gesehen hatte, mit einem Staudengarten, der sich an der Außenseite des Hauses entlangzog. Sonnenhüte und Rudbeckien, gemischt mit ein paar Lilien.

Und es gab sechs Schlafzimmer. Yjaka Harold, Kuma Viola, Onkel Mitch und Tetaka Myrtle teilten sich ein Zimmer im ersten Stock. Mom, Dad und Baba wurden auf der anderen Seite des Flurs untergebracht. Fisher, Anna und Emily bekamen ein Zimmer im zweiten Stock, genauso wie Justin und Heather sowie Troy und sie selbst. An jedes Schlafzimmer grenzte ein eigenes Bad an. Sie wurden bis zum Mittagessen sich selbst überlassen und beschlossen, ihre Koffer auszupacken und sich einzurichten.

Troy ließ sich sofort auf das Kingsize-Bett in ihrem Zimmer fallen. «Ich finde, die Familie hat sich gut benommen.»

«Ja, abgesehen von dem Moment, als Baba sich beschwert hat, weil sie sich bestimmt verlaufen wird.»

Ihr Zimmer war schicker als die einiger Vier-Sterne-Hotels, in denen Cam schon übernachtet hatte. Die Tapete war hellblau mit dunkleren, marineblauen Streifen. Eine Bordüre mit Blauglöckchen passte zu der Überdecke auf dem Himmelbett. Neben der Tür zum Bad stand eine Kommode mit einem Vierzig-Zoll-Flachbildfernseher, komplett mit Blu-Ray-Player. Fenstertüren führten auf einen Balkon, von dem aus man die Aussicht auf die Berge bewundern konnte.

Cam öffnete den begehbaren Schrank, um ihre Kleidung aufzuhängen, bevor sie verknitterte. «Ich würde töten, um zu Hause auch so einen Schrank zu haben.»

«Frauen und ihre Klamotten. Kein Schrank ist jemals groß genug.»

«Meine gesamte Wohnung ist nur unwesentlich größer als dieser Schrank.» Sie drehte sich um und starrte ihn an, dann kam ihr ein Gedanke. «Wir werden uns das Bett teilen müssen.»

Troy sah sich um. «Es ist breit genug, keine große Sache. Ich habe gehört, dass du nicht schnarchst, also sollte es keine Probleme geben.» Er strahlte sie an.

Sie mochte sich ja mit Troy halbwegs wohlfühlen, aber für sie war eine Grenze überschritten, wenn es darum ging, sich ein Bett zu teilen, egal wie groß es auch sein mochte. Doch ihnen blieb keine andere Wahl, wenn nicht einer von ihnen auf dem Boden schlafen sollte. Das konnte sie auf keinen Fall von Troy verlangen, und wenn sie selbst auf dem Parkettboden schlafen würde, könnte sie wahrscheinlich nie wieder aufrecht laufen.

Und wieso waren überhaupt alle so besessen von der Frage, ob sie schnarchte oder nicht?

«Entspann dich, Cam. Ich werde dich nicht anfassen.»

Daran bestand kein Zweifel. Sie könnte auch nicht damit umgehen, selbst wenn er den Verstand verlieren und es versuchen sollte. Letzte Nacht in seinem Haus hatte sie bei seiner Berührung fast die Kontrolle verloren, dabei hatte sich Troy überhaupt nichts dabei gedacht. Er hatte einfach nur versucht, ihr zu helfen … und trotzdem hatte sie in Flammen gestanden.

Sie musste an etwas anderes denken. «Was wirst du tun, während wir heute Nachmittag unsere letzte Anprobe haben?»

«Ich habe vor, Justin und Fisher bei *Grand Theft Auto* fertigzumachen. Das sollte in diesem Medienraum wirklich Spaß machen.»

Männer und Videospiele.

Er stand auf und ging zu den Balkontüren. Dunkler Denim umschmeichelte seinen knackigen Hintern, und sein gelbes T-Shirt war vom Flug leicht verknittert. Troys sandblondes Haar wirkte zerzaust, wahrscheinlich weil er eben auf dem Bett gelegen hatte. Dennoch ließ ihn das Sonnenlicht, das auf seinen Kopf fiel, aussehen wie einen griechischen Gott, ein Vergleich, mit dem ihn ihre Tanten und Onkel oft neckten.

«Sie decken draußen schon fürs Mittagessen. Bist du bereit, nach unten zu gehen?»

Cam wusste nicht, warum sie sich seiner Gegenwart plötzlich so bewusst war, aber sie musste sich davon ablenken. «Willst du deine Kleidung nicht aufhängen?»

Er zog verwirrt eine Augenbraue hoch. «Warum?»

Sie seufzte. Es war doch gut, dass sie nicht wirklich ein Paar waren.

Sie gingen nach unten und traten durch eine Fenstertür auf eine Terrasse, von der sie glaubten, dort auf die Familie zu treffen ... nur um sich eine Hauslänge entfernt auf der Nordseite wiederzufinden, im hinteren Teil des Gebäudes.

Tau glitzerte auf der weitläufigen Rasenfläche zwischen dem Haus und dem dichten Wald in der Ferne. Die Sonne strahlte durch vereinzelte Wolken. Der Duft von Kiefern, Schnee und Regen hing in der Luft. Ein Falke kreiste am Himmel, und die milde Brise trug leise Gespräche heran. An der Vorderseite des Hauses waren Tische aufgebaut. Dort stand die Familie und unterhielt sich. Emily drehte sich im Kreis und machte Seifenblasen.

«Wow, dieses Haus ist riesig.» Camryn wollte schon in Richtung der Tische gehen, als Troy ihren Arm packte und den Kopf schüttelte.

Verwirrt sah sie ihn an. Sein blondes Haar wirkte in der Sonne viel heller, und in seinen braunen Augen glitzerten goldene Flecken, die sie bisher noch nie bemerkt hatte.

«Was ist los?», fragte sie, besorgt, dass die Höhenluft ihm Probleme bereiten könnte. Als sie vorhin aus dem Auto gestiegen waren, hatte sie bemerkt, wie viel dünner die Luft hier war. Vielleicht hatte er sich noch nicht daran gewöhnt.

«Ich habe eine Idee, die dir allerdings nicht gefallen wird.» Sein vorsichtiger Tonfall hätte ihr Warnung genug sein müssen.

«Dann lautet meine Antwort Nein.»

Ausdruckslose Miene. «Du hast meine Idee doch noch gar nicht gehört.»

«Muss ich auch nicht. Wenn du glaubst, es ist eine schlechte Idee ...»

«Ich habe nicht gesagt, dass die Idee schlecht ist. Ich habe gesagt, sie wird dir nicht gefallen.»

Sie verschränkte die Arme. «Das ist dasselbe.»

Er wirkte nicht amüsiert. «Alle sitzen dort drüben. Wir können sie sehen, also können sie uns umgekehrt auch sehen. Wir sollten das mit den öffentlichen Zuneigungsbekundungen noch mal angehen.»

Das klang gar nicht gut. Doch bevor sie seinen Vorschlag wirklich verarbeiten konnte, schlang er einen muskulösen Arm um ihre Taille und zog sie an sich. Zack, bumm, als wäre das ganz natürlich.

Und wow, was für eine Brust! Wie eine Wand aus harten Muskeln. Jetzt war sie diejenige, die keine Luft bekam.

«Tu so, als hätten wir das schon öfter getan», flüsterte er.

«Was getan?»

«Uns geküsst, Cam. Tu so, als hättest du mich schon öfter geküsst.»

Hä? «Wie soll ich …»

Die Worte blieben ihr im Hals stecken, als Troys Mund sich auf ihren senkte. Zuerst erstarrte sie, weil die Welt um sie herum sich drehte. Doch dann berührten sich ihre Nasen, er neigte leicht den Kopf, und ihre Lider sanken nach unten. Sie klammerte sich an seinen Armen fest, um nicht das Gleichgewicht zu verlieren. An muskulösen, festen Armen, die sich unter ihren Fingern anspannten. Warme Haut. Sie erinnerte sich daran, wie er ohne Hemd ausgesehen hatte, doch er fühlte sich noch viel besser an, als er aussah. Anders. Seine Umarmung vermittelte ihr ein Gefühl von Sicherheit und Trost.

Troy besaß unglaubliche Fähigkeiten. Irgendwie hatte sie das schon geahnt, angesichts seiner Erfahrung. Lieber Gott im Himmel, wie gut er küssen konnte! Allerdings hätte Cam nie vermutet, dass sie so intensiv auf ihn reagieren würde. Ein Zittern überlief ihren Körper, und sie konnte einfach nicht genug von ihm bekommen.

Er öffnete die Lippen und ließ seine Zunge sanft gegen ihre tippen, langsam und verführerisch, ein Versuch, sie zu umschmeicheln und zu verlocken. Als sie Troy den Kuss vertiefen ließ, umfasste er mit den Händen ihre Wangen, und sie drängte sich ihm entgegen. Plötzlich schien sie nur noch seine Lippen zu spüren.

Troy Lansky küsste sie. Vor Zeugen. Weil er vorgab, ihr …

Er löste sich von ihr, die Hände immer noch an ihren Wangen, und sah auf sie herunter. «Was zur Hölle war das?», flüsterte er, seine Stimme rau, die Augen groß.

Sie hatte es für einen Kuss gehalten. Einen verdammt guten

Kuss, um genau zu sein. Sie mochte nicht seine Erfahrung oder sein Können besitzen, aber sie war nicht so dämlich, dass sie nicht bemerkte, wenn sie geküsst wurde. Und zwar richtig.

Er biss die Zähne zusammen, und seine Lippen wurden schmal, dann senkte er die Hände und trat zurück, als wäre er wütend.

Sie hatte niemals an spontane Selbstentzündung geglaubt, aber Himmel, wenn er sich jetzt über sie lustig machte, würde sie vor Verlegenheit in Flammen aufgehen. Sie war nicht so schön wie seine anderen Gespielinnen. Tatsächlich rangierte sie auf der Sexy-Skala wahrscheinlich in der Nähe der Nulllinie. Ihr Herz verkrampfte sich und drohte, die Arbeit einzustellen.

«Du bist kein Fisch», stieß Troy hervor.

Maxwells ultimative Beleidigung aus Troys Mund zu hören, riss Cam aus ihrer Erstarrung. Er hätte ihr genauso gut eine Ohrfeige verpassen können. Aber hatte er wirklich gesagt ...?

Troy drehte sich um, als wolle er weggehen, doch offenbar fiel ihm ein, dass sie gemeinsam hier waren, denn er kehrte zurück, packte ihre Hand und zog sie in Richtung der wartenden Familie.

«Dieser Kuss zwischen dir und Troy hat ziemlich heiß gewirkt.» Heather zog ihre Shorts aus und legte sie im Umkleidezimmer der Boutique auf eine Bank.

Camryn ignorierte die Aussage, während sie vorsichtig Heathers Hochzeitskleid vom Bügel nahm. Sie öffnete den Reißverschluss am Rücken und ging in die Hocke, damit ihre Schwester hineinsteigen konnte.

«Willst du nichts sagen?», fragte Heather.

«Doch. Zieh das Kleid an, bevor es verknittert.»

Mit einem dramatischen Seufzen folgte ihre Schwester der Aufforderung. Camryn zog das Kleid nach oben, bis es überall richtig saß, dann drehte sie ihre Schwester so, dass sie den Reißverschluss wieder schließen konnte.

«Ich meine ja nur, dass es nicht aussah, als würdet ihr das nur vorspielen.»

Es hatte sich auch nicht so angefühlt, doch Camryn war Realistin. «Natürlich war der Kuss nur gespielt. Wir wussten doch, dass ihr alle zuschaut. Es war nichts.»

Nichts außer einem verdammt heißen Kuss, der ihr immer noch Schauer über den Rücken jagte. Troy und seine Ideen konnten gerne von einer hohen Klippe …

«Komm schon. Es war gut, oder?»

«Der Reißverschluss ist zu. Dreh dich um und lass dich anschauen.»

Heather wandte sich zum Spiegel um und stieß ein Quietschen aus, von dem Camryn wusste, dass es normalerweise den Auftakt zu Tränen bildete. «Oh, es sieht toll aus. Findest du nicht auch?»

Ihre Schwester hätte einen Müllsack tragen können und hätte trotzdem toll ausgesehen. Doch sie hatte recht: Sie würde eine wunderschöne Braut abgeben. Das schulterfreie cremeweiße Kleid umschmeichelte eng ihren Oberkörper, und der Rock fiel elegant bis auf den Boden. Der Satin der Schleppe war mit winzigen, lavendelfarbenen Perlen bestickt – die Farbe der Brautjungfernkleider.

«Es ist wunderschön. Genau wie du.»

Heather fing an zu weinen, also zog Cam eilig ein Taschentuch aus ihrer Handtasche. «Tropf nicht auf das Kleid.»

Emily steckte den Kopf unter der Tür der Umkleide hindurch und verschaffte sich von unten einen Überblick über die Situation. «Wieso weinst du, Tante Heather? Es ist nicht so hübsch wie mein Kleid, aber so schlimm ist das nicht.»

Camryn öffnete die Tür und hob das Mädchen hoch. «Das sind Freudentränen, Süße.»

«Wieso weint sie, wenn sie glücklich ist?»

«Ich weiß nicht. Wenn du es irgendwann verstehst, verrat es mir, ja?»

Sie traten zu dritt aus der Umkleide, und sofort fing auch Mom an zu weinen, was eine Kettenreaktion über Justins Mutter Bernice bis zu Anna auslöste. Bei Baba war Schluss. Sie grinste nur, ihre Augen blieben trocken.

«Weinen sie auch vor Glück?», flüsterte Emily, als würde ihr diese weibliche Heulorgie eine Heidenangst einjagen.

«Ja.»

Die Verkäuferin hielt die Schleppe, damit Heather auf eine Plattform vor einem dreigeteilten Spiegel steigen konnte. Die Mittfünfzigerin war sehr geschäftstüchtig und nüchtern, von ihrem Verhalten über ihr grau meliertes Haar bis zu dem ungeschminkten Gesicht. «Ich glaube, es passt gut. Die Länge ist in Ordnung. Wie sitzt es an der Taille?»

«Gut.» Heather drehte sich, um sich aus jedem möglichen Winkel zu betrachten. «Cam und Anna, probiert eure Kleider an, um sicherzustellen, dass alles passt.»

Camryn stellte Emily auf den Boden und ging zurück zu den Umkleiden. Sie gab Anna ihr Kleid, bevor sie die Tür hinter sich schloss. Was Brautjungfernkleider anging, hatte Heather wirklich Geschmack. Schulterfrei und lavendelfarben. Cam störte sich nur ein wenig an dem dünnen, weißen Band um die Taille.

Sie zog das Kleid nach oben und griff nach hinten, um den Reißverschluss zu schließen, doch er wollte sich nicht bewegen. Ihr Magen krampfte sich zusammen. Sie drehte sich, um ins Kleid zu greifen und das Etikett zu lesen. 40, ihre Größe. Nur dass das Kleid saß wie eine 38.

«Wie sitzen sie?», fragte Heather von draußen.

«Bei mir ist alles okay», verkündete Anna. Ihre Tür wurde geöffnet, und sie diskutierten die Passform des Kleides, während Camryns Herz raste. «Es ist ein bisschen zu lang, aber mit hohen Absätzen müsste das gehen.»

Camryn stemmte die Hände an die Wand, lehnte sich vor und atmete einmal tief durch. Sie hatte sich einen falschen Freund besorgt, log ihre Familie gerade in Bezug auf diesen falschen Freund an und erniedrigte sich dabei. Alles, um Heathers Hochzeit nicht zu ruinieren … Doch genau das würde sie jetzt tun, weil sie zu dick für ihr Kleid war.

Sie öffnete die Augen, schüttelte den Kopf und drehte den Türknauf. «Meins passt nicht. Es hat die richtige Größe, aber der Reißverschluss lässt sich nicht schließen.»

Schweigen. Noch mehr Schweigen.

Dann kam es zur Kernschmelze. Mom zerrte Camryn auf die Plattform vor dem großen Spiegel, und Heather begann, hysterisch zu heulen. Anna setzte Emily auf einen Stuhl und hielt dem kleinen Mädchen die Ohren zu. Die Verkäuferin zerrte und zog, bis Camryn dachte, sie würde gleich umfallen, doch der Reißverschluss ließ sich nicht schließen.

In der darauffolgenden allumfassenden Stille hörte Camryn

Baba abfällig sagen: «Keine Süßigkeiten mehr für dich, Fräulein. Du wirst bis zur Hochzeit hungern.»

Bei dieser Demütigung presste Camryn die Augen zu und stellte sich Baba als bösartigen Kobold vor, der auf der Stelle herumhüpfte. Es half nicht. Ihre Kehle war wie zugeschnürt von Tränen, die sie nur mit Mühe zurückhalten konnte.

Bernice ging vor ihr in die Hocke. «Dieses Kleid ist gute fünf Zentimeter zu lang. Wir können einen Teil dieses Stoffes nehmen, um ihn am Rücken neben dem Reißverschluss einzusetzen. Niemand wird etwas merken. Solche Kleider fallen immer klein aus. Ich hätte dich warnen müssen, als wir sie bestellt haben. Das ist meine Schuld. Es tut mir schrecklich leid.»

Camryn sah auf Justins Mutter herunter, die wie gedruckt log, nur damit sie sich besser fühlte. Und es funktionierte sogar irgendwie. Der Schmerz in ihrer Brust ließ nach, bevor die Tränen sich endgültig Bahn brechen konnten.

«Das schaffen wir nicht in fünf Tagen», mahnte die Verkäuferin. «Bis zur Hochzeit bleibt nicht genug Zeit.»

Bernice stand auf. «Dann werde ich es machen. Camryn, zieh dich wieder um. Wir werden das Kleid gleich mitnehmen.»

Alle im Raum starrten Bernice an, als wäre Justins Mutter plötzlich verrückt geworden.

Bernice zuckte nur mit den Schultern. «Ich weiß, dass ihr mich alle als Snob seht, mit unserem großen Haus und dem ganzen Grün drum herum. Aber das bin ich nicht. In dem Jahr, in dem Justin geboren wurde, hat mein Ehemann Tim ein paar gute Investitionen getätigt. Davor haben wir uns von einem Monatslohn zum nächsten gehangelt. Die Hausangestellten sind nicht immer da. Wir haben sie nur für die Hochzeitsvorbereitungen engagiert. Bis Justin fünf war, habe ich seine Halloween-Kostüme immer selbst genäht.»

Baba lachte. «Das ist eine echte Erleichterung. Ich hasse reiche Leute.»

Heather rieb sich die geröteten Augen. «Kannst du das wirklich in Ordnung bringen?»

«Ja.» Bernice sah Camryn an. «Komm, ich helfe dir aus dem Kleid.»

Immer noch schockiert ließ sich Camryn von Bernice in die Umkleide führen. «Danke. Meine Familie kann manchmal ein wenig taktlos sein, aber sie meinen es gut. Kreide es nicht Heather an.»

«Oh, bitte. Du hast meine Mutter noch nicht getroffen. Oder meine Schwiegermutter.» Sie hängte das Kleid auf, während Camryn sich wieder anzog. «Deine Familie geht ziemlich hart mit dir ins Gericht.»

«Ich bin die Älteste. Das gehört wohl einfach dazu, nehme ich an.»

Bernice nickte. Das Grinsen, das dann folgte, erinnerte Camryn an Justin. «Ich bin auch die Älteste in meiner Familie. Ich verstehe das. Aber dein Freund mag dich so, wie du bist, also hör einfach nicht auf sie.»

Camryns Lächeln verblasste. Eilig griff sie nach ihrer Handtasche. Kaum jemand mochte sie so, wie sie war. Auch Troy nicht.

LEBENSWEISHEITEN*

Dinge, die einem Stress
verursachen, sollte man wie
ein Hund nehmen:
Wenn man es nicht essen oder
damit spielen kann,
einfach draufpinkeln und
weggehen.

*ZUMINDEST WENN ES NACH CAMRYN GEHT

KAPITEL 5

Troy starrte den Golfball auf dem Green vor sich an, dann spähte er über die weite Fläche aus Hügeln und einem speziell angelegten Teich zu der Stelle, wo die kleine, genoppte Kugel landen sollte. Auf keinen Fall würde das gut ausgehen. Er hatte noch nie in seinem Leben Golf gespielt und es auch nie tun wollen.

Wie auch immer. Er positionierte den Schläger und holte aus.

Der Ball prallte von einer nahe stehenden Eiche ab und sauste direkt auf Justins Gesicht zu. Der duckte sich und starrte dann Troy an, als hätte er gerade eine Nahtoderfahrung hinter sich.

Fisher schüttelte den Kopf. «Guter Schlag, Mann. Zumindest hast du irgendwas getroffen. Ich finde meinen Ball nicht mehr.»

Fisher redete wieder mit ihm. Das war neu.

Troy kratzte sich am Kopf. «Wer hatte überhaupt die Idee, golfen zu gehen?» Sie hatten erst das fünfte Loch erreicht, und ihr gemeinsamer Score klang jetzt schon eher nach dem Ergebnis eines Basketballspiels.

Justin deutete anklagend auf seinen Dad.

Tim zuckte mit den Achseln. «Ihr Jungs wart einverstanden, als ich es vorgeschlagen habe.»

Troy lachte. «Ich dachte, Sie wollten auf der Wii Golf spielen. Hier draußen werden wir noch jemanden umbringen.»

Zumindest war es ein angenehmer Tag. Strahlend blauer Himmel, milde Temperaturen und kein bisschen schwül. Die Luft wirkte dünner, wahrscheinlich wegen der Berge und der Höhe. Aber seit Troy sich daran gewöhnt hatte, genoss er die Düfte und Geräusche, die so anders waren als zu Hause. Falken schrien, Kröten riefen, und die Luft roch nach Kiefern und Schnee, selbst jetzt im Sommer.

Tim grinste und steckte sein Neunereisen zurück in die Tasche. «Gott sei Dank. Ich hasse Golf. Bernice hat mir diese Schläger gekauft, weil es ein gutes Training sein soll. Wollt ihr stattdessen ein Bier im Clubhaus trinken?»

Dieser Vorschlag wurde einstimmig angenommen.

Schweigend gingen die Männer zurück. Nachdem sie sich an der Bar ihre Getränke bestellt und an einem dunklen Holztisch in einer Ecke niedergelassen hatten, lachten sie und beschlossen, niemals wieder golfen zu gehen.

Dunkel vertäfelte Wände, Messingarmaturen und grüne Glaswände zwischen braunen Ledersesseln und gerahmter Kunst ... Das Clubhaus stank förmlich nach Privilegien. Troy fühlte sich unwohl, doch gleichzeitig wusste er, dass die Leute, in deren Gesellschaft er sich befand, keine Snobs waren, also beschloss er, sich zu entspannen.

«Ich kann immer noch nicht glauben, dass mein Sohn heiratet.»

Fisher stellte sein Bier ab. «Ich habe versucht, ihn zu warnen, Sir.»

Tim sah mit einem freundlichen Lächeln zu Troy. «Ich nehme mal an, als Nächstes bist du dran. Du und Camryn wirkt wie ein nettes Paar.»

Troy erstickte fast an seinem Bier. Was für ein Paar? Er wischte sich den Mund mit einer Serviette ab, dann bemerkte er Fishers verwirrten Blick und versuchte eilig, seine Reaktion zu überspielen. «Man macht Camryn Covic nicht einfach einen Heiratsantrag. Man muss sie glauben lassen, es wäre ihre Idee, und ihr die Führung überlassen.»

Einer von Fishers Mundwinkeln hob sich. Immerhin ein Anfang. Für den Moment war die Gefahr gebannt.

Tim grinste und nippte an seinem Scotch. «Du kennst deine Frau gut.»

Camryn war nicht seine Frau, und ja, er hatte geglaubt, sie gut zu kennen. Bis zu dem Kuss heute.

Als Heather ihm erzählt hatte, was dieser Maxwell zu Camryn gesagt hatte, war Troys erste Reaktion Wut gewesen. Egal, wie gut eine Frau im Bett sein mochte – oder eben auch nicht –, ein Gentleman sprach niemals darüber. Nachdem er angefangen hatte, darüber nachzudenken – obwohl er sich sehr bemüht hatte, genau das nicht zu tun –, war er zu der Überzeugung gekommen, dass Camryn wahrscheinlich wirklich zu angespannt war, um sich fallen zu lassen und Sex zu genießen. Doch ob das nun stimmte oder nicht, auf keinen Fall schleuderte ein Mann einer Frau so brutale, verletzende Worte ins Gesicht. Es gab keine zwei Menschen auf der Welt, die perfekt zusammenpassten. Wenn Maxwell Camryns sinnliche Seite nicht zum Leben erweckt hatte, war es gut, dass er aus ihrem Leben verschwunden war.

Doch nachdem er Camryn im Garten der Hortons geküsst

hatte, hatte Troy mit einem Schlag erkannt, dass der Schein manchmal trügen konnte. Auf den ersten Blick mochte sie kühl und kontrolliert wirken, doch unter der Oberfläche …

Nun, sie war auf keinen Fall ein Fisch, das war schon mal sicher.

Troy liebte Frauen. Die Art, wie sie rochen, lachten, sich anfühlten. Er liebte es, wie sie morgens beim Aufwachen aussahen und mit welchen Tricks sie Männer um den Finger wickelten. Frauen waren das letzte große Rätsel der Menschheit. Die körperliche Liebe gehörte zu den wahren Schätzen des Lebens.

Er war mit einer Menge Frauen zusammen gewesen, und er schämte sich nicht dafür. Doch keine von diesen Frauen hatte je sein Herz so aus dem Takt gebracht, wie es Camryn vorhin gelungen war. Keine von ihnen hatte ihn so überwältigt, dass er kaum noch sprechen konnte.

Zur Hölle, es wäre eine Lüge zu behaupten, er wolle nicht mehr über sie herausfinden. Doch hier ging es um Camryn. Aus der Nummer würde er nicht lebend herauskommen.

«Nun», meinte Tim mit einem Seufzen. «Ich bin einfach nur froh, dass ihr alle kommen konntet. Bernice hat sich so sehr gefreut, diese Hochzeit mit planen zu dürfen. Sie hat sich immer eine Tochter gewünscht.»

Justin nahm einen Schluck aus seiner Flasche. «Danke, dass du mich daran erinnerst, Dad.»

Fisher hob sein Glas. «Danke, dass Sie uns bei sich aufgenommen haben. Dafür braucht man eine Menge Mumm.»

Justin presste die Lippen zusammen, in dem offensichtlichen Versuch, nicht laut zu lachen, und irgendwie gelang es ihm tatsächlich. «Was würdet ihr dazu sagen, wenn wir morgen reiten gingen? Jessie, meine beste Freundin aus Kindertagen, besitzt eine Ranch am Stadtrand. Sie hat mich damit genervt, dass ich euch vorbeibringen soll.»

«Sicher.» Fisher zuckte mit den Achseln. «Die Familie kann auch eingegipst zur Zeremonie erscheinen.»

Diesmal lachte Justin. «Ich hatte da eher nur an uns und die Mädels gedacht.»

Troy versuchte, sich Camryn auf einem Pferd vorzustellen, versagte aber kläglich. «Nur zur Info, Justin, wir waren noch nie so ... ländlich.» Troy und die Covics waren an ein Leben in der Vorstadt gewöhnt. Zäune zwischen überschaubaren Einzelgrundstücken, nicht weite Flächen, Wälder und Berge am Horizont. Sein einziger Kontakt mit einem Pferd hatte bisher darin bestanden, dass er auf einem Karussellpferd gesessen hatte.

«Oh, entspann dich, das wird schon», meinte Fisher. «Emily wünscht sich ein Pony. Sie wird begeistert sein.»

Justin zog sein Handy aus der hinteren Hosentasche. «Dann gehen wir reiten», entschied er, nachdem er eine Nachricht geschrieben hatte. Wenige Sekunden später kam die Antwort. «Jessie sagt, übermorgen wäre besser. Ihr werdet sie mögen.»

Troy wusste jetzt schon, dass er vor allem den Ausdruck auf Camryns Gesicht mögen würde, wenn sie erfuhr, dass er einem Reitausflug zugestimmt hatte. Und zu beobachten, wie sie auf ein Pferd stieg. Grinsend schüttelte er den Kopf. «Cam wird mich umbringen.»

Fisher beäugte ihn nachdenklich. «Seit wann interessiert es dich, was eine Frau denkt? Du wirst mit Cam schon klarkommen.»

Justin warf Fisher einen Blick zu, der eindeutig fragte, ob er verrückt geworden war. «Bist du deiner Schwester mal begegnet? Attila der Hunnenkönig würde mir weniger Angst einjagen.»

Tim lehnte sich zurück, als genösse er die Show. «Fast vermisse ich es, jung zu sein.»

«Ich bin nur ein einziges Mal in meiner Zeit bei den Pfadfindern geritten.» Camryn saß neben Troy auf dem Himmelbett in ihrem Zimmer und trocknete sich das Haar. Die Familie war nach dem Abendessen noch schwimmen gegangen. «Wenn ich mich richtig erinnere, konnte ich danach eine Woche kaum laufen.»

Er legte die Fernbedienung zur Seite. Hundert Programme, aber nichts Interessantes. «Die Gefahr besteht vermutlich.» Er musterte sie aus den Augenwinkeln. «Du bist nicht sauer?»

«Sollte ich das sein?»

Er hatte irgendwie damit gerechnet, ja.

Sie zog sich die Decke über die Brust und lehnte sich gegen das Kopfende, dann griff sie nach dem Buch auf ihrem Nachttisch. Er las den Buchrücken und stellte fest, dass es von seinem Lieblingsautor war. Sie hielt das letzte Buch der Reihe in den Händen. Niemals hätte er vermutet, dass sie Horror-Romane mochte.

«Ist das Buch gut?»

Sie las weiter. «Es sind keine Bilder drin, es würde dir also nicht gefallen.»

«Autsch.»

Sie grinste, ohne den Blick zu heben.

Irgendetwas in seiner Brust zog sich auf seltsame Weise zusammen. Cam lächelte nicht oft, besonders nicht so. Wenn sie niemand beobachtete – und sie niemanden beeindrucken musste –, wirkte sie fast sorglos. Er wollte mehr davon.

Troy riss ihr das Taschenbuch aus der Hand und hielt es hoch über seinen Kopf. «Ich lese Bücher.»

Sie zog die Augenbrauen hoch, machte jedoch keine Anstalten, sich das Buch zurückzuholen. «Comics zählen nicht.»

«Nur zu deiner Information, ich habe die gesamte Reihe gelesen», hielt er dagegen. «In dem hier soll Garrett Croft sterben, nachdem die Seele seiner Frau befreit wurde.»

Ihre unglaublichen braungrün blitzenden Augen wurden groß. «Er liest tatsächlich.»

«Ich kann auch schreiben.»

Sie lachte, ein tiefes, leises Geräusch, das direkt seinen verbotenen Phantasien entsprungen zu sein schien. Beinah wäre sein Herz stehen geblieben.

Durch den Schleier aus Schock und Anziehungskraft merkte er, wie er aufhörte zu lächeln, sein Arm das Bett berührte und sein Blick sich auf ihren Mund senkte. Die Quelle dieses wunderschönen Geräusches. Ihre Unterlippe war voller als die Oberlippe, das war ihm bisher noch nie aufgefallen.

«Kann ich bitte mein Buch zurückhaben?» Ihre Lippen umspielte immer noch dieses aufrichtige Lächeln, das ihn so sehr aus dem Gleichgewicht brachte.

Sein Gesicht brannte, und seine Brust war wie zugeschnürt, als er verzweifelt überlegte, was er Cleveres sagen könnte, um dieses Lachen noch einmal zu hören. Leider fiel ihm nichts ein, also gab er ihr das Buch zurück. «Liest du auch King?»

«Manchmal, aber nicht allzu oft. Ich finde die Bücher ein bisschen weitschweifig.»

Diesmal war Troy derjenige, der grinste. Das empfand er genauso. «Was ist mit Fantasy oder Liebesromanen? Das könnte dich ein wenig lockerer machen, dir wilde Ideen in den Kopf setzen.»

Sie verdrehte die Augen. «Wilde Ideen sind nicht mein Ding.»

Na ja, sie hielt auch nichts von öffentlichen Zuneigungsbekundungen, dennoch hatte sie ihn vor der gesamten Familie geküsst. Bevor er wieder ihren Mund ansehen und sich an diesen Kuss erinnern konnte, griff er sich in den Nacken, um sein Shirt über den Kopf zu ziehen. Er schaltete den Fernseher aus und ließ sich auf den Rücken fallen.

«Liest du wirklich Liebesromane?»

Er schloss die Augen und lächelte. «Gute Sexszenen.»

«Die sind genauso schlimm wie Liebesfilme. So unrealistisch.»

Er öffnete ein Auge und sah sie an. «Und die Dämonen in den Horror-Romanen sind realistisch?»

Sie drehte sich auf dem Bett, um ihn ansehen zu können, und setzte sich in den Schneidersitz. «Okay, nein, aber das ist offensichtlich erfunden. Liebesromane hingegen vermitteln den Lesern den Eindruck, dass diese Art von Liebe tatsächlich existiert.»

Nicht einmal Cam konnte so zynisch sein. Er stemmte sich auf einen Ellbogen. «Diese Art von Liebe existiert wirklich.»

Sie warf ihm einen ungläubigen Blick zu. «Ach, komm schon! Glücklich für alle Zeit, mit der einen wahren Liebe, ohne die du einfach nicht leben kannst?»

Sie *war* so zynisch. Das tat ein bisschen weh … oder sogar sehr.

Er setzte sich langsam auf. «Du glaubst nicht an die Liebe?»

Wieder verdrehte sie die Augen. «Natürlich glaube ich an Liebe. Ich liebe meine Familie, und ich war auch schon verliebt. Aber an Seelenverwandte und ähnlichen Unsinn? Nein.»

Er traute seinen Ohren nicht. Was war mit ihr geschehen, dass sie weder an Wunder noch an das Glück glaubte? «Dann hast du noch nie wirklich geliebt, Camryn Covic. Was für eine Schande.»

Sie schürzte die Lippen.

Troy schüttelte den Kopf. «Hast du jemals in deinem Leben etwas Albernes getan? In die Sterne geschaut und dir etwas gewünscht? Gelacht, bis dir der Bauch weh getan hat? Im Regen getanzt?» *Dich wirklich verliebt?*

Sie warf ihm einen Blick zu, der deutlich verriet, dass sie seine Frage für unendlich dämlich hielt.

Er stand auf und ging zu der Balkontür neben ihrer Seite des Bettes. Links bewegten sich die Baumkronen des Waldes als schwarze Silhouetten vor dem marineblauen Himmel, rechts bildeten die Berge eine dunkle, konturlose Masse. Es gab keinen Regen, in dem man tanzen konnte, aber jede Menge Sterne am Himmel.

«Komm her.»

Sie seufzte. «Okay, Troy. Ich habe es kapiert: Du bist ein Romantiker. Halb so wild.»

Nein, sie hatte es nicht kapiert.

Er streckte ihr die Hand entgegen. «Komm her, Camryn.»

Nachdem sie sich eine Ewigkeit in die Augen gestarrt hatten, kapitulierte sie schließlich und stand auf.

Er öffnete die Tür und trat auf den steinernen Balkon, der gerade groß genug war für zwei Stühle. Troy führte sie zur Brüstung, von wo aus man über die weite Rasenfläche des

Gartens hinwegsah. Troy trat hinter Cam und fing sie zwischen seinen Armen ein, das Mauerwerk lag rau unter seinen Handflächen. Er senkte sein Kinn auf ihren Scheitel und atmete tief ein: frische, saubere Luft ohne jeden Smog oder andere menschengemachte Verunreinigungen. Kiefern und Schnee. Grillen zirpten im Garten unter ihnen, und über der Rasenfläche tanzten Glühwürmchen. Nachts war es deutlich kühler als tagsüber – der Temperaturunterschied betrug mindestens zehn Grad –, aber immer noch angenehm. Und die Aussicht war phantastisch!

Eine Brise glitt über sie hinweg, und der Duft von Zitronengras verdrängte den Geruch der Umgebung, um Troy an den Moment zu erinnern, den er erst vor ein paar Tagen in seinem Haus mit ihr erlebt hatte.

«Was tun wir hier, Troy?»

Atmen. Albern sein. Er senkte den Mund an ihr Ohr. «Such dir einen Stern aus.»

«Warum?»

«Tu es einfach.»

Sie musste gespürt haben, dass er nicht nachgeben würde, bis sie kooperierte. Mit einem Schnauben deutete sie über die Berge in der Ferne. «Der da. Kann ich jetzt wieder reingehen?»

«Nein.» Er lächelte an ihrem Haar. So weich. «Wünsch dir etwas. Sprich den Wunsch laut aus.»

«Das ist dämlich.»

Er grinste. «Wünsch dir etwas, Camryn. Egal was.»

Sie verschränkte die Arme vor der Brust, also legte er seine Hände an ihre Taille. Ihr T-Shirt endete genau am Saum ihrer Boxershorts, sodass er einen dünnen Streifen Haut unter den Daumen fühlte.

«Schön», gab sie sich geschlagen. «Ich wünsche mir, dass ich einen Job finde, sobald wir zurück in Milwaukee sind.»

Bei ihr ging es immer um die Arbeit. Wieder stieg ihm der Duft von Zitronengras in die Nase. Und das blieb nicht ohne Wirkung …

Er räusperte sich. «Wähl einen anderen Stern. Wünsch dir noch mal was.»

«Troy …»

«Camryn», antwortete er in demselben trockenen Tonfall.

Sie deutete nach rechts, und ihr Haar glitt über ihr Schlüsselbein. «Der da. Ich wünsche mir, dass meine Familie sich für den Rest dieser Reise benimmt.»

Keiner dieser Wünsche bezog sich auf sie selbst. Sie wünschte sich nichts, was tief aus ihrem Inneren kam, aus dem Teil, den sie selbst meistens vergaß. Wünschte sich nichts Verrücktes, Unrealistisches. «Such dir einen anderen Stern. Schließ die Augen und wünsch dir still etwas. Etwas, wonach du dich immer gesehnt hast, aber nie geglaubt hast, dass du es bekommen könntest.»

«Wie den Weltfrieden?»

Er biss sich auf die Zunge und schüttelte den Kopf. «Etwas für dich, Camryn. Wünsch dir etwas *für dich*. Und sag mir nicht, was du dir wünschst.»

Sie sah auf und legte damit ihren Hals frei, während ihr Haar über seine Brust tanzte.

Troy biss die Zähne zusammen, als alles unterhalb seiner Bauchmuskulatur reagierte. Auf sie. Ausgerechnet auf Camryn. Er hielt die Luft an, während er seine Daumen gedankenverloren über die warme, weiche Haut unter ihrem Hemd gleiten ließ.

«Erledigt», sagte sie nach ein paar Augenblicken und drehte sich in seinen Armen. «Können wir jetzt reingehen?»

«Camryn.» Er musste das Wort an dem Kloß in seiner Kehle vorbeipressen. Seine Selbstbeherrschung hing am seidenen Faden. Ihre Augen wurden groß, als sie ihn ansah. Braun, grün und blau, umgeben von Dunkelheit. Rotbraunes Haar bewegte sich in der Brise und ließ den ihr so eigenen Geruch von Zitronengras in seine Nase steigen. Haut wie Porzellan, die im Mondlicht ätherisch schimmerte. Sie war ihm so verdammt nahe, dass er die wenigen Sommersprossen auf ihrer Stupsnase zählen konnte. Er stieß ein Geräusch aus, halb Wimmern, halb Stöhnen. Gott, nein, das war Wahnsinn. «Ich werde dich jetzt noch mal küssen.»

Sie rümpfte verwirrt die Nase. «Aber hier sieht uns niemand. Das ist nicht nötig.»

«Nein», flüsterte er. «Es ist nicht nötig. Absolut nicht.» Aber irgendwie war es das doch.

Er senkte seine Lippen auf ihre. Ihr Duft und die Berührung sorgten dafür, dass ein irrer Teil von ihm mehr wollte. Mehr, als er ihr geben konnte. Mehr, als sie ihm geben würde.

Seit dem Nachmittag hatte sich nichts geändert. Die Berührung durchfuhr ihn wie ein elektrischer Schlag. Es war *sie*, die das in ihm auslöste. Das reine Vergnügen und die reinste Folter. Sanft und unsicher, aber gleichzeitig schien jeder Widerstand unmöglich. Cams Mund öffnete sich an seinem, und er spürte ihren warmen Atem auf den Lippen. Diesmal war sie diejenige, die den Kuss vertiefte. Troy zog sie näher an sich. Weich traf auf hart, dennoch passte es perfekt. Cams Finger gruben sich in seine Oberarme, trieben seinen Hunger in ganz neue Höhen. Sein Herz raste hinter seinen Rippen, bis sich die Knochen zu verschieben schienen. Er spreizte die Hände an ihren Seiten, berührte ihren Bauch, der sich unter seinen schwieligen Fingern ganz weich anfühlte.

Wie konnte irgendwer Cam für kalt halten? Wäre er ein dümmerer Mann gewesen, hätte er sie jetzt genommen. Direkt hier im Mondlicht, mit nichts zwischen ihnen als dem leichten Wind. Wäre sie nicht die erste Person in seinem Leben gewesen, die ihm das Gefühl gegeben hatte, dass er es wert war, geliebt zu werden – damals, als er noch ein unbeholfener, verängstigter Junge gewesen war, der einfach nur in Ruhe gelassen werden wollte ...

Verdammt. Was tat er hier?

Er löste die Lippen von ihren, saugte Sauerstoff in seine Lunge und umklammerte das Geländer hinter Camryn. Dann ließ er seine Stirn auf ihr Schlüsselbein sinken und versuchte, seinem Körper klarzumachen, dass er sich – verdammt noch mal – entspannen sollte. Verwirrung, Nervosität und Anziehungskraft rissen ihn fast in Stücke.

Ihre Hand fand seinen Kopf, und sie vergrub die Finger in seinem Haar. Es war sowohl tröstend als auch erregend ... und beides half ihm kein bisschen weiter.

Er schloss fest die Augen.

Das würde nicht geschehen. Auf. Keinen. Fall.

Er durfte, würde, konnte keine Gefühle für Camryn hegen.

«Mist», stieß er hervor und hob den Kopf. Doch er wagte es nicht, ihr in die Augen zu sehen. Stattdessen wich er zur Tür zurück und drehte sich um. «Gute Nacht, Camryn.»

Zitternd und peinlich berührt schloss Camryn die Balkontür und ging, ohne Troy anzusehen, durch ihr gemeinsames Schlafzimmer direkt ins angrenzende Bad. Es war durchaus möglich, dass sie zu Staub zerfallen würde, wenn sie sich jetzt mit ihm auseinandersetzen müsste. Camryn schloss die Badezimmertür, verriegelte sie und ließ heißes Wasser in die riesige Wanne laufen, bevor sie sich auszog und hineinsinken ließ. Sie zog die Knie an die Brust und ließ sich von dem warmen Wasser wärmen. Hoffentlich würde es sie auch beruhigen.

Was war da draußen geschehen? Okay, na ja, Troy hatte sie geküsst, so viel war ihr klar. Diesmal war niemand in der Nähe gewesen, also hatte der Kuss nicht nur dazu gedient, den Schein aufrechtzuerhalten. Aber warum hatte er es dann getan? Aus einer Laune heraus? Um etwas zu beweisen?

Zuerst hatte er sich benommen, als wolle er den Kuss. Sie war keine Idiotin, sie hatte seine Reaktion gespürt. Er war aktiv, bereitwillig gewesen ... und erregt. Nur dass er sich danach ziemlich abrupt zurückgezogen hatte, mit einem Ausdruck tiefen Entsetzens auf dem Gesicht.

Camryn ging den gesamten Vorfall im Kopf noch einmal von Anfang bis Ende durch, grub in ihrem Gedächtnis, um dann alle Details zu analysieren. Und ihr Herz rutschte ihr in derselben Geschwindigkeit in die Hose, in der ihre Laune sich verschlechterte. Die Wahrheit traf sie wie ein Schlag ins Gesicht. Maxwell hatte recht. Sie war nicht leidenschaftlich, nicht reizvoll für Männer, sondern so kalt wie ein Fisch und genauso unattraktiv. Wäre es nicht so, hätte Troy ganz anders auf den Kuss reagiert, oder?

Scham und ein tiefes Gefühl der Demütigung schnürten ihr die Kehle zu. Ihre Augen begannen zu brennen, ihre Brust wurde eng. Camryn presste sich eine Hand auf den Mund, um ihr Schluchzen zu unterdrücken, und ließ gleichzeitig den Kopf auf die Knie sinken.

Sicher, als Maxwell all diese Dinge zu ihr gesagt hatte, hatte das weh getan. Sie hatte geglaubt, sich in einer monogamen Beziehung mit ihm zu befinden, nur um herausfinden zu müssen, dass er ihr untreu gewesen war und sie niemals anziehend gefunden hatte. Doch tatsächlich war sie eher verlegen und wütend gewesen als verletzt, was eine Menge aussagte.

Aber bei Troy hatte sie sich, nur für eine Sekunde, wirklich gewünscht, mehr zu sein. Sich gehen- und von ihren Gefühlen leiten lassen zu können. Zu jemandem zu werden, den er begehrte. Zu jemandem, der unterhaltsam war, schön und leidenschaftlich. Zu einer Person, die sie, wie es aussah, nicht sein konnte.

Heiße Tränen rannen über ihre Wangen. Ihre Brust tat weh.

Es war wohl die gerechte Strafe dafür, dass sie sich Dinge gewünscht hatte, die sie nicht haben konnte – selbst wenn es nur ein kurzer Moment gewesen war. Die Strafe dafür, dass sie sich nur einen einzigen Augenblick eingebildet hatte, sie könnte sein wie Troys andere Frauen. Und das Schlimmste daran? Troy kannte sie schon fast ihr gesamtes Leben lang. Wenn er sie nicht mal für eine Nacht so sehen konnte, konnte sie genauso gut gleich das Handtuch werfen, was Beziehungen zu Männern anging.

Außerdem war er ein Freund, der beste Freund ihres Bruders und ein Ehrenmitglied ihrer Familie. Sie würde ihm ständig begegnen. Wie konnte sie ihm noch einmal gegenübertreten? Wie sollte sie ihm in die Augen sehen und vorgeben, sie wäre nicht tief getroffen, nicht bis ins Mark gedemütigt?

Sie musste so tun, als ob es keine Rolle spiele. Das war der richtige Weg.

Schließlich tat sie das schon ihr gesamtes Leben lang: Sie versteckte ihre Verletzlichkeit und ihre Schmerzen. Sie war das schwarze Schaf, die hässliche Schwester, die langweilige Kollegin. Schon lange vor Troys spontanem Kuss und dieser Hochzeit hatte sie sich gegen alle um sich herum geschützt. Sie konnte das jetzt ebenfalls schaffen, und das würde sie auch.

Camryn stand auf, ließ das Wasser ablaufen, trocknete sich ab und zog sich wieder an. Sie warf einen Blick in den Spiegel und stellte fest, dass ihr kurzer Heulanfall keine roten Augen hinterlassen hatte. Dann atmete sie einmal tief durch, drehte den Türknauf und verließ das Bad.

Troy lag bereits mit dem Rücken zu ihr im Bett und schlief, seine Atmung tief und gleichmäßig. Gut, das machte alles einfacher.

Sie tapste barfuß über das Holzparkett, glitt unter die Decke und schaltete ihre Lampe aus. Vorsichtig, um Troy nicht zu wecken, rollte sie sich auf die Seite und starrte durch die Fenstertür in die Nacht. Mondlicht drang in den Raum, und am Himmel funkelten Sterne.

Troy hatte sie dazu gebracht, Wünsche zu den Sternen zu schicken. Sie hatte keine Ahnung, warum er das getan hatte. Niemals zuvor in ihrem Leben hatte sie sich so dumm gefühlt.

Sie hatte das als Kind getan … bis ihr klargeworden war, dass Wünsche belanglos und albern waren, reine Zeitverschwendung. Sie wurden niemals wahr, besonders nicht für sie. Doch als Troy ihr gesagt hatte, sie solle die Augen schließen und einen Wunsch zu den Sternen schicken, war sie plötzlich wieder acht

Jahre alt gewesen und hatte auf Dinge gehofft, die nie passieren würden.

Sie hatte auf Magie gehofft.

Troy hatte sich gegen ihren Rücken gedrückt, mit nacktem Oberkörper, warm. Seine muskulösen Arme hatten sie umschlossen, als wolle er sie beschützen oder ihr einfach nur nahe sein – und das auf einem Balkon, im Dunkeln, unter dem Sternenzelt.

Und was hatte sie getan? Was hatte sie sich gewünscht? Ihn.

«Camryn.»

Sie bewegte sich nicht, doch sie erstarrte und hielt den Atem an. Er hatte sich nicht umgedreht, also lag er immer noch mit dem Rücken zu ihr. Wenn sie nicht reagierte, würde er hoffentlich davon ausgehen, dass sie schlief.

Gerade als sie begann, sich zu fragen, ob sie sich seine Stimme nur eingebildet hatte, drang ein weiteres geflüstertes «Camryn» durch die intime Dunkelheit des Zimmers.

Sie stieß langsam den Atem aus und schloss fest die Augen. «Ja?»

«Wegen dem, was da draußen passiert ist ...»

«Stopp.» Nein. Auf keinen Fall würde sie zulassen, dass er ihre Demütigung noch schlimmer machte, indem er sich entschuldigte. «Es ist okay, Troy. Ich weiß, dass du für deine Verhältnisse schon lange mit niemandem mehr zusammen warst. Ich weiß, dass es keine Bedeutung hatte.»

Ihr Brustkorb fühlte sich an, als müsste er jeden Moment aufbrechen. Sie presste eine Hand zwischen die Brüste, um den Schmerz zu lindern. Als Troy ihre Aussage weder bestätigte noch abstritt, schloss sie einmal mehr die Augen und hoffte auf Schlaf.

Mehrere Augenblicke vergingen, dann: «Was hast du dir gewünscht?»

Sie öffnete die Augen und sah erneut zu den Sternen hinaus. Wieso hatte er sie dazu gebracht, nach da draußen zu gehen und das zu tun? Um sich über sie lustig zu machen? Um dafür zu sorgen, dass sie so dumm dastand, wie sie sich fühlte? «Du hast gesagt, ich soll es dir nicht erzählen.»

Nicht dass sie das jemals getan hätte. Das wäre so peinlich, dass nicht mal sie es würde ertragen können.

Die Matratze bewegte sich, als er sich auf den Rücken rollte. «Ich möchte es wissen. Bitte.»

Nein, das wollte er definitiv nicht. Sie schluckte und zwang ihre Stimme dazu, trotz der Lüge normal zu klingen. «Regen. Ich habe mir Regen gewünscht.»

LEBENSWEISHEITEN*

Das Leben an sich ist einfach.
Es sind die verdammten Menschen,
die es kompliziert machen.

*ZUMINDEST WENN ES NACH CAMRYN GEHT

KAPITEL 6

Am Frühstückstisch unterhielten sich alle fröhlich über die Pläne des Tages. Camryn nippte an ihrem Kaffee und überlegte, ob sie sich von der Herde trennen sollte, um wandern zu gehen oder allein im Pool zu schwimmen. Sie brauchte etwas Zeit für sich. Selbst wenn man von ihrer Familie mal absah, brauchte sie eine Atempause.

Eine Angestellte kam vorbei und füllte ihre Tasse wieder auf. Camryn lächelte höflich und nickte der Frau dankend zu.

Hausangestellte. Cam war es nicht gewohnt, dass Leute sie bedienten, selbst wenn sie sich unauffällig im Hintergrund hielten. Anders als an ihrem ersten Tag waren es nur zwei Frauen: Die eine kochte, die andere bediente und machte sauber. Bernice hatte erklärt, dass sie einfach Zeit mit ihren Gästen verbringen wollte, statt sich um solche Dinge Sorgen machen zu müssen. Gegen Ende der Woche, wenn es ans Probeessen und die Hochzeit selbst ging, kämen wieder mehr Angestellte ins Haus.

Als etwas namens «Mile High Gliding» diskutiert wurde, klinkte Camryn sich wieder ins Gespräch ein. Sie wusste nicht, was das sein sollte, aber es klang, als würde es einen Notarzt-Einsatz nach sich ziehen.

«Ha», rief Dad und knallte die Zeitung auf den Tisch. «Die Brewers haben gestern Abend die Rockies geschlagen.»

Justin presste die Lippen zusammen. Offensichtlich war er nicht begeistert über die Nachricht. «Hätte ich mir nicht das Knie ruiniert, hätte ich für sie spielen können. Dann hätten wir euch vom Platz gefegt.»

«Ach ja», meinte Troy. «Ich hatte ganz vergessen, dass du im College Baseball gespielt hast.»

Heather grinste und drückte Justin einen Kuss auf die Wange. «Vollstipendium.»

Troy lehnte sich zurück und verschränkte die Arme vor der Brust. «Fisher hat in der Highschool in der Schulauswahl gespielt. Hast du deine Ausrüstung noch?»

Justin nickte. «Liegt in der Garage und sammelt Staub an.»

Fisher ließ Emily auf seinem Knie hüpfen. «Was sagst du, Em? Willst du heute Baseball spielen?»

«Ja!» Emily nickte begeistert, den Mund voller bunter Frühstücksflocken ohne jeden Nährwert.

Bernice stand auf und wollte ihren Teller wegräumen, doch eine der Angestellten kam ihr zuvor. Offensichtlich war auch Justins Mutter nicht an so viel Personal gewöhnt. «Dann lasse ich euch mal machen. Ich werde Camryns Kleid umnähen.»

Mom stand auf. «Ich helfe dir.»

Troy sah mit gerunzelter Stirn zu Camryn. «Was stimmt nicht mit deinem Kleid?»

Bevor Camryn auch nur den Mund öffnen konnte, schaltete Baba sich ein. «Unser Pummelchen passt nicht in ihr Brautjungfernkleid. Ein Ballspiel ist eine gute Idee, sie sollte sich bewegen.»

Immer taktvoll, ihre Baba. Und immer bereit, sie zu demütigen.

Camryn seufzte und stand auf, ohne auf Troys fragenden Blick wegen des Kleides zu reagieren. Baseball war wahrscheinlich immer noch besser als dieser Mile-High-Unsinn. «Ich werde mich umziehen gehen.»

Sobald sie Shorts und ein T-Shirt angezogen hatte, ging sie in den seitlichen Garten, auf die Rasenfläche zwischen dem Haus und dem Wald, um dort alle anderen zu treffen.

Camryn hob ihr Gesicht zum kobaltblauen Himmel, schützte ihre Augen mit der Hand vor der Sonne und atmete einmal tief durch, bevor sie einen kleinen Hügel erklomm. Das Stückchen Land, auf dem sich die Hortons niedergelassen hatten, war ziemlich unglaublich. Rechts von ihr ragten die Berge vor dem Horizont auf. Obwohl sie weit entfernt waren, hatte Camryn fast den Eindruck, sie könne den Arm heben und sie berühren. Am Fuß der Bergkette waren an diesem klaren Tag Kiefern, Fichten und Zypressen auszumachen. Kleine gelbe und rote Punkte ließen vermuten, dass vor den Bäumen Wildblumen wuchsen. Vor ihr bildete der Wald eine Wand, an der das ordentlich geschnittene Gras endete; kleine Tiere huschten dort herum.

Als Camryn die Gruppe erreichte, hatte Baba sich bereits auf einem Gartenstuhl in der Nähe der ersten Base niedergelassen, um sich das Spiel anzuschauen. Die anderen hatten Frisbees als Bases ausgelegt, und hinter einer improvisierten Home Plate lag ein Stapel Schläger.

Heather warf Camryn einen Handschuh zu, den sie ungeschickt an der Brust fing. Sie war nie besonders sportlich gewesen, also würde das sicher Spaß machen. Sarkasmus-Alarm!

Justin grinste. «Die Regeln. Emily gilt nicht als Out. Vier Bälle, drei Schläge, kein Infield Fly. Nach zwei Fouls ist man raus. Yjaka Harold ist Schiedsrichter und Catcher.»

Heather musterte mit geschürzten Lippen Kuma Viola, die mit Hilfe eines Taschenspiegels einen furchtbaren pflaumenfarbenen Lippenstift auftrug. «Wir spielen Baseball, Kuma. Leg das Make-up weg.»

Viola schloss den Lippenstift und steckte ihn, zusammen mit dem Spiegel, wieder ein. «Ich bin zu alt für so was.»

«Genau wie ich», stimmte Tetaka Myrtle zu.

«Hört auf zu murren und spielt», forderte Baba. «Ich werde schließlich nicht jünger.»

Fisher und Justin wählten die Teams.

«Troy», sagte Justin.

«Heather», hielt Fisher dagegen.

«Anna», meinte Justin herausfordernd.

Irgendwann hatten sie die Väter, Tanten und Onkel durch, nur noch Emily und Camryn waren übrig. «Emily», sagte Fisher.

Camryn seufzte und stemmte die Hände in die Hüften. Sie fühlte sich in den Sportunterricht zurückversetzt. «Du nimmst lieber Emily als mich? Komm schon!»

Troy grinste und sah Fisher an. «Wir haben als Erste gewählt, also seid ihr zuerst am Schlag.»

Letztendlich wurde Camryn ins Right Field geschickt. Das war wahrscheinlich besser so, denn da draußen passierte nicht viel.

Heather betrat die Home Plate und schlug den ersten Ball. Dad fing ihn von der Second Base aus. Justins Vater schlug einen Ground Ball direkt zu Anna zurück, die als Pitcher geworfen hatte. Dad rannte zur First Base, um das Out zu bekommen. Als Kuma Viola am Schlag war, schwang sie ihren Schläger so heftig, dass er ihren Händen entglitt und Yjaka Harold sich auf die Erde werfen musste. Na ja, aufs Gras. Baba lachte so sehr, dass sie einen zweiminütigen Hustenanfall bekam.

«Und du hast sie noch vor mir gewählt!», rief Camryn.

Anna warf sehr vorsichtig bei Kumas nächsten drei Schlägen – wahrscheinlich wollte sie verhindern, dass es Verletzte gab.

Fisher trat auf die Home Plate und schlug den Ball direkt zu Camryn. Sie riss den Handschuh nach oben, ging rückwärts und rannte dann wieder vor, weil sie den Ball im Gegenlicht aus den Augen verloren hatte. Der Ball landete mit einem Plopp auf dem Gras neben ihren Füßen. Sie starrte ihn an. Alle schrien ihr Befehle zu, also setzte sie sich in Bewegung. Sie hob den Ball hoch und warf ihn mit voller Kraft in Richtung Anna. Okay, ehrlich gesagt flog er gar nicht in Richtung Anna, er landete eher in Babas Nähe.

Als das Geschrei ein Ende fand, hatten Fisher und Kuma Punkte gemacht. Yjaka Mitch schlug das dritte Out. Camryn ging zur Seitenlinie, als ihr Team nun dran war mit Schlagen.

«Schneller, Missy», schrie Baba, als Camryn auf halber Strecke war.

Das Ganze machte ihr so was von überhaupt keinen Spaß.

Anna und Tetaka Myrtle trafen beide keinen einzigen Ball. Justin, Dad und Troy standen alle auf verschiedenen Bases. Camryn trat auf die Home Plate, ihr Schläger schleifte hinter ihr über den Boden. Heather warf ihr zwei Bälle zu, doch Camryn schwang kein einziges Mal.

«Du musst schon ausholen, um den Ball zu treffen», schnaubte Baba von ihrem Liegestuhl aus.

Ach, so funktionierte das also?

Als Heather den Arm hob, um Camryn den dritten Ball zu-

zuwerfen, beschloss sie, mal so richtig auszuholen. Niemand konnte sauer auf sie sein, wenn sie es zumindest versuchte. Sie schwang den Schläger nach vorne und traf den Ball.

Camryn plante bereits ihren Siegestanz, als ihr klarwurde, dass der Ball ins Aus flog – und nicht einfach nur ins Aus, sondern direkt auf Baba zu.

Wie in Zeitlupe traf der Ball genau die Stirn ihrer Großmutter und warf sie, komplett mit ihrem Liegestuhl, auf den Rücken, Arme und Beine von sich gestreckt.

Alle erstarrten.

Camryn ließ den Schläger fallen. Sie war so entsetzt, dass es sie innerlich beinah in Stücke riss.

Nach einem langen Schockmoment eilte die gesamte Familie zu Baba. Alle schrien gleichzeitig.

«Himmel, Cam, du hast sie umgebracht!» Das kam von Yjaka Mitch.

Sie hatte es nicht absichtlich getan. Oh Gott, sie hoffte inständig, dass Baba nicht ernsthaft verletzt war. Schuldgefühle und Angst schnürten ihr die Kehle zu.

Troy und Justin halfen Baba beim Aufstehen und setzten sie vorsichtig zurück auf den Stuhl, den Anna zeitgleich unter ihr hervorgezogen und wieder aufgestellt hatte. Das bedeutete, dass es ihrer Großmutter gutging, oder? Sie atmete und war bei Bewusstsein – zumindest hoffte Camryn das. Jemand schickte Emily los, um einen Eisbeutel zu holen. Das kleine Mädchen rannte zum Haus.

Camryn blieb zitternd am Rand der Gruppe stehen. Als die anderen zur Seite wichen, konnte sie nichts anderes sehen als den wütenden Blick, den Baba in ihre Richtung warf, und die große, gerötete Beule, die sich zwischen ihren Augen bildete.

«Wie viele Finger siehst du?», fragte Yjaka Harold.

«Das kann sie so oder so nicht sehen», warf Tetaka Myrtle ein. «Sie ist kurzsichtig.»

«Nein», widersprach Kuma Viola. «Sie ist weitsichtig.»

Emily kam zurück, ein paar Eiswürfel lose in ihren Fingern. «Hier ist Eis.»

Anna senkte den Blick, hob Emily hoch und ging mit ihrer Tochter wieder zurück zum Haus. «Wir besorgen uns ein Handtuch dafür, Süße.»

«Weg von mir!» Baba wedelte wütend mit den Armen. «Mir geht es gut.»

«Bist du dir sicher?» Heather starrte sorgenvoll auf die Stirn ihrer Großmutter. «Das ist eine ordentliche Beule.»

Baba riss die Hand nach oben. Nach zwei Sekunden, die sich wie zwei Jahre anfühlten, fletschte sie die Zähne ... na ja, ihr Gebiss, aber der Effekt blieb derselbe. «Sie hat mich absichtlich getroffen.» Ein runzliger, knochiger Finger richtete sich anklagend auf Camryn.

Alle drehten sich zu ihr um.

«Hey, kommt schon. Das habe ich nicht. Es war ein Unfall.»

Emily und Anna kehrten zurück, Mom auf den Fersen. «Camryn Covic, du hast deine Großmutter mit einem Baseballschläger attackiert?»

Gott steh ihr bei! «Es war ein Ball, kein Schläger. Und es war ein Unfall.»

Vielleicht wäre Mile High Gliding doch eine bessere Idee gewesen.

Anna, immer die Stimme der Vernunft, ging vor Baba in die Hocke und drückte ihr den Eisbeutel an die Stirn. «Tut sonst noch etwas weh? Deine Hüfte? Dein Rücken?»

Baba schüttelte den Kopf.

«Ist dir schlecht? Siehst du verschwommen?»

Wieder schüttelte Baba den Kopf.

«Das Spiel ist vorbei», verkündete Fisher. «Lasst sie uns reinbringen.»

«Aber ich war noch nicht dran!» Emily stampfte wütend auf.

Justin ergriff Emilys Hand und führte sie zur Home Plate, um ihr eine Chance zu geben, bevor das Spiel abgebrochen wurde. Wie ein Rudel Bodyguards begleiteten alle anderen Baba nach drinnen.

«Ich finde, sie sollte ins Krankenhaus», sagte Mom, während sie allen die Tür aufhielt.

Baba schnaubte. «Ich finde, du solltest die Klappe halten und dich um deinen eigenen Kram kümmern.»

Wieder redeten alle gleichzeitig. Camryn hielt den Mund und folgte ihnen.

«Leute», schaltete Fisher sich ein. «Es war Camryn, die den Ball geschlagen hat. So heftig kann das gar nicht gewesen sein.»

Vielen Dank auch, Bruderherz.

Die Tür knallte vor ihrer Nase zu.

Camryn blieb stehen und fragte sich, ob sie das mit Absicht getan hatten. Sie starrte die Tür ein paar Sekunden an, dann beschloss sie, einen Spaziergang zu machen. Vielleicht konnte sie diesen Tag dadurch krönen, dass sie sich von einer giftigen Schlange beißen ließ.

Sie stampfte an Justin vorbei, der Emily die richtige Schlagtechnik beibrachte. Emily traf den Ball und jubelte. Justin klatschte das kleine Mädchen ab.

War ja klar. Kein Wunder, dass die Dreijährige vor Camryn gewählt worden war.

«Wo gehst du hin?» Justin drehte sich zu ihr um, als hätte er sie jetzt erst bemerkt.

Sie deutete nach Westen. «Spazieren.»

«Kann ich mitkommen?», fragte Emily.

Camryn sah ihre Nichte an, dann stimmte sie zu. Sicher war es besser, wenn sie beide sich von dem Rummel im Haus fernhielten.

Nach dem Abendessen ging Troy in das Medienzimmer, um einen Film auszusuchen, den er und Camryn oben in ihrem Zimmer schauen konnten. Vielleicht besaßen die Hortons ja *Die Indianer von Cleveland* oder *Eine Klasse für sich*. Ein Baseball-Film wäre nach dem Debakel des Tages sicher witzig.

Bernice und Camryn hielten sich im Zimmer auf. Cam stand in der Mitte des großen Raums, gekleidet in ein lilafarbenes Abendkleid, Bernice hockte hinter ihr und steckte den Saum fest. Troy zuckte zusammen und stoppte abrupt, allerdings ohne den Blick von Camryn abzuwenden. Das trägerlose Kleid lag an den Brüsten und der Taille eng an, bevor es sich in Kaskaden Richtung Boden ergoss, sodass ihre Sanduhrfigur betont wurde. Das Kleid war schön – genau wie Camryn. Cam trug nicht oft Farbe, sondern beschränkte sich überwiegend auf Schattierungen von Weiß, Beige und Schwarz. In diesem Kleid sah sie anders aus, hübsch und elegant, trotz des Unbehagens in ihrer Miene.

Himmel, manchmal war Cam wirklich fähig, ihm den Atem zu rauben! Nicht dass sie es darauf anlegte. Ihr tiefes Lachen, ein überraschendes Grinsen oder ihre weiblichen Kurven, die er in dieser Woche zum ersten Mal wirklich wahrnahm, trafen ihn zufällig und in den unpassendsten Momenten wie ein Schlag. Sie ließ sein Herz stillstehen und jagte Hitze durch seinen Körper.

So wie jetzt. Verdammt, ihm war schwindelig.

Nachdem er sich ein paar Minuten lang unbemerkt dem Starren hingegeben hatte, räusperte er sich, um die Aufmerksamkeit der Frauen zu erregen. «Ist das hier das Brautjungfernkleid, von dem ihr gesprochen habt?» Das, von dem Baba so unhöflich behauptet hatte, Camryn wäre zu fett dafür? Offensichtlich war das eine weitere Lüge gewesen, weil Cam toll aussah. Sie war kurvig, sicher, aber nicht übergewichtig. Und selbst wenn, hätte sie einen atemberaubenden Anblick geboten. Frauen waren schön, egal, wie sie gebaut waren.

Cam warf ihm einen Blick zu, offensichtlich überrascht von seiner Anwesenheit, dann wandte sie sich an Bernice. «Ich gehe mich umziehen. Danke, dass du das in Ordnung gebracht hast.» Sie schnappte sich ihre Kleidung von einem Sessel, der direkt neben ihr stand, und sah kurz zu Troy, nur um eilig, fast verlegen, den Blick abzuwenden. «Was tust du hier?»

Sein Blick glitt über ihren Körper. Als sein Herzschlag sich einfach nicht beruhigen wollte, schaute er zu den Regalbrettern voller DVDs. «Ich wollte uns einen Film holen. Irgendwelche Vorschläge?»

Sie wirkte skeptisch, zuckte aber mit den Achseln. «Ist mir egal. Nur nichts mit Clowns.»

Damit glitt sie an ihm vorbei und ging zu der Treppe am Ende des Flurs.

Fast hätte er Cams Clownphobie vergessen. Damit war sie ziemlich oft aufgezogen worden, weil es eine so alberne Angst war.

Und dann kam ihm eine Idee. Eine ziemlich schreckliche und zugleich brillante Idee. Er grinste.

Letzte Nacht hatte er Camryn dazu gebracht, einen Wunsch zu den Sternen zu schicken. Die logische, immer gefasste Camryn hatte etwas Spielerisches und Leichtfertiges getan. Vielleicht konnte er sie dazu bringen, so etwas noch mal zu tun. Er könnte eine Liste erstellen. Eine Liste mit Dingen, die nicht ihren Gewohnheiten entsprachen. Möglicherweise konnte er sie so dazu bringen, eine andere Seite von sich zu zeigen. Eine Seite, die er viel zu lange nicht mehr gesehen hatte. Es könnte sie lockerer machen, ihr die Anspannung nehmen. Ihr beibringen, die Welt in all ihrer Schönheit zu sehen.

«Dieses Grinsen verheißt nichts Gutes, Troy.»

Er nickte und sah Bernice an, die ihre Nähutensilien einsammelte. «Stimmt. Habt ihr Stephen-King-Filme?»

Bernice sah zu der riesigen DVD-Sammlung. «Bestimmt. Schau mal auf dem zweiten Regalbrett. Ich glaube, dort stehen die Horrorfilme aus der Zeit, als Justin noch zu Hause gewohnt hat. Ich selbst hasse das Genre.»

«Danke. Ich werde mal nachschauen.» Troy ging hinüber, ließ den Blick schweifen und fand, was er suchte. Er klemmte sich die DVD unter den Arm, dankte Bernice noch einmal und ging nach oben.

Cam trat gerade im Pyjama aus dem Bad, als er ins Schlafzimmer kam. Er schob die DVD ein und ließ sich aufs Bett fallen. Eine Sekunde später setzte Cam sich neben ihn, zog ein Bein an und begann, es einzucremen.

Bisher hatte er ihren Beinen noch nie Aufmerksamkeit geschenkt. Sie waren lang und wohlgeformt. Sein Mund wurde trocken.

«Ich kann nicht glauben, dass ich Baba mit einem Baseball abgeschossen habe.»

Troy wandte eilig den Blick ab und schluckte schwer – zumindest versuchte er es. «Es geht ihr gut. Außerdem hast du nichts getan, was wir anderen uns nicht auch schon gewünscht hätten.»

Sie schüttelte grinsend den Kopf, als wäre sie amüsiert. Sofort machte sein Herz einen Sprung.

«Welchen Film hast du ausgesucht?», fragte sie, ohne von ihren Beinen aufzusehen.

«Schau hin.»

Als Cam aufsah und den Trailer für *Es* sah – den Film, in dem der bösartige Clown den Kopf aus einem Gully steckte –, kippte sie mit einem Kreischen vom Bett. Auf allen vieren krabbelte sie Richtung Bad. Erst im Türrahmen stand sie auf, verschränkte die Arme vor der Brust und starrte ihn böse an.

Troy lachte so heftig, dass er fürchtete, seine Bauchmuskeln würden reißen. Er ließ sich quer über das Bett fallen und hielt sich den Bauch, dabei weinte er vor Lachen. Es war nicht mal die neue, unheimlichere Verfilmung, sondern das Original. Trotzdem war sie ausgetickt. Camryn aus dem Konzept zu bringen, hatte etwas an sich, dem er nicht widerstehen konnte. Die ruhige, rationale Camryn Covic konnte auch mal völlig unvernünftig sein.

«Ich möchte dich darüber informieren, Troy Lansky, dass Tausende Menschen an Coulrophobie leiden. Das ist die offizielle, medizinische Bezeichnung für die Angst vor Clowns. Es ist ein *offizieller, medizinischer Fachausdruck.*»

Troy schnappte nach Luft, dann setzte er sich auf, obwohl es ihm nicht leichtfiel. «Komm her, Cam.»

«Auf keinen Fall. Mach das aus.»

Er griff nach der Fernbedienung und schaltete den Fernseher ab.

Nur widerwillig ließ Cam den Schutz des Türrahmens hinter sich. Bevor sie das tat, spähte sie aber um die Ecke der Tür, um sicherzustellen, dass er ihrer Bitte wirklich gefolgt war. Sie setzte sich aufs Bett. «Das war gemein.»

Er schüttelte den Kopf und bemühte sich, nicht zu grinsen. «Ich führe ein Experiment durch. Gestern Nacht hast du einen Wunsch zu den Sternen geschickt. Heute Abend wirst du etwas tun, was dir Angst macht. Das alles steht auf einer Liste, die ich erstellt habe.»

«Und was, wenn ich nicht Teil deines Experiments sein will?»

Er lächelte. «Du hast keine Wahl. Es gibt gute Gründe für diese Liste.»

«Und die lauten?»

«Das werde ich dir am Ende der Woche erzählen. Und jetzt lass uns den Film schauen.»

Sie sprang so schnell auf, dass die Vorhänge des Himmelbetts wehten. «Nein.»

Erneut versuchte sie, ins Bad zu fliehen, doch Troy war schneller. Er katapultierte sich vom Bett, legte einen Arm um ihre Taille und zog sie zurück auf die Matratze. Zuerst positionierte er sie mit ihrem Rücken vor seiner Brust und zwischen seinen Beinen, dann schlang er beide Arme um sie. «Eine Sache, Cam. Mach eine Sache, die dir Angst einjagt.»

Sie schnaubte. Sie wehrte sich nicht gegen ihn, doch ihr Körper war steif. «Warum? Das ist doch sinnlos.»

«Oh, es ist durchaus sinnvoll. Vertrau mir.»

Ihre Schultern sackten nach unten. «Nie im Leben.» Ein Zögern. «Wie lang ist der Film?»

«Vier Stunden.»

«Vier Stunden?», wiederholte sie, ihre Stimme mehrere Oktaven höher als gewöhnlich. «Das ist Folter, Troy.»

Er lachte. «Komm schon, Cam. Tu etwas, was du noch nie zuvor getan hast. Es wird nicht wehtun, das verspreche ich. Wenn du willst, werden wir die kompletten vier Stunden so sitzen bleiben.»

Er wartete ab. Zehn Sekunden, zwanzig …

«Schön, dann mach. Aber es ist dämlich.»

Er griff nach der Fernbedienung und schaltete den Fernseher wieder an, dann drückte er auf *Play*.

Cam blieb zunächst ruhig – bis der Clown Pennywise zum ersten Mal ins Bild kam. Bei seinem Anblick löste sie sich mit unerwarteter Kraft aus Troys Griff, krabbelte hinter ihn und versteckte sich zwischen seinem Rücken und dem Kopfende des Bettes.

Als sie das Gesicht an seinen Rücken presste, sorgte ihr warmer Atem dafür, dass jedes Atom seines Körpers sich ihrer Gegenwart bewusst war. Ihre Beine – genau die Beine, die er eben noch angestarrt und die unanständige Phantasien in ihm ausgelöst hatten – drückten sich an seine Seiten, und ihre Finger vergruben sich in seinem T-Shirt. Und dann, als wäre er sich ihrer Gegenwart nicht bereits so bewusst, dass er gegen eine Erektion ankämpfen musste, presste sie sich an ihn wie eine zweite Haut.

Die unabhängige, starke Camryn Covic klammerte sich an ihm fest, als wäre er ihr Retter. Sein Hirn kämpfte mit seinem Körper.

Sie hatte recht. Absolut und hundertprozentig recht. Das war eine sehr, sehr dumme Idee gewesen. Idiotisch, geradezu lächerlich. Denn Troy wünschte sich nichts mehr, als den Film auszuschalten, Camryn auf die Matratze zu drücken und dort weiterzumachen, wo sie gestern mit dem Kuss aufgehört hatten. Mit dem Kuss, zu dem es nie hätte kommen dürfen.

Stattdessen biss er die Zähne zusammen und blieb vier Stunden lang fast unbeweglich sitzen, bis der Film vorbei und er sich nicht mehr sicher war, wer an diesem Abend mehr gelitten hatte.

LEBENSWEISHEITEN*

Man muss eine Menge
Frösche küssen, bevor man erkennt,
dass es nur Frösche gibt.

*ZUMINDEST WENN ES NACH CAMRYN GEHT

KAPITEL 7

Troy starrte die rot gestrichenen Ställe auf dem Hügel vor ihnen an, dann hob er den Blick zum Himmel. Camryns Wunsch von neulich Abend würde vielleicht erfüllt werden: Es sah nach Regen aus. Im Wetterbericht war von gut drei Zentimetern Niederschlag mit Sturmböen für den Nachmittag und Abend die Rede gewesen, bisher war allerdings noch nichts passiert.

Cam hatte sich Regen gewünscht. Enttäuscht schüttelte er den Kopf. Er hatte gehofft, sie hätte sich einfach fallen lassen und ein wenig entspannt, wenigstens für einen Moment. Für oder wegen ihm. Aber leider nein.

Außerdem hatte sie ihm erklärt, ihr Kuss habe nichts bedeutet. Direkt nachdem sie ihn beleidigt hatte, indem sie ihm unterstellt hatte, er könne keine Woche ohne Sex aushalten. *Ich weiß, dass du für deine Verhältnisse schon lange mit niemandem mehr zusammen warst.* Glaubte sie wirklich, dass er sie nur geküsst hatte, weil er auf Entzug gewesen war? Dass er so dringend Sex brauchte, dass er sogar sie wollte?

Er konnte immer noch spüren, wie sie sich gegen seinen Rücken gepresst hatte, während sie den Film schauten. Das war nicht nichts. Und dasselbe galt für den Kuss am Abend zuvor.

Was er in Bezug auf sie empfand – *für* sie empfand –, war nicht nichts … auch wenn er keine Ahnung hatte, was er mit diesen Gefühlen anfangen sollte.

Aber ihre Reaktion? Nada. Null. Sie tat, als bahne sich zwischen ihnen keine bahnbrechende Veränderung an. Na ja, bis auf diesen besagten Kuss. Da, nur da, war sie weich geworden. Geschmolzen. Sie war in seinen Händen zu Wachs geworden und hatte sich benommen, als wäre sie genauso verloren wie er.

Der Ostwind lies das lange Wildgras neben dem Stall wogen, und die Luft roch nach drei Tage altem Dung und Heu. Hinter der Scheune erhob sich in der Ferne das Flatiron-Gebirge als Vorläufer der Rocky Mountains. Es war in Nebel gehüllt, der genauso grau war wie der Himmel. Jenseits der offenen Ebene mit den zerfallenen Weidezäunen erhoben sich dichte Wälder aus Kiefern, Eichen, Gummi- und Ahornbäumen.

Es war wirklich schön hier. Vage fragte Troy sich, wo sie wohl reiten gehen sollten. Auf Justins Drängen hin waren die Covic-Geschwister vor ein paar Minuten auf der Farm seiner Freundin aufgetaucht, doch seit sie geparkt hatten, war niemand gekommen. Und Troy sah auch keine Reitwege.

Gerade als er begann, die ganze Idee in Frage zu stellen, trat eine Frau aus dem Stall – hochgewachsen, schlank, natürlich schön. Blondes Haar fiel in Wellen bis auf ihren Rücken, und volle Brüste drängten sich gegen ein blau kariertes Flanellhemd. Jeans schmiegten sich eng an ihre Schenkel und endeten auf ihren verkratzten Wanderschuhen. Sie lächelte charmant, als sie ein Paar Reithandschuhe in ihre hintere Hosentasche schob und die Arme öffnete, um Justin willkommen zu heißen.

«Hey, da bist du ja.» Justin umarmte die Frau, bevor er sich zum Rest der Gruppe umdrehte. «Das ist Jessie. Wir sind zusammen aufgewachsen.»

Sie sah aus wie eine Jessie. Und zur Abwechslung spürte Troy keinerlei Kribbeln im Bauch. Noch vor einer Woche hätte er seinen Charme spielen lassen, um zu sehen, wie weit er mit ein bisschen Flirten kam. Doch in diesem Moment hatte er keinerlei Interesse – ein Beweis für den Wahnsinn, den Cam in ihm auslöste. Nicht gut.

Die anderen schüttelten Jessie die Hand und bedankten sich für die Einladung.

Dann war Troy an der Reihe, und Jessie musterte ihn von Kopf bis Fuß, als würde sie ihm am liebsten die Kleidung vom Leib reißen. Unangenehm.

«Ich bin Troy, und das ist meine Freundin …»

Jessie leckte sich über die Lippen. Ihre Zunge tauchte auf und verschwand wieder, mit dem Ziel, zu verlocken. Die deutliche Einladung lenkte ihn ab.

Ernsthaft? Er hatte «Freundin» gesagt, als er versucht hatte, Camryn vorzustellen, trotzdem hatte Jessie ihn angebaggert. Und das, während die Familie unangenehm berührt um sie herumstand. Jede Anziehungskraft, die sie vielleicht hätte ausüben können, löste sich in einem Wimpernschlag ihrer grünen Augen in Luft auf. Ohnehin konnten ihre Augen Cams nicht das Wasser reichen.

«… Camryn», sagte Cam und beendete damit seinen Satz, gleichzeitig streckte sie Jessie die Hand entgegen. «Danke, dass wir heute hier reiten dürfen.» Falls sie von Troys Zögern oder Unsicherheit irritiert war, ließ sie sich zumindest nichts anmerken.

«Sicher», meinte Jessie und gab allen ein Zeichen, ihr zu folgen.

Während sie Richtung Stall gingen, musterte Fisher Troy kritisch. «Geschmeidig, Mann.»

Früher war er das einmal gewesen.

Als sie sich dem Eingang näherten, trat ein anderes Paar, begleitet von einem kleinen Mädchen, aus dem Stall. Das Mädchen, ungefähr acht oder neun Jahre alt, wedelte quietschend mit den Armen und sah sich ständig um. Aufgeregt hüpfte sie auf Emily zu. Ihr braunes Haar wippte, doch sie kam Emily nicht näher als ungefähr einen Meter und sah ihr auch nicht in die Augen.

«Hailey, denk dran, dass du zuerst hallo sagen musst.» Die Frau strich sich eine Strähne ihres schulterlangen, lockigen braunen Haars hinters Ohr und lächelte Emily an, bevor sie neben den Mädchen in die Hocke ging. «Wie heißt du, Süße?»

«Emily. Ich bin dreieinhalb Jahre alt. Ich lebe in Milwaukee, Wisconsin, und meine Telefonnummer ist …»

Anna trat mit einem Lachen vor. «Die Frau ist keine Polizistin, und du hast dich auch nicht verlaufen, Em.» Sie streckte die Hand aus. «Ich bin Anna, und das ist mein Ehemann Fisher. Tut mir leid, wir möchten bloß, dass sich Emily für Notfälle gewisse Dinge einprägt.»

«Das ist klug. Hailey ist Autistin, also trägt sie ein ID-Armband.»

Emily runzelte die Stirn. «Sie hat ein Auto?»

«Nein, das hat nichts mit Autos zu tun. Es heißt Autismus.» Die Frau blieb ruhig, als sie höflich erklärte: «Das bedeutet, dass sie ein wenig anders lernt als andere Kinder. Sie redet nicht und spielt anders, aber sie ist sehr klug und hat Gefühle, genau wie du. Tatsächlich ist sie sehr einfühlsam.»

Hailey quietschte wieder, dann wedelte sie grinsend mit den Händen. Nach einem Moment winkte sie.

«Hi.» Ohne sich um die Unterschiede zwischen ihnen zu kümmern oder Haileys Einschränkungen zu bemerken, winkte Emily zurück. Für sie war das Mädchen jetzt ihre Freundin.

Troy kam der Gedanke, dass die Welt durchaus ein paar Dinge von diesen zwei kleinen Mädchen lernen könnte.

Die Frau deutete auf den athletischen, blonden Mann hinter ihr. Sie waren ein wirklich attraktives Paar. «Das ist Cade, und ich bin Avery. Wir sind zu Besuch hier und kommen aus Redwood, Oregon.» Sie grinste Emily an. «Also sind wir wohl beide weit weg von zu Hause.»

«Um genau zu sein, sind wir in den Familien-Flitterwochen.» Cade schüttelte allen die Hände. «Schön, euch kennenzulernen.»

Emily stemmte die Hände in die Hüften. «Was sind Familien-Flitterwochen?»

«Flitterwochen, bei denen die gesamte Familie mitkommt.» Cade zwinkerte ihr zu. «Wir haben gerade geheiratet.»

Alle gratulierten, doch Emily ließ sich nicht ablenken.

«Tante Heather und Onkel Justin heiraten auch. Deswegen mussten wir mit einem Flugzeug fliegen. Es war klein und hat Geräusche gemacht. Aber sie wollen mich nicht in die Flitterwochen mitnehmen.» Sie sah zu Heather auf. «Warum macht ihr keine Familienwochen?»

Heather lachte, dann meinte sie trocken: «Weil es vollkommen ausreicht, dass die ganze Familie für die Hochzeit zusammenkommt, deswegen.»

«Da hat deine Tante recht», pflichtete Avery ihr bei. «Also, wir haben gerade die Pferde gestreichelt und wollen uns jetzt was zum Mittagessen besorgen. Viel Spaß euch allen. Es war nett, euch kennenzulernen.»

«Ebenso», versicherte Anna und legte eine Hand auf Emilys Schulter. «Bereit?»

«Ja!»

Emily hatte die ganze Autofahrt nur darüber geredet, dass sie endlich auf einem Pferd sitzen würde. Sie war dabei so aufgeregt gewesen, dass es sie kaum in ihrem Kindersitz gehalten hatte. Doch sobald sie den großen Stall mit den zwölf Boxen betraten und das Mädchen ein echtes Pferd zu sehen bekam, wäre sie vor Angst fast in ihre Mutter gekrochen. Troy konnte es ihr nicht verdenken.

Jessie führte eine weiße Stute aus der zweiten Box. «Ihr anderen könnt euch jedes Pferd aussuchen, das ihr wollt. Sie sind alle gesattelt und bereit zum Aufbruch. Diese Stute ist für denjenigen, der mit Emily reitet. Sie ist besonders sanft.»

Troy sah von Emily, die das Gesicht an Annas Hals vergraben hatte, zu der Stute. «Wie heißt sie?»

«Darby. Sie ist acht Jahre alt.»

Anna ging zu der Stute und kraulte ihr die Nase. «Willst du das Pferd auch mal streicheln, Emily?»

Emily schüttelte den Kopf und klammerte sich noch fester an ihrer Mutter fest.

Troy stellte einen Fuß in den Steigbügel und schwang sich auf Darby. Sobald er sicher saß, streckte er die Arme nach Emily aus.

Anna reichte ihm das Mädchen nach oben, was dafür sorgte, dass Emily vollkommen ausrastete. Sie drückte schreiend den Rücken durch und schlug um sich.

Troy hielt sie fest und setzte sie so auf seinen Schoß, dass sie ihn ansah.

«Drück dein Gesicht gegen meine Brust», sagte er und half ihr sanft. «So kannst du gar nichts sehen. Lass es uns eine Minute ausprobieren, und wenn du dann immer noch nicht reiten willst, lassen wir es.»

Emily versteifte sich, dann spähte sie vorsichtig zu ihm auf. Langsam hob Troy die Zügel und ließ das Pferd ein paar Schritte nach vorne gehen. Emily vergrub erneut das Gesicht an seiner Brust, doch sie schrie nicht mehr.

«Ihr Hufgeklapper klingt wie ein Herzschlag, nicht wahr?», sagte Fisher zu Emily. Er blieb neben der Stute, als das Tier ein kleines Stück weiterging.

Emily sah Troy an, die unschuldigen Augen groß und rund.

Troy lächelte. «Und sie riecht ein bisschen wie dein Dad.»

Emily lachte, sehr zum Missfallen von Fisher.

«Also, was sagst du? Willst du es versuchen?»

Emily nickte, also wählten alle Pferde aus, und Jessie führte sie aus dem Stall.

«Ich dachte, wir reiten auf die Weide und folgen dann vielleicht einem der Pfade durch den Wald», sagte Jessie und sah über die Schulter zu den anderen.

«Klingt toll», meinte Heather. «Es ist so schön hier draußen.»

Schön war es definitiv.

Troy hielt Emily an die Brust gedrückt, die Zügel in einer Hand, den anderen Arm um das Mädchen geschlungen. Emily spähte über seine Schulter zu Cam. Sie ritt einen braunen Wallach namens Sweet Tea. Das musste ein gutes Omen für den Charakter des Pferdes sein.

Die Gruppe ritt über einen kleinen Hügel auf eine ebene

Wiese, auf der rote und gelbe Wildblumen im Gras tanzten. In der Ferne, jenseits eines Waldes, der überwiegend aus Birken zu bestehen schien, konnte man die Vorgebirge der Rocky Mountains sehen. Die riesige Wand aus gezacktem Fels mit schneebedeckten Gipfeln hätte vor dem grauen Himmel bedrohlich gewirkt, wären die weitläufigen Wiesen nicht gewesen. Die Höhenluft erschwerte das Atmen, doch alles roch ganz frisch, nach Gras und Blumen, nach Schnee und Ozon.

Jessie trieb ihr Pferd auf einen Weg, der sich zwischen Kiefern und Ahornbäumen hindurchschlängelte und gerade breit genug war für zwei Pferde. Troy, der direkt hinter ihr ritt, trieb sein Pferd neben sie. Anna und Cam folgten ihnen.

Der Duft von Torfmoos und Erde erfüllte die Luft. Nicht weit entfernt hämmerte ein Specht auf einen Baumstamm ein. Tatsächlich war der gesamte Ritt ziemlich entspannend. Troy wäre zwar lieber auf einer Harley durch die Innenstadt von Milwaukee gebrettert, aber es war nicht schlecht.

«Also, Heather», sagte Jessie über die Schulter hinweg. «Welche Farbe haben die Brautjungfernkleider?»

«Lavendel. Ich habe an Camryn gedacht, als ich die Farbe ausgesucht habe. Sie passt toll zu ihrem Teint.»

Hätte Troy vor dem gestrigen Tag versucht, sich Cam in etwas anderem als Weiß oder neutralen Farben vorzustellen, wäre ihm das nicht gelungen. Auch heute trug sie wieder beige Hosen und ein weißes Tanktop. Doch nachdem er sie gestern in diesem Kleid gesehen hatte, diese Farbe auf ihrer Haut …

Anna brummte zustimmend. «Sie steht ihr wirklich gut. Was für Blumen hast du ausgewählt?»

«Tatsächlich bin ich mir da nicht sicher.» Heather legte nachdenklich den Kopf schief. «Justins Mom …»

Den Rest konnte Troy nicht hören, weil Emily sich vorlehnte, um auf die Beine des Pferdes zu schauen. Er hielt sie fester. «Bleib ruhig sitzen, Zwerg. Ich will nicht, dass du runter-fällst.»

«Was hat das Pferdchen da an den Füßen?», fragte sie.

Jessie sah Emily an. «Hufeisen. Das sind Pferdeschuhe.»

«Sie sehen nicht aus wie Schuhe.»

«Es sind aber Schuhe.»

«Sie sehen nicht aus wie Schuhe!»

Troy grinste. «Pferde brauchen nur Schutz auf den Unterseiten ihrer Füße, anders als kleine Mädchen.»

Emily nickte zufrieden, dann ließ sie den Blick wieder schweifen.

Nach ungefähr einer Stunde Ritt durch den dichten Wald, auf dem sie verschiedene kleine Tiere, die unterschiedlichsten Pilze und immer wieder Büschel von purpurfarbenen oder blauen Blüten zwischen den Bäumen entdeckten, brachte sein Hintern ihn fast um. Als sie eine kleine Lichtung erreichten, auf der Unmengen von Butterblumen wuchsen, schlug Troy eine Rast vor. Die Sonne hatte den Kampf gegen die Wolken gewonnen, und ihre Strahlen wärmten die Luft.

Jessie stieg ab und band die Zügel ihres Pferdes an einen tiefhängenden Ast, bevor sie neben seine Stute trat. Als sie nach den Zügeln seines Tieres griff, grinste sie ihn lasziv an.

Was für eine nervige Sexbombe!

Emily beugte sich wieder vor. Bevor Troy seinen Halt anpassen konnte, geriet sie ins Rutschen.

«Troy, sie fällt!» Cam, die ihr Pferd neben ihn getrieben hatte, streckte die Hände aus.

In der panischen Millisekunde, die es ihn kostete, die Zügel von seiner anderen Hand zu lösen, hatte Cam sich bereits zu weit vorgelehnt und Emily an die Brust gezogen, bevor sie selbst von ihrem Pferd stürzte und ins hohe Gras fiel. Sie landete unsanft auf ihrem Rücken.

Anna stieg ab, bevor Troy so weit war, und schnappte sich ihr weinendes Kind. «Oh mein Gott, geht es dir gut?» Anna ließ sich auf die Knie fallen und strich mit den Händen über Emilys Kopf. «Tut irgendwas weh?»

Bitte, bitte, Kleine. Sei unverletzt.

Troy stieg ab, dann untersuchte er Emily, hob ihre Arme hoch und ließ die Hände über ihren Rücken gleiten. Er fand weder Kratzer noch andere Verletzungen. «Ich kann nichts sehen. Sie ist mir einfach aus den Händen gerutscht. Es tut mir so leid.» Es sah zwischen Anna und Emily hin und her. «Bist du verletzt?»

Emily schüttelte den Kopf. Ihre Tränen trockneten bereits.

Heather legte ihm in einer beruhigenden Geste die Hand auf den Arm. «Es geht ihr gut, Troy.»

Fisher ging neben ihnen in die Hocke. «Ich glaube, sie hat sich nur erschreckt. Sie ist auf Cam gefallen.»

Cam. Noch auf den Knien, drehte Troy sich um und stieß Justin zur Seite. Cam lag flach auf dem Boden, die Arme von sich gestreckt. Ihre Augen waren geschlossen, ihr Mund leicht geöffnet, so als würde sie schlafen.

Oh nein! Oh Gott, nein! «Cam?»

Jessie kniete sich auf den feuchten Boden und hielt Cams Kopf fest. «Justin, reite zurück und hol Hilfe. Heather, binde die Pferde fest.»

«Sollten wir nicht besser sofort Hilfe rufen?», fragte Heather.

«Hier draußen gibt es keinen Empfang. Justin, los! Hol Hilfe!»

Justin sprang auf sein Pferd und ritt so schnell den Pfad entlang, dass die Hufe seines Pferdes Erdbrocken aufwirbelten. Heather tat, was Jessie ihr gesagt hatte. Troy konnte sie selbst auf der anderen Seite der Lichtung weinen hören, als sie die Zügel an den Ästen befestigte.

Troy bekam keine Luft. Er konnte sich nicht bewegen, konnte Cam nur anstarren. Tausende Tut-mir-Leids kreisten in seinem Kopf. Er schob sich näher an sie heran. «Cam?»

Sie öffnete die Augen, verzog das Gesicht. «Nicht so laut.»

Gott sei Dank. Sie war wach und sprach.

Als sie versuchte, sich aufzusetzen, drückte Jessie ihr eine Hand gegen die Brust, bis Cam sich wieder zurücksinken ließ. «Bleib still liegen, nur für alle Fälle.»

«Für welche Fälle?»

Heather kehrte zurück, ihr Gesicht tränennass. «Geht es dir gut?»

«Alles prima. Ich hab nur Kopfschmerzen.» Cam sah von einem Gesicht über sich zum nächsten, bis ihr Blick bei Fisher stoppte. «Ist Emily verletzt? Ich habe versucht, sie aufzufangen …»

«Es geht ihr gut», versicherte Anna.

Camryn versuchte erneut, sich aufzusetzen, nur um festzustellen, dass Jessie sie immer noch festhielt. Einer von Cams berüchtigten bösen Blicken ließ Justins Freundin erstarren, also schob Troy Jessie zur Seite, um selbst dafür zu sorgen, dass Cam den Kopf nicht bewegte.

«Halt sie seitlich am Kopf fest, über den Ohren», befahl Jessie. «Wenn sie eine Wirbelsäulenverletzung hat, könnte sonst alles noch schlimmer werden.»

Er verschob seine Hände von Cams Wangen zu der Stelle, die Jessie beschrieben hatte.

«Lass mich hoch!», blaffte Camryn. Sofort danach wurde sie bleich, und ihr Blick schien zu verschwimmen.

Troys Magen krampfte sich zusammen. «Nicht bewegen, Liebling. Justin holt Hilfe.»

Liebling?

Emily wollte zu Cam, also begann Anna, mit dem kleinen Mädchen auf der Hüfte auf und ab zu laufen, um sie abzulenken.

Als Troy sich wieder auf Camryn konzentrierte, wirkte sie stinkwütend. Ihre Lippen waren geschürzt, die Stirn gerunzelt. In ihren Augen blitzte es.

«Ich lasse dich los, wenn du mir versprichst, still zu liegen.»

«Schön. Aber mir fehlt nichts, was zwei Aspirin nicht in Ordnung bringen könnten.»

Als Fisher sich neben seine Schwester kniete und ihre Hand nahm, zog Troy sich zurück, senkte den Blick – und erstarrte. Ein eiskalter Schauer rann ihm über den Rücken.

Seine linke Hand war blutverschmiert. Cams Blut.

All dieses Rot.

Scheiße. Nein, nein, nein. «Fisher ... sie blutet.»

Dieser Moment gehörte wahrscheinlich zu den peinlichsten ihres Lebens. Und die Liste war lang!

Die ganze Familie stand um Camryns Krankenbett. Sie stritten und kabbelten sich, während Cams Kittel der gesamten Welt einen Blick auf ihren Hintern ermöglichte. Zu allem Überfluss sah ihr Arzt aus, als sollte er auf einer Bühne strippen, statt als

Mediziner zu arbeiten. Und dass Troy sich geweigert hatte, den Raum zu verlassen, selbst als man Camryn ausgezogen hatte, setzte dem Ganzen die Krone auf.

Sie warteten noch auf die Röntgenbilder, bevor sie entlassen werden konnte. Glücklicherweise hatte sie nicht genäht werden müssen. Die Platzwunde an ihrem Hinterkopf war klein. Der Arzt hatte ihnen allen versichert – dem in Panik geratenen Troy gleich mehrmals –, dass Kopfwunden immer heftig bluteten, selbst wenn sie harmlos waren.

Als Troy kurz davor stand, ihr wirklich den letzten Nerv zu rauben, ließ er sich auf einen Stuhl in der Ecke fallen und hielt den Mund. Das nächste Mal würde sie ihn vom Pferd schubsen.

«Du hast wirklich Glück, dass du nicht genäht werden musstest, junge Dame.» Das kam von Mom. Als hätte Camryn das alles absichtlich gemacht! «Wie hätte dein Haar dann bei der Hochzeit ausgesehen?»

Sie wusste, dass sich hinter diesen Worten die Sorge ihrer Mom verbarg. Dennoch … Camryn wusste diese «Sorge» im Moment nicht zu schätzen.

«Zumindest hatte die Sache etwas Gutes», verkündete Baba. «Hast du ihren Arzt gesehen?»

Oh Gott, Baba wollte den Arzt in der Notaufnahme anbaggern. Perfekt. Einfach perfekt.

Kuma Viola öffnete eine Schranktür, um sie dann wieder zu schließen. «Vergiss den Arzt. Habt ihr irgendwo diese Hausschuhsocken gesehen, die man im Krankenhaus normalerweise bekommt? Die liebe ich.»

Und jetzt kam auch noch Diebstahl dazu. Wunderbar.

Der Arzt betrat mit ihren Röntgenbildern den Raum und schob sich an den Mitgliedern ihrer Familie vorbei, um an

Cams Bett zu treten. Dann sah er sie aus seinen strahlend blauen Augen an, die einen seltsamen Kontrast zu seinem mitternachtsschwarzen Haar bildeten. Ein breites Kinn mit leichtem Bartschatten und die hohen Wangenknochen betonten nur sein unverschämt gutes Aussehen.

«Okay, keine Brüche. Die Hüfte und die Wirbelsäule haben keinen Schaden genommen. Sie haben eine leichte Gehirnerschütterung, also sollten Sie es in den nächsten vierundzwanzig Stunden eher langsam angehen. Lassen Sie sich heute Nacht alle paar Stunden von jemandem wecken. Es wäre auch eine gute Idee, den morgigen Tag im Bett zu verbringen. Keine Anstrengungen wie Sport ...»

Baba schnaubte.

«... oder Sex.»

Yjaka Harold lachte. «Hast du das gehört, Troy? Heute Nacht läuft nichts.»

«Cam wüsste nicht mal, was sportlicher Sex ist, wenn er sie in den Hintern beißt», schnaubte Baba. «Ihr Arzt dagegen ...» Sie kniff ihn in den Hintern, sodass der arme Mann zusammenzuckte.

Camryn presste, peinlich berührt, die Augen zu, während das Personal der Notaufnahme spontan eine von Gesang begleitete Tanzeinlage aufs Parkett legte. Die Krankenschwestern sprangen auf den Empfangstresen und spielten Moulin Rouge nach. Ärzte warfen ihre weißen Kittel von sich, ließen Stethoskope um die Finger wirbeln und im Rhythmus des Gesangs ihre Otoskope aufleuchten. Gerade als die Show dem großen Höhepunkt entgegenstrebte, unterbrach der Arzt ihre Gedanken.

«Sie können Ibuprofen gegen die Schmerzen nehmen. Wenn

Ihnen übel wird oder Sie Gedächtnisprobleme bekommen, lassen Sie sich wieder herbringen. Haben Sie noch Fragen?»

Sind Sie sicher, dass Sie meine Familie nicht zur Beobachtung in die psychiatrische Abteilung bringen lassen können?

«Nein. Darf ich jetzt gehen?»

Er nickte. «Ich werde Ihre Entlassungspapiere fertig machen.» Der Arzt sah sich ängstlich im Raum um wie ein Fünfjähriger, der sich gerade in die Hose gemacht hatte. «Sie können sich in der Zwischenzeit anziehen.»

«Nun, zumindest wird sie auf den Hochzeitsfotos keinen Gips tragen», sagte Tetaka Myrtle, um dann zu rülpsen. Laut.

Troy stand langsam und steif auf, die Zähne gefletscht. Es war die Ruhe vor dem Sturm. Camryn hatte ihn nicht oft wütend gesehen – es war viel nötig, um ihn aufzuregen –, aber er stand offenbar kurz vor einer Explosion. Doch bevor Cam etwas unternehmen konnte, brach es aus Troy heraus.

«Sie hätte sterben können! Sie hätte gelähmt sein können! Und ihr macht euch Sorgen um Hochzeitsfotos? Wenn Cam nicht gewesen wäre, wäre Emily ebenfalls in der Notaufnahme.»

Eine lange Sekunde herrschte vollkommene Stille, dann klatschte Heather in die Hände. «Okay, alle raus, bevor Troy Amok läuft. Es reicht für heute. Kommt, lasst Cam alleine, damit sie sich in Ruhe anziehen kann.»

Und wieder leuchtete dieser Heiligenschein über Heathers Kopf auf.

Schweigend verließ die Familie den Raum.

Troy massierte sich den Nasenrücken und stieß heftig den Atem aus. Dann starrte er mit einem Ausdruck auf Cam herunter, den sie noch nie bei ihm gesehen hatte. Nachdem er sie mehrere Sekunden lang gemustert hatte, wirbelte er herum und ließ sich seitwärts auf das Fußende ihres Bettes fallen, als hätte ihn mit dem Adrenalin auch alle Kraft verlassen.

«Ich dachte wirklich, ich würde sie umbringen. Was wäre dann aus den Hochzeitsfotos geworden? Wir hätten ihre Leichen arrangieren müssen wie Schaufensterpuppen.»

Sie grinste. «Sie waren nur besorgt. Du kennst sie doch. Für sie ist alles gleich die Apokalypse.»

Er drehte den Kopf und sah sie einen langen Moment nur an. «Ich hatte noch nie in meinem Leben solche Angst. Ich bin so froh, dass es dir gutgeht.»

Ihre Brust wurde so eng, dass ihr das Atmen schwerfiel. «Ich sollte mir ein T-Shirt drucken lassen. ‹Ich war in der Notaufnahme von Boulder, und alles, was ich bekommen habe, ist dieses lausige T-Shirt›.»

Stirnrunzelnd setzte er sich auf und musterte sie intensiv. «Ausgerechnet jetzt entwickelst du einen Sinn für Humor?»

Wenn er wüsste! Sie zuckte mit den Achseln. «Zumindest habe ich dich davor gerettet, zum Stall zurückreiten zu müssen.»

«Lieber Himmel, du versuchst wirklich, witzig zu sein. Dein Gehirn muss mehr abbekommen haben, als ich dachte.» Er schüttelte den Kopf. «Selbst wenn ich dich nie wieder auf einem Pferd sehe, ist das noch zu früh.»

«Dürfte ich dich daran erinnern, dass das alles nie passiert wäre, wenn du nicht mit einem hübschen, blonden Farmgirl geflirtet hättest?»

Troy senkte den Blick auf die Hände und schluckte.

Verdammt, sie war zu weit gegangen. Ihr rutschte das Herz in die Hose, und sie wollte seinen Arm berühren, doch er stand auf und trat zurück.

«Ich werde dich dann mal allein lassen, damit du dich anziehen kannst. Wir treffen uns draußen.»

Verflixt. «Troy, das war nur ein Witz ...»

Aber er war schon weg.

Troy trat in den seitlichen Garten der Hortons und atmete tief durch. Immer noch überrascht davon, wie kühl die Nächte waren, verschränkte er die Arme vor der Brust und richtete den Blick nach oben. Im Westen zuckten Blitze über den Himmel, und wenig später rollte Donner aus der Ferne heran. Das Gewitter kam später als vorhergesagt. Die Luft war schwül, und Glühwürmchen leuchteten über dem Rasen. Der Wald in der Ferne wirkte bedrohlich, schwarze Schatten vor dunklem Himmel.

In Camryns und seinem Schlafzimmer brannte Licht und erhellte das Gras zu seinen Füßen. Er hob den Blick zu dem Fenster im zweiten Stock, dann sah er wieder zum Horizont.

Er hätte heute fast die Kontrolle verloren. Sie bewegungslos auf dem Boden liegen zu sehen, mit Emily auf der Brust ...

Die Covics waren seine Familie gewesen – seine einzige wahre Familie –, bevor er sich überhaupt bewusst gewesen war, dass er eine brauchte. Troy versuchte sich einzureden, dass er deswegen in Panik verfallen war, nur deswegen bei dem Gedanken an eine mögliche Verletzung diese schreckliche Angst empfunden hatte. Schließlich fürchtete er sich noch heute davor, dass die Covics ihn im Stich lassen könnten. Aber in der Stille der Nacht wusste er, dass das eine Lüge war – oder zumindest nicht die ganze Wahrheit.

Irgendwo in dem Raum zwischen Richtig und Falsch, zwischen Familie und Freundschaft, entwickelte sich Camryn zu mehr. Die Alarmglocken in seinem Kopf hatten schon geschrillt, bevor sie überhaupt nach Colorado aufgebrochen waren: einmal, als er sie gegen den Beistelltisch in seinem Flur gedrängt hatte, und noch mal in seinem Gästezimmer, als sie beim Ausziehen des Bettes aufeinandergefallen waren.

Er schluckte schwer, als er zu der Stelle im Garten sah, wo sie sich das erste Mal geküsst hatten. Das war auch noch so etwas: die Küsse.

Troy schüttelte den Kopf. Wegen seiner Unaufmerksamkeit hätten Emily oder Cam verletzt werden können. Wäre das geschehen, hätte er sich das niemals verziehen.

Spätestens an dem Tag, als sein Vater nach Troys achtzehntem Geburtstag ins Gefängnis gewandert war, hatte Troy einen Pakt mit sich selbst geschlossen, niemals zu einem Monster zu werden, wie sein Dad eines war. Niemals die Faust zum Schlag zu erheben, niemals mehr als ein Bier zu trinken, niemals eine andere Person zu verletzen. Humorvoll zu sein, wann immer es ging, oft zu lächeln und die geliebten Menschen in seinem Leben immer wissenzulassen, wie er in Bezug auf sie empfand.

Tatsächlich war dieser Pakt mit sich selbst wahrscheinlich der Grund dafür, dass er sich nie erlaubt hatte, sich wirklich zu verlieben. Liebe führte zu Ehe, die wiederum zu Kindern führte. Und auch wenn ihm der Gedanke Übelkeit verursachte, so steckte doch die DNA seines Vaters in seinen Zellen. Innerhalb einer Sekunde könnte er die Geduld verlieren, und der Kreislauf des Missbrauchs würde von vorne beginnen.

Hinter ihm fiel eine Tür ins Schloss.

Troy drehte sich um und sah Fisher an. «Wieso bist du noch wach?»

Fisher schob die Hände in die Hosentaschen und trat neben ihn. «Dasselbe könnte ich dich fragen.»

Ein Seufzen. Troy richtete den Blick wieder zum Horizont. «Ich sehe ständig vor meinem inneren Auge, wie sie dort auf dem Boden liegen.»

«Ich auch.»

Wieder drohten ihn die Schuldgefühle zu zerreißen. «Es tut mir so unglaublich leid. Ich hätte besser aufpassen müssen.»

Fisher drehte sich zu ihm um, seine Miene ernst. «Deswegen bin ich nicht gekommen. Es war ein Unfall, Troy. Mehr nicht. Und glücklicherweise kein schlimmer.»

Sein Freund war nachsichtiger mit ihm als Troy selbst. «Was wolltest du dann sagen? Ich kenne dich doch. Dich beschäftigt etwas.»

Fisher sah am Haus nach oben, dann starrte er auf seine Füße. «Emily und Camryn sind nicht die Einzigen, die ich ständig vor Augen habe, sondern auch dich. Den Ausdruck auf deinem Gesicht, als du gesehen hast, dass sie fällt. Deine Miene im Krankenhaus.» Er fing Troys Blick ein und hielt ihn. «Du hast noch nie eine Frau so angesehen, wie du heute Camryn angesehen hast. Also, diese Sache zwischen dir und Cam … sie ist okay für mich.»

Troy presste die Lippen aufeinander und musterte Fishers Gesicht. Lang und schmal, perfekt rasiert, ein Grübchen auf der rechten Wange. Augen, die ehrlich seinen Blick trafen und Troy allumfassendes Vertrauen signalisierten. Wenn er so durchschaubar wurde, dass Fisher seine Gefühle erkennen konnte, was musste Cam dann denken?

Der Kloß in seiner Kehle machte es ihm unmöglich, etwas zu sagen, doch er sehnte sich danach, seinem besten Freund die Wahrheit anzuvertrauen.

Nur wollten die Worte nicht kommen. Um ehrlich zu sein, wäre es ihm fast lieber gewesen, wenn Fisher weiter wütend auf ihn gewesen wäre.

Fisher nickte. «Gute Nacht.»

Troy starrte die Tür an, nachdem sie sich geschlossen hatte, dann richtete er den Blick genau in dem Moment zum Himmel, als dieser seine Schleusen öffnete.

LEBENSWEISHEITEN*

Die meiste Zeit zieht
das Leben nicht an mir vorbei,
sondern versucht, mich zu
überfahren.

*ZUMINDEST WENN ES NACH CAMRYN GEHT

KAPITEL 8

Camryn saß allein auf dem Bett im Gästezimmer, kaute am Daumennagel und wartete darauf, dass Troy zurückkehrte. Sie wollte wiedergutmachen, was sie im Krankenhaus angerichtet hatte. Den ganzen Nachmittag und Abend hatte sie sich wegen ihrer Worte schrecklich gefühlt. Selbst wenn es ein Scherz gewesen war ... Troy hatte ihre Worte nicht so verstanden, daher hatte sie ihn verletzt.

Sie hatte immer geglaubt, Troy wäre zu unbeschwert, um irgendetwas ernst zu nehmen. Doch vielleicht verbarg er seine Schuldgefühle so wie sie ihre Unzufriedenheit.

Ein Blitz zuckte über den Himmel und erleuchtete den Raum. Sie hatte Troy vom Balkon aus im Garten entdeckt und das Licht angeschaltet, um ihn wissenzulassen, dass sie noch wach war. Seit sie das Krankenhaus verlassen hatten, waren sie keine Minute allein gewesen, doch was sie zu sagen hatte, war allein für seine Ohren bestimmt.

Ein paar Minuten später betrat Troy den Raum, durchnässt bis auf die Knochen. Er warf ihr einen Blick zu, dann zog er sein klatschnasses Shirt aus, trat in den begehbaren Schrank und kehrte kurz darauf, nur in eine Pyjamahose gekleidet, zurück.

Jedes Mal, wenn er sich umzog oder sein Hemd auszog, wollte sie die Hände über seine Brust gleiten lassen, um zu spüren, wie sie sich anfühlte. All diese harten Muskeln und diese glatte, gebräunte Haut … Ihre eigene Haut brannte, als er neben das Bett trat und sie anstarrte, als wüsste er nicht, was er als Nächstes tun sollte.

«Ich habe das nicht ernst gemeint, Troy.»

Er antwortete nicht, ließ sich nicht einmal anmerken, dass er sie gehört hatte, sondern starrte nur auf seine Seite des Bettes.

«Schau mich an.» Als er ihrer Aufforderung folgte, wäre sie angesichts seiner verlorenen Miene fast in Tränen ausgebrochen. Diesen Ausdruck hatte sie in ihrer Kindheit viel zu oft bei ihm gesehen. «Es war nicht witzig, und es tut mir leid.»

In den Sekunden danach, in denen sie sich einfach nur ansahen, erinnerte Cam sich daran, wie sie als Kind eines Nachts im Bett gelegen und Troy dabei belauscht hatte, wie er weinte. Dummes Mädchen, das sie damals gewesen war, hatte sie sich das Hirn darüber zermartert, wie sie dafür sorgen könnte, dass er sich besser fühlte. Sie hatte diese Art von Traurigkeit nie erlebt. Ihre Eltern waren seltsam, zugegeben, aber sie hätten sie nie verletzt. Es musste schrecklich sein, wenn die eine Person, die einen lieben sollte, einen so sehr hasste.

Cam war in das Schlafzimmer geschlichen, das er sich mit Fisher geteilt hatte, und hatte festgestellt, dass ihr Bruder tief und fest schlief. Troy hatte sich eilig die Tränen aus dem Gesicht gewischt und sich auf dem unteren Bett aufgerichtet. Um ihn nicht verlegen zu machen, war sie zum Spielzeugregal gegangen und hatte einen blauen Matchbox-Pick-up-Truck herausgezogen, um ihm das Spielzeug zu geben. *Nimm das, um dich immer daran zu erinnern, dass du irgendwann alt genug bist, um einfach wegzufahren*, hatte sie geflüstert. *Es ist nicht deine Schuld.*

Sie ging nicht davon aus, dass sie ihm damals geholfen hatte, und genauso würde es wahrscheinlich jetzt sein. Sie hatte sich mit Gefühlsdingen nie besonders wohlgefühlt, konnte nicht gut mit Emotionen umgehen. «Es ist nicht deine Schuld.»

Er zuckte zusammen und blinzelte, bevor er schwer schluckte. Sein Blick huschte zur Balkontür, bevor seine Augen über ihren Körper glitten. «Wie fühlst du dich?»

«Gut. Es geht mir gut, Troy.» Er musste das wirklich verstehen, also wiederholte sie die Worte. «Es geht mir gut.»

«Tut irgendetwas weh? Brauchst du mehr Schmerztabletten?»

«Nein und nein. Es geht mir gut.»

Einer seiner Mundwinkel hob sich. Er sah erneut zur Tür. Wahrscheinlich dachte er daran, wie sie sich neulich geküsst hatten. So wie sie Troy kannte, versuchte er wahrscheinlich, sein Hirn von innen mit einer Wurzelbürste zu schrubben, um das endlich zu vergessen.

«Ist dir schwindelig oder schlecht?»

Sie seufzte. «Troy ...»

Er kam auf ihre Seite des Bettes und sah auf sie herunter. «Beantworte einfach die Frage.»

«Nein, es geht ...»

«... dir gut», sagte er. «Alles in Ordnung.»

Bevor sie wusste, was zum Teufel geschah, hatte er sie schon hochgehoben und wie einen Sack Kartoffeln über die Schulter geworfen. Vor ihrem inneren Auge tauchten Bilder von Wirbelsäulenoperationen auf, die er nach der Belastung sicher brauchen würde.

«Stell mich ab, sonst wirst du auch noch in der Notaufnahme enden.»

Er trug sie zur Balkontür, öffnete sie und stellte sie im Regen auf dem Balkon ab. Kühle Tropfen trafen auf ihre nackte Haut, und sie erschauerte. Sie wollte an ihm vorbei nach drinnen rennen, doch er schlang einen Arm um ihre Taille und zog sie zurück. Troy blockierte den Türrahmen mit seinem Körper und hob eine Hand, um ihr zu zeigen, dass sie bleiben sollte, wo sie war. Mit der anderen Hand drückte er irgendwelche Knöpfe auf seinem Handy.

«Das ist nicht witzig, Troy. Lass mich wieder rein.»

Aus dem Lautsprecher seines Handys erklang *Singin' in the Rain*. Er stellte die Musik lauter und legte das Gerät auf die Kommode, die innen neben der Tür stand. «Tanz», befahl er.

Inzwischen war sie klatschnass und sah wahrscheinlich aus wie ein durchnässtes Faultier. «Entschuldigung?»

Er grinste, und sofort flatterte ihr Herz aufgeregt. Zum Teufel mit diesem Lächeln! Es war so charmant. Es fühlte sich an wie ein verdammter Tritt in die Eierstöcke.

«Tanz, Cam. Das steht auf der Liste. Ich lasse dich nicht zurück ins Zimmer, bis du es getan hast.»

Ihr blieb der Mund offen stehen. Das konnte er nicht ernst meinen! Erst hatte sie einen Wunsch zu den Sternen schicken sollen, dann hatte er sie mit diesem Film fast zu Tode erschreckt – und jetzt das? «Nein. Das ist ...»

«... dämlich», beendete er den Satz. «Ich weiß. Tu es trotzdem.»

Da sie nur ein weißes T-Shirt ohne BH darunter trug, verschränkte sie die Arme vor der Brust, um ihre Brüste zu verstecken – und um sich seinem Befehl zu widersetzen.

Er trat zu ihr in den Regen und nahm ihre Hand, bevor er den anderen Arm um ihre Taille schlang.

Nein, das würde er nicht tun …

Doch, er tat es. Troy wirbelte sie in eine Drehung, führte sie in Walzerschritten über den kleinen Balkon und sang dazu seine schreckliche Version des berühmten Gene-Kelly-Songs.

Sie gab sich größte Mühe, wie eine weichgekochte Nudel in seinem Arm zu hängen, doch irgendwann gab sie auf und fing an zu lachen. Sie schlang die Arme um ihn und tanzte. Er war vollkommen bekloppt. Und dadurch, dass sie ihm das hier erlaubte, war sie es auch.

Das Lied endete, und er hielt an, doch ihr Kichern ließ sich nicht stoppen. Das war nicht einfach nur dämlich, das war irre.

Und, Gott helfe ihr, es fühlte sich gut an.

Donner grollte am Himmel, als Troy auf sie herabsah. Sein sandblondes Haar wirkte durch den Regen dunkler, und seine Augen waren fast schwarz. Regen tropfte von seinem Gesicht auf ihres.

Sie hörte auf zu lachen und erwiderte seinen Blick, hörte auf zu atmen.

Erst da wurde ihr bewusst, dass ihre Hände inzwischen auf seiner Brust lagen. Seiner nassen, nackten, harten Brust. Sie sah ihre Finger an, die weit gespreizt auf seiner Haut ruhten, und ließ ein einziges Mal – nur um zu wissen, wie sie sich anfühlten – die Fingerspitzen über seine Brustmuskeln gleiten. Sein Herz schlug heftig unter ihrer Handfläche. Trotz der Hitze seines Körpers zitterte Troy, als wäre ihm kalt. Dennoch machte er keine Anstalten, sie freizugeben.

Sein Herzschlag unter ihrer Hand beschleunigte sich, als sie sich weiterhin anstarrten. Ein Muskel an seinem Kinn begann zu zucken, doch seine Augen verrieten ihr nichts. Was ging in seinem Kopf vor?

In Cams Kopf tauchte der Gedanke auf, dass sie sich eine Lungenentzündung einfangen würde. Dann konnte sich ihre Familie als Nächstes darüber beschweren. Doch ihr Körper sagte, dass sie seinen Mund auf ihrem spüren wollte. Das wünschte sie sich sehnlicher, als sie sich jemals etwas in ihrem Leben gewünscht hatte. Ein Teil von ihr – der, den sie immer so gut unter Kontrolle hielt – wünschte sich, dass er einen Schritt auf sie zumachte. Er sollte dafür sorgen, dass sie sich wie eine begehrenswerte Frau fühlte, die es wert war, im Regen auf einem Balkon geküsst zu werden. Niemals zuvor hatte sie eine so ursprüngliche Leidenschaft empfunden. In ihren bisherigen Beziehungen hatte es durchaus körperliche Anziehung gegeben, aber niemals so. Ihr Atem stockte, Feuer brannte in ihrem Bauch, und ihre Brüste kribbelten.

Nur dass Troy nicht ihr Freund war. Sie waren kein Paar.

Ihre Logik gewann die Oberhand. Sie versuchte, sich von ihm zu lösen, doch er hielt sie fest. Er hob eine Hand, um ihr eine feuchte Haarsträhne von der Wange zu streichen, begleitet von einem schweren Schlucken. Hin und her gerissen zwischen Verlangen und gesundem Menschenverstand, erstarrte sie.

Troy ging leicht in die Knie und hob sie gerade weit genug hoch, um sie zurück ins Schlafzimmer zu tragen und dort wieder abzusetzen. Ihr Herzschlag beschleunigte sich, getrieben von der Hoffnung, dass er …

… die Arme fallen lassen würde, als hätte sie ihm einen elektrischen Schlag verpasst.

Nein, das war definitiv nicht, was sie sich vorgestellt hatte.

«Das haben wir auf der Liste abgehakt», sagte er heiser. «Du hast im Regen getanzt.» Damit drehte er sich um, schloss die Balkontür und ging ins Bad.

Sie blinzelte nicht einmal, bis sie hörte, dass die Dusche aufgedreht wurde.

Die Hitze wich aus ihrem Körper. Die ihr so fremde Wärme und der ungewohnte Optimismus wurden von der üblichen inneren Leere verdrängt.

Troy warf einen Blick zu der Uhr auf dem Nachttisch, dann legte er einen Arm über sein Gesicht. Viereinhalb Minuten, bis er Cam wieder wecken musste, um sie auf Symptome einer Gehirnerschütterung zu kontrollieren. Das erste Mal hatte er sie von zwanzig rückwärts zählen lassen. Er hätte sie das Periodensystem der Elemente aufsagen lassen sollen, nur dass er dann nicht hätte kontrollieren können, ob sie es richtig machte. Vielleicht würde er diesmal etwas Abwechslung in die Sache bringen und sie bitten, ihm die Bundestaaten und ihre Hauptstädte aufzuzählen.

Und sie würde sie kennen. Alle.

Auf diese Art könnte er auch länger ihrer Stimme lauschen. Ihr verschlafenes Murmeln schien sich direkt an seine Libido zu wenden. Er begann tatsächlich, sich Arten auszudenken, wie er sie irritieren konnte, nur um seinen Namen von ihren Lippen zu hören.

Er hatte sie zum Lachen gebracht. Als sie unter Zwang im Regen getanzt hatte, hatte er sie zum Lachen gebracht. Sein Brustkorb vibrierte immer noch von den Gefühlen, die er bei dem Geräusch empfunden hatte. Es hatte sich angefühlt, als wäre er Superman und sie Lois Lane.

Damals in seinem Haus, als sie diesen Plan besprochen hatten, hatte er gewitzelt, dass solche Schwindel immer nach hinten losgingen. Das Paar überwand alle Widerstände, beide erkannten, dass sie ohne den jeweils anderen nicht leben konnten, und erklärten sich bei einer Musical-Einlage ihre unsterbliche Liebe.

Troy drehte sich und starrte auf Camryns Hinterkopf. Cam glaubte nicht an solches Zeug. «Unsinn» hatte sie es genannt. Aber er glaubte daran. Und er schaufelte sich sein eigenes Grab, indem er sich die Vorstellung gestattete, zwischen ihnen könnte sich mehr entwickeln. Welcher Volltrottel erlaubte sich selbst, Gefühle für eine Frau zu entwickeln, die nicht an Liebe glaubte?

Er fragte sich, ob das Abhaken der Punkte auf seiner Liste dafür sorgen würde, dass sie lockerer wurde; dass sie sich daran erinnerte, wie sorglos sie einst gewesen war. Tatsächlich war sie immer reif gewesen, selbst als Kind, aber damals hatte sie einen natürlichen Optimismus besessen, der ihr seitdem irgendwie abhandengekommen war.

Troy rollte sich auf die Seite und tippte auf ihre Schulter. «Cam, wach auf. Gehirnerschütterungskontrolle.»

Sie stöhnte.

Sein Penis reagierte. Aber er durfte gerade wirklich nicht mit seiner unteren Körperhälfte denken. «Wie lautet dein Name, und wo bist du?»

Sie drehte sich auf den Rücken. Das Laken rutschte nach unten, sodass er ihren Bauchnabel unter dem Saum ihres T-Shirts sehen konnte. Er umklammerte die Decke, um sich davon abzuhalten, den Kopf zu senken und seinen Mund auf dieses Stück Haut zu drücken.

Das war noch so etwas. Dreißig Jahre, und er hatte Cam nie

in romantischer Hinsicht in Betracht gezogen. Noch nie hatte er den Drang verspürt, sie zu küssen oder sie auf eine Art im Arm zu halten, die mehr als freundschaftlich – oder vielmehr brüderlich – war. Doch in letzter Zeit waren seine Gefühle definitiv nicht mehr brüderlich. Was zur Hölle geschah mit ihm?

«Alice, und wir sind im Wunderland.»

Er erstarrte, besorgt um ihre geistige Verfassung.

Ihr Lachen ließ die Matratze zittern.

Er kniff wenig amüsiert die Augen zusammen.

Sie rollte sich auf die Seite, sodass sie ihn ansehen konnte. Als sie vorsichtig ein Auge öffnete und seine Miene sah, lachte sie noch heftiger.

Dann verstummte sie abrupt und presste eine Hand an ihre Schläfe. «Aua.»

«Geschieht dir recht», behauptete er. «Das war nicht witzig.»

Seufzend senkte sie die Hand und schob sie unter ihre Wange. «Du verlierst deinen Sinn für Humor, Troy.»

Und du entwickelst einen. «Zwei Punkte in einer Nacht abgehandelt. Ich bin beeindruckt.» Sie warf ihm einen fragenden Blick zu, also erklärte er es ihr. «Im Regen tanzen und lachen, bis es weh tut. Abgehakt und abgehakt.»

Ihr Blick huschte über sein Gesicht, bevor sie fragte: «Versuchst du mit dieser Liste, mich zu ändern? Leute ändern sich nicht grundlegend, Troy.»

Doch, das taten sie. Zumindest manche Leute. Und Cam musste sich nicht verändern. Er mochte sie genau so, wie sie war, mit ihrer Verschrobenheit und allem. Doch sie hatte einmal eine ganz andere Seite gehabt, die sie einfach irgendwo auf dem Weg verloren hatte. Er konnte damit leben, wenn niemand außer ihm diese Seite sah, solange Cam sich nur bewusst war, dass sie diesen Aspekt ihrer selbst hin und wieder zeigen durfte. Es ging ihm darum, ihr bewusst zu machen, dass es an ihr nichts auszusetzen gab.

«Du veränderst mich», sagte er, nur um die Worte sofort zu bereuen, auch wenn sie der Wahrheit entsprachen.

Ihrer Miene nach zu urteilen, hatte er sie gerade beleidigt. Wahrscheinlich war es besser so.

Ihr Schlucken war in der Stille des Raums deutlich zu hören. «Du hast das heute mit Emily sehr gut gemacht.»

«Bevor oder nachdem ich sie vom Pferd habe fallen lassen?»

Sie lächelte beruhigend und geduldig, sodass er im sanften Mondlicht sehen konnte, wie ihre Gesichtszüge sich entspannten. «Die Art, wie du sie zum Reiten animiert hast ... Das war phantastisch. Du wirst einen tollen Vater abgeben.»

Und war das nicht das Unglaublichste, was sie je gesagt hatte? Vater zu werden war seine größte Angst. Der Gedanke, die Beherrschung zu verlieren und Hand an ein wehrloses Kind zu legen ...

«Du bist nicht er», flüsterte Cam, als hätte sie seine Gedanken gelesen.

Er suchte ihren Blick, weil er sich sicher war, dass er sie falsch verstanden haben musste.

«Du bist nicht dein Vater, Troy. Kein bisschen.»

Wie sehr hatte er sich bemüht, diesen Teil seines Selbst zu verstecken? Ihn tief in sich zu vergraben, wo niemand diese Schwäche, diese Dunkelheit je sehen konnte? Und dennoch hatte sie mit einem einzigen Satz all seine Ängste an die Oberfläche gezerrt, seine Beklemmung in vier kleine Worte gefasst. *Du bist nicht er.* Sie war damals sein Rettungsanker gewesen. Für Fisher galt dasselbe, doch aus anderen Gründen. Cam hatte niemandem von seinen Tränen erzählt. Genauso wenig wie von den fiesen Dingen, die er ihr an den Kopf geworfen hatte, während er seine Wut verarbeitet hatte. Das war ihr Geheimnis geblieben. Jeder persönliche, demütigende Moment.

Und anscheinend war sie immer noch die Person, die an ihn glaubte, die ihm Sicherheit und Selbstbewusstsein schenken konnte, wenn es sonst niemand vermochte. Ohne ihre Unterstützung und Anleitung wäre er nicht ansatzweise der Mann geworden, der er heute war.

Troy musste dringend das Thema wechseln. «Zähl mir die Hauptstädte aller Bundesstaaten auf.»

Sie schürzte die Lippen. Er wollte lachen, hielt sich aber davon ab. «Ich brauche kein Quiz. Meinem Kopf geht es gut.»

«Vielleicht, aber ich kann nicht schlafen. Die Hauptstädte sollten mich ausreichend langweilen.»

Lächelnd schloss sie die Augen. «Die Hauptstadt von Wisconsin ist Madison. Die Hauptstadt von Illinois ist Springfield. Die Hauptstadt von Iowa ist Des Moines. Die Hauptstadt von Wyoming heißt …»

Ihre Stimme verklang, und sie schlief ein, bevor er erfuhr, wie die Hauptstadt von Wyoming hieß. Eine echte Schande, weil er das aus irgendeinem Grund wirklich wissen wollte.

Der Geruch von Kaffee sorgte dafür, dass Camryn vorsichtig ein Auge öffnete, in der Hoffnung, die Koffein-Fee mit einer frischen Kanne vor sich zu entdecken. Und als Zugabe vielleicht noch einen Donut.

Stattdessen stand Troy neben dem Bett, ein Tablett in den Händen, und starrte auf sie herunter. Okay, Troy tat es auch.

«Was tust du?» Sie setzte sich auf und drückte eine Hand an ihren schmerzenden Kopf. So viel dazu, dass sie sich besser fühlte.

«Frühstück im Bett. Der Arzt hat gemeint, du sollst es heute langsam angehen lassen.»

Cam hatte es noch nie langsam angehen lassen. Es war nur eine Gehirnerschütterung. Sie hatte schon Schlimmeres überlebt. «Hast du zufällig Aspirin zum Kaffee?»

Er stellte das Tablett vor ihr ab und setzte sich ihr gegenüber. «Ja, und eine Scheibe Toast. Wenn du das bei dir behältst, kann ich Eier besorgen. Die Köchin hat Denver-Omeletts gemacht.»

Vielleicht würde sie versuchen, etwas zu essen … sobald der Raum aufgehört hatte, sich zu drehen, und ihr Magen gleich mit. Sie schluckte die Schmerztabletten mit einem Schluck Orangensaft, dann musterte sie Troy. Er starrte das Tablett an, dann ließ er den Blick durch den Raum schweifen. Offensichtlich hatte er Schuldgefühle. Trotz allem. Es hatte offensichtlich nicht geholfen, ihm zu versichern, dass der Unfall nicht seine Schuld gewesen war.

«Ich muss vielleicht noch mal ins Krankenhaus. Ich glaube, ich habe eine Hirnblutung.»

Er riss den Kopf zu ihr herum und starrte sie aus unnatürlich großen Augen an. «Was?»

Sie lachte, was nur dafür sorgte, dass die Kopfschmerzen ihr den Kopf zu sprengen drohten. «Entspann dich, Troy. Es ist nur eine Beule. Es geht mir gut.» Sie widerstand dem Drang, erneut die Hand an die Schläfe zu pressen. In ihrem Kopf lebte anscheinend ein winziger Kobold, der dort Löcher bohrte.

Troy musterte sie stirnrunzelnd. «Du findest das witzig? Ich bin krank vor Sorge, und du reißt Witze?»

Seine Worte setzten ihrer Erheiterung ein abruptes Ende. Normalerweise machte sich niemand Sorgen um sie. «Ich bin all diese Aufmerksamkeit nicht gewohnt», sagte sie, ohne den Blick von ihm abzuwenden. «Es tut mir leid.»

Seine Miene entspannte sich. «Gewöhn dich besser daran, weil du mich den ganzen Tag über an der Backe haben wirst.»

Ihr gefiel gar nicht, wie das klang. «Entschuldigung?»

Sein Blick verriet, dass er keinen Widerstand dulden würde. «Du wirst diesen Raum heute nicht verlassen.»

«Ich lasse mir nichts befehlen!»

Mit verschränkten Armen lehnte er sich gegen einen der hinteren Bettpfosten. «Diesen Befehl wirst du befolgen.» Er überkreuzte die Beine, als wolle er es sich gemütlich machen.

«Troy ...»

«Camryn», äffte er ihren genervten Tonfall nach.

Sie schnaubte, dann musterte sie ihn schlecht gelaunt, während sie versuchte, sich selbst daran zu erinnern, dass er nur wegen seiner Schuldgefühle so handelte. «Mir ist klar, dass du etwas mitgenommen bist, weil du mich von einem Pferd geworfen hast ...»

«Ich habe dich nicht vom Pferd geworfen.»

Genau. «Und weil du mir eine Lungenentzündung eingebrockt hast, indem du mich gezwungen hast, im Regen zu tanzen ...»

«Du hast keine Lungenentzündung ...» Er schloss abrupt den Mund, als ihm klarwurde, was sie da tat. «Cleveres Mädchen. Kein Wunder, dass Emily dich so mag. Du hast umgekehrte Psychologie zu einer Kunstform entwickelt.»

Sie nippte an ihrem Kaffee. «Du kannst jetzt damit aufhören, dich schlecht zu fühlen. Ich bin kein Pflegefall.»

Sein Tonfall wurde sanft. «Heute bist du *mein* Pflegefall.»

Die Art, wie er *mein* sagte, hatte etwas Besitzergreifendes. Was ihr komischerweise nichts ausmachte. Statt ihr ein Gefühl der Abhängigkeit zu vermitteln, sorgte sein Tonfall dafür, dass sie sich erwünscht fühlte. Sie hatte sich noch nie zuvor erwünscht gefühlt. Aber auf keinen Fall würde sie den ganzen Tag mit Nichtstun in diesem Zimmer verbringen. Was sollte die Familie denken?

«Ich habe noch nie einen ganzen Tag im Bett verbracht, und ich werde jetzt nicht damit anfangen.»

«Du hast noch nie einen ganzen Tag im Bett verbracht und dich einfach entspannt?»

«Nein. Ich lebe in der realen Welt. Dort arbeiten die Leute und haben Dinge zu erledigen.»

Er hob die Augenbrauen. «Und was genau hast du heute zu tun?»

Er war enervierend. Man konnte einfach nicht mit ihm diskutieren. «Die Familie …»

«… ist wandern gegangen. Sie sind vor einer Stunde aufgebrochen. Sie wollen danach gemeinsam zu Mittag essen und anschließend zur Bäckerei fahren, um Kuchen zu probieren. Wir sind also allein.»

Camryn warf einen Blick auf die Uhr auf dem Nachttisch. Es war schon zehn? «Ich habe noch nie so lang geschlafen.» Sie sah zur Balkontür. Die Sonne strahlte von einem tiefblauen Himmel.

«Es hat Vorteile, im Bett zu bleiben, weißt du?» Er wackelte anzüglich mit den Augenbrauen.

Auf keinen Fall hatte er das gesagt, selbst im Spaß nicht! Nach diesen Küssen fiel es ihr schwer, sich nicht vorzustellen, wie es wäre, von Troy berührt zu werden. Mehr zu tun, als sich nur zu küssen.

«Man liegt sich wund?», fragte sie, in dem Versuch, sich ihre Reaktion nicht anmerken zu lassen.

«Ach, Cam. Du enttäuschst mich.» Er nickte in Richtung des Tabletts. «Iss deinen Toast.»

Sie betrachtete das Tablett. Es war eine wirklich nette Geste, selbst wenn sie nur Schuldgefühlen entsprang. Er hatte sogar ein Gänseblümchen aus dem Garten neben den Orangensaft gelegt. «Ich habe auch noch nie im Bett gefrühstückt.»

«Wirklich? Was lief denn verkehrt bei den Kerlen, mit denen du ausgegangen bist?»

Alles. Nichts.

Als sie nicht antwortete, lehnte Troy sich vor. «Nun, dann schreibe ich das auf meine Camryn-Liste. Heute wird ein Tag voller erster Male. Ausschlafen, Frühstück im Bett und dann den ganzen Tag im Bett bleiben.»

Ein Tag im Bett mit Troy. Ihr gefiel gar nicht, wie das klang. Okay, vielleicht klang es gar nicht so schlimm. Nur dass er sicherlich keine anzüglichen Phantasien hegte – und der Umstand, dass sie überhaupt an so etwas dachte, von vollkommener Verblendung sprach.

Camryn griff nach der Blume und drehte sie zwischen den Fingern, um zu beobachten, wie die weißen Blütenblätter herumwirbelten, bis sie vor ihren Augen verschwammen. Sie fühlte sich dumm, weil ihr die Geste gefiel. Es war nur eine Blume, und er hatte keine romantischen Gedanken dabei gehabt. «Dann schreib auch ‹Blumen geschenkt bekommen› auf die Liste.»

Sein Schweigen dauerte so lange, dass sie von dem Gänseblümchen aufsah, um seine Miene abzuschätzen.

Er starrte sie mit offenem Mund an. «Versuchst du wieder, witzig zu sein? Ich bin mir nicht sicher.»

Jetzt fühlte sie sich dumm. Ihre Wangen begannen zu brennen. Troy war die einzige Person auf dem Planeten, die dafür sorgen konnte, dass sie die Fassung verlor. Sie erzählte und gestand ihm Dinge, die sie sonst niemals ausgesprochen hätte. Aus irgendeinem Grund frustrierte er sie nicht nur, sondern verwirrte sie auch.

«Versuchst du wirklich, mir zu erzählen, dass kein Mann dir je Blumen geschenkt hat? Niemals?»

Und jetzt sorgte er dafür, dass sie sich jämmerlich fühlte. Etwas, was sie wunderbar selbst erledigen konnte. Dafür brauchte sie ihn auf keinen Fall. «Nein. Was spielt das für eine Rolle? Sie welken schnell und fangen dann an zu stinken», rechtfertigte sie sich.

Er schüttelte mitleidig den Kopf. «Was hast du sonst noch nie getan?»

Nichts hasste Cam mehr als Mitleid. «Ich habe auch noch nie einen Kopfstand gemacht, aber deswegen rege ich mich auch nicht auf.»

Troy richtete den Blick zum Himmel, als bete er um Geduld, bevor er sie wieder ansah. «Da du eine Gehirnerschütterung hast, solltest du vielleicht eine weniger herausfordernde Betätigung erwägen.»

Sie antwortete nicht und gab auch keine Ideen mehr zum Besten.

«Okay, Cam, spuck es aus. Gibt es etwas, was du immer mal tun wolltest, aber nie getan hast?»

Eine Menge, wenn man seine Maßstäbe anlegte. Doch ihr fiel nur eine Sache ein, und die konnte sie ihm ruhig verraten, weil es im Moment unmöglich war, diesen Traum zu verwirklichen. «Ich wollte immer mal nach Paris.»

«Du?» Er zog die Augenbrauen hoch, als wäre ihre Aussage vollkommen lächerlich. «Camryn Covic in der romantischsten Stadt der Erde?»

Romantik hatte nichts damit zu tun. «Paris gilt als eine der innovativsten Städte der Welt. In meinem alten Job hatte ich ein paar Mal mit Firmen in Paris zu tun. Außerdem sollte der Eiffelturm eigentlich nur für eine kurze Zeitspanne errichtet werden, für die Weltausstellung von 1889, doch sie haben ihn nie abgebaut. Das finde ich faszinierend.»

«Hm-mmm.» Troy starrte sie an, als wäre sie ein fremdartiges Wesen.

«Das Essen wäre es auch wert. Crêpes, Croissants, Soufflés, Espresso. Allein beim Gedanken daran nehme ich fünf Kilo zu, aber die Reise wäre selbst das wert.»

«Nur du kannst Paris jegliche Romantik nehmen.»

«Espresso ist unglaublich sexy.»

Lachend richtete er sich auf. «In Ordnung, Cam. Ich bin für eine Weile unterwegs. Im Bad sind ein paar Dinge für dich. Nimm ein heißes Bad, während ich weg bin.»

Ein heißes Bad klang toll. «Wo willst du hin?»

«Iss deinen Toast.» Als wäre das eine Antwort. Troy stoppte im Türrahmen. «Und verlass dieses Zimmer nicht.»

Ihr Widerspruchsgeist regte sich, und sie verschränkte die Arme vor der Brust. «Und was, wenn das Haus in Flammen steht?»

«Dann diskutier mit den Flammen», antwortete er trocken.

«Du würdest wahrscheinlich gewinnen. Sie werden einfach erlöschen.»

Was war er doch für ein Witzbold.

Sobald Troy verschwunden war, trank sie den Rest ihres Kaffees aus und ging ins Bad. Auf dem Rand der Badewanne lag ein Päckchen mit parfümiertem Badezusatz. So etwas hatte sie noch nie gekauft. Ihre frivolste Anschaffung war ihr Zitronengras-Shampoo, und das kaufte sie nur, weil es gut wirkte. Es half, ihr Haar zu zähmen.

Mit einem Achselzucken drehte sie den Hahn auf und setzte sich auf den Badewannenrand, um die Anleitung zu lesen.

LEBENSWEISHEITEN*

Stress bedeutet, dass man schwitzend aufwacht, bevor man überhaupt eingeschlafen ist.

*ZUMINDEST WENN ES NACH CAMRYN GEHT

KAPITEL 9

Troy betrat das Haus und stellte die Einkaufstüten auf die Küchenanrichte. Er hatte in der Stadt so gut wie alles bekommen, was er brauchte.

Paris. Er schüttelte den Kopf. Er hoffte, dass Cam es eines Tages wirklich in die Stadt der Liebe schaffen würde, doch für den Moment musste ein vorgetäuschtes Paris ausreichen. Seine Idee würde auch dafür sorgen, dass sie, ohne allzu viel zu diskutieren, in ihrem Zimmer blieb und sich ausruhte. Zumindest hoffte er das. Wenn es eines gab, worin Camryn wirklich gut war, dann darin, sich ihm zu widersetzen. Stur bis zum Gehtnichtmehr.

Grinsend stieg Troy die Treppen nach oben, um nach ihr zu sehen. Als er das Schlafzimmer betrat, konnte er sie nirgendwo entdecken, und die Badezimmertür war geschlossen.

Was zur Hölle …? Er war fast zwei Stunden unterwegs gewesen.

Besorgt klopfte er an die Tür zum Bad. «Cam, geht es dir gut?»

«Ähm, ja.» Er hörte ein Plätschern. «Ich muss eingeschlafen sein. Bin sofort da.»

Gut, sie hatte sich ausgeruht. Zumindest hatte sie in dieser

Hinsicht auf ihn gehört. Er warf einen Blick zum Bett. Der Toast lag immer noch auf dem Tablett, und der Orangensaft war auch noch voll. Lediglich den Kaffee hatte sie ausgetrunken. Nun, das bedeutete hoffentlich, dass sie jetzt Hunger hatte.

«Eigentlich», sagte er durch die Tür, «solltest du dir noch ein bisschen Zeit lassen. Ich werde dich rufen, wenn ich fertig bin.»

Ein Moment der Stille. «Fertig womit?»

Er verdrehte die Augen. Sie konnte es nie gut sein lassen und einfach das Leben genießen. Sie musste alles wissen, alles kontrollieren. Das brachte ihn auf eine neue Idee für die Liste.

«Ich habe Zubehör für ein Paarungsritual der Ureinwohner Amazoniens besorgt.»

«Entschuldigung?» Die Tür wurde aufgerissen, und Dampf drang aus dem Raum.

Sie stand in einem schwarzen Bademantel vor ihm, die Augen weit aufgerissen. Ihr zimtbraunes Haar war zu einem hohen Pferdeschwanz gebunden, feucht und an den Enden leicht gekräuselt. Sie roch nach dem Rosenduft des Badezeugs, das er ihr hingelegt hatte, statt wie üblich nach Zitronengras. Eine Schande. Das Zitronengras mochte er lieber. Es passte zu ihr.

«Nur ein Witz», sagte er. «Kein Paarungsritual, versprochen. Bleib im Bad. Und lass den Bademantel an. Gib mir zehn Minuten, um alles vorzubereiten, dann rufe ich dich.»

Sie kniff die Augen zusammen, bevor sie nachgab und die Tür wieder schloss.

Er schnappte sich das Frühstückstablett, um damit nach unten zu rennen und die Sachen zu holen. Letztendlich musste er zweimal gehen. So schnell wie möglich – damit sie nicht doch vorzeitig aus dem Bad kam und seine Überraschung ruinierte – baute er sein Scheinparis auf. Dafür, dass er so wenig Zeit gehabt hatte, war es ihm nicht schlecht gelungen. Troy nickte einmal, dann rief er ihren Namen.

Cam trat aus dem Bad – um sofort abrupt stehen zu bleiben. Sie starrte das rote Halstuch um seinen Hals und die schwarze Baskenmütze auf seinem Kopf an. Dann lachte sie. Es war ein so volles, beruhigendes Geräusch, dass er am liebsten geweint hätte.

Gott, er liebte ihr Lachen!

«Du brauchst einen von diesen kleinen Schnurrbärten», sagte sie.

Sie ging zurück ins Bad und kehrte mit etwas zurück, was aussah wie einer von Emilys Malstiften. Damit zeichnete sie eine Linie auf seine Oberlippe, trat zurück, um ihr Werk zu begutachten, und lachte wieder.

Zur Hölle, er würde sich wie ein Pantomime kleiden und Zaubertricks aufführen, wenn sie dafür so weiterlachte!

«Ihr Tisch wartet auf Sie, Madame», sagte er mit dem besten französischen Akzent, den er zustande brachte. Dann wies er mit einer Verbeugung in Richtung des Balkons, wo er das Frühstückstablett und zwei Stühle aufgebaut hatte. Es war kein Bistrotisch mit Blick auf die Seine, aber es musste reichen.

«Oh, das ist ein schrecklicher Akzent.» Ein weiteres Lachen.

Er hatte offensichtlich einen Lauf. Diesmal leuchtete ihr gesamtes Gesicht auf.

«Das solltest du besser nicht noch mal versuchen.»

Ein seltsamer Druck schnürte ihm die Brust zu, als er sich aufrichtete. Er hatte Camryn noch nie so gesehen. Glücklich. Ohne darüber nachzudenken, was sie sagte, ohne ihre Reaktionen oder Antworten zu kontrollieren. Einfach Cam. Frei.

Und er hatte sich geirrt. In seinem Haus hatte er sie für süß gehalten. Anziehend, aber auf eine unauffällige Mädchen-von-nebenan-Art. Aber sie war viel mehr als das. Sie war schön. Wieso war ihm das bisher noch nie aufgefallen? Engelsgleiche Wangen, riesige braun-grün-blaue Augen, lange Wimpern, perfekt gewölbte Augenbrauen, ein Herzmund, die Haut gerötet von ihrem Bad …

«Hier.» Er reichte ihr eine weitere Baskenmütze, um sich von diesen abwegigen Gedanken abzulenken. Sie starrte die Mütze nur an, also setzte er sie ihr auf den Kopf.

«Was ist das da draußen?» Sie ging zum Balkon.

Troy räusperte sich. «Crêpes mit Kirschfüllung, Croissants und Käse. Und Espresso. Soufflé hatten sie nicht, tut mir leid.»

Sie starrte den improvisierten Tisch an. «Sieht gut aus. Wo hast du das alles gefunden?»

«In der Stadt gibt es eine Bäckerei. Anscheinend ist Käse in Frankreich sehr beliebt.»

«Ist er. Es gibt mehr als zweihundert verschiedene Arten Käse. Die Sorten sind gesetzlich geschützt, sodass niemand sie nachmachen darf. Und es gibt strikte Quoten, wie viel jährlich produziert wird, um zu verhindern, dass der Käsepreis sinkt.»

Er hätte schwören können, dass sie dieses Zeug nur sagte, damit alle anderen sich wie Idioten fühlten. Das machte ihn an. «Wie kannst du dich bloß an all das erinnern?»

Sie zuckte mit den Achseln. «Ich bin ein stetiger Quell nutzlosen Wissens. Ich erinnere mich an fast alles, was ich lese oder höre.»

«Nun, es gibt nur scharfen Cheddar. Tu einfach so, als wäre er etwas Außergewöhnliches.»

Lächelnd setzte sie sich.

Er goss ihnen beiden eine Tasse Espresso aus der Thermoskanne ein, dann ging er zurück ins Zimmer. Als er zurückkehrte, hatte er ein gerahmtes Bild des Eiffelturms in der Hand, das er gegen die Brüstung lehnte. Die andere Hand versteckte er weiterhin hinter dem Rücken.

Camryn musterte ihn mit hochgezogenen Augenbrauen. «Nett.»

«Walmart.» Er zuckte mit den Achseln. «Sie haben eine große Poster-Abteilung. Wenn du willst, kann ich noch mal losfahren und dir eins mit Justin Bieber kaufen.»

Sie lachte, dann nippte sie an ihrem Kaffee. «Ich verzichte.»

Er zog die andere Hand hinter dem Rücken hervor und streckte ihr einen Blumenstrauß entgegen.

Ihr Lächeln verblasste abrupt, als sie die Blumen anstarrte. Ihre Miene wirkte fast entsetzt.

Mist, sie gefielen ihr nicht.

«Ich wusste nicht, welche Blumen du am liebsten magst, also habe ich mir eine bunte Mischung zusammenstellen lassen.»

Langsam stellte sie ihre Tasse ab und griff nach dem Strauß. «Du hast mir Blumen besorgt?»

«Jede Frau sollte Blumen geschenkt bekommen, selbst wenn sie schnell anfangen zu stinken, wie du sagst.»

Einer ihrer Mundwinkel hob sich zu einem verwirrten, halbherzigen Lächeln. «Ich habe keine Lieblingsblumen.»

«Jede Frau braucht eine Lieblingsblume. So wie eine Lieblingsfarbe oder eine liebste Süßigkeit. Das ist ein Muss.»

«Ich habe auch keine Lieblingsfarbe. Meine liebste Süßigkeit sind Reese's Peanut Butter Cups. Dieser Strauß ist wunderschön. Vielen Dank.»

«Gern geschehen. Eines noch ...» Er rannte zurück ins Zimmer, dann kehrte er mit mehreren Blu-Ray-Discs zurück. «Du hast die Wahl zwischen *Vergiss Paris* mit Billy Crystal, *Midnight in Paris* von Woody Allen oder *Die Schöne und das Biest.*»

Sie sah den Disneyfilm an. «Die Schöne und das Biest?»

Er zuckte mit den Achseln. «Spielt in Frankreich. Emily hat mich beim Babysitting dreimal dazu gebracht, ihn mit ihr zu schauen.»

Ah, da war dieses Lächeln wieder.

«Ich bin kein Woody-Allen-Fan. Also *Vergiss Paris,* denke ich.» Sie nahm einen Bissen von ihrer Crêpe, dann ließ sie mit einem Stöhnen den Kopf in den Nacken sinken. «Das ist phantastisch.»

Gegen seinen Willen wurde er sofort hart. Troy setzte sich eilig, damit sie nichts bemerkte. «Besser als Sex?»

«Oh, aber auf jeden Fall.»

Er grinste. «Dann machst du etwas falsch.»

Das Lächeln verschwand wieder.

Als ihm klarwurde, was er da von sich gegeben hatte – und wie sie den Kommentar wahrscheinlich aufgefasst hatte –, sagte er ihren Namen, damit sie ihn ansah. «Dann haben *sie* etwas falsch gemacht», stellte er richtig.

Sie akzeptierte die Korrektur mit einem Nicken, dann brach sie ein Stück eines Croissants ab und knabberte daran. «Früher hatte ich Mitleid mit deinen Freundinnen, weil du so viele hattest und sie so schnell wieder abgelegt hast. Aber langsam ändere ich meine Meinung. Tust du so was für all deine Partnerinnen?»

Nein. Blumen? Ja. Nette Abendessen? Ja. Den ganzen Nachmittag zu planen, um sie einfach aus Spaß in eine europäische Stadt zu versetzen? Niemals.

«Erstens, ich gehe immer nur mit einer Frau gleichzeitig aus, und während dieser Zeit gehört meine gesamte Aufmerksamkeit ihr. Und zweitens, unsere Dates sind nicht real. Hier gelten die Regeln nicht.» Obwohl er die Wahrheit sagte, fühlte sich der letzte Satz wie eine Lüge an. Und er war sich nicht mal sicher, ob er ihn für sie oder für sich selbst gesagt hatte. Irgendetwas veränderte sich zwischen ihnen.

Sie musterte ihn, das Croissant auf halbem Weg zum Mund.

Sein Blick senkte sich auf diesen Mund, und Troy erinnerte sich daran, wie gut sie ihn für etwas anderes als nutzloses Wissen einsetzte. Wenn er sie jetzt küssen würde, könnte er sie schmecken, vermischt mit Noten des buttrigen Croissants. Und er sehnte sich danach. Sehr sogar.

Nach ein paar langen Sekunden wandte sie den Blick ab. «Nun, auf jeden Fall war das sehr aufmerksam. Danke.»

«Gern geschehen.»

Als sie sich die Baskenmütze vom Kopf zog, brachte die Sonne ihre zimtfarbenen Strähnen zum Leuchten. Sie legte die Mütze auf den Tisch, dann griff sie nach einer Serviette, um sich vorzulehnen und ihm den falschen Schnurrbart von der Lippe zu wischen.

Ihr so nahe zu sein sorgte dafür, dass er ihr Handgelenk packen und sie auf seinen Schoß ziehen wollte. Am liebsten hätte er ihr gezeigt, wofür Paris wirklich berühmt war – und das würde nicht nach einem Kuss enden.

Sie begaben sich auf gefährliches Terrain. Oder er zumindest. Wenn es so weiterging, würde er sein Verlangen bald nicht mehr kontrollieren können. Und dann wäre die Hölle los.

Er nahm sich ein Croissant und biss hinein, einfach um seinen Mund mit etwas anderem zu beschäftigen als mit Küssen. Verdammt, Cam zu küssen wäre viel besser gewesen!

Sie aß ihre Crêpe auf, diesmal ohne Stöhnen, und nippte an ihrem Kaffee. Die Mittagssonne beleuchtete ihre weiche, blasse Haut. Hilflos starrte Troy sie an. Sie hatte eine innere Wärme, die ihr oft kühles Auftreten Lügen strafte. Das war nur eine Fassade, die sie für die Welt errichtet hatte. Doch er wusste es besser. Oberflächlich mochte sie immer gefasst wirken, doch es gab auf der Welt keine Frau mit einem größeren Herzen oder mehr Mitgefühl. Für diejenigen, die sie liebte – die ihr am Herzen lagen –, hätte sie alles getan, alles geopfert, selbst wenn es sie ihre Lebensgrundlage kosten würde. Selbstlos und immer großzügig, verständnisvoll und freundlich – so war sie.

Zum zigsten Mal in seinem Leben wurde ihm bewusst, wie glücklich er sich schätzen konnte, Cam zu haben. Und solche Momente wie jetzt, wenn sie beide allein waren, ohne Filter oder Grenzen oder Zeugen, hatten es ihm ermöglicht, sich von seiner schrecklichen Vergangenheit und Kindheit zu erholen. Camryn hatte ihm geholfen, indem sie einfach Camryn gewesen war. Sie hatte es ihm ermöglicht, herauszufinden, wer er wirklich war, statt sich für die Schubladen zu interessieren, in die andere ihn gesteckt hatten. Es hatte in ihrer Jugend nicht viele solche Momente gegeben, aber er vermisste sie. Vermisste Camryn, ihre Gegenwart und die ruhige Klarheit, die sie ihm schenkte.

«Du bist eine ziemlich unglaubliche Person, Cam.»

Ihre Augen waren groß und rund, als sie ihn ansah, doch schon nach einem Moment wurde ihr Blick weich, weil sie verstand. «Genauso wie du, Troy. Vergiss das nie.»

Dafür war allein sie verantwortlich, doch er nickte.

«Ich frage mich, wie du von mir erwarten kannst, dass ich einen ganzen Film lang still sitze, nachdem ich Espresso getrunken habe.»

Anscheinend war diesmal sie diejenige, die einen Themenwechsel brauchte. «Er ist entkoffeiniert. Letztendlich trinkst du gerade ein starkes, entkoffeiniertes Gebräu, das man einfach Espresso genannt hat.» Der Arzt hatte sie ermahnt, heute nicht allzu viel Kaffee zu trinken. Troy wollte diese Anweisung auf jeden Fall befolgen. Cam war ihm einfach zu wichtig, als dass er ein Risiko eingegangen wäre.

Sie starrte in ihre Tasse. «Das wusste ich nicht. Schmeckt genau gleich.»

«Siehst du, da haben wir es. Du weißt auch nicht alles.»

Zumindest hatte Troy ihr nach dem Film erlaubt, zum Abendessen nach unten zu gehen, nachdem sie erklärt hatte, dass sie kein Kopfweh mehr habe. So interessant und unterhaltsam der Tag auch gewesen war, langsam bekam sie in ihrem Zimmer einen Koller. Beim Abendessen hatte die Familie sich angeregt unterhalten, ohne Cam groß zu beachten. Genauso mochte sie es, auch wenn es nur sehr selten vorkam.

Jackie, eine der Angestellten der Hortons, trat hinter sie. «Stimmt etwas nicht, Miss?»

Camryn sah auf ihren Teller. «Nein, ich bin nur einfach nicht besonders hungrig. Ich habe spät zu Mittag gegessen.» Und mit diesen phantastischen Crêpes hätte sowieso nichts mithalten können.

Die Frau nickte kurz und räumte die Gemüsepfanne mit Shrimps ab.

Troy, der neben ihr saß und seinen Teller ebenfalls nur zur

Hälfte geleert hatte, zwinkerte ihr zu. Er hatte während des Films die Croissants und den Käse aufgegessen.

Nach dem Abendessen verabschiedeten sich alle, um sich zurückzuziehen, erschöpft von ihrem Tag. Camryn dagegen fühlte sich ruhelos. Nachdem sie heute fast gar nichts getan hatte – was, wie sie zugeben musste, wirklich nett gewesen war –, musste sie ein wenig Energie loswerden.

«Ich glaube, ich mache einen Spaziergang», erklärte sie Troy, sobald die Familie verschwunden war.

«Ich werde dich begleiten. Gib mir eine Sekunde.»

Anscheinend war er noch nicht damit fertig, auf sie aufzupassen. Irgendwann musste der Mann sie doch mal allein lassen.

Cam trat nach draußen, um den Blick über das Grundstück schweifen zu lassen, während sie auf Troy wartete. Ein paar hundert Meter entfernt, jenseits der weitläufigen Rasenfläche, begann der Wald. Noch war es nicht zu dunkel, um ihn sich mal anzusehen. Die Sonne berührte gerade erst den Horizont, auch wenn die Glühwürmchen schon tanzten. Die Schwüle des Tages war verklungen, also dürfte es ein angenehmer Spaziergang werden.

Wenige Augenblicke später trat auch Troy aus der Tür, in der Hand das rote Seidenhalstuch von vorhin.

«Immer noch in Paris?», fragte sie.

Was er heute für sie organisiert hatte, war ohne Zweifel das Netteste, was jemals jemand für sie getan hatte. Er hatte Paris nach Colorado geholt, nur damit sie sich wirklich ausruhte. Sie konnte immer noch den Blumenstrauß riechen, den er ihr geschenkt hatte. Diese Geste hätte sie nicht so glücklich machen sollen. Kein Wunder, dass die Frauen ihm zu Füßen lagen.

«Das ist für einen Punkt auf meiner Liste.»

Und es ging wieder los. Die Liste. «Hast du vor, mich an einen Baum zu fesseln und den Wölfen zu überlassen?»

«Etwas in der Art.»

Zum Totlachen. Sie verschränkte die Arme.

Er setzte sich in Bewegung. Nach ein paar Schritten fiel ihm offenbar auf, dass sie sich nicht bewegt hatte, und er drehte sich zu ihr um. «Kommst du?»

Schicksalsergeben folgte sie ihm. «Ich dachte, wir könnten Richtung Wald gehen. Schauen, ob es dort einen Weg gibt.»

Mit einem Nicken wandte er sich in die entsprechende Richtung. Als sie die Bäume erreichten, entdeckten sie einen Wanderpfad.

Unter dem Blätterdach der Birken, Eichen und Ahornbäume veränderte sich die Atmosphäre. Es war kühler, gleichzeitig aber auch schwüler. Cam entdeckte ein paar Kaninchen, Eichhörnchen und eine Eule, die gerade erwachte. Sie hoffte, ein Reh zu sehen, weil das letzte Mal schon ewig her war. Sie hatte diese Tiere immer geliebt. Als Kind hatte sie spät in der Nacht manchmal Rehe im Garten ihrer Eltern beobachten können.

Sie wanderten ein paar Minuten lang schweigend, nur begleitet vom Geräusch ihrer Schritte auf getrockneten Kiefernnadeln und welken Blättern.

Nachdem sie um eine Kurve gebogen waren, hielt Troy an. «Hier sieht es doch gut aus.»

«Gut für was?»

Er grinste und hob das Halstuch. «Mein Experiment. Komm her.»

Als Cam sich weigerte, trat er hinter sie und sprach über ihre Schulter mit ihr. «Du glaubst, immer alles unter Kontrolle haben zu müssen, aber manchmal tut es gut, einfach mal lockerzulassen. Nicht alles muss seine Ordnung oder einen Grund haben, Cam.»

Und wie genau hatte er vor, ihr die angebliche Kontrolle zu nehmen?

Sie schluckte, als Troy sich ihr näherte. Ihr Herz raste. Er roch nach Seife und Sünde. Und er fühlte sich noch besser an als die Sünde. Was hatte er nur an sich? Wieso war sie sich seiner Gegenwart so unglaublich bewusst, wann immer er ihr näher kam als einen halben Meter?

Das rote Halstuch senkte sich über ihre Augen, und sein Mund schwebte neben ihrem Ohr. Wie er mit ihr sprach, seine Nähe, das war anders als bei allen anderen. Er ließ ihr keinerlei Raum, auf Abstand zu gehen. Normalerweise brauchte sie mindestens dreißig Zentimeter Freiraum um sich herum, doch mit Troy war es ... einfach anders.

«Ich werde dir die Augen verbinden, sodass du deine anderen Sinne einsetzen musst. Um dich zu orientieren, wirst du dich auf mich verlassen müssen.»

Was? Sie würde aussehen wie eine Idiotin – und, noch schlimmer, sich auch so fühlen. Das tat sie auch so schon häufig genug. «Nein, Troy.»

Er zögerte kurz. «Vertraust du mir?»

Sein Atem glitt über ihren Hals, und Verlangen strömte durch ihren Körper. Wollte sie ihn? Gott, ja. Kannte sie ihn gut? Ja, besser als jeden anderen. Aber konnte sie ihm auch vertrauen?

«Ja.»

«Dann halt still.» Er verknotete das Tuch an ihrem Hinterkopf, sodass kaum noch Licht hindurchdrang. Dann trat er vor sie, wobei er die Hände sanft über ihre Arme gleiten ließ. «Ich werde ein paar Schritte zurücktreten. Folge meiner Stimme.»

«Troy, das ist dämlich. Was soll ich dadurch lernen?»

Es dauerte ganze fünfzehn Sekunden, bis er endlich antwortete: «Die Kontrolle aufzugeben.»

Sie riss den Kopf nach rechts, weil sie dort, ein paar Schritte entfernt, seine Stimme wahrgenommen hatte. Ganz langsam drehte sie sich und ging in diese Richtung. Instinktiv streckte sie die Hände vor, um nicht gegen etwas zu laufen. Obwohl sie ihn nicht mehr hören konnte, nahm sie den Wind in den Bäumen wahr, ihre Schritte auf dem Boden. Und sie roch die Natur um sich herum.

Ihre Finger kamen in Kontakt mit etwas Hartem, also hielt sie an. Sobald ihr klarwurde, dass sie Troys Brust berührte, senkte sie eilig die Hände.

Er packte ihre Handgelenke und hob ihre Finger erneut an seine Brust. «Was fühlst du?», flüsterte er heiser.

Eine harte, wunderbar muskulöse Männerbrust. Verlockung. «Dein Hemd.»

«Und?»

Erregung? «Ich weiß nicht. Baumwolle?»

Sie hätte schwören können, dass sie ihn lächeln hörte. «Bleib stehen. Ich werde mich noch mal bewegen.»

Sie seufzte. «Troy ...»

«Hier drüben», sagte er von links. «Lass die Hände diesmal gesenkt. Ich werde dich leiten.»

«Wenn ich hinfalle ...»

«Das wirst du nicht.»

Wieso in aller Welt hatte sie dieser Aktion zugestimmt? Sie senkte die Arme, dann ging sie langsam zehn Schritte. Ihr Puls raste, weil sie nichts sehen konnte. Es hatte geklungen, als wäre er ihr recht nahe, doch bisher war sie nicht gegen ihn gelaufen. Es sah ganz so aus, als habe er sie im Stich gelassen.

«Stopp», wies er sie an. «Vor dir ist eine Baumwurzel. Steig darüber hinweg.»

Vorsichtig schob sie ihren Fuß vor, bis sie die aus dem Boden ragende Wurzel spürte. Sie überwand das Hindernis und ging weiter. Weiter, weiter. Inzwischen hätte sie ihn erreicht haben müssen. Ihr Herz raste heftiger, und ihre Brust wurde eng.

«Troy?»

Über ihr rief eine Eule im Baum. Davon abgelenkt, rannte sie direkt gegen seine Brust. Verflixt.

«Was fühlst du?»

Ernsthaft? «Die blutige Nase, die ich mir gleich holen werde? Du hast einfach zugelassen, dass ich gegen dich renne.»

Seine Hände landeten auf ihren Schultern, so unglaublich warm. So groß. Oh, sie hätte darauf gewettet, dass er mit diesen Händen unglaubliche Dinge anstellen konnte. «Was fühlst du?»

«Wieso fragst du mich das ständig? Ich fühle mich lächerlich.»

Er seufzte schwer, als wäre er enttäuscht von ihr. «Bleib hier.» Schritte waren zu hören, dann nicht mehr. «Okay, Cam. Hier drüben.»

Diesmal stampfte sie, ohne zu zögern, los, irritiert und ungeduldig, während sie herauszufinden versuchte, was er mit seiner wiederholten Frage bei ihr auslösen wollte. Wenn sie ihm die richtige Antwort gäbe, würde er diese Farce vielleicht aufgeben. Zum Teufel, sie könnte sich auch die Augenbinde vom Kopf reißen und einfach zum Haus zurückgehen. Wieso konnte sie Troy nichts abschlagen?

Ihr linker Fuß trat ins Nichts, fand nur Luft. Aus dem Gleichgewicht geraten, fiel sie nach vorne. Ihr Herzschlag setzte aus, ein Schrei drängte in ihre Kehle.

Troys Arme schlangen sich um sie und zogen sie an seinen harten Körper. «Was fühlst du? Genau in diesem Moment. Antworte, ohne darüber nachzudenken.»

«Ich fühle mich verängstigt. Hilflos.» Keuchend wartete sie darauf, dass ihr Herz die Arbeit wieder aufnahm.

«Gut.»

«Gut?», wiederholte sie. Sie knirschte mit den Zähnen, weil sie kurz davor stand, mit den Fäusten auf seine Brust einzutrommeln. «Du Idiot! Ich bin gestürzt.» Sie hob die Hände, um die Augenbinde abzunehmen.

Seine Hände fingen ihre Finger ein, bevor sie ihr Ziel erreichen konnten. «Schon. Aber ich habe dich aufgefangen, nicht wahr? ‹Verängstigt und hilflos› ist der Zustand, in dem die meisten von uns durchs Leben stolpern, Cam. Nicht jeder ist wie du und hat immer alles unter Kontrolle. Man kann nicht alles kontrollieren.»

Oh. Jetzt verstand sie. Ihre Wut verpuffte.

Gott, wenn er nur wüsste, wie viel Angst sie hatte. Ständig. Würde sie jemals ihre Karriereziele erreichen? Würde sie jemals Liebe finden, wie ihre Geschwister es getan hatten? Würde ihre Familie jemals aufhören, ihr zuzusetzen, und sie einfach akzeptieren, wie sie war? Nein, sie hatte bei weitem nicht so viel Kontrolle über ihr Leben, wie sie gerne vorgab. Doch manchmal war es der einzige Weg, um überhaupt einen Fuß vor den anderen setzen zu können.

«Du hast deinen Standpunkt klargemacht. Kann ich die Binde jetzt abnehmen?»

«In einer Sekunde.» Seine Stimme klang seltsam, irgendwie heiser.

Er gab ihre Handgelenke frei und ließ die Hände über ihre Arme gleiten, über ihre Schultern nach oben, um ihre Wangen zu umfassen. Und ihr Herz raste. Es funktionierte also noch. Oder vielleicht auch nicht, weil es viel zu schnell schlug. Sie konnte hören, wie Troy schluckte, die Hitze seiner Haut spüren.

Die Luft um sie herum schien sich zu verändern, aber vielleicht war es auch nur sie selbst. Die Sekunden vergingen, während sie darauf wartete, was er tun würde. Sie fragte sich, was er gerade dachte.

«Cam», sagte er, nur Zentimeter von ihrem Mund entfernt. «Es fällt mir gerade wirklich schwer, dich nicht zu küssen.»

Was? Bedeutete das, dass er diese Veränderung auch wahrnahm? Ging es nicht nur ihr so?

Seine Daumen glitten an ihren Schläfen unter das Tuch, um es nach oben und über ihren Kopf zu schieben. Sie blinzelte, doch Troy und sie waren von Dunkelheit umgeben, weil das dichte Blätterdach der Bäume die hereinbrechende Nacht bereits verdichtete. Es gab nur ihn. Nichts existierte außer ihm, direkt vor ihr.

Ein seltsamer Ausdruck huschte über sein Gesicht, halb Schmerz, halb Schuldgefühle. Sie konnte den Kampf, der in ihm tobte, an seiner Miene ablesen. Ein Muskel an seinem Kinn zuckte. Troy öffnete den Mund, als wolle er etwas sagen, doch stattdessen ließ er kapitulierend die Arme sinken und trat zurück.

Cam zitterte, weil ihr plötzlich unglaublich kalt war. Vielleicht wollte er sie doch nicht, vielleicht bildete sie sich das nur ein. Ihr Magen verknotete sich.

Sein Blick huschte über die Umgebung, bevor er auf ihre Füße starrte. «Das reicht für einen Abend, denke ich. Lass uns zurückgehen.»

Sie folgte ihm schweigend, während sie versuchte, diese seltsamen Gefühle logisch zu erfassen. Sie war fast zwei Jahre mit Maxwell zusammen gewesen, doch kein einziges Mal in dieser Zeit hatte sie sich gefühlt wie mit Troy: so als müsse sie sterben, wenn er sie nicht küsste. Wo lag der Unterschied? Was war das fehlende Puzzlestück, und warum spielte es eine Rolle?

Troy war derjenige, der dafür sorgte, dass sie die Kontrolle verlor – auch ganz ohne seine Liste. In seiner Nähe war sie nicht sie selbst, nicht einmal in ihrem eigenen Kopf.

Sie betraten das Haus und entdeckten Fisher und Emily am Küchentisch.

Troy lehnte sich mit verschränkten Armen gegen die Anrichte. «Ich dachte, ihr wärt schon ins Bett gegangen.»

Fisher sah seine Tochter an, die auf seinem Schoß saß. «Emily wollte Camryn sehen.»

«Kann ich bei dir schlafen?», fragte ihre Nichte, die großen Augen flehend.

Fisher seufzte. «Ich glaube, der Sturz vom Pferd hat ihr Angst eingejagt. Und dass sie dich den ganzen Tag nicht gesehen hat, hat es noch schlimmer gemacht. Würde es dir etwas ausmachen?»

Camryn schüttelte den Kopf. «Wenn es für Troy okay ist, ist das in Ordnung.»

Troy nickte. «Wir sehen uns oben. Ich springe kurz unter die Dusche.»

Fisher beobachtete, wie Troy den Raum verließ, dann wandte er sich Camryn zu und musterte sie, als wäre sie eine der mathematischen Gleichungen, bei denen sie ihm in der Schule immer geholfen hatte. «Habe ich etwas unterbrochen? Ist zwischen euch beiden alles in Ordnung?»

Nein. Ja. «Kein Grund zur Beunruhigung.» Sie streckte die Arme nach Emily aus und nahm sie hoch. «Komm, Süße. Wir können einen Film schauen und dabei einschlafen.»

Als sie die Treppe nach oben stiegen, drückte Emily ihr Gesicht in Camryns Halsbeuge. Vielleicht hatte Fisher recht gehabt. «Hast du dir heute Sorgen um mich gemacht? Hat dir das, was mit dem Pferd passiert ist, Angst eingejagt?»

Emily nickte.

Hätte Camryn das gewusst, wäre sie heute früher nach unten gekommen, zum Teufel mit Troy. «Das tut mir leid. Aber es geht mir gut. Der Arzt hat gesagt, ich solle mich ausruhen, also habe ich das getan. Ich hätte dir erzählt, wenn etwas nicht stimmen würde. Ich sage dir schließlich immer die Wahrheit, oder?»

Emily hob den Kopf und nickte wieder. «Weil ich kein Baby mehr bin.»

«Genau.»

Sie trug Emily in ihr Zimmer und setzte sie aufs Bett.

Das Rauschen der Dusche verklang genau in dem Moment, als Camryn sich ihren Pyjama anzog. Kurz nachdem sie die Blu-Ray mit *Die Schöne und das Biest* eingelegt hatte, kam Troy aus dem Badezimmer; er trug nichts außer einer Pyjamahose. Ohne sie ein einziges Mal anzusehen, ließ er sich auf seine Seite der Matratze fallen.

Was war im Wald mit ihm geschehen? Normalerweise konnte sie ihn gut deuten, doch hier fiel er von einem Extrem ins andere. So war es schon seit Beginn der Reise.

Camryn drückte auf *Play* und setzte sich auf ihre Seite des

Bettes, Emily kuschelte sich in die Mitte. Gut. Sie brauchten einen Puffer zwischen sich.

Emily sah zwischen ihr und Troy hin und her. «Wie kommt es, dass du jetzt mit Onkel Troy in einem Bett schläfst?»

Troy grinste. «Genau, Tante Cam. Wie kommt das?»

Sie kniff die Augen zusammen. Dann öffnete sie den Mund und schloss ihn wieder, weil sie sich fragte, wie sie einer Dreijährigen etwas erklären sollte, was sie selbst nicht ganz verstand. «Ähm, na ja, Onkel Troy und ich gehen jetzt miteinander aus, und da tun Leute so was.»

«Was heißt ‹miteinander ausgehen›?»

«Wenn sich zwei Leute voneinander angezogen fühlen, dann fangen sie an, miteinander auszugehen. Sie verbringen Zeit zusammen.»

Emily schien über diese Information nachzudenken, während Belle im Film singend durch ein kleines französisches Dorf wanderte. «Also werdet du und Onkel Troy euch jetzt gegenseitig anziehen?»

Troy lachte. «Was ich dazu nicht alles sagen könnte.»

Emily warf ihm einen irritierten Blick zu.

Troy schloss abrupt den Mund und konzentrierte sich stattdessen auf den Film.

«Nicht anziehen. Wie bei Kleidung. Sondern angezogen. Wie zwei Magnete. Wir fühlen uns voneinander angezogen», sagte Camryn. Die Aussage enthielt mehr Wahres, als es ihr lieb war. «Das bedeutet, dass wir uns mögen.»

Troy stieß ein gequältes Brummen aus.

Wieder sah Emily ihn böse an. «Sei still», befahl sie, bevor sie erneut Camryn anschaute. «Also küsst ihr euch und so?»

Es war das *Und so*, das Camryn nicht aus ihren Gedanken

vertreiben konnte. Sie wollte dieses *Und so* wirklich dringend. «Sicher. Lass uns den Film schauen. Du müsstest schon lange schlafen.»

«Was passiert nach dem Ausgehen?», fragte Emily unbeirrt weiter.

«Nun, wenn alles gut läuft und man Glück hat, dann heiratet man.»

«Wie Tante Heather und Onkel Justin?»

«Genau.» Cam deutete auf den Fernseher, in der Hoffnung, dass die Fragen verklingen würden, wenn ihre Nichte den Film schaute. Camryn hatte es noch nie zuvor etwas ausgemacht, Emilys endlose Fragen zu beantworten – ihre Nichte war immer neugierig gewesen –, doch dieses Thema war Cam wirklich unangenehm.

Emily ließ sich in die Kissen sinken und konzentrierte sich auf den Film, also machte Cam es sich ebenfalls gemütlich.

Nach ein paar Minuten drehte Emily sich zu Troy um. «Hast du Glück?»

Troy sah sie mit gerunzelter Stirn an. «Glück?»

«Genug Glück, um zu heiraten?»

Mit ausdrucksloser Miene richtete er den Blick wieder auf den Fernseher. «Das Glück war noch nie auf meiner Seite.»

LEBENSWEISHEITEN*

Es ist harte Arbeit,
so entspannt zu wirken.

*ZUMINDEST WENN ES NACH CAMRYN GEHT

KAPITEL 10

Camryn sah sich im Wartezimmer der Wellness-Studios um und unterdrückte ein weiteres Niesen. Überall standen Körbe mit Potpourri herum, und es brannten auch mehrere Duftkerzen, vermutlich um Atmosphäre zu schaffen. Die Wände waren in einem schrecklichen Mintgrün gestrichen. Das sollte wohl einen beruhigenden Effekt haben, doch Camryn erinnerte es nur an einen Pfefferminz-Milchshake. In einer Ecke zwischen plüschigen, weißen Sofas stand eine Karaffe mit Gurkenwasser neben Glasregalen voller Pflegeprodukte. Neben dem Empfangstresen wuchs ein winziger Zitronenbaum in einem Topf.

Es war Heathers Idee gewesen, sich einen entspannten Mädelstag zu gönnen. Cam, die zwischen Bernice und ihrer Mutter saß, spielte am Saum des weißen Bademantels herum, den sie auf Drängen der Angestellten angezogen hatte. Anna und Heather blätterten durch Magazine. Momentan warteten sie auf ihre Massagen. Das entsprach nicht Camryns Vorstellung von Entspannung.

«Die da», sagte Heather.

«Oh, das sähe wirklich gut aus.» Anna nickte.

Camryn seufzte. «Ich habe euch bereits gesagt, dass ich mir die Haare nicht schneiden lasse.»

Heather zeigte ihr das Magazin, als könnte sie damit ihre Meinung ändern. «Dafür müsstest du dir nur ein paar Zentimeter abschneiden lassen, mit ein paar Stufen. Dazu ein paar Strähnchen ...»

«Nein.»

Heather und Anna wollten nur nett sein, aber in Wirklichkeit versuchten sie, Cam hübscher zu machen. Attraktiver. Womit sie faktisch erklärten, dass sie im Moment nicht gut genug aussah, sondern Verbesserungsbedarf bestand. Doch eine neue Frisur mit ein paar Strähnchen würde da nicht reichen.

«Camryn Covic», erklärte ihre Mutter in ihrem berüchtigten, warnenden Tonfall, «an einer Veränderung ist nichts falsch.»

Camryn verdrehte die Augen. Was zum Teufel ... Es konnte nicht mehr schlimmer werden, oder?

Eine ganze Gruppe von Leuten betrat den Raum – zwei junge Männer und drei Frauen, von denen eine in Camryns Augen aussah, als hätte sie vor kurzem noch das Kommando in einer mittelalterlichen Folterkammer geführt.

Einer der Männer, der sie an eine blonde Ken-Figur erinnerte, hielt ein Klemmbrett in der Hand. «Heather, Sie sind bei mir.»

Natürlich. Brachte Colorado denn nur heiße Typen hervor?

Der andere gut aussehende Mann mit dem zum Pferdeschwanz gebundenen, langen Haar rief Anna zu sich. Die zwei jüngeren Frauen wurden Mom und Bernice zugeteilt, was bedeutete, dass Cam Brunhilda, der Foltermeisterin, zugeteilt wurde.

Entspannung, was für ein Witz!

Brunhilda führte sie einen langen Flur entlang und in einen kleinen, abgedunkelten Raum, in dem aus den Lautsprechern leises Meeresrauschen erklang. Noch mehr Atmosphäre.

«Sie können Ihren Bademantel an die Tür hängen. Legen Sie sich bitte auf den Tisch, das Gesicht nach unten.»

«Nackt?», quietschte Camryn entgeistert. Gleichzeitig sah sie sich nach BDSM-Werkzeugen um.

«Sie werden unter einem Laken liegen. Ich bin ein Profi.»

Vielleicht eine professionelle Wrestlerin?

Brunhilda verließ den Raum, also zog Camryn eilig den Bademantel aus und ließ sich auf den Tisch sinken, bevor die Frau zurückkehren konnte. Sie hatte gerade das Laken über sich gezogen, als die Tür wieder aufschwang. Brunhilda – Camryn hatte sich nicht nach ihrem wirklichen Namen erkundigt – streckte die Arme über den Kopf. Ach was, sie streckte ihre Baumstämme über den Kopf. Sie schien fast nur aus Muskeln zu bestehen.

«Wie heißen Sie?», fragte Camryn, als ein Möwenschrei aus dem CD-Player das Rauschen der Wellen durchschnitt. Was würde als Nächstes kommen? Das Nebelhorn eines Ozeandampfers?

«Clarice.» Sie hörte Knöchel knacken. «Und jetzt entspannen Sie sich.»

Phantastisch. Ihr war die Massagetherapeutin aus *Das Schweigen der Lämmer* zugeteilt worden. Das war nur wenig besser als Brunhilda, die Foltermeisterin. Cam fragte sich, wann wohl Anthony Hopkins auftauchen würde.

Eine Stunde später kehrte Camryn in das Wartezimmer zurück. Sie fühlte sich, als wäre sie von einer Dampfwalze überfahren, vom Gehweg gekratzt und dann gleich noch mal überrollt worden, nur um sicherzugehen. Als Camryn sich anzog, schwärmten die anderen davon, wie wunderbar ihre Massagen gewesen waren.

Jeffrey, der Friseur aus dem benachbarten Laden, betrat den Raum und rief Cams Namen.

Obwohl sie am liebsten auf Heather gezeigt hätte, hob Cam fügsam die Hand.

Er tippte sich an die Lippen, während er sie mit langsamen Schritten mehrmals umrundete. Als er die dritte Runde beendet hatte, sah er Heather an. «Ich verstehe, was Sie meinen.» Er schaute wieder zu Camryn. «Kommen Sie mit mir.»

Muss ich?

Jeffrey setzte sie vor einen Spiegel und warf ihr den Umhang über. Dann drehte er weitere drei Runden um sie herum. «Ich stelle mir Highlights in Karamell vor. Sie müssten gut zu dem natürlichen Rotton passen.»

Es klang wie eine Mahlzeit.

Zwei weitere Kreise um sie herum. Der Kerl trainierte offensichtlich für die Friseur-Olympiade. «Ein Zentimeter an den Spitzen und alle fünf Zentimeter Stufen. Wie klingt das?»

Da sie keine Ahnung hatte, was er gerade gesagt hatte oder was das bedeutete, zuckte Cam nur mit den Achseln.

«Wunderbar», verkündete er und schlenderte davon.

Camryn bedachte Heather, die auf dem Stuhl neben ihr saß, mit einem Blick, der darauf angelegt war, sie vor Angst erschauern zu lassen.

Heather lächelte nervös und wandte eilig den Blick ab. Feigling.

Die anderen warteten auf einer Bank in der Nähe, während Jeffrey ihr Haar bepinselte und in Alufolie wickelte.

Während die Farbe einwirkte, fragte sie sich, wie weit das Signal von ihrem Aluhut wohl reichte. Würde sie von Aliens entführt werden, wenn sie ihren Kopf weit genug drehte?

Nach einer Weile wurde sie auf einen Waschplatz beordert, wo ihr Haar eingeschäumt und ausgespült wurde, bevor sie wieder auf ihrem ursprünglichen Platz landete. Jeffreys Hände flogen über ihren Kopf, wo sie schnitten und schnippelten und noch mehr schnitten. Irgendwann betete Cam nur noch, dass sie überhaupt Haare übrig behalten würde. Er holte einen Haartrockner, der sich dem Aussehen nach auch prima für militärische Zwecke geeignet hätte, und machte sich daran, ihr Haar zu föhnen.

Irgendwann legte er seine Waffen nieder und klatschte in die Hände. «Tada!» Er drehte den Stuhl so, dass sie den Schaden begutachten konnte.

Ihr Haar fiel knapp bis auf ihre Schultern und wirkte voller als bisher. Die Highlights fügten sich gut in ihre natürliche Haarfarbe ein, doch gleichzeitig wirkte alles irgendwie strahlender.

Hm, das sah nicht mal schlecht aus. Vielleicht musste sie sich in der Öffentlichkeit doch keine Papiertüte über den Kopf ziehen.

«Oh, schau dir das an. Du siehst wunderschön aus, Camryn», schmeichelte Mom.

Camryn riss den Kopf so schnell herum, dass sie fast ein Schleudertrauma bekommen hätte. Niemals zuvor in ihrem Leben hatte ihre Mutter sie als «schön» bezeichnet. Wenn sie überhaupt Komplimente bekam, was nur sehr selten passierte, dann waren es Urteile wie «gut» oder ganz selten auch mal «hübsch», aber niemals «schön».

«Danke, Mom», sagte sie unbeholfen, während sie innerlich bereits auf den nächsten Angriff wartete. *Und jetzt nimm etwas ab*. Oder: *Du bist keine Heather, aber es geht schon.*

Heather lächelte. «Ich würde sagen, wir holen Emily ab und gehen shoppen, besorgen dir ein paar neue Klamotten zu der neuen Frisur.»

«Oh nein.» Mit ihrer Schwester shoppen zu gehen kam nicht in Frage. Danach würde sie aussehen, als hätte sich die Regenbogenfee auf sie übergeben.

«Oh doch», meinte ihre Mutter. «Stell dir nur vor, was Troy sagen wird.»

Troy. Sie fragte sich, ob ihm die neue Frisur gefallen würde. Und wieso sollte das eine Rolle spielen? Noch drei Tage bis zur Hochzeit, dann wäre er sie endlich los, könnte zu seinen echten Frauen zurückkehren und müsste sich keine Sorgen mehr darum machen, ob andere ihn für verrückt hielten, weil er mit ihr ausging.

Camryn stand auf und griff nach ihrer Handtasche. Es hatte keinen Sinn, sich ihrer Familie zu widersetzen. Sie würde um des lieben Friedens willen mitgehen. Niemand sagte, dass sie die gekaufte Kleidung auch tragen musste.

Eine Stunde später, nachdem Heather fünf Kleider und acht Oberteile für Camryn ausgesucht hatte, musterte sie sich selbst im Spiegel der Umkleidekabine. «Ich sehe aus wie eine Wassermelone.»

Heather schüttelte den Kopf. «Tust du nicht. Du siehst gut aus.»

Gut. Sie waren wieder bei «gut» angekommen.

Die grüne Monstrosität von Sommerkleid lag an Brüsten und Taille viel zu eng an. Der weit fallende Rock aus Baumwolle endete kurz über dem Knie. Und es hatte auch noch Spaghettiträger!

«Was läuft da zwischen dir und Troy?»

Camryn warf ihrer Schwester einen unschuldigen Blick zu. «Ich weiß nicht, wovon du sprichst.»

Heather zog die Augenbrauen hoch und verschränkte die Arme vor der Brust. «Hm-mm. Irgendwas läuft da. Ihr beide benehmt euch wie ein echtes Paar.»

«War das nicht der Sinn der Sache?»

Heather sah ihr tief in die Augen. «Du magst ihn. Du magst ihn *wirklich*, nicht wahr?»

Camryn wollte sich verkriechen. «Ich werde den Kabelanbieter anrufen, damit er bei dir alle Romantik-Kanäle sperrt.»

«Du verliebst dich in Troy», sagte Heather, als hätte Camryn kein Wort gesprochen.

«Wirklich alle Kanäle, auf denen Liebesfilme laufen.»

Heather schüttelte den Kopf, und ihr Blick wurde sanft. «Sei vorsichtig, Cam. Ich will nicht ...»

«... dass er mir das Herz bricht?» Camryn wusste genau, wo dieses Gespräch hinführen würde. «Weil Troy meine Gefühle nicht erwidert, da ich niemand bin, für den er sich wirklich interessieren würde? Keine Sorge, Heather. Das weiß ich.»

«Das wollte ich nicht sagen», flüsterte sie, doch das Mitleid in ihren Augen verriet die Lüge.

«Danke, aber ich brauche weder einen Vortrag noch eine Warnung von dir. Zwischen mir und Troy ist nichts.»

Heather starrte sie noch eine Sekunde an, dann sammelte sie die gesamte Kleidung in der Kabine ein und ging.

Camryn schloss für einen Moment die Augen und seufzte. «Hässlich bleibt hässlich.» Oder vielmehr mittelmäßig. Eine neue Frisur und schicke Kleidung konnten sie nicht in ein Model verwandeln.

Heather hatte recht, ob sie ihre Warnung nun offen ausgesprochen hatte oder nicht. Camryn hatte diese mentale Ohrfeige gebraucht. Egal, was sie auch hoffte, Troy würde diese seltsamen, verwirrenden Gefühle niemals erwidern.

Sie senkte den Arm, um ihre alte Kleidung von der Bank zu nehmen und sich umzuziehen … doch da war nichts.

Heather hatte ihre Sachen mitgenommen.

Camryn öffnete die Tür der Umkleidekabine, um sie sich zurückzuholen, entdeckte aber stattdessen Emily davor. Also nahm sie die Hand ihrer Nichte und wanderte auf der Suche nach Heather durch den Laden. Sie fand sie vor der Kasse.

Noch bevor sie etwas sagen konnte, lehnte Heather sich vor und schnitt das Etikett von dem Kleid, das Camryn trug, bevor sie der Kassiererin die Schere zurückgab. «Schon bezahlt. Du kannst es auf der Heimfahrt tragen.»

«Ich will das nicht anlassen. Ich will meine Kleidung.»

Heather hob Emily hoch und zuckte mit den Achseln. «Zu spät. Die Sachen sind schon im Auto.» Sie schaute ihre Nichte an. «Bereit zum Aufbruch?»

Camryn sah durch das Schaufenster zu den anderen, die auf dem Gehweg warteten. Niemand hielt Tüten in den Händen, was bedeutete, dass sich bereits alles im Kofferraum befand. Sie war in einen Hinterhalt gelockt worden.

Schön. Sie würde das Kleid tragen, bis sie zu Hause waren, und sich dann eilig umziehen, bevor irgendwer sie darin sehen konnte.

«Endlich», sagte Fisher. «Sie sind wieder da. Ich bin am Verhungern.»

Von seinem Liegestuhl aus linste Troy zur Einfahrt und dem heranrollenden Wagen. Die Frauen waren den ganzen Tag unterwegs gewesen und hatten Frauendinge getan. Cam war sicher angefressen. Als die Autotüren zuschlugen, hielt er nach ihr Ausschau.

«Oh Himmel», stöhnte Justin. «Schaut euch all diese Tüten an. Wer hat Heather in die Nähe eines Outlets gelassen?»

«Was haben sie mit Camryn gemacht?» Papa Covic stellte seine Limonade auf den Tisch.

Troy entdeckte sie – und blinzelte schockiert.

Sie trug Grün. Nicht Weiß, nicht Beige, nicht Schwarz. Grün. Und ihr Haar sah anders aus. Heller. Kürzer.

Die Frauen kamen zu ihnen und stellten ihre Tüten ab.

Justin beäugte die Einkäufe. «Habt ihr das Einkaufszentrum leer geräumt?»

Heather grinste. «Das ist alles für Cam. Wir haben ihr ein paar neue Klamotten gekauft.»

Troy musterte Camryn. Sie hatte die Hände in die Hüften gestemmt, hielt den Blick jedoch gesenkt. Oh, sie war nicht glücklich. Aber verdammt, sie sah gut aus. Was auch immer sie mit ihrem Haar angestellt hatte, es betonte ihre Augen. Sie waren schon vorher unglaublich gewesen, doch jetzt waren sie atemberaubend. Sein Magen verkrampfte sich, und seine Finger zuckten.

Es musste einen Weg geben, diese Reaktionen auf sie zu unterbinden. Zu verhindern, dass dieser Zug entgleiste. Cam ging ihm immer mehr unter die Haut.

«Das ist ein schöner Farbton. Wie eine Wassermelone»,

meinte Yjaka Mitch. Er grinste breit über den in seinen Augen klugen Witz.

Cam warf Heather einen anklagenden Blick zu.

Emily sprang zu Troy und zupfte an seinem Ärmel. «Tante Cam ist nicht mehr hässlich, oder, Onkel Troy?»

Ihm fiel die Kinnlade herunter. Er sah Cam an. Sie hatte die Augen fest geschlossen und hielt den Kopf kapitulierend gesenkt. «Sie war nie hässlich. Wer hat denn so was gesagt?»

Camryn kam jeder Antwort zuvor. «Bernice, ich werde dir helfen, das Abendessen zu machen.»

Nicht nur ihre Körpersprache – hängende Schultern und verschränkte Arme – machte Troy Sorgen, sondern auch der ausdruckslose Tonfall ihrer Stimme.

Justins Mutter nickte, dann gingen die beiden gemeinsam ins Haus.

Fisher stand auf und trat näher zu Emily. «Wer hat dir erzählt, Tante Cam wäre hässlich? So gemeine Dinge sagen wir nicht. Du musst dich bei ihr entschuldigen, wenn sie wieder rauskommt.»

«Aber ich habe das nicht gesagt!», beharrte Emily mit zitternder Unterlippe. «Tante Cam hat gesagt, dass hässlich hässlich bleibt. Ich finde nicht, dass sie hässlich ist.»

Troys Brust war wie zugeschnürt. Wenn Cam all das getan hatte – die neue Frisur, die Kleidung –, weil sie dachte, sie wäre hässlich, wieso hatte sie Heather dann diesen bösen Blick zugeworfen? Cam gehörte nicht zu den Frauen, die Stunden im Bad verbrachten, um sich herauszuputzen. Das gehörte zu den Dingen, die er an ihr so verdammt charmant fand. Sie war eine erfrischende Abwechslung von den um Aufmerksamkeit buhlenden Frauen, mit denen er zu oft zu tun hatte.

Baba kam nach draußen, um sich der Runde anzuschließen, und ließ sich in den Stuhl neben Troy sinken. Sie musterte die Gesichter der Menschen um sich herum. «Was ist denn mit euch los?»

Emily fing an zu weinen. «Ich war gemein zu Tante Cam.»

Anna eilte heran und hob ihre Tochter hoch.

Baba schnaubte. «Das kann sie ab. Worum geht's?»

Kuma Viola strich ihre Frisur zurecht. «Anscheinend hat jemand Cam hässlich genannt, und Emily hat es mitbekommen.»

Das machte Baba stinksauer. «Wer hat meine Enkelin hässlich genannt?» Sie ließ ihren Gehstock durch die Luft sausen. Es sah aus, als schwänge sie ein Lichtschwert und wäre bereit, sich der dunklen Seite der Macht zu stellen.

«Ich glaube, Emily hat da etwas missverstanden.» Fisher setzte sich wieder.

«Sie muss sich verhört haben», meinte Tetaka Myrtle, bevor sie hickste. «Ich meine, für Cams Wangenknochen würde ich töten.»

«Und ich für ihre Brüste.»

Troy massierte sich den Nasenrücken. «Vielleicht solltet ihr das alles mal Cam sagen? Vielleicht weiß sie das nicht?»

«Quatsch», blaffte Baba. «Sie ist eine Frau, die sich in ihrer Haut wohlfühlt.»

Troy war sich da nicht so sicher. Langsam begann er sich zu fragen, ob er sie falsch eingeschätzt hatte. Ob sie alle das getan hatten.

«Emily wird sich entschuldigen, wenn Cam zurückkommt», meinte Fisher. «Nicht wahr, Süße? Selbst wenn du es nicht so gemeint hast, wie es geklungen hat.»

Emily nickte, die Augen vom Weinen verquollen.

«Nun», meinte Heather, «wenn du wirklich meinst, dass es hilft, werde ich ihr sagen, dass ich gern ihre Brüste hätte.»

Justin lachte. «Das unterstütze ich.»

«Nein», schaltete Anna sich ein, nachdem sie Emily an Fisher übergeben hatte. «Du wirst sie nur in Verlegenheit bringen. Lass sie in Ruhe.»

Bis Bernice und Camryn zurückkehrten, herrschte unangenehmes Schweigen. Troy beobachtete Cam dabei, wie sie eine Schüssel mit Hähnchensalat und einen Teller mit Croissants abstellte. Sie wirkte ruhig – und absolut nicht so, als wäre sie verletzt, weil jemand sie als hässlich bezeichnet hatte.

Camryn war alles andere als hässlich, aber Troy fragte sich, ob sie sich dessen bewusst war.

Bernice stellte einen Teller mit Früchten ab und legte eine Tüte Chips daneben. Alle ließen es sich schmecken, doch Troy konnte nicht essen, also lehnte er sich zurück und beobachtete Cam.

Sie schien es erst zu bemerken, als sie ein paar Minuten später in seine Richtung sah. Fragend hob sie die Augenbrauen.

Er schüttelte den Kopf, ganz leicht, sodass nur sie es bemerkte, und formte mit den Lippen die Worte: *Du siehst hübsch aus.*

Ihr Mund öffnete sich kurz, dann schürzte sie die Lippen.

Und verdammt, da war seine Antwort: Sie glaubte ihm nicht. Es war nicht so, dass sie nicht mit Komplimenten umgehen konnte, vielmehr misstraute sie ihnen.

Sie schauten sich an – sein Blick voller Schuldgefühle, ihrer voller Traurigkeit. Doch innerhalb von ein paar Sekunden schlug die Stimmung um; Hitze, Verlangen und Erregung überlagerten alles andere.

Es gab nur sie beide, die sich mit Blicken eingestanden, was nicht ausgesprochen werden durfte. Zwischen ihnen hatte sich etwas aufgebaut. Troy hatte versucht, dagegen anzukämpfen, aber – was für eine Überraschung – nicht nur er fühlte diese Anziehungskraft.

«Ich mag das nicht!», schrie Emily. «Ich will Chicken Nuggets.»

Bernice drückte sich eine Hand an die Brust. «Es tut mir wirklich leid, Liebes, aber ich habe keine.»

Fisher legte sein Sandwich ab. «Sie bekommt keine Extrawurst, sondern isst, was auf den Tisch kommt.»

«Sie ist einfach müde», erklärte Anna. «Emily, du bist unhöflich.»

«Ist mir egal! Ich will Chicken Nuggets.»

«Mrs. Horton», sagte Cam, ihre Stimme so beruhigend wie eine Sommerbrise. Sie rieb sich die Hände. «Haben Sie vielleicht Babynahrung?»

Troy konnte ein Lächeln nicht unterdrücken. Seine Patentochter hatte immer einen gesunden Appetit gehabt, schon als Baby. Er erinnerte sich noch daran, wie sehr es ihn beeindruckt hatte, als sie pürierte Erbsen gegessen hatte. Jedes Kind, das etwas im Magen behalten konnte, was sogar dieses Blag aus dem Exorzisten ausgespuckt hatte, war bewundernswert.

Bernice schien Camryns Taktik sofort zu durchschauen. «Doch, ich glaube, etwas Babybrei müsste sich finden lassen.»

Emily hörte auf zu weinen und starrte die beiden Frauen an. «Ich bin kein Baby. Ich esse keinen Brei.»

Cam zuckte mit den Achseln. «Anscheinend isst du auch nicht dasselbe wie große Mädchen. Ich glaube, wir sollten Babybrei holen.»

Bernice stand auf. «Kein Problem. Ich bin gleich zurück …»

«Nein!» Emily griff nach ihrem Sandwich, nahm einen großen Bissen und erklärte mit vollem Mund: «Seht ihr?»

Bernice setzte sich wieder.

Troy grinste wie ein Idiot. Vollkommen egal, ob er ein guter Vater wäre, wie Cam einmal behauptet hatte – sie hatte umgekehrte Psychologie wirklich zu einer Kunstform entwickelt. Kein Kind hatte eine Chance gegen Cam. Sie würde eine tolle Mutter abgeben. Wahrscheinlich wären es alles kleine Wunderkinder, die schon im Alter von zwei Jahren Mozart spielten.

«Tut mir leid, dass du hässlich bist.»

Und das war es dann mit der Stimmung.

Alle starrten Emily an. Alle außer Cam, die den Blick auf ihren Teller gesenkt hielt.

Anna wischte sich den Mund mit einer Serviette ab. «Du wolltest sagen: Tut mir leid, dass ich dich hässlich genannt habe.»

«Genau.» Emily stopfte sich eine Traube in den Mund.

«Oh, Cam. Es tut mir wirklich leid. Sie hat irgendetwas falsch verstanden und wiederholt alles, was sie hört …»

Cam hob die Hand, um Anna zu unterbrechen. «Es ist in Ordnung. Sie ist erst drei.»

«Du bist nicht hässlich», sagte ihre Mom, was nur dafür sorgte, dass Cam, offensichtlich frustriert, den Kopf in die Hände sinken ließ.

«Ja, ich weiß, dass ich nicht das Ding aus dem Sumpf bin. Können wir jetzt das Thema wechseln?»

Troy beobachtete sie. Er wünschte sich, Cam einfach nach oben bringen zu können, um ihr in aller Ausführlichkeit zu zeigen, wie wenig hässlich er sie fand. «Du spielst einige Ligen über dem Ding aus dem Sumpf.»

«Außer morgens», sagte Fisher, in dem Versuch, die Stimmung aufzulockern.

Totaler Reinfall.

Niemand sprach, bis Emily erneut das Schweigen brach. «Was ist ein Ding aus dem Sumpf?»

LEBENSWEISHEITEN*

Den ganzen Tag so zu tun,
als wäre man eine liebenswürdige
Person, ist anstrengend.

*ZUMINDEST WENN ES NACH CAMRYN GEHT

KAPITEL 11

Troy schaltete die Nachttischlampe an und nahm seine Pyjamahose von der Kommode.

Camryn ging zu ihrer Tasche, zog ihre Sachen heraus und verschwand wortlos im Bad.

Er zog sich um und setzte sich aufs Bett, um zu warten, weil er entschlossen war, mit ihr über die Geschehnisse des Tages zu sprechen.

Nach einer Weile tauchte sie wieder auf, ging zum Schrank und griff nach einem Kleiderbügel.

«Du sahst heute gut aus.» Er konnte ihr Gesicht nicht sehen, weil sie mit dem Rücken zu ihm stand, doch sie hielt kurz inne, bevor sie das Kleid auf den Bügel hängte. «Was ist los?»

«Nichts. Ich fange nur ... langsam an, dieses Wort zu hassen.»

«Gut? Okay, dann verwende ich ein anderes. Du sahst heute hübsch aus.»

Sie seufzte schwer, ging zu ihrer Seite des Bettes und schnappte sich ihre Tasche, bevor sie zum Schrank zurückkehrte.

Anscheinend war «hübsch» auch nicht erlaubt.

«Also, was hat diese Veränderung angeregt? Deine Frisur, die neuen Klamotten?»

Cam verschwand tiefer in dem begehbaren Schrank. «Heather hat mich gezwungen.» Er hörte Geräusche wie von hektischem Wühlen, bevor ... «Verdammt, sie hat meine Kleidung geklaut.»

Troy stand auf und ging zu ihr in den Schrank, der ungefähr so groß war wie das Hauptbadezimmer in seinem Haus und bunter als das Dorf der Schlümpfe.

Camryn stampfte an ihm vorbei, mit Kurs auf die Zimmertür.

«Wo willst du hin?»

«Meine Schwester umbringen.»

Er lief ihr nach. «Hey, nicht so schnell.» Er packte sie um die Taille, hob sie hoch und stellte sie neben dem Badezimmer wieder ab. «So schlimm ist es nicht.»

«Nicht so schlimm?», wiederholte sie und trat erneut in den Schrank. Sie zog ein pinkfarbenes Oberteil heraus. «Fuchsia. Diese Farbe heißt Fuchsia.» Sie zog eine andere Bluse heraus. «Türkis, Orange, Gelb ... das ist Geldverschwendung.»

«Na ja, sie hat sie für dich gekauft, dann kannst du sie auf dieser Reise auch einfach tragen und zu Hause zu deiner normalen Kleidung zurückkehren. Was ist eigentlich so schlimm an ein bisschen Farbe? Du sahst in diesem grünen Kleid heute ... sehr schön aus.»

«Troy ...»

Und da traf ihn die Erkenntnis: Trag neutrale Farben, und niemand bemerkt dich. Trag so was und ... «Du magst die Aufmerksamkeit nicht. Das ist es, oder? Warum stört dich ein wenig Aufmerksamkeit hin und wieder?»

Sie starrte auf die Kleidung in ihren Armen. «Weil sie zu Szenen wie heute beim Abendessen führt. Das ist der Grund.»

Er schluckte, dann fragte er sanft: «Was hatte es damit auf sich? Mit diesem Hässlich-Kommentar?»

Vorsichtig schob Cam die Oberteile wieder auf Bügel und hängte sie auf. Dann schloss sie die Augen und atmete ein paar Mal durch. Er fand das ziemlich süß.

Und er konnte erkennen, dass sie nicht vorhatte, seine Frage zu beantworten.

«Ich habe dich noch nie wütend gesehen.»

«Natürlich werde ich wütend.»

Ähm, nein. Nicht wirklich. «Nicht so. Eben hast du tatsächlich die Stimme erhoben.»

Sie kniff die Augen zusammen.

«Und du bist noch nicht fertig. Warte kurz.» Er ging zum Bett, schnappte sich ein Kissen und trat zu ihr in den Schrank. Dann schloss er die Tür hinter sich und reichte ihr das Kissen. «Schrei da hinein.»

«Entschuldigung?»

Er lächelte. Die meisten Leute fragten einfach: «Was?», wenn sie verwirrt waren. Camryn dagegen sagte: «Entschuldigung», selbst wenn sie verdutzt oder wütend war. «Wenn du ohne das Kissen vor dem Gesicht anfängst zu schreien, wird die Familie denken, ich ermorde dich gerade.»

«Ich werde überhaupt nicht schreien.»

Sein Lächeln wurde breiter. «Es steht auf der Liste, Camryn. Du hast einen Wunsch zu den Sternen geschickt, etwas getan, was dir Angst macht, im Regen getanzt, die Kontrolle abgegeben und gelacht, bis es weh tat. Und jetzt werde wütend.»

«Warum halten alle es für nötig, mich zu verbessern, als wären sie ein Windows Update?», stieß sie zwischen zusammengepressten Zähnen hervor. «Ich habe bisher auch ohne

Hilfe überlebt. Ich habe gelebt, ohne witzig zu sein oder schön oder …»

«Darüber reden wir nachher noch», unterbrach er sie. Er würde später noch einmal auf diese Lügen zurückkommen, doch für den Moment war es wichtig, dass sie ihrer Wut freien Lauf ließ. «Schrei, Cam.»

Ah, ihr Temperament kehrte zurück. Feuer brannte in ihren Augen. «Nein.»

«Mach es, du Feigling.»

Ihre Nasenflügel bebten. «Nein.»

Er drängte sie gegen die Wand und hob das Kissen vor ihr Gesicht. «Schrei, Cam.»

Fast sofort packte sie das Kissen, presste sich den Stoff eng gegen das Gesicht und schrie hinein. Der Schrei war laut, lang und heftig genug, um ihren Körper erzittern zu lassen. Danach senkte sie das Kissen und starrte es an. Ihr Gesicht hatte eine bezaubernde, dunkelrote Färbung angenommen.

«Willst du noch mal?»

Statt zu antworten, drückte sie ihm das Kissen in die Hände.

«Fühlst du dich jetzt besser?»

Sie sah ihn an, dann hob sich langsam ein Mundwinkel, bevor sie nickte. «Ich gehe nicht davon aus, dass du bereit wärst, die Dinge zu vergessen, die ich gerade gesagt habe?»

Nicht den Hauch einer Chance. Sie sollte ihr Herz ausschütten, das stand auch auf der Liste. «Nein, aber das ist ein Gespräch für einen anderen Abend.»

Er legte einen Arm um ihre Schultern und drückte sie.

Sie verzog das Gesicht und zuckte zusammen.

«Tut mir leid. Habe ich dir weh getan? Ich dachte, es ginge dir besser.»

«Das hat nichts mit dem Sturz zu tun. Es kommt von meiner Massage.»

«Hä?» Er musterte sie von oben bis unten. «Massagen sollten eigentlich nicht weh tun.»

Sie schob sich vorsichtig an ihm vorbei und öffnete die Schranktür. Dann ließ sie sich aufs Bett fallen und bewegte vorsichtig die Schultern. «Erzähl das Brunhilda, der Foltermeisterin.»

Er war sich nicht sicher, ob er lachen durfte oder nicht. «Könntest du mir diese Aussage erläutern?»

«Ach, das ist egal.»

Er schob mit dem Fuß die Schranktür zu und setzte sich neben Camryn aufs Bett. Vorsichtig hob er einen Finger und berührte ihre Schulter.

Wieder zuckte sie zusammen.

«Zur Hölle, nein. Du hast Schmerzen, oder?»

Sie starrte mit leerer Miene geradeaus.

Troy sah zum Bad, dann wieder zu Cam. Schließlich stand er auf und holte den Bademantel sowie eine Cremedose vom Schminktisch. Das würde er noch bereuen, bis an sein Lebensende. Schon in den letzten Tagen war es eine fast unmögliche Herausforderung gewesen, die Hände – und seinen Mund – von ihr zu lassen. Es half nicht mal mehr etwas, sich daran zu erinnern, dass sie Camryn Covic war.

«Zieh dein Shirt aus und den Bademantel an», forderte er. «Ich werde die Verspannungen wegmassieren.»

Sie warf ihm einen ihrer bezaubernden genervten Blicke zu. «Nein. Ich habe Prellungen auf Prellungen.»

«Und das, was ich tue, wird dir helfen.»

«Nein.»

«Camryn, zieh den Bademantel an.»

«Ich ziehe mich vor dir … nicht nackt aus.»

Oh, dieser Satz ließ jede Menge wunderbar anzüglicher Bilder vor seinem inneren Auge aufsteigen. Er schloss die Augen. «Du musst dich nicht nackt ausziehen. Lass die Shorts an, zieh das Oberteil aus und schlüpf falsch herum in den Bademantel.»

Als er die Augen wieder öffnete, wirkte Cam, als würde sie tatsächlich darüber nachdenken.

«Ich werde im Bad warten.» Er schloss die Tür hinter sich und holte zwei Aspirin für sie. Nach ein paar Minuten öffnete er die Tür wieder. «Bist du bereit?»

«Ja.»

Er trat neben das Bett, die Schmerztabletten in der Hand. Sie nahm die Pillen und schluckte sie. Bevor Troy es sich anders überlegen konnte, setzte er sich hinter sie und bedeckte seine Handflächen mit Creme.

Sobald seine Hände ihre nackten Schultern berührten, spannten sich ihre Muskeln an – genau wie seine.

«Entspann dich», sagte er und meinte damit auch sich selbst.

Er ließ die Hände über ihre Schultern und ihren Rücken gleiten, fand die verhärteten Stellen und massierte sie sanft. Dabei entdeckte er ein kleines Nest von Sommersprossen direkt unter dem Haaransatz in ihrem Nacken, das er anstarrte, während er mit seiner Massage fortfuhr. Ihre Haut war so hell, so glatt. Seine Hände hingegen waren schwielig von der Arbeit auf dem Bau, seine Haut von der Sonne gebräunt.

Wie unterschiedlich sie waren, in jeder Hinsicht. Und doch erregte es ihn, sie zu berühren. Er verspürte das Verlangen, sie auf den Rücken zu rollen und die Anspannung auf andere

Weise zu vertreiben. Wenn Sex mit Cam nur ansatzweise ihren Küssen glich, würde er dieses Bett vielleicht nie wieder verlassen.

Wenn er ihr einen Kuss auf den Hals drückte, direkt auf diese Sommersprossen, würde sie den Kopf in den Nacken legen und stöhnen? Wenn er an ihrem Ohrläppchen knabberte, würde sie seinen Namen seufzen? Wenn seine Hände nach vorne zu ihren Brüsten glitten, wie gut würden sie in seine Handfläche passen? Camryn erregte ihn auf vollkommen andere Weise als andere Frauen. Ein Gefühl, das er unbedingt genauer untersuchen wollte.

«Was ist los?», fragte sie.

Er blinzelte. Erst jetzt wurde ihm bewusst, dass seine Hände sich nicht mehr bewegten.

«Nichts, ich bin erschöpft», behauptete er. «Fühlst du dich besser?»

«Ja.» Sie sah über die Schulter zurück. «Danke.»

Er räusperte sich. «Geh und zieh dich um.»

Sie stand auf und verschwand im Bad. Als sein Blick auf seinen Schoß und die schmerzhafte Erektion fiel, atmete er tief durch. Dann rollte er sich auf seine Seite des Bettes und zog die Decke über den Körper.

Diese Woche würde er auf keinen Fall überleben.

Nachdem Baba mit einem Baseball am Kopf getroffen worden und Camryn im Krankenhaus gelandet war, beschloss die Familie, dass es das Beste wäre, sich ein paar Sehenswürdigkeiten in der Stadt anzusehen und dann irgendwo zu Mittag zu essen. Dabei könnte Camryn zumindest niemanden verletzen.

Als wäre irgendetwas davon ihre Schuld gewesen.

Sie besuchten mehrere Touristenläden, ein Museum zur Geschichte der amerikanischen Ureinwohner und wanderten auch ein Stück durch die Indian Peaks Wilderness, wo Camryn herausfand, was Mile High Gliding war. Anscheinend ließen sich Leute – freiwillig – an einem langen Kabel festschnallen und warfen sich von einem Berg. Cam war froh, dass sie stattdessen Baba einen Baseball an den Kopf geknallt hatte. Ihre Großmutter hätte ihr da wahrscheinlich nicht zugestimmt, aber die Beule heilte langsam, und der blaue Fleck war gar nicht so groß.

Als sich allgemeine Erschöpfung breitmachte, setzten sie sich in einem Bar & Grill an einen Tisch und bestellten etwas zu trinken. Mit den Elch- und Hirschköpfen über der Theke schien das Restaurant direkt einer Paul-Bunyan-Geschichte entsprungen zu sein. Dunkle Holzverkleidung verbarg die Wände und verlieh dem Ganzen die Atmosphäre eines Blockhauses hoch in den Bergen.

Camryn warf einen Blick auf die Karte und verzog das Gesicht, als sie das Karibu-Steak-Tagesgericht entdeckte. Ihr Handy piepte – offenbar befand sie sich endlich einmal in einer Gegend, wo sie Empfang hatte. Seit sie in Colorado angekommen war, hatte sie nicht einen einzigen Anruf erhalten. Sie griff in ihre Handtasche, um aufs Display zu sehen. Eine Mailbox- und eine Textnachricht. Zuerst las sie den Text.

MAXWELL: Ich vermisse dich.

Sie keuchte, und alle am Tisch sahen sie an.

Schnell bemühte sie sich, eine ausdruckslose Miene aufzusetzen, so schwer ihr das auch fallen mochte.

Maxwell vermisste sie? Warum? Angeblich war sie doch ein kalter Fisch ohne jedes Gefühl.

«Lass uns mal kurz für kleine Mädchen gehen.» Heather stand auf.

Camryn erhob sich, doch den Blick hielt sie auf Maxwells Worte auf ihrem Handy gerichtet, bis sie bei den Toiletten angekommen waren.

«Okay, spuck es aus», forderte Heather.

Camryn klickte die Nachricht weg und steckte ihr Handy wieder ein. «Mir wurde befohlen, heute keine weiteren Zwischenfälle zu verursachen. Ich gehe davon aus, dass es als Zwischenfall gelten würde, dich anzuspucken.»

Heather starrte sie mit offenem Mund an. «War das etwa ein Witz?»

Eigentlich nicht. «Maxwell hat mir eine Textnachricht geschrieben, in der steht, dass er mich vermisst.»

Heather drehte den Wasserhahn auf, um sich die Hände zu waschen. «Was soll das bedeuten?»

«Ich weiß es nicht, aber ich habe auch eine Sprachnachricht auf der Mailbox. Warte kurz.» Camryn zog ihr Handy wieder heraus und tippte den Code ein, um ihre Voicemails abhören zu können.

«Hallo, Miss Covic. Hier spricht Erin Bronson von Greyshaw Industries. Wir haben ihre Bewerbung erhalten und möchten gerne einen Termin für ein Vorstellungsgespräch vereinbaren. Es wäre schön, wenn Sie uns so schnell wie möglich zurückrufen, damit wir alles in die Wege leiten können. Vielen Dank.»

«Vorstellungsgespräch», berichtete sie Heather. «Gott sei Dank. Das ist die erste Reaktion, seit ich letzte Woche meine Bewerbungen losgeschickt habe. Langsam habe ich angefangen, mir Sorgen zu machen.»

«Das ist toll. Aber was ist mit Maxwell?» Heather trocknete sich die Hände ab.

Auf dem Seifenständer thronte ein ausgestopftes Eichhörnchen. Vielleicht war Taxidermie in Colorado ein normales Hobby.

«Ich weiß nicht. Du sprichst doch die Sprache der Männer. Was bedeutet es, wenn dein Freund hinter deinem Rücken Barbie flachlegt, dich ihretwegen absägt, dich bei seinem Abgang noch ordentlich beleidigt und dir dann eine Nachricht schreibt, dass er dich vermisst? Gibt es einen Fachausdruck für so etwas?»

«Akute Arschlochitis?» Heather warf ihr Papierhandtuch weg. «Vielleicht hat er dir die Nachricht aus Versehen geschickt. Oder er bereut die Trennung wirklich.»

Die erste Variante schien ihr um einiges wahrscheinlicher zu sein.

«Was willst du Troy sagen?»

Camryn senkte erneut den Blick auf ihr Handy. «Nichts. Es ist ja nicht so, als wären wir ein echtes Paar.»

«Du solltest es ihm erzählen.»

Ohne zu antworten, wusch auch Camryn sich die Hände und trocknete sie dann ab.

«Cam, er hat es verdient, davon zu erfahren.»

«Es wird ihn nicht interessieren, Heather. Wir führen keine echte Beziehung. Mein Liebesleben geht ihn nichts an.» Sie hielt ihrer Schwester die Tür auf.

«Ich weiß nicht. Ich glaube, er wäre sauer, wenn du ihm nichts erzählst, er es dann aber irgendwie doch herausfindet.»

Troy hatte sich noch nie dafür interessiert, mit wem sie ausging, und würde auch jetzt nicht damit anfangen. Sie verließen die Waschräume und kehrten an den Tisch zurück.

Sobald Camryn sich gesetzt hatte, lehnte Troy sich zu ihr hinüber. «Ist alles in Ordnung?»

Sie nickte. «Jemand hat auf meine Bewerbungen reagiert.»

«Au», schrie Dad neben ihr und zuckte heftig zusammen. Dann beugte er sich vor und rieb sich das Schienbein.

«Tut mir leid, Dad», sagte Heather, den Blick auf Camryn gerichtet. «Ich wollte nur meinen Fuß ausschütteln.»

Troy sah zwischen den Schwestern hin und her, doch dann beschloss er offensichtlich, nicht nachzuhaken. «Ich habe für dich bestellt.»

Super. Sie hoffte inständig, dass es nicht das Tagesgericht war.

Troy wandte sich an Bernice. «Könnten Cam und ich uns heute Abend dein Auto ausleihen?»

«Oh, sicher.» Sie wedelte wegwerfend mit der Hand. «Benutzt auch das Navi, dann verfahrt ihr euch nicht.»

Camryn musterte Troy. Das Grinsen auf seinem Gesicht gefiel ihr gar nicht. «Wieso brauchen wir ein Auto? Wo fahren wir hin?»

«Das ist eine Überraschung.»

«Ooooh», flötete Mom. «Das ist ja so süß.»

Camryn kniff die Augen zusammen. Das war nicht süß. Eher das Gegenteil von süß. Troy führte garantiert etwas im Schilde, das ihr Probleme bereiten würde. Oh ja, Probleme.

LEBENSWEISHEITEN*

What happens in Vegas
never happens to me.

*ZUMINDEST WENN ES NACH CAMRYN GEHT

KAPITEL 12

Troy folgte der zweispurigen Straße durch den Wald, wobei er in den scharfen Kurven höllisch aufpasste, um nicht aus Versehen ein Reh anzufahren ... oder einen Bären oder was auch immer sich hier nachts noch so herumtrieb. Gab es eigentlich Elche in Colorado?

Vor ein paar Minuten hatten sie einen Abschnitt mit einem Felsabhang direkt neben der Straße passiert, und davor hatte nicht mal eine Leitplanke gestanden. Troy hatte nicht geahnt, dass der Ort, an den er Camryn bringen wollte, so nah an den Bergen lag. Es fühlte sich an, als wären sie bereits im Gebirge unterwegs.

Er musste nicht zu Cam hinübersehen, um zu wissen, dass sie schweigend auf dem Beifahrersitz vor sich hin kochte. Laut dem Navi war es noch ungefähr ein Kilometer bis zu ihrer Abzweigung.

«Wohin fahren wir?»

Troy grinste, ohne den Blick von der Straße abzuwenden. «Dir das zu erzählen, würde dem Zweck dieser Aktion zuwiderlaufen.»

«Und was ist der Zweck dieser Aktion?»

«Wir sind spontan.»

«Ich …»

«Du hältst nichts von Spontanität», fiel er ihr ins Wort. «Ich weiß. Darum geht es ja.»

«Das ist nicht wirklich spontan, Troy. Du weißt, wo wir hinfahren und warum.»

«Aber du nicht.»

Durch das Geplänkel mit Camryn hätte er fast die Abzweigung verpasst. Er bremste, bog nach links ab und fuhr mit knirschenden Reifen auf einer schmalen Kiesstraße durch den Park. Wenn Justins Wegbeschreibung stimmte, waren sie fast am Ziel. Nach ein paar Minuten endete die Straße auf einem unbeleuchteten Parkplatz.

«Da wären wir.» Er schaltete den Motor aus. «Spring raus.»

Sie starrte böse durch die Windschutzscheibe. Jenseits des kleinen Parkplatzes gab es nichts als dichten Wald. «Was? Du hast mich nach Camp Crystal Lake gebracht? Lassen wir uns jetzt von einem Serienkiller mit Hockeymaske abschlachten? Das wäre wirklich spontan.»

Er seufzte. «Du kannst wirklich alles kaputt machen.»

Sie drehte den Kopf zum Beifahrerfenster, doch er sah den verletzten Ausdruck auf ihrem Gesicht.

«Tut mir leid. Das habe ich nicht so gemeint.»

«Doch. Doch, das hast du. Und du hast recht. Aber ich habe auch nie behauptet, besonders unterhaltsam zu sein.»

Natürlich war Cam unterhaltsam, sie hatte nur vergessen, wie es ging. «Offiziell war im ersten Film von *Freitag der 13.* Jasons Mutter die Killerin. Und sie hat keine Maske getragen.»

Cam warf ihm einen wenig amüsierten Blick zu.

«Komm schon, lass uns gehen.»

«Wohin?»

Troy stieg aus dem Wagen und verschränkte die Arme vor der Brust, während er auf sie wartete.

Nach ein paar Sekunden stieg Cam zögernd und mit grimmiger Miene aus.

Er ergriff ihre Hand, führte sie über den Parkplatz und auf einen kurzen Wanderweg durch dichten Wald. Die Bäume standen so dicht, dass Troy in der Dunkelheit unter dem Blätterdach, das jedes Mondlicht abschirmte, kaum zwei Meter weit sehen konnte. Die Nacht war gespenstisch still. Zu hören waren nur das Rauschen des Windes in den Bäumen und ihre eigenen Schritte.

Fünf Minuten später öffnete sich vor ihnen eine Lichtung. Die Bäume gaben den Blick auf einen natürlichen Teich frei, kaum größer als ein öffentliches Schwimmbad. Dampf waberte darüber. Die Wasseroberfläche glitzerte im Mondlicht. Sand und zerstoßene Muschelschalen umgaben den Teich wie ein Strand. Rechts von ihnen befand sich eine kleine Felswand, aus der auf halber Höhe ein schmaler Wasserfall entsprang. Oben auf dem Felsen bildeten Zypressen dunkle Schatten vor dem marineblauen Himmel, an dem unzählige Sterne leuchteten. Der Rest des Teichs war von dichtem Wald umgeben, der hauptsächlich aus Birken, Eichen, Rotholz- und Ahornbäumen bestand. Eulen riefen, doch neben dem Plätschern des Wassers waren das die einzigen Geräusche. Die leichte Brise trug den Duft von Moos und Kiefern heran.

Troy atmete tief durch. Er war zufrieden. Dieser Ort war abgelegen, privat … und absolut atemberaubend. Es fühlte sich an, als gäbe es außerhalb dieser kleinen Oase nichts und niemanden auf der Welt. Die Natur in ihrer schönsten Form, ungestört und wild.

«Die heißen Quellen von Indian Head», sagte er.

Er beobachtete Cam dabei, wie sie das Wasser, die Bäume und den Wasserfall musterte, um ihn dann mit hochgezogenen Augenbrauen anzusehen. «Das ist unglaublich, aber …»

Er grinste, weil er genau wusste, was sie fragen wollte. Ihre Augen wurden groß.

«Spring rein», befahl er.

«Entschuldigung?»

«Du bist so vorhersehbar. Du solltest ein wenig mehr Abwechslung in deine Antworten bringen.»

«Ich werde nicht schwimmen gehen! Nicht ohne Badeanzug, im Dunkeln, umgeben von Wald und wer weiß was noch.»

Oh doch, das würde sie. «Wo ist dein Sinn für Abenteuer?»

Sie warf ihm einen ungläubigen Blick zu. «Wo ist dein Verstand? Ist das überhaupt erlaubt?»

Sie verschränkte die Arme, wie immer abwehrend. Langsam begann er, diese Reaktion zu lieben.

«Du lässt mir keine andere Wahl, Camryn Covic.»

Zu ihrem großen Entsetzen und ohne auf ihren Protest zu achten, hob er sie hoch, trat an den Rand der Quelle und ließ sich mit Cam in den Armen seitwärts in den Teich fallen.

Das Wasser war mehrere Grad wärmer als die Luft. Es fühlte sich an, als wäre er in eine Sauna gesprungen. Troy gab Cam frei und strebte der Oberfläche entgegen, überrascht, wie tief das Wasser war, selbst so nah am Ufer. Schließlich fanden seine Füße den Grund, und er richtete sich auf. Das Wasser reichte ihm bis an die Brust.

Als er die Augen öffnete, starrte Cam ihn böse an. In der kühlen Nachtluft stieg tatsächlich Dampf von ihrem Gesicht auf.

«Du siehst süß aus, wenn du wütend bist.»

Sie blinzelte. Wasser tropfte aus ihrem Haar und rann über ihr Gesicht. Ihr weißes Kleid klebte an ihrer Haut. Wenn Troy den Blick senkte, konnte er durch das Wasser bis zu ihren Zehen sehen. Sie erwiderte seinen Blick aus diesen riesigen braun-grün-blau gesprenkelten Augen, in denen sich die Sterne spiegelten, und plötzlich wollte er noch etwas Spontanes tun. Und diese Idee war viel gefährlicher.

Verdammt, sie war schön.

Er hob die Hand und folgte dem Weg eines Tropfens über ihren Hals bis zu ihrem Schlüsselbein und dann über die Wölbung ihrer Brust. Ihre Haut war so weich unter seinen rauen Fingern. Warm, einladend, hell.

Sie schnappte nach Luft und erschauerte.

Sie starrten einander an, brusttief im warmen Wasser, und ihre Miene veränderte sich: Aus Wut wurde zuerst Überraschung, dann Hitze. Ihre Lippen öffneten sich leicht, die Pupillen wurden größer. Dann, nach ein paar Sekunden, senkte sie den Blick auf seinen Mund, und Troy wusste – wusste ohne den geringsten Zweifel –, dass er nicht der Einzige war, der sich fühlte, als wäre er in den Magen geschlagen worden. Auch sie spürte diese verrückte, unvernünftige Anziehungskraft, die zu nichts Gutem führen konnte.

Andererseits, wann hatte er je vernünftig gehandelt?

Zum Teufel damit!

Er umfasste Cams Hinterkopf und zog sie an sich. Sofort fanden sich ihre Lippen. Sie drückte ihre Kurven gegen die harten Konturen seines Körpers, klammerte sich an seinen Schultern fest, als suche sie Halt, und stürzte sich in den Kuss. Sie schmeckte nach Zimt und roch nach Zitronengras … und er verlor den Verstand.

Keine Frau hatte je so auf ihn reagiert wie Cam. Keine hatte sich jemals so gut angefühlt. Sie war eine Mischung aus neuen Erfahrungen und tröstlichen Erinnerungen, Sicherheit und Aufregung. Er konnte kaum denken, so allumfassend war seine Lust. Wie war es möglich, dass es sich wie Nachhausekommen anfühlte, wenn er Cam küsste, wenn er sie hielt? Und das jedes Mal.

Er vergrub die Finger in ihrem Haar. Seine Selbstkontrolle hing am seidenen Faden – bis Cam leise stöhnte und der Faden riss. Nun konnte er sich nicht mehr zurückhalten.

Er umfasste ihre Hüfte, nur um sich sofort anders zu entscheiden und die Hand unter ihr Kleid gleiten zu lassen. Er packte ihren Po und zog sie näher an sich. Sie schlang ein Bein um seine Hüften, sodass sich ihre Hitze gegen die pulsierende Härte hinter seinem Reißverschluss presste. Dabei vergrub sie die Finger in seinem T-Shirt, zog ihn noch näher an sich heran und legte den Kopf schief, um einen besseren Winkel zu finden …

Da waren einfach zu viele verdammte Klamotten zwischen ihnen.

Hinter ihnen, aus Richtung des Wasserfalls, hörte er ein Rascheln: laut, kurz, knarrend. Ein Ast knackte, und zwar so laut, dass Troy das Geräusch wie einen Schlag empfand.

Er riss den Mund von Cams und drehte den Kopf, doch er konnte nichts entdecken, weder an der Felswand um den Wasserfall noch oben. Er ließ den Blick über den Wald gleiten, konnte aber keine Bewegung ausmachen. Immer noch keuchend von diesem unglaublichen Kuss, versuchte Troy, auf das zu lauschen, was er gehört hatte – ein Rascheln oder brechende Zweige. Doch stattdessen hörte er weit entfernt ein Knurren: tief, kehlig und rau.

Oh Scheiße. Ihm rutschte das Herz in die Hose.

«Cam, wir müssen hier weg.» Jetzt. Jetzt sofort, verdammt noch mal.

Ohne ihre Reaktion abzuwarten, warf Troy sich Cam über die Schulter, watete durchs Wasser ans Ufer und rannte über den Strand zum Wanderweg. Aufgrund seiner durchnässten Kleidung kam er nicht schnell voran. Die Jeans klebten an seinen Schenkeln und behinderten ihn. Cam wippte bei jedem Schritt auf seiner Schulter und stieß abwechselnd verwirrte Fragen und wütenden Protest aus, den er kaum verstand.

Er ignorierte sie, während seine nassen Schuhe auf den Boden platschten, als er über den dunklen Pfad zurückrannte. Beängstigende, entsetzliche Bilder schossen ihm durch den Kopf … von ihm und Cam, wie sie von Klauen und Zähnen zerrissen wurden. In Stücke gefetzt, um einem Raubtier als Nahrung zu dienen.

Lauf. Lauf. Lauf.

Endlich erreichte er das Auto, Cam immer noch über der Schulter. Eilig öffnete er die Hintertür, schmiss die Handtücher, die er dort abgelegt hatte, nach vorne und versuchte ungeschickt, die Ledersitze damit abzudecken, bevor er Cam auf der Beifahrerseite absetzte. Dann knallte er die Tür zu, rannte um die Motorhaube und sprang auf den Fahrersitz. Hastig verriegelte er die Türen von innen, nur für den unwahrscheinlichen Fall, dass Bären und Wölfe inzwischen Daumen entwickelt hatten.

Keuchend und mit zugeschnürter Kehle lehnte Troy sich übers Lenkrad und starrte durch die Windschutzscheibe, dann durch die Seitenfenster und die Heckscheibe. Sein schwerer Atem, die Hitze, die von ihrer Haut aufstieg, und die Feuchtigkeit von ihrer Kleidung ließen die Scheiben beschlagen, aber …

Nein, nichts außer Wald. Er konnte nicht die geringste Bewegung erkennen.

Wow. Mist. Das war wirklich unheimlich gewesen.

«Ich kann nichts sehen», schnaubte er atemlos. Sein Puls raste immer noch. Nur für alle Fälle schaute er sich noch mal genau um, doch es sah aus, als wären sie allein. «Ich glaube, wir sind sicher.»

Sie antwortete nicht.

Besorgt warf er Cam einen Blick zu – und erstarrte.

Sie hatte die Lippen aufeinandergepresst, als wäre sie ... amüsiert?

Oh, zur Hölle, nein. Sie hatten es gerade noch geschafft, nicht bei lebendigem Leib aufgefressen zu werden, und sie lachte?

Sie hatte seinen ohne Zweifel ungläubigen Gesichtsausdruck bemerkt, denn sie schlug sich schnell eine Hand vor den Mund. Ein Augenblick verging. Ihre Schultern zitterten, und dann ... lachte sie. Es war ein tiefes, donnerndes Lachen, das den engen Innenraum mit diesem seelenvollen Geräusch erfüllte, das Troy viel zu lange nicht mehr gehört hatte. Dann wurde sie wieder ernst – oder bemühte sich zumindest darum – und deutete auf ihn. Ihre Augen funkelten kurz, bevor sie erneut in hysterisches Lachen ausbrach. Sie warf den Kopf in den Nacken, bevor sie sich auf die Brust klopfte, als hätte sie Probleme mit dem Atmen.

Hin und her gerissen zwischen Erregung und Wut, starrte er sie an. Er spürte das dringende Verlangen, sie erst zu würgen, um dann die weiche Haut ihres Halses zu küssen.

«*Freitag der 13.* ist nur ein Film, das weißt du schon, oder?» Sie wischte sich die Tränen aus den Augen und seufzte. «Jason gibt es nicht wirklich.»

Klugscheißerin. «Ich habe ein Knurren gehört.»

«Hm-mmm. War es Bigfoot? Wir hätten ein Foto machen sollen.» Sie kicherte, dann hörte er ein gepresstes Geräusch, das klang, als versuche sie, ihr Lachen zu unterdrücken. Ohne Erfolg.

Seine Wut verpuffte, stattdessen schüttelte er voller Ehrfurcht den Kopf. Das war die Cam, die ihn als Kind aus der Dunkelheit geführt und ihm gezeigt hatte, wie sich Zuneigung wirklich anfühlte. Die Trotz ihrer Zurückhaltung fähig gewesen war, lockerzulassen und sie selbst zu sein. Die an Happy Ends geglaubt und ihm erklärt hatte, dass auch er eines Tages sein Glück finden würde.

Seine Haut brannte, seine Hose wurde eng, und sein Herz blieb einfach stehen: So hatte er Cam seit sehr langer Zeit nicht mehr gesehen, vielleicht auch noch nie. Keine Schutzmauern, keine Filter. Das war die echte Cam, die sich nicht zum Selbstschutz hinter eine Maske zurückgezogen hatte.

«Gott, Camryn, wie sehr ich dich vermisst habe. Du solltest wirklich öfter lachen. Es klingt wunderschön.» Wenn er den Rest seines Lebens nichts anderes mehr hörte, würde er glücklich sterben.

Von einem Moment auf den anderen verklang das Lachen, und sie starrte ihn an, als hätte er ihr eine Ohrfeige verpasst. Jeder Humor verschwand aus ihren Augen und wurde durch Traurigkeit ersetzt.

In diesem Moment wurde ihm klar, dass er getötet hätte, um Cam wieder glücklich zu sehen. Sein Herz brach und schien dabei gleich noch seine Rippen zu brechen, um aus seiner Brust springen zu können. Zu ihr.

Sorge, gepaart mit panischer Angst, erfüllte Troy, weil sich ihm der Verdacht aufdrängte, dass er schon immer so empfunden hatte, allerdings ohne es selbst zu bemerken. Dass Cam diejenige war, die für ihn bestimmt war, und er auch für sie. Dass vor langer Zeit ein Band zwischen ihnen entstanden war, das verhindert hatte, dass sie beide irgendwo anders Liebe fanden. Keine seiner Beziehungen hatte lange gehalten – und sie glaubte nicht an die wahre Liebe.

Es war eine Sache, die Familie anzulügen, indem sie vorgaben, ein Paar zu sein. Das Wissen, dass es für eine begrenzte Zeit war, gab ihnen eine gewisse Sicherheit. Die Trennung stand bereits fest, alles okay. Aber es war etwas vollkommen anderes, sich entsprechend der Lüge zu verhalten, wenn sie allein waren – allein mit ihrem Gewissen. Wenn sie das täten, wenn sie dieser seltsamen Anziehungskraft füreinander nachgäben, würde Troy als der große Verlierer aus der Sache herausgehen.

Er war einmal ein Junge gewesen, der nur eine zerrüttete Familie und ein paar wertlose Dinge als Erinnerung an schöne Erlebnisse besaß. Es waren so wenige schöne Erlebnisse, dass er diese an einer Hand abzählen konnte. Und sie alle hatten mit ihr zu tun. Mit der Frau, die vor ihm saß und so viel mehr zu geben hatte, als sie selbst ahnte. Über die Jahre hatte der Junge die Familie gefunden, die er sich immer gewünscht hatte. Ihre Familie.

Die Küsse, die sie bisher geteilt hatten, waren nichts im Vergleich zu dem, was dort in der Quelle fast geschehen wäre. Fast hätte er … Fast hätten sie …

Troy schluckte schwer und starrte das Lenkrad an. Es wurde Zeit aufzubrechen. Tatsächlich hätten sie nie herkommen sollen.

Er startete den Motor und setzte zurück.

Troy hatte sich öfter vom Rücken auf die Seite und wieder auf den Rücken gedreht, als Cam zählen konnte, doch sie wagte es nicht, sich zu bewegen. Ihre Beine schliefen langsam ein, doch das war ihr egal. Aus irgendeinem Grund – irgendeinem idiotischen, irritierenden Grund – konnte sie in seiner Nähe weder den Mund halten noch sich an ihren gesunden Menschenverstand erinnern. Wann immer sie allein waren, brachen ihre Abwehrmechanismen zusammen. Nichts funktionierte mehr.

Sie konnte seine Seife riechen. Er hatte geduscht nach ihrer letzten Demütigung. Wobei der Sprung in den Teich sich tatsächlich als unterhaltsam entpuppt hatte. Und heiß. Sehr heiß.

Troy und seine Liste. Sie fragte sich, ob er sie wohl «101 Arten, Camryn wie eine Idiotin aussehen zu lassen» betitelt hatte. Und noch schlimmer, sie fragte sich, ob diese Liste wirklich hundertundeinen Punkt hatte.

Der Geruch von Seife sollte nicht sexy sein. Tatsächlich sollte dieser Geruch verboten werden …

«Camryn», flüsterte Troy.

Antworte. Nicht.

«Camryn, bist du wach?»

Auf keinen Fall wirst du antworten.

Sie seufzte. Die Art, wie er ihren Namen aussprach, schien ihr Innerstes in Flammen zu setzen. «Ja, ich bin wach.» Sie war wirklich eine Idiotin – und Wachs in seinen Händen.

Sie rollte sich auf die andere Seite, sodass sie ihn ansah – nur um etwas in seiner Miene zu entdecken, was sofort ein nervöses

Kribbeln in ihrem Bauch erzeugte. Anspannung mit einer Prise Entschlossenheit ... oder etwas in der Art. Sie hoffte, dass es nicht um einen Punkt auf seiner Liste ging, weil sie anscheinend auch unfähig war, ihm irgendetwas abzuschlagen. Na ja, sie hatte oft genug nein gesagt. Er war nur einfach hartnäckiger als sie stark.

«Ich gehe nicht mitten in der Nacht bergsteigen», sagte sie. «Und ich werde mich auch nicht in einer Blumenwiese wälzen. Nur fürs Protokoll. Mir ist es egal, ob diese Dinge auf deiner Liste stehen oder nicht.»

Seine Miene veränderte sich nicht, als seine dunkelbraunen Augen ihren Blick einfingen, doch der Muskel an seinem Kinn zuckte, als fechte er einen inneren Kampf aus. «Warum?»

Wieder krampfte sich ihr Magen warnend zusammen. «Was meinst du mit ‹warum›? Warum *was*?»

«Warum bist du noch wach?» Seine Stimme war wunderbar, gefährlich tief.

Ihr gefiel gar nicht, wo das hinführen würde. Oder vielleicht doch. «Ich weiß es nicht, Troy.»

Er schloss die Augen, und sein Gesicht verzog sich, als hätte er Schmerzen. «Doch, das tust du.»

Als er die Lider wieder öffnete, musterte sie seine vorsichtig tadelnde Miene, seinen zärtlichen Blick und wusste – wusste genau! –, was ihn wach gehalten hatte und warum er ihr diese Frage stellte: Er brauchte die Bestätigung, dass es ihr genauso ging.

Ihr Mund wurde staubtrocken. «Nein, ich weiß es nicht.» Natürlich wusste sie es. Das Zittern ihrer Stimme verriet sie wahrscheinlich. Doch sie war einfach nicht mutig genug. Das hier? Sie beide? Es war zu intim, es war einfach zu viel.

Und wieso lockte er sie so? Er musste doch ebenfalls wissen, was für eine schreckliche Idee das war.

In einer schnellen Bewegung presste Troy sie flach auf den Rücken, setzte sich rittlings auf ihre Hüften und hielt ihre Arme an den Handgelenken über ihrem Kopf fest.

Cam keuchte in dem Versuch, Luft in die Lunge zu ziehen. Dabei berührte ihr Bauch seinen, weil er kein Hemd trug und ihres nach oben gerutscht war, als er sie herumgerollt hatte. Heiße Haut auf heißer Haut. Ihr Herz schlug so laut, dass er es eigentlich hätte hören müssen.

«Doch, das tust du, Camryn.» Sein Blick huschte zwischen ihren Augen hin und her, hin und her. Unnachgiebig, ohne einen Widerspruch oder Rückzug zu erlauben. «Du bist aus demselben Grund noch wach wie ich. Ich brauche dieses Eingeständnis von dir. Ich bin so weit gegangen. Komm mir auf halber Strecke entgegen. Mach den nächsten Schritt.»

Oh Gott, geschah das wirklich? Würde sie das wirklich tun? Ihr gesamter Unterleib pulsierte. Seine Erektion – der Beweis dafür, dass er sie nicht nur verspottete – drückte sich an ihrem Bauch gegen ihre Pyjamahose. Und schon nach einem Wimpernschlag verwandelte sich das Pulsieren in ihrem Unterleib in ein wunderbar schmerzhaftes Sehnen.

Bitte, bitte, lass das nicht einen weiteren Punkt auf seiner dämlichen Liste sein. Hoffentlich wollte er nicht nur beweisen, dass er recht hatte.

«Unternimm etwas, Cam», flehte er, seine Stimme kaum mehr als ein heiseres Flüstern, seine Augen so dunkel und voller Vorsicht.

Denk nicht nach. Denk einmal in deinem jämmerlichen Leben nicht nach.

Cam hob den Kopf, überbrückte den kurzen Abstand zwischen ihnen und presste ihre Lippen auf seine.

Er stieß einen Laut aus, der nach Überraschung und Erleichterung zugleich klang, dann wurde ihr Kopf ins Kissen gedrückt, als er die Führung übernahm. Er streckte sich aus und senkte seinen gesamten Körper auf ihren. Sein Gewicht entfesselte etwas in ihr. Sie drängte sich ihm entgegen und vertiefte den Kuss, öffnete den Mund für ihn. Seine Zunge glitt über ihre, und sofort geriet jedes Atom ihres Körpers in Aufruhr. Sie versuchte, die Arme aus seinem Halt zu lösen, schlang die Beine um seine Hüften.

Troy gab ihre Handgelenke frei, um nach dem Saum ihres T-Shirts zu greifen. Ohne zu zögern, zog er es ihr über den Kopf. Der Stoff blieb kurz an ihrem Haar hängen, bevor Troy das Kleidungsstück zur Seite warf. Er richtete den Blick auf ihre Brüste, ihren Bauch. Mit entschlossenem Blick musterte er, was vor ihm lag.

Nein. Nein, schau nicht hin. Berühr mich einfach nur.

Alle Unsicherheiten, die sich im Lauf ihres Lebens aufgebaut hatten, drängten gleichzeitig in ihr Bewusstsein. Er hatte vor ihr so viele Frauen gehabt, alle schöner, unterhaltsamer oder abenteuerlustiger als sie. Sie war ihnen unterlegen und musste ihn frustrieren. Wenn Maxwell gedacht hatte, dass sie sexuell zurückgeblieben war, würde Troy das auch denken. Jedes Mal, wenn sie sich nach heute sähen – wann immer ein Familienfest oder ein Feiertag anstand –, würde er sie voller Bedauern ansehen. In seiner Erinnerung wäre sie die Frau, die seinen Ansprüchen nicht gerecht geworden war, die größte Enttäuschung.

Ihre Augen brannten, als sie die Arme vor der Brust verschränkte, um sich zu verstecken. Scham färbte ihre Wangen rot.

Er griff erneut nach ihren Handgelenken und zog ihre Arme sanft zur Seite. «Versteck dich nicht, Camryn.»

Ein Schluchzen erschütterte sie, plötzlich und unerwartet. Sie hatte nicht einmal mehr die Kraft, es zu verbergen. Und jetzt war sie auch noch die Irre, die beim Sex heulte.

Sofort gab Troy ihre Handgelenke frei und umfasste stattdessen sanft ihr Gesicht. Er sah auf sie herunter, zärtlich und ohne zu urteilen. «Hier sind nur du und ich, Cam. Niemand sonst. Vertreib ihn aus deinem Kopf.»

Sie nickte abgehackt, und das Schluchzen ließ nach. «Es tut mir leid.»

«Wag es nicht. Wag es nicht, dich bei mir zu entschuldigen.» Er ergriff eine ihrer Hände und drückte sie gegen seine Brust, sodass sie spüren konnte, wie sein Herz raste. «Das ist für dich, das machst du mit mir. Fühlst du das?»

Troy sah noch eine Sekunde auf sie herunter, als wollte er sichergehen, dass sie wirklich verstand, dann senkte er den Kopf und legte seine Lippen auf ihre, ganz langsam und sanft. Als sie den Kuss erwiderte, stürzte er sich genauso hungrig auf sie wie vorhin, doch diesmal mit mehr Leidenschaft. Mit mehr von allem: Gefühl, Entschlossenheit …

Ihre zugeschnürte Kehle öffnete sich wieder, die Panik verblasste und wurde von Verlangen ersetzt. Sie ergab sich Troy, schlang die Arme um seinen Rücken und genoss die glatte, heiße Haut sowie die harten Muskeln unter ihren Fingern. Ermutigt ließ sie die Hände zum Gummiband seiner Pyjamahose gleiten. Als sie den Stoff nach unten schob, beendete sie den Kuss, um ihre Lippen auf den Puls an seinem Hals zu legen, was mit einem tiefen Stöhnen belohnt wurde. Sie hob ein Bein und schob seine Hose mit dem Fuß tiefer nach unten.

Troy rollte sie gemeinsam an den Rand des Bettes und begann, mit einer Hand in seiner Tasche auf dem Boden herumzuwühlen. Nachdem er ein Kondom herausgezogen hatte, rollte er Camryn wieder in ihre ursprüngliche Position, sodass er erneut auf ihr lag. Er drückte seine Stirn gegen ihre. Ihre Blicke trafen sich, als er die Fingerknöchel über ihren Bauch und ihre Hüften gleiten ließ.

Alle Härchen an ihrem Körper stellten sich auf. Sie brauchte mehr, und gleichzeitig fürchtete sie sich vor mehr.

Ihre Boxershorts und das Höschen darunter wurden über ihre Schenkel nach unten gezogen und flogen durch den Raum. Troy positionierte sich zwischen ihren Schenkeln, sein Gewicht fordernd, die Empfindung so neu. Nichts war mehr zwischen ihnen. Nervöse Vorfreude sorgte dafür, dass sich ihr Magen zusammenkrampfte. Er küsste ihre Stirn, ihre Nase, ihre Lippen – eine süße, zärtliche Geste, die all ihre Sinne ansprach.

Sie taten das wirklich. Oh Gott, sie würde Sex mit Troy haben!

Er kniete sich hin, öffnete die Kondomverpackung und rollte die Latexhülle über seine Länge.

Camryn nutzte die Gelegenheit, um ihn wirklich anzusehen. Das Bild vor ihren Augen ließ ihre Brüste kribbeln: breite Schultern und schmale Hüfte, dazu sehnige Muskeln, auf denen sie die Adern sehen konnte, und ein Büschel blondes Haar, wo seine Schenkel endeten. Während sie ihn betrachtete, streichelte Troy seine Erektion, als genieße er ihre Blicke. Er war atemberaubend, wie also sollte ihr der Anblick nicht gefallen?

Troy sah unverwandt auf sie herunter, während er seinen

Körper erneut über sie schob, ein zufriedenes Lächeln auf den Lippen, sein Blick so intensiv, dass er ihr fast den Atem raubte. Er schob die Hand zwischen ihre Körper und ließ einen Finger über ihre Feuchtigkeit gleiten.

Cam keuchte, schloss die Augen und drängte sich seiner Berührung entgegen.

Er ließ seine Finger kreisen, immer wieder, rund um ihre empfindlichste Stelle, bis Camryn beinahe den Verstand verlor. Ihre Nerven sandten Millionen Impulse, und ihre Muskeln verkrampften sich, als sie nach mehr suchte.

Troy schob eine Hand zwischen das Kissen und ihren Kopf, umfasste sanft ihren Hinterkopf. Gleichzeitig fanden seine Lippen ihre Kehle, um daran zu saugen und zu knabbern. Die Gefühle waren so wunderbar, dass sie meinte, in Flammen zu stehen. Er schob den anderen Arm unter ihren Rücken, um sie noch enger an sich zu ziehen. Sie hätte nicht geglaubt, dass sie sich noch näher kommen konnten, und doch war sie ihm noch lange nicht nahe genug. Noch nie in ihrem Leben hatte sie solches Verlangen empfunden, einen Mann so sehr begehrt.

Er bewegte die Hüften, und seine Spitze glitt über ihre Mitte. Als er langsam in sie eindrang, sie dehnte und ausfüllte, empfand sie keinerlei Leere mehr. Er hielt einen Moment inne und stöhnte an ihrer Haut – ein halb wimmerndes, unendlich männliches Geräusch –, bevor er begann, sich in ihr zu bewegen. Sanft und voller Ehrfurcht drang er in sie ein. Es war wie ein anmutiger Tanz, der nur für sie beide bestimmt war.

Mit der Zeit wurde aus dem Sehnen tief in ihr ein Zittern, und das Zittern wurde ein Beben, bis ihr gesamter Körper sich anspannte und in einem Höhepunkt explodierte. Sie warf den

Kopf in den Nacken, einen Schrei auf den Lippen. Troy presste die Hand auf ihren Mund, um das Geräusch zu unterdrücken, und hielt sie fest, während sie kam.

Als ihr Zittern nachließ, zog er die Hand zurück und küsste Camryn. Es waren fiebrige, getriebene Küsse, die ihr Inneres erneut in Aufruhr versetzten. Noch mal! Sie konnte seine lange Härte fühlen, immer noch pulsierend, immer noch erregt.

«Troy ...»

«Noch nicht fertig», murmelte er an ihrem Mund.

Richtig. Er war noch nicht gekommen.

Er unterbrach den Kuss und sah mit brennendem Blick auf sie herab. «*Du* bist noch nicht fertig. *Ich* bin noch nicht fertig *mit dir.*»

«Oh», hauchte sie. Ihr Herz raste, und wieder wurde ihre Kehle eng. *Oh.*

Ohne sie aus den Augen zu lassen, umfasste Troy eine ihrer Brüste und ließ den Daumen über die Spitze gleiten. Seine Hand wanderte an ihr hinunter, glitt über ihre Seite und packte ihre Taille. Die andere Hand folgte, und dann hob er ihre Hüften an, sodass er noch tiefer in sie eindringen konnte.

So viel tiefer!

Ihre Haut begann zu brennen, und ihre Knochen schienen sich zu verflüssigen. Er schloss die Lippen um ihre Brustwarze, knabberte und saugte daran, bis Troy das Einzige war, was ihr noch Stabilität bot. Sie vergrub die Hände in seinem Haar, die Fersen in seinem Rücken.

Er stöhnte laut, das Geräusch gedämpft von ihrer Brust, bevor er noch heftiger in sie stieß. Sie kam ein zweites Mal, explodierte in winzige Splitter. Seine Hände glitten unter ihren Körper, zogen sie noch näher. Sein Rhythmus war quälend, aufreizend. Sie konnte nur seiner Führung folgen, während ihr Körper immer noch zuckte.

Troys Körper spannte sich an, und er stieß noch zweimal in sie, dann begann er mit einem Seufzen zu zittern.

Cam lag unter ihm – erschüttert, erschöpft, erfüllt von tiefer Befriedigung – und fragte sich, wie es möglich war, dass sie so etwas noch nie erlebt hatte. Zur Hölle, sie hatte nicht mal geahnt, dass Sex so überwältigend sein konnte!

Troy gab sie nicht frei, bewegte sich kein Stück. Sekunden wurden zu Minuten, ohne dass er sich entspannte.

Unsicher streichelte sie seinen Rücken, um seine Reaktion zu testen.

«Du wirst mir eine Minute geben müssen, Cam.»

«Ähm, okay.» Was stimmte nicht mit ihm? Sie empfand nichts als Verwunderung. War er enttäuscht? War sie so schlecht gewesen?

Gerade als sie anfing, in Panik zu verfallen, löste er sich von ihr, warf das Kondom in den Mülleimer neben dem Bett und rollte sich dann mit ihr herum, bis sie auf ihm lag.

«Camryn Covic, du überraschst mich. Und ich bin nicht leicht zu überraschen.»

Sie kuschelte ihre Wange an seine Brust, als sie sich fragte, was er damit meinte. Sie konnte einfach nicht verarbeiten, was gerade geschehen war. Alles hatte sich verändert. Alles. Und das war Troy. Kein Fremder oder ihr fester Freund, sondern Troy Lansky.

Panik stieg in ihr auf, und sie biss sich auf die Lippen, weil ihre Gedanken rasten.

Er legte einen Finger unter ihr Kinn und hob sanft ihren Kopf, bis er ihr in die Augen sehen konnte. Sein Blick war abschätzend und bohrend, als suche er in ihrem Kopf nach Antworten.

Sie fühlte sich entblößt, also schluckte sie und wandte das Gesicht ab.

«Verdammt, tu das nicht, Cam. Sperr mich nicht aus.»

Sie schüttelte den Kopf, als die Wände des Raumes plötzlich näher rückten und ihr die Luft zum Atmen nahmen. Sie fühlte sich wie gelähmt.

Noch mal: Das war Troy. Der Junge, den sie einst gekannt hatte, war zu einem Mann herangewachsen. Zu einem Mann, der vor dieser Woche niemals ein romantisches Interesse an ihr gezeigt hatte. Und er mochte so was ja täglich tun – mit Frauen schlafen, um Erfüllung zu finden und Spaß zu haben –, aber bei ihr war das anders. Sex hatte sie immer nur in einer Partnerschaft gehabt. Zur Hölle, sie wusste ja nicht einmal, was Troy und sie eigentlich sein sollten!

Außerdem war Cam es nicht gewohnt, dass jemand sie nach dem Sex im Arm hielt, wie er es gerade tat. Gewöhnlich hatten ihre Freunde sich einfach zur Seite gerollt und waren eingeschlafen. War das nicht die normale Reaktion?

Und es war auch noch nie einem Mann gelungen, ihr multiple Orgasmen zu schenken. Bisher hatte sie sich glücklich schätzen können, wenn ihr ein einziger vergönnt gewesen war.

Das war alles nicht richtig. Nichts von alledem wirkte richtig.

Cam machte Anstalten, sich von ihm herunterzurollen, doch Troy setzte sich abrupt auf, schlang einen Arm um sie und küsste sie, als könne er ihren inneren Rückzug spüren.

Oh, dieser Mund! Wie konnte jemand nur so gut küssen?

Sie schmolz dahin, auch wenn sie sich selbst für ihre Schwäche hasste. Doch Troy ließ sie schwach werden, wieder und wieder. Niemandem war es je gelungen, ihre Schutzmechanismen so zu unterlaufen, wie er es gerade getan hatte, sodass sie entblößt und zerbrechlich zurückblieb.

Nur dass sie verdammt noch mal weder zerbrechlich noch schwach war.

Sie löste ihre Lippen von seinen, dann starrte sie das Kopfende des Bettes hinter ihm an, während sie die kräftigen Muskeln seiner Schultern umklammerte. Seine Arme hielten sie, als bedeute sie ihm etwas, als ginge es ihm um mehr als nur um Sex.

Wie lange würde das so sein? Bis die nächste Blondine auftauchte? Bis er es leid war, im Gewässer des Gewöhnlichen zu fischen?

Sie brauchte Raum zum Atmen. Zeit, um nachzudenken. «Ich möchte mich kurz frisch machen. Ich bin … gleich zurück.»

Troy wirkte verletzt und schockiert, als sie aufstand. Doch Cam rechnete es ihm hoch an, dass er die Hände auf die Matratze sinken ließ und nickte.

Troy sah Cam hinterher, bis sie im Bad verschwunden war, dann starrte er die geschlossene Tür an und fragte sich, was zur Hölle gerade passiert war. Er verstand die Sache mit dem phantastischen Sex, doch direkt danach hatte Cam dichtgemacht und eine Art Panikattacke erlitten.

Warum? Was hatte er getan?

Die Dusche begann zu rauschen, und er verlor den Mut. Versuchte sie etwa, seinen Geruch oder die Erinnerung wegzuwaschen?

Troy sah sich im Raum um, als könnte er dort Antworten finden. Er entdeckte ihr Shirt vor der Balkontür, ihre Shorts in der Nähe des Schrankes. Auf dem Nachttisch lag die Kondomverpackung. Er stand auf, warf die Verpackung weg und sammelte ihre Kleidung ein, um sie in den Händen zu zerknüllen, als er den Raum durchquerte.

Troy starrte die Badezimmertür vor sich an, dann ihre Kleidung, dann wieder die Tür. Er stemmte die Arme gegen den Türrahmen und lehnte sich dagegen. Wenn er ehrlich zu sich selbst war, hatte die gesamte Reise über alles auf diesen Moment zugestrebt. Darauf, was er jetzt tat und wie er damit umging. Er hatte die Veränderung in der Dynamik zwischen ihnen in der Sekunde gespürt, als sie ihn zu Hause in Milwaukee gebeten hatte, bei dieser Scharade mitzuspielen.

Und mit Cam hatte er seine Meisterin gefunden, weil er keine Ahnung hatte, was zum Teufel er mit ihr, sich selbst oder den Gefühlen, die sich zwischen ihnen entwickelten, anfangen sollte.

Er schloss die Augen, dann klopfte er sanft an die Tür. «Cam?»

Sie reagierte nicht, also klopfte er noch mal.

«Ich komme gleich», rief sie. Wieder ganz die ruhige, normale Camryn.

Zur Hölle damit! Er war alles andere als ruhig, und sie sollte es auch nicht sein.

Troy öffnete die Tür, betrat den Raum und ließ ihre Kleidung auf den Waschtisch fallen. Dann riss er den Duschvorhang zur Seite und starrte sie an, während sie die Augen aufriss und versuchte, mit den Armen die verführerischsten Stellen ihres Körpers zu verdecken.

Er ließ seinen Blick absichtlich langsam über sie gleiten, bevor er etwas sagte. «Ich habe dich nackt gesehen. Und außerdem habe ich dir gesagt, du sollst dich nicht verstecken. Nie.»

«Und ich habe gesagt, dass ich gleich komme. Was tust du hier?»

Da Troy das selbst nicht so genau wusste, antwortete er mit einer Gegenfrage. «Was ist dadrin gerade passiert?» Er deutete Richtung Schlafzimmer, als wäre der Raum sein Feind. Langsam begann er, das auch so zu empfinden.

Sie besaß die Frechheit, verwirrt zu wirken. «Ähm ... Sex?»

Er biss die Zähne zusammen. «Nach dem Sex.»

«Ich ...» Sie zuckte mit den Achseln, und ihre Nase kräuselte sich, als sie das Gesicht verzog.

Er hätte es anbetungswürdig gefunden, wäre er nicht so frustriert und wütend gewesen – ohne auch nur zu wissen, warum.

Troy atmete tief ein, die Nasenflügel bebten. «Ich ... was, Cam?»

Sie wandte den Blick ab, schluckte schwer und beobachtete, wie das Wasser in den Abfluss rann.

Und genau in diesem Moment bemerkte Troy, wie verletzlich sie wirkte. Eine kleine Falte zwischen ihren Augenbrauen, hängende Schultern, gesenkter Kopf, unfähig, ganze Sätze zu formulieren. Sie war absolut nicht ruhig. Sondern klatschnass. Entblößt. Und ... verängstigt. Hatte sie Angst vor ihm?

Er trat in die Dusche und schloss den Vorhang hinter sich, genauso nackt wie sie.

Sie riss die Augen auf, Panik im Blick. Das brachte ihn fast um.

Er ergriff ihre Hände, verschränkte sanft die Finger mit ihren und suchte ihren Blick, in der Hoffnung, vertreiben zu können, was auch immer sie ausflippen ließ. Langsam, vorsichtig, lehnte er sich vor, um sie zu küssen.

Sie wich zurück. «Hör auf damit, Troy.»

Er war so verdammt verwirrt. «Womit soll ich aufhören?»

Sie gab seine Hände frei und bedeckte erneut ihren Körper. Wut brannte in den Tiefen ihrer braun und grün gesprenkelten Augen. «Hör auf, so nett zu mir zu sein. Du hast einen weiteren Punkt auf deiner Liste abgehakt, und fertig. Ich brauche kein Bettgeflüster oder …»

«Was?» Das musste ein Witz sein. «Denkst du ernsthaft …» Er biss erneut die Zähne zusammen, bis sie knirschten. Fast überraschte es Troy, dass seine Backenzähne nicht zerbrachen. «Ich kann das nicht glauben! Was dort drin passiert ist, stand nicht auf meiner Liste. Ich hatte nicht Sex mit dir, weil ich irgendetwas abhaken wollte.»

«Warum dann?»

Reine Wut färbte ihre Stimme, aber ihre Augen … Oh verdammt, ihre Augen waren voller Leid.

Sie meinte es ernst. Vollkommen ernst.

Zum dritten Mal innerhalb von zwei Stunden zerstörte Cam ihn fast. Und da zählte er noch nicht einmal mit, was an der heißen Quelle geschehen war.

«Weil ich es wollte. Genau wie du.» Das war so ungefähr das Einzige, was er sicher wusste.

Sie presste erneut die Arme vor den Körper.

Er packte ihre Handgelenke, hielt sie hinter ihrem Rücken fest und drückte Cam gegen die Fliesen. «Hör auf, dich zu verstecken. Du bist …» Er seufzte. «Zur Hölle, du bist schön, Cam.» Und das war so wahr, dass es schon weh tat.

Ein gequältes Geräusch entstieg ihrer Kehle, und sie schüttelte abwehrend den Kopf. «Lass mich in Ruhe», flüsterte sie gebrochen. «Bitte, Troy, lass mich einfach in Ruhe.»

Auf keinen Fall. Er hatte so ein Gefühl, dass die Leute Cam ihr gesamtes Leben über in Ruhe gelassen hatten. Doch er würde nicht dazugehören. «Was hat dieser Maxwell getan, um dich so zu verunsichern?»

Ihre Augen wurden glasig, als sie mit zitternder Unterlippe über seine Schulter starrte. «Nichts.»

«Wer war es dann? Wer hat dich so verletzt, dass du nicht einmal mir vertrauen kannst?»

Ihre Lider sanken nach unten, und Tränen drangen darunter hervor, liefen über ihre Wangen.

In all den Jahren, die er sie nun kannte, hatte er Cam noch nie weinen sehen. Dieser Moment war wichtig – und schmerzhaft. So schmerzhaft, als hätte sie ihm das noch schlagende Herz aus der Brust gerissen und es zerquetscht.

Das stand nicht auf seiner Liste, entsprach nicht dem Plan, doch ihre Tränen mussten ein Hinweis darauf sein, dass sie ihre Schutzschilde senkte. Endlich.

«Niemand hat mir etwas angetan. Ich bin, was ich bin. Und jetzt lass mich bitte in Ruhe.»

Troy sah sie noch eine Sekunde an, dann schüttelte er enttäuscht den Kopf. Er gab sie frei und trat zurück. Er wollte ihr helfen, wie sie es vor all den Jahren bei ihm getan hatte. Er hatte die Hilfe damals nicht gewollt, und Cam wollte sie jetzt nicht. Glücklicherweise hatte sie als Kind nicht auf ihn gehört. Sie war da gewesen, wann immer er sie gebraucht hatte, auch wenn ihm das damals nicht bewusst gewesen war. Und jetzt würde er diesen Gefallen erwidern.

Doch irgendwann musste Cam sich ihm öffnen. Sie musste diejenige sein, die nachgab. Und noch war sie nicht so weit.

Also trat Troy aus der Dusche, trocknete sich ab und ließ sie allein.

So wie all die anderen wertlosen Trottel es auch getan hatten.

Camryn schlich auf Zehenspitzen nach unten. Sie konnte nur hoffen, dass sie niemanden aufweckte. Irgendwo würde sie Eiscreme auftreiben, und wenn sie das Eis selbst machen musste. Es war ihr egal, ob sie in das Brautjungfernkleid passte oder nicht. Es kümmerte sie nicht, wenn sie fünfzig Kilo zunahm, um dann wie eine Ente durch den Rest ihres Lebens zu watscheln.

Sie würde Eis essen. Mitten in der Nacht. Jämmerlich.

Sie bog um eine Ecke und trat in die Küche, nur um dort Heather an der Kücheninsel vorzufinden, Camryns persönliches Seelenfutter vor sich.

«Ich hoffe sehr für dich, dass du etwas für mich aufgehoben hast. Wenn ich kein Eis kriege, werde ich dich umbringen.»

Heather streckte ihr die Packung entgegen. «Ich teile gerne. Wieso bist du wach?» Direkt im Anschluss an die Frage stieß sie ein entsetztes Seufzen aus, das fast zehn Sekunden andauerte. Sie machte große Augen und deutete mit einem anklagenden Finger auf Camryn. «Du hast mit ihm geschlafen!»

Ihre Schwester sollte verflucht sein! «Mit Troy? Natürlich, wir teilen uns ein Zimmer. Zusammen schlafen ist da eine Grundvoraussetzung.»

Heather kniff die Augen zusammen, absolut nicht amüsiert über Cams Sarkasmus. «Du weißt, was ich meine.»

«Hast du einen Sex-Radar oder was?»

«Du hast es wirklich getan. Du hast mit ihm geschlafen!»

Camryn warf einen schnellen Blick in Richtung Flur. «Würdest du bitte leiser reden? Du wirst noch alle aufwecken.» Sie schnappte sich die Eispackung, setzte sich gegenüber von Heather auf einen Hocker und schaufelte sich einen ersten Löffel in den Mund.

Mm, Keksteig-Stückchen.

«Was bedeutet das? Seid ihr jetzt wirklich ein Paar?»

Camryn verdrehte die Augen. «Mach dich nicht lächerlich, Heather.»

«Wieso ist das lächerlich?»

Sie hob nur die Augenbrauen, in dem Versuch, Moms «Ich bin nicht zu alt, um dir den Hintern zu versohlen»-Blick nachzumachen.

«Wie ist es passiert?»

«Weißt du, wenn ein Mann und eine Frau sich lieben …» Sie stoppte abrupt, als ihr bewusst wurde, was sie gerade gesagt hatte. Das zwischen Troy und ihr war keine Liebe, zumindest nicht im romantischen Sinne. Und es würde auch keine Liebe werden.

Heather schien nichts zu bemerken. «Spar dir den Mist. War es gut? Ich wette, es war toll. Er hat einen Körper wie Thor.»

Camryn gab ihr das Eis zurück. Sie brachte es nicht über sich, ihrer Schwester zu erzählen, dass Troys Körper besser aussah als der von Thor. Und besser als der von Captain America. «Ja, es war gut.» Nicht gerade das korrekte Adjektiv für das, was dort oben geschehen war, aber um diese nachtschlafende Zeit musste es ausreichen.

«Wieso bist du dann hier unten, um Eis zu essen? Du stopfst dich nur dann nachts mit Eis voll, wenn etwas nicht in Ordnung ist.» Als Cam nicht antwortete, schoss Heather weiter Fragen ab wie eine irre Reporterin. «Du bist ausgetickt, richtig?»

«Ich bin nicht ausgetickt.» Zumindest nicht sehr.

Heather gab ihr den Karton zurück. «Bist du wohl. Du bist ausgeflippt. Oder ihr habt euch gestritten. Aber hey, Versöhnungssex ist toll. Du solltest nach oben gehen und ...»

Camryn hatte genug. Sie katapultierte einen Löffel voller Keksteig-Eiscreme auf Heather. Das Eis landete mitten auf ihrer Stirn, um von dort auf die Granit-Arbeitsfläche zu platschen.

Heather starrte sie mit offenem Mund an. «Hast du mich gerade mit Eiscreme beworfen?»

«Ja. Und es tut mir nicht leid. Hin und wieder solltest du einfach mal die Klappe halten.»

«Das werde ich ignorieren», erklärte Heather in dem Versuch, ihre Würde zu bewahren, auch wenn immer noch Eis von ihrer Stirn tropfte.

Und natürlich wollte sie Camryn ignorieren. Das taten doch eh alle.

Heather wischte sich mit einer herumliegenden Serviette das Eis von der Stirn, dann starrte sie ihre Schwester so lange an, dass Cam wusste, die nächste, brillante Erkenntnis stand unmittelbar bevor.

«Du bist anders», verkündete Heather schließlich, als wäre sie eine Wahrsagerin, die aus der Hand las.

«Bin ich nicht.»

«Doch, bist du. Du lächelst häufiger. Du reißt Witze.»

Camryn grub den Löffel in das Eis und schob den Karton zur Seite, weil ihr selbst der Appetit auf ihr bisheriges emotionales

Sicherheitsnetz vergangen war. «Sarkasmus und Witze sind nicht dasselbe. Sarkasmus ist eine Reaktion auf Dummheit.»

«Ich glaube, Troy ist gut für dich.»

«Dasselbe gilt für Karotten, aber trotzdem esse ich sie nicht.» Sie musste das Thema wechseln – nicht dass Heather das zulassen würde. «Was tust du überhaupt hier unten? Du wirst doch nicht etwa nervös wegen der Hochzeit, oder?»

Heather schüttelte den Kopf. «Nicht nervös, nur aufgeregt. Und wechsele nicht das Thema.»

Camryn ließ die Stirn auf die Arbeitsfläche sinken. Vor ihrem inneren Auge erschien auf dem Marmor eine Leuchtschrift: *Stirn hier dagegenschlagen.*

Sie hatte genug von diesem Gespräch, also stand sie auf. «Ich gehe zurück ins Bett.»

«Cam, er bringt das Beste in dir zum Vorschein. Wieso versuchst du es nicht mit ihm?»

Sie seufzte. «Heather, Troy und ich haben absolut nichts gemeinsam. Wir sind vollkommen gegensätzliche Menschen.»

«Und wo hat es dich bisher hingebracht, mit Männern auszugehen, die dir ähnlich sind?» Toll. Ihre Schwester hatte sich plötzlich in einen Beziehungsratgeber verwandelt. Heather stand auf und stellte das Eis zurück in den Tiefkühler. «Außerdem ziehen Gegensätze sich an.» Einen *platten* Beziehungsratgeber.

«Ja, wie Magnete … bis man sie umdreht.»

LEBENSWEISHEITEN*

Ein guter oder schlechter
Ruf ist nicht mehr als
eine aus Gerüchten geformte
Geschichte.

*ZUMINDEST WENN ES NACH CAMRYN GEHT

KAPITEL 13

Camryn verteilte noch einen Spritzer Sonnencreme auf Emilys Armen, dann verschloss sie die Flasche. «Denk dran, geh nicht allein in den Pool. Bevor du reindarfst, muss schon jemand anders im Wasser sein.»

Emily nickte, dann hüpfte sie davon.

Selbst der Pool der Hortons war unglaublich, umgeben von einem ein Meter achtzig hohen schmiedeeisernen Zaun und genauso groß wie das Schwimmbad in Cams altem Fitnessstudio. Damals, als sie die dämliche Idee gehabt hatte, Mitglied zu werden. In der Ecke, die am weitesten vom Haus entfernt war, gab es einen Barbecue-Bereich mit einem riesigen Grill aus rostfreiem Stahl und einer festinstallierten Bar. In der anderen Ecke stand ein kleines, weißes Poolhaus. Gelbe, rosa und weiße Blumen zogen sich als fröhliches Beet am Zaun entlang. An einem Ende des Pools stand eine Ansammlung von Tischen, die von burgunderfarbenen Sonnenschirmen geschützt wurden. Dort saß der Großteil der Familie und unterhielt sich fröhlich. Am anderen Ende standen Liegestühle.

Das hier war wirklich ein Anwesen!

Camryn lehnte sich in ihrem Liegestuhl zurück. Sie schloss die Augen, hob ihr Gesicht der Sonne entgegen und genoss die

Ruhe. Heute ließen sie es entspannt angehen. Morgen sollten die erweiterte Familie und Heathers Freunde einfliegen. Die Hortons hatten fürs Wochenende ein gesamtes Stockwerk in einem nahe gelegenen Hotel gebucht. Noch zwei Tage, dann wäre alles vorbei. Sie musste nur noch das Probedinner, den Junggesellinnenabschied und die Hochzeit durchstehen.

«Camryn Covic!» Die Stimme ihrer Mutter hallte über den Pool und machte Cams Entspannung zunichte. «Hast du dich eingecremt?»

Als lebte sie nicht bereits seit dreißig Jahren in dieser Haut und wüsste genau, wie schnell sie verbrannte. «Ja, Mama. Ich habe mich von Emily eincremen lassen. Ich dachte, kleine, weiße Handabrücke auf einem Sonnenbrand würden farblich toll zum Lavendelton des Brautjungfernkleides passen.»

Troy, der auf dem Liegestuhl neben ihr saß, lachte in sich hinein.

«Versucht sie etwa, witzig zu sein?» Die Frage ihrer Mutter richtete sich an niemand Bestimmtes, doch ihre Stimme war so schrill wie eine Sirene.

«Jepp. Sie *versucht* es», meinte Fisher.

«Du solltest besser noch mehr Sonnencreme auftragen», beharrte Mom.

Camryn fragte sich, ob es wohl Creme mit dem Lichtschutzfaktor dreitausend gab, weil sie dann zur Sonne reisen könnte, um von hier zu verschwinden. Sie überlegte, der Pharmafirma diesen Vorschlag in einer Mail zu unterbreiten.

Bevor sie ihrer Mutter erklären konnte, dass sie vor kaum zehn Minuten Creme mit dem Lichtschutzfaktor fünfzig aufgetragen hatte, murmelte Troy: «Hey, ich mache es. Dann hält sie die Klappe.»

Das waren die ersten Worte, die er seit der Dusche gestern Abend an sie richtete.

Er schnappte sich die Flasche vom Boden, setzte sich hinter ihr auf den Liegenstuhl und verteilte Creme auf ihren Schultern und dem Rücken. Kühle Lotion, raue Hände und warme Sonne. Der Duft von Kokosnuss vertrieb den Pollengeruch in der Brise. Cam schloss hinter ihrer Sonnenbrille die Augen und befahl sich selbst, nicht auf Troys Berührung zu reagieren. Ihre Reaktion gestern Abend war schlimm genug gewesen.

Sie versuchte immer noch, die Situation zu verarbeiten, doch es wollte ihr einfach nicht gelingen. Sie hatten atemberaubenden, unglaublichen, unfassbar guten Sex gehabt … bevor sie in die Realität zurückgekehrt war. Sie verstand nur einfach nicht, warum das passiert war. Diese Beziehung zwischen ihnen sollte vorgespielt sein, um diese Hochzeit ohne familiäre Katastrophe zu überstehen. Doch Troys Liste, die Intimität zwischen ihnen und die Momente, die sie allein und ohne Zeugen geteilt hatten, sorgten dafür, dass es sich nicht mehr anfühlte wie eine Lüge.

Sobald Troy fertig war, lehnte er sich vor. «Wir werden heute Abend ein Gespräch führen, Cam. Ob es dir gefällt oder nicht.» Damit stand er abrupt auf, ging zum Pool und sprang mit einem eleganten Kopfsprung hinein.

Sie schluckte schwer. Ihr gefiel gar nicht, wie das klang. Wünsche zu den Sternen schicken, im Regen tanzen und sie mit Clowns vor Angst fast in den Wahnsinn treiben, das war eine Sache. Zu reden war etwas ganz anderes. Sie konnte sich nicht vor ihm verstecken, also würde dieses Gespräch – welches Thema er auch immer im Sinn hatte – sie wahrscheinlich verletzlich und blutend zurücklassen. Sie führte solche Gespräche nicht. Weil sie wirklich nicht gut darin war, über Gefühle zu reden.

Emily wanderte zum Rand des Beckens und streckte Troy die Arme entgegen.

Grinsend wies er sie an, einfach zu springen.

Emily schüttelte ängstlich den Kopf.

Er versicherte ihrer Nichte, dass er sie fangen würde – was Camryn sofort an das Experiment neulich abends im Wald erinnerte.

Als Reaktion setzte Emily sich auf den Rand und glitt ins Wasser. Wie versprochen fing Troy sie auf.

Camryn beobachtete mit einem Lächeln, wie Troy Emily in Achten durchs Wasser gleiten ließ. Er konnte wirklich gut mit Kindern umgehen. Er war geduldig, vorsichtig, lustig. Sie fragte sich, ob er sich wohl jemals niederlassen und ein paar eigene Kinder haben würde.

Auf dem Stuhl neben ihr piepte sein Handy. «Troy, du hast eine Nachricht.»

Er setzte Emily am flachen Ende des Schwimmbeckens ab und schwamm zu Camryn, um dort die Arme auf dem Rand zu verschränken. Sein Bizeps wölbte sich, und Tropfen rannen über sein attraktives, kantiges Gesicht. «Von wem ist sie?»

Sie streckte die Hand nach dem Handy aus und berührte das Display.

> **LINDSAY:** Ich vermisse dich in meinem Bett. Sollen wir uns später treffen?

Camryns Magen verkrampfte sich, während sie auf die Zeilen starrte, die ihr deutlich in Erinnerung riefen, warum sie und

Troy niemals ein Paar sein konnten. Es war nur einer von vielen Gründen, trotz dessen, was sie gestern Nacht getan hatten. Sie hatte ihn den Namen Lindsay niemals auch nur erwähnen hören. Wahrscheinlich erinnerte er sich gar nicht an die Frau.

«Und? Irgendwas Wichtiges?» Troy fuhr sich mit der Hand durch sein vom Wasser dunkles Haar. Sein Blick war besorgt, als hätte er ihren Stimmungswechsel bemerkt.

Sie berührte noch mal das Display, um die Nachricht für ihn zu speichern. Wenn sie zurück in Milwaukee waren, würde er wohl darauf zurückkommen wollen ...

Verdammt, dieser Gedanke hätte eigentlich nicht so weh tun sollen.

«Nein. Nur Spam.»

Er nickte, dann schwamm er wieder zu Emily, um sie erneut durchs Wasser zu ziehen.

«Weißt du, Camryn ...» Tetaka Myrtle rülpste, dann klopfte sie sich auf die Brust. «Die Träger des Badeanzugs werden Streifen hinterlassen.»

Also war die Diskussion um Sonnenbrände noch nicht beendet. Hurra!

Sie sah an ihrem einfachen weißen Badeanzug hinunter. Himmelherrgott, sie lag erst seit einer Viertelstunde in der Sonne!

«Du könntest einen Bikini von mir nehmen», bot Heather an, einfach um den Frieden zu wahren.

Und auch das begann Camryn langsam zu nerven. Wieso musste ihre Schwester immer die Friedensstifterin spielen? Warum brauchte es überhaupt jemanden, der Frieden stiftete? Sie waren eine Familie. Und Familien sollten nicht so neurotisch sein.

«Ich habe einen schulterfreien», meinte Heather.

Bikinis, die schon an ihrer Schwester kaum die entscheidenden Stellen bedeckten, würden Camryn definitiv nicht passen. «Nicht nötig, aber vielen Dank.»

«Das ist keine schlechte Idee. Vielleicht solltest du das Angebot annehmen.» Kuma Viola zuckte mit den Achseln, obwohl ihr Kommentar offensichtlich nicht als bloße Anregung gemeint war.

Troy hob Emily aus dem Schwimmbecken und kletterte ebenfalls aus dem Wasser. Dann stellte er sich neben Camryn, um seinen höchst attraktiven Körper abzutrocknen. Wasser tropfte auf den Beton, während er auf sie herabstarrte.

«Du wirst wütend», sagte er so leise, dass nur sie ihn hören konnte.

Sie beschattete die Augen. «Ich muss mich ständig mit aus dem Irrenhaus Entflohenen herumschlagen. Also ja, natürlich bin ich wütend.»

«Camryn, hör auf die beiden!» Der schrille Tonfall ihrer Mutter verbesserte ihre Laune kein bisschen.

«Steh für dich selbst ein», flüsterte Troy.

Verdammt sollte er sein. «Was soll das helfen? Ich will keinen Streit anfangen …»

«Davon habe ich nichts gesagt. Ich habe gesagt, du sollst für dich selbst einstehen.» Troy verschränkte die Arme so vor der Brust, dass seine harten Muskeln sich wölbten.

Was spielte es für eine Rolle, ob sie sich verteidigte oder nicht? Ihre Familie würde nie auf sie hören, und von dem unweigerlich folgenden Geschrei würde sie höchstens taub.

Wahrscheinlich war das ein weiterer Punkt auf seiner Liste. Wieso nur interessierte es ihn, ob sie sich der Familie gegenüber behauptete, ob sie spontan war oder ob sie verdammte Wünsche zu den Sternen schickte? Was wollte er mit dieser idiotischen Liste erreichen?

«Ignorierst du mich etwa?», fragte ihre Mutter, jetzt so schrill, dass Cam die Ohren klingelten.

Troy zog die Augenbrauen hoch. Offensichtlich wartete er darauf, dass Cam seiner Aufforderung folgte.

Langsam entwickelte sie sowohl ein Magengeschwür als auch eine Migräne. Wieso zur Hölle konnten sie nicht einfach einen netten Tag am Pool verbringen, ohne das Ganze in eine weitere «Hackt alle auf Camryn rum»-Aktion zu verwandeln?

Sie spähte an Troy vorbei, um ihre Mutter anzusehen. «Ich versuche, dich zu ignorieren, aber du machst es mir nicht leicht.»

Troy beugte sich vor, stemmte die Hände auf die Armlehnen des Liegestuhls und starrte Camryn aus intensiven, braunen Augen an. «Steh. Für. Dich. Selbst. Ein.» Seine Stimme war gefährlich leise und fordernd. «Und wenn du schon dabei bist, fluch endlich mal.»

Sie starrte ihn böse an. «Ich habe dich und deine Liste satt, Troy.»

«Beweis es mir», forderte er sie heraus. «In all den Jahren, die ich dich nun schon kenne, habe ich dich noch nie fluchen gehört. Wahrscheinlich zensierst du dich sogar in deinem hübschen kleinen Kopf.»

Hübscher kleiner …

Sie biss die Zähne zusammen. «Hör auf, Troy.»

«Oder *was*?»

Emily schreckte sie auf, als sie auf ihren Schoß kletterte und Camryns Badeanzug durchnässte. «Daddy wäscht dir den

Mund mit Seife aus, wenn du böse Worte sagst. Damit droht er mir immer. Aber er hat es noch nie getan.» Nach dieser Enthüllung stand ihre Nichte wieder auf und schlenderte zurück zu Anna.

Und so wie ihre Mutter mit dem Arm wedelte, war sie auch noch nicht fertig. «Camryn Covic, werd nicht frech. Wir versuchen nur, zu helfen, und ...»

«Tu es, Cam», sagte Troy, der immer noch vor ihr lehnte, laut genug, um ihre Mutter zu übertönen. «Fluch wie ein Seemann. Steh für dich selbst ein und ...»

«Es reicht!» Camryn schubste ihn zur Seite und sprang aus ihrem Liegestuhl. Ihre Schläfen pulsierten. Zumindest hatte ihr Schrei die Irrenversammlung aus der Hölle zum Schweigen gebracht. «Ich bin, verdammt noch mal, kein Kind mehr. Ihr müsst euch keine Sorgen machen, dass ich Heathers Hochzeit versaue. Das würde ich nie wagen. Mal abgesehen davon, wird mich sowieso niemand ansehen. Es spielt also keine Rolle, ob ich einen Sonnenbrand habe oder Bräunungsstreifen oder ob ich mir das Haar abrasiere. Mich sieht sowieso nie jemand, wenn sie im Raum ist.» Cam warf Troy einen bösen Blick zu, die Hände zu Fäusten geballt. Das Blut rauschte in ihren Ohren, und ihr war ein wenig schwindelig. Vermutlich war eine Ader in ihrem Kopf geplatzt. Ein Hirnschlag wäre genau das, was ihr jetzt noch fehlte. «Bist du jetzt glücklich, *verfickt* noch mal?»

Justins Dad trat auf die Terrasse, ein Tablett mit rohen Steaks in der Hand und ohne sich der Probleme hier draußen bewusst zu sein. «Ich würde jetzt das Fleisch auf den Grill legen. Wie wollt ihr es haben?»

Camryn sah diesen armen, armen Mann an. «Brat mir besser nur eine Hähnchenbrust, Tim. Ich bin jetzt schon zu fett für mein Kleid. Auf keinen Fall dürfen mir an Heathers großem Tag die Nähte aufplatzen.»

Damit beugte sie sich vor, schnappte sich ihr Handtuch vom Stuhl und stampfte, ohne einen Blick zurückzuwerfen, ins Haus.

Kopfschüttelnd ließ Troy sein Handtuch auf den Boden fallen. Am liebsten hätte er gelacht. Cam hatte geflucht – und sich gegen das ständige Nörgeln ihrer Familie zur Wehr gesetzt. Abgehakt und abgehakt. Endlich ging es voran.

Und sie hatte dabei großartig ausgesehen, mit dem Feuer der Wut in ihren Augen ... so verdammt heiß. Er hatte noch nie gesehen, dass Cam so die Fassung verloren hatte – und Gott weiß, dass sie in ihrem Leben jede Menge Gelegenheiten dazu gehabt hätte.

Er warf einen Blick zu Tim, der mit der Fleischplatte in der Hand und der Schürze um den Bauch vor dem Grill erstarrt war. Offenbar war er vollkommen vor den Kopf gestoßen.

Troy griff nach seinem Handy und setzte sich in einen leeren Liegestuhl. «Mein Steak bitte medium, Tim. Und Camryn isst es durchgebraten. Danke dir.»

«Troy Lansky.» Mama Covic verschränkte die Arme vor der Brust. «Wieso grinst du?»

«Hey, dass Cam wütend geworden und gegangen ist, heißt nicht, dass du jetzt mich schikanieren kannst.»

Heather musterte die schockierten Gesichter um sich herum, sie sah selbst bestürzt aus. «Ich dachte, sie freut sich für uns. Ich dachte, sie will meine Brautjungfer sein. Wieso ist sie so wütend?»

Troy seufzte. Die Familie hatte es immer noch nicht kapiert. «Sie freut sich für euch. Sie versteht nur einfach nicht, warum es bei deiner Hochzeit plötzlich nur um sie geht.»

«Ich habe noch nie gehört, dass Cam flucht.» Anna stieß den Atem aus. «Es war wie etwas aus der *Twilight Zone.* Ich werde Albträume bekommen.»

Troy grinste, doch Mama Covic war noch nicht fertig.

«Mir ist absolut unverständlich, warum es sie aufregt, wenn wir sie auf Sonnencreme hinweisen», sagte sie. «Sie könnte Hautkrebs bekommen.»

Bernice, die bisher geschwiegen hatte, die Hand an die Brust gedrückt, ließ den Arm langsam sinken. «Vielleicht wäre es geschickter, sie zu fragen, statt ihr Anweisungen zu erteilen? Hätte sie gewusst, dass ihr euch Sorgen um Hautkrebs macht und nicht darum, wie sie in ihrem Brautjungfernkleid aussieht, wäre sie vielleicht nicht wütend geworden.»

Gut erklärt, Bernice. Dafür hatte sie einen Blumenstrauß verdient. Vor allem weil sie damit Cams Mom zum Schweigen gebracht hatte. Keine einfache Aufgabe.

Troy warf Papa Covic die Flasche mit Sonnencreme zu, da seine Glatze sich langsam pink färbte. «Vielleicht solltest du selbst ein wenig Sonnenschutz auftragen.»

Der alte Mann starrte stirnrunzelnd die Flasche an. «Was meinte sie damit, dass sie zu fett sei?»

Das hätte Troy auch gerne gewusst. Camryn hatte einen phantastischen Körper. Nach letzter Nacht konnte er das aus erster Hand bezeugen. Zur Hölle, er würde diesen Körper nicht vergessen, solange er lebte. Wunderbar weiche Kurven überall.

Gut, sie war kein Model, aber sie war auf keinen Fall fett. Sie war einfach normal. Gesund.

Er dachte an ihre gemeinsamen Mahlzeiten zurück. Tatsächlich konnte er sich nicht erinnern, dass sie jemals einen Teller wirklich geleert hätte. Sie hatte durchaus gegessen, nur eben weniger als normal.

Oder aß sie immer so? Er hatte vorher nie darauf geachtet. Selbst an ihrem Paris-Tag hatte sie nur eine Crêpe und ein Croissant gegessen. Achtete sie ständig auf ihr Gewicht? Das musste sie nicht, aber vielleicht war das so eine Frauensache, bei der er einfach nicht durchblickte.

Troy sah auf, als wieder Stimmen erklangen. Anscheinend hatte die Familie Cams Ausbruch abgehakt. Nun waren alle damit beschäftigt, Tim mitzuteilen, wie sie ihr Fleisch haben wollten, und darüber zu streiten, ob Baba mit ihrem Gebiss Steak essen konnte.

Troy berührte das Display seines Handys, um ein wenig Musik zu hören und alle anderen auszublenden. Dabei bemerkte er, dass er eine gespeicherte Nachricht hatte. Während er sich noch fragte, warum Cam eine Spam-Nachricht gespeichert hatte, öffnete er den Text.

Mist, sie war von Lindsay! Er war vor ungefähr einem Jahr für gerade mal eine Woche mit ihr ausgegangen. Und nun versuchte sie hin und wieder mal, sich mit ihm zum Sex zu verabreden.

Wie bisher jedes Mal schickte er ihr auch dieses Mal eine höfliche Absage.

> **TROY:** Bin nicht in der Stadt. Außerdem führe ich inzwischen eine glückliche Beziehung. Wünsche dir alles Gute.

Cam hatte die Nachricht gesehen, da war er sich sicher, auch wenn sie kaum darauf reagiert hatte. Wie sie wohl darüber dachte, dass eine andere Frau ihm so etwas schrieb? Egal ob diese Frau nun ein Konkurrentin war oder nicht. Er wusste auch nach letzter Nacht nicht wirklich, was sie eigentlich wollte. Troy hatte gedacht, sie wolle ihn genauso sehr wie er sie, egal wie desaströs die Konsequenzen auch sein mochten.

Er hasste Spielchen; hasste es, nicht zu wissen, wo er stand. Das ließ die alten Unsicherheiten seiner Kindheit wieder zum Leben erwachen.

Auf jeden Fall hatte er sie gewarnt, sie würden sich unterhalten. Heute Abend würde er Antworten bekommen.

Sie waren Feiglinge, alle miteinander. Sie hatten Emily in Camryns Zimmer geschickt, damit sie ihre Tante zum Abendessen abholte. Nur ihre Familie ließ sich dazu herab, eine Dreijährige zu instrumentalisieren.

Und hier waren sie nun, saßen um den Tisch auf der Terrasse und aßen schweigend. Das war das Verrückteste und zugleich Wunderbarste, was sie je erlebt hatte. Ihre Familie. Still. Wer hätte gedacht, dass das möglich war?

Troy hatte sie so genervt, dass sie die Fassung verloren hatte – für sich selbst eingestanden war, wie er es genannt hatte. Und sie hatte geflucht. Sie hatte nicht vor, das öfter zu tun – wenn überhaupt jemals wieder –, aber vielleicht sprach doch etwas für seine Liste. Etwas, das in der Lage war, die Covics verstummen zu lassen, konnte nicht so schlecht sein.

Sie hätte nur zu gerne gewusst, aus welchen Motiven Troy handelte.

Camryn schob sich noch einen Bissen von ihrem perfekt durchgebratenen Steak in den Mund, den Blick auf den Horizont gerichtet. Die Sonne tauchte langsam hinter den Wald und färbte den Himmel rot und orange. Blätter raschelten, und Vögel sangen. Der Schnee auf den Bergen leuchtete über den grünen Kiefern, während sich der Rasen im leichten Wind wiegte.

«Was heißt verfickt?», fragte Emily.

Baba spuckte den Bissen Ofenkartoffel aus, den sie gerade gekaut hatte.

Während sie hustete, schlug Heather ihr auf den Rücken.

Mom und Dad wechselten entsetzte Blicke.

Bernice wäre beinah die Kinnlade auf den Picknicktisch gefallen.

Und Troy ... lachte.

«Emily Covic.» Fisher legte seinen Maiskolben auf den Teller. «Solche Wörter verwenden wir nicht!»

Emily sah mit unschuldigem Blick von einem zum anderen. «Aber Tante Cam hat das gesagt! Und ich will wissen, was es heißt.»

«Es ist ein Schimpfwort», sagte Anna ruhig, «und was genau es bedeutet, werde ich dir erklären, wenn du älter bist.»

«Aber ich bin schon älter!»

«Noch nicht alt genug», murmelte Tetaka Myrtle leise.

«Bin ich wohl. Ich bin drei Jahre alt», hielt Emily dagegen, womit sie ihr Argument eher untergrub. «Ich bin kein Baby mehr.»

«Du wirst immer unser Baby sein», warf Mom ein, womit sie die Situation absolut nicht verbesserte.

Emily verschränkte die Arme und schnaubte wie der Zauberdrache Paff … auf Speed. «Das ist nicht fair.»

Fisher nickte. «Das Leben ist nicht fair. Und das war das letzte Wort zu diesem Thema. Iss dein Abendessen.»

«Ich will nicht. Ich will wissen, was …»

«Ähem.»

Alle am Tisch sahen Camryn an.

Wenn es etwas gab, was sie von ihrer Nichte gelernt hatte, dann das Kinder niemals vergaßen und unglaublich hartnäckig sein konnten. Sie verbissen sich regelrecht in ein Thema. Emily würde es nicht gut sein lassen, bis sie eine Antwort bekommen hatte – egal, wie diese Antwort auch aussehen mochte.

Camryn kaute sorgfältig fertig, dann schluckte sie. «Verfickt ist ein hier adverbial verwendetes Adjektiv, das durch Vorstellen der Vorsilbe ‹ver› an die Konjugationsform der dritten Person Singular eines Verbs gebildet wird. Die Verbbildung durch Derivation mit der Vorsilbe ‹ver› schafft ein neues Wort, das ausdrückt, dass mit dem ursprünglichen Sinn des Verbes sozusagen etwas schiefgelaufen ist. Und deine Mom hat recht: Es ist ein Schimpfwort. Also kannst du mir vertrauen, wenn ich dich bitte, es nie wieder auszusprechen. Genau wie ‹Scheiße›, ‹Hölle› und ‹verdammt›.»

Babas Besteck fiel klappernd auf den Teller.

Der Rest der Familie starrte Camryn in fassungslosem Schweigen an, die Gabeln in der Luft erstarrt. Sie wirkten, als habe jemand bei dem Film, in dem sie mitspielten, die Pausetaste gedrückt.

Camryn schnitt noch ein Stück Fleisch ab und kaute. «Das Steak ist wirklich gut, Tim.»

«Ähm, danke dir.»

Emily sah ihren Vater an. «Wieso hast du das nicht gesagt?»

Justin lachte. «Ich bin mir nicht sicher, ob dein Dad überhaupt verstanden hat, was Tante Cam dir gerade erklärt hat. Ich habe es jedenfalls nicht kapiert.»

Troy presste eine Hand an die Brust, als stände er kurz vor einem Herzinfarkt. «Cam, das war das Sexyste, was ich je erlebt habe.»

Sie dachte, er würde das scherzhaft meinen, doch als sie ihn ansah, waren seine Augen leicht glasig, und sein Mund stand bewundernd offen.

Huh. Er war genauso verrückt wie der Rest ihrer Familie.

Yjaka Mitch zog eine Grimasse. «Troy, komm schon …»

«Nein, ehrlich», versicherte er. «Das war unendlich scharf.»

«Irgendwie schon», murmelte Justin, womit er sich einen halbherzigen Schlag von Heather einfing. «Was? Stimmt doch.»

«Was bedeutet Sexist?»

Fisher rieb sich die Stirn. «Super, Troy. Vielen Dank auch.»

«Nicht Sexist», korrigierte Heather. «Sexyste.»

«Heather!» Fishers Seufzen war tief genug, um die Rocky Mountains zu erschüttern.

Emily knallte beide Hände auf den Tisch. «Was heißt das?»

Alle drehten erneut die Köpfe zu Camryn.

«Cam, bitte, erklär es ihr», flehte Troy. «Ich kann es kaum erwarten, das zu hören.»

«Ich auch nicht», pflichtete Justin ihm bei, was ihm einen weiteren Schlag von Heather einbrachte.

«Wir hauen keine Leute, Tante Heather! Wir benutzen Worte.» Emily sah erneut zu Camryn. «Sag es mir.»

In der Vergangenheit war sie immer dafür aufgezogen worden, dass sie so intellektuell war, ein Quell des nutzlosen Wissens. Aber jetzt fand die Familie das gut?

«Ähm.» Camryn wischte sich den Mund mit einer Serviette ab. «Sexy bedeutet allgemein ‹anziehend› oder ‹attraktiv›. Durch Anhängen der Nachsilbe ‹-ste› entsteht der Superlativ, was bedeutet, dass etwas am anziehendsten oder attraktivsten von allen ist.»

Troy hob eine Hand. «Genau.»

«Ist das auch ein böses Wort?» Emily legte den Kopf schief.

Fisher deutete mit hochgezogenen Augenbrauen auf Camryn. «Sei vorsichtig mit deiner Antwort, liebste Schwester.»

Sie verdrehte die Augen. «Nein, Emily, es ist kein böses Wort. Aber es ist ein sehr erwachsenes Wort, also solltest du es erst verwenden, wenn du viel älter bist und weißt, wann es angebracht ist.»

Anna schüttelte den Kopf. «Ich werde dich definitiv anrufen, wenn es Zeit wird, über die Bienen und die Blumen zu reden.»

«Wieso soll Tante Cam über Bienen und Blumen reden?»

«Sie spricht von der Pubertät, Süße», warf Kuma Viola ein.

«Verdammt noch mal!», stieß Fisher hervor, was dafür sorgte, dass Troy und Justin lachten wie betrunkene Hyänen. «Würdet ihr alle die Klappe halten? Wenn sie irgendwas davon wiederholt, fliegt sie wahrscheinlich aus dem Kindergarten!»

Emily sah ihren Vater ruhig an und wirkte dabei viel älter, als sie war. «Tante Cam hat gesagt, ‹verdammt› ist ein böses Wort. Also sag es nicht mehr. Richtig, Tante Cam?»

Sie lächelte. «Richtig, Süße. ‹Verdammt› ist ein verdammt böses Wort. Kein ‹verdammt› mehr. Und jetzt solltest du das verdammte Abendessen essen, dessen Zubereitung Tim eine verdammte Stunde gekostet hat, bevor es, verdammt noch mal, kalt wird.»

Fisher legte den Kopf in den Nacken und starrte in den sich verdunkelnden Himmel, als bete er zu einer höheren Macht.

Troy und Justin fielen vor Lachen fast von ihren Stühlen. Justins Gesicht nahm langsam dieselbe scheußliche Fuchsia-Färbung an wie die Bluse, die Heather ihr gekauft hatte.

Selbst Bernice gluckste hinter ihrer Serviette in sich hinein.

Emily und Camryn begannen wieder zu essen, während alle außer Fisher vor sich hin kicherten.

Irgendwann beruhigten sie sich wieder und beendeten ihr Essen, während die Sonne langsam hinter dem Wald verschwand.

«Was heißt Pubertät?»

LEBENSWEISHEITEN*

Ein gutes Gespräch
kann genauso anregend wirken wie
Espresso. Und das Schlafen
fällt hinterher genauso schwer.

*ZUMINDEST WENN ES NACH CAMRYN GEHT

KAPITEL 14

Troy folgte Camryn in ihr gemeinsames Zimmer und trat mit dem Fuß die Tür hinter sich zu. Bevor Cam weiter in den Raum treten konnte, packte er ihren Arm, wirbelte sie herum und presste sie an die Wand.

Er umfasste ihre Wangen und sah ihr in die aufgerissenen Augen. «Hast du gesehen, was beim Abendessen passiert ist? Du hast sie alle zum Lachen gebracht. Du warst umwerfend komisch.»

«Ja, ich habe sie lachen sehen.» Sie legte die Hände über seine. Er dachte für einen Moment, sie wolle sie wegziehen, doch stattdessen verschränkte sie ihre Finger mit seinen, bevor sie die Hände sinken ließ. «Alle außer Fisher, der mich bei nächster Gelegenheit umbringen wird.» Sie zögerte kurz. «Danke.»

Er spürte, wie sein Herz gegen seine Rippen wummerte. Dass Cam ihm dankte, schien ihm ein großer Schritt zu sein. Das war ihr sicher nicht leichtgefallen. «Gern geschehen. Ich meinte auch alles andere ernst, was ich gesagt habe. Wie du Emilys Fragen beantwortet hast, war verdammt heiß.»

Ein zweifelnder Ausdruck huschte über ihr Gesicht. «Hmmmm. Die Grundlagen der Grammatik machen mich auch immer ganz wuschig.»

Er lehnte sich gegen sie und packte ihre Taille. «Reiß ruhig Witze, solange du willst, aber mich hast du umgehauen. Niemand sonst wäre dazu fähig gewesen. All das Wissen, das du in deinem Kopf mit dir herumträgst, ist faszinierend. Du vergisst nie etwas.»

Sie beäugte ihn mit schiefgelegtem Kopf. «Es ist alarmierend, mit welcher Geschwindigkeit du dem Wahnsinn verfällst.»

Genau das. Sogar die Art, wie sie redete, ließ ihn hart werden. «Definiere Wahnsinn.»

«Entschuldigung?»

Er senkte den Blick auf ihren Mund, dann stöhnte er. Sie roch wieder nach Zitronengras. Er fragte sich, ob es ihr Shampoo war oder irgendein Duschgel. Es roch nicht fruchtig oder übermäßig weiblich, sondern einfach sauber. Frisch. «Wie lautet die Definition von Wahnsinn?»

Sie starrte ihn eine Sekunde lang verwirrt an, bevor sie antwortete: «Der Definition nach ist Wahnsinn eine Störung der normalen Denkprozesse. Aber Einstein hat angeblich gesagt: ‹Die Definition von Wahnsinn ist, immer wieder das Gleiche zu tun und andere Ergebnisse zu erwarten›.»

Troy stockte der Atem. Er begehrte sie so sehr, dass es ihm körperliche Schmerzen bereitete. Niemals zuvor in seinem Leben hatte er sich von einer Frau so angezogen gefühlt oder sich so sehr für sie interessiert. Dass ausgerechnet Cam diese Gefühle in ihm auslöste, hätte ihn mehr beunruhigen sollen. «Dann bin ich wahnsinnig, Cam, weil ich dich will. Jetzt. Wieder und wieder. Ohne den Zusammenbruch von gestern Abend.»

Ohne darüber nachzudenken, wie diese Sache unweigerlich enden musste.

Sie atmete flach, die Lippen leicht geöffnet. Sie studierte seine Miene genau, bevor sie ihm in die Augen sah. «Ich habe es mir zur Regel gemacht, niemals mit Verrückten zu schlafen.»

Er verzog die Mundwinkel zu einem halben Lächeln. «Mach eine Ausnahme, nur dieses eine Mal.»

Er senkte die Hände und ging zu seiner Tasche neben dem Bett, um ein Kondom zu holen. Dann kehrte er zu ihr zurück.

Sie starrte erst das Kondom an, dann ihn. «Hier?»

Oh Gott, ja. An der Wand, im Kopfstand, auf einem Baum … Es war ihm vollkommen egal, solange sie nur ihm gehörte. «Ja, hier.»

«Direkt hinter dir befindet sich ein vollkommen akzeptables Bett.»

Troy presste die Handflächen neben ihrem Kopf an die Wand und drängte lächelnd seinen Körper gegen ihren. «Und hier befindet sich eine sehr akzeptable Wand.»

Troy beugte sich vor, um Camryn zu küssen. Doch dann hielt er inne, kurz bevor seine Lippen ihren Mund berührten, um zu beobachten, wie ein Schleier der Lust ihren Blick verhüllte. Bis gestern Abend hätte er niemals vermutet, dass Cam so viel Leidenschaft in sich verbarg. Oh, wie sehr er sich doch geirrt hatte! Das bestätigte ihn nur in seinem Entschluss, ihr alles zu zeigen, was sie so tief in sich vergraben hatte. All diese Dinge, die in ihrer Selbstdefinition nicht vorkamen.

«Ich liebe diesen Ausdruck auf deinem Gesicht, weißt du das eigentlich?»

Ihre Augen wurden wieder klar, als sie ihn verwirrt anstarrte. Überrascht.

«Dieser Ausdruck, der in deine Augen tritt, wenn du vergisst zu atmen.»

Um genau diesen Ausdruck wieder hervorzurufen, ließ er

die Finger über ihre Schenkel gleiten, unter ihr Kleid und den Stoff ihres Höschens. Fast ... da. Er zog ihre Unterwäsche nach unten und beobachtete, wie ihre Augen groß wurden. So verdammt große, schöne Augen. Er öffnete seinen Reißverschluss und ließ die Jeans zu Boden fallen. Troy half erst Cam aus ihrem Höschen, bevor er auch seine Hose zur Seite trat. Er ging mit Absicht sehr methodisch vor und grinste, als sie ihn anstarrte. Zur Abwechslung einmal schien sie keine Scham zu empfinden.

Er rollte sich das Kondom über, ohne den Blick von ihr abzuwenden. Fast ... da. Sie presste die Hände gegen die Wand hinter sich, als müsse sie sich abstützen, um sich auf den Beinen zu halten. Er zog sich das Shirt über den Kopf und warf es zur Seite. Unter halbgesenkten Lidern hervor starrte sie auf seine Brust. Er konnte ihren Puls an ihrer Kehle rasen sehen.

Troy schloss den winzigen Abstand zwischen ihnen, sodass seine Haut den Stoff ihres Kleides berührte. Sofort richteten sich ihre Brustwarzen auf. Camryn schnappte nach Luft und hielt den Atem an, während sie sich ihm entgegendrängte. Er ergriff eine Strähne ihres Haars, ließ es durch seine Finger gleiten und atmete den Zitronengrasduft ein, bevor er es wieder freigab.

Es war das Shampoo. Er würde nie wieder Zitronengras riechen können, ohne an die Cam zu denken, die jetzt vor ihm stand.

Dieses pulsierende Sehnen war bei diesem ersten Kuss im Garten zum Leben erwacht und auch nach gestern Nacht nicht verschwunden. Aus ihm unverständlichen Gründen hatte sein Verlangen nach dieser Frau, die er nicht begehren sollte, keineswegs nachgelassen, nachdem er sich tief in ihr vergraben und beobachtet hatte, wie sie wieder und wieder kam. Auch der heutige Abend würde das Sehnen nicht abschwächen, ganz im Gegenteil, doch er wollte es trotzdem tun.

Und sie versuchte nicht, ihn aufzuhalten.

Fast da.

Er schob die Hände unter Cams Kleid, umfasste ihren Hintern und spreizte ihre Schenkel.

Mit einem Keuchen schlang sie die Beine um seine Hüften. Sie packte seine Schultern, vergrub die angespannten Finger in seinen Muskeln. Das hatte sie jedes Mal getan, wenn er sie geküsst hatte, genauso wie gestern Abend beim Sex. Es war eines der vielen Dinge, die ihn fast in den Wahnsinn trieben.

Er brachte sich in Position, hielt dann aber inne und sah ihr voller Verlangen in die Augen. Sein Mund schwebte vor ihrem, abwartend …

Da.

«Genau dieser Ausdruck, Cam. Einfach wunderschön.» Damit presste er seine Lippen auf ihre und drang mit einem Stoß tief in ihre enge Hitze ein.

Sie schrie auf, das Geräusch gedämpft von seinem Kuss. So heiß. Ihre Finger massierten seine Schultern, bevor sie in sein Haar glitten. So sexy. Dann grub sie die Fersen in seinen Rücken, zog ihn so tief in sich, wie es nur möglich war, und verdammt …

Er verlor die Kontrolle, versank in Leidenschaft.

Es gab keine Finesse mehr, nur reine, animalische Instinkte. Troy stemmte einen Unterarm gegen die Wand und stieß mit aller Kraft in sie, bis ihr Körper sich anspannte und ihr Innerstes um ihn herum zuckte.

Er war schon mit einer Menge Frauen zusammen gewesen,

doch keine von ihnen war in ihrer Lust so explodiert wie Camryn: schnell, fiebrig und erfüllt von all den Emotionen, die sie sonst zurückhielt. Cam sorgte dafür, dass er warten wollte, an dieser Grenze zwischen Folter und Erlösung verweilen wollte. Er wollte ihr wieder und wieder Vergnügen bereiten und in das Geheimnis eintauchen, das sie darstellte.

Er riss den Mund von ihrem, um nach Luft zu schnappen, dann presste er seine Lippen auf die empfindliche Haut hinter ihrem Ohr. Seine Beine zitterten, und ein Kribbeln lief über seinen Rücken. Er umklammerte ihren Nacken, lauschte auf ihr Stöhnen und fühlte, wie ein Zittern ihren Körper überlief, wie sich ihre Muskeln noch einmal anspannten, bevor ihn sein eigener Höhepunkt mit sich riss.

Troy schlang die Arme um sie und schluckte, bis ins Mark erschüttert. Auf diese Weise hielt er sie länger fest, als der Akt selbst gedauert hatte.

«Lieber Himmel, Cam», stöhnte er schließlich, unfähig, es klarer zu formulieren.

Sie stieß ein zustimmendes Brummen aus.

Bevor seine Beine nachgeben konnten, trug er sie zum Bett und setzte sie auf seinen Schoß. Er entsorgte das Kondom und öffnete ihr Kleid, weil er sie Haut an Haut spüren wollte. Ohne zu zögern, hob sie die Arme, damit er ihr den Stoff über den Kopf ziehen konnte.

Sie zitterte, also griff er hinter sich und wickelte die Decke um sie beide. Mit Cam rittlings auf seinem Schoß lehnte er sich gegen das Kopfende. Sie ließ die Wange auf seine Brust sinken. Das war so viel besser, als sie in die Dusche verfolgen zu müssen.

Allerdings, später vielleicht …

«Daran muss ich mich erst gewöhnen.» Ihr Geständnis war leise und unzensiert.

Er sah auf ihren Kopf hinunter, betrachtete ihr rotbraunes Haar auf seiner Brust. «Woran genau?»

«An diese Sache mit dem Kuscheln.»

«Du kuschelst normalerweise nicht nach dem Sex?»

Sie antwortete nicht, was ihm Antwort genug war.

«Ich habe dir gesagt, dass wir uns heute Abend unterhalten, Cam.»

Sie hob den Kopf. «Hatten wir deswegen Sex? Um mich zum Reden zu bringen, sodass du einen weiteren Punkt auf deiner Liste abhaken kannst?»

Er biss sich auf die Zunge, bis sie fast blutete, doch den zuckenden Muskel an seinem Kiefer konnte er nicht kontrollieren. «Ich habe es schon einmal gesagt, und ich werde es nur noch ein einziges Mal sagen: Sex mit dir ist nicht einfach irgendein Tagesordnungspunkt, Camryn. Ich verfolge damit keine Absicht. Ich tue es, weil ich es will.»

Oder weil er tief in seinem Inneren wusste, dass er nicht anders konnte.

Sie sah ihn an. Wahrscheinlich überlegte sie gerade, ob diese Information es wert war, in ihrem Hirn gespeichert zu werden. Er fragte sich, wie oft sie wohl noch Sex haben müssten, bevor sie ihm wirklich glaubte.

Er seufzte. «Wir werden ein Spiel spielen, meine Regeln. Zwanzig Fragen, und du musst auf alle ehrlich antworten.»

Sie senkte das Kinn auf seine Brust. «Wie heißt dieser Punkt auf deiner Liste?»

Er wählte eine möglichst unkomplizierte Formulierung: «Dein Herz ausschütten.»

«Mein Herz ausschütten», wiederholte sie dumpf. «Schön. Ich werde bei deinem Spiel mitspielen, wenn ich auch Fragen stellen darf. Ohne Einschränkungen.»

Ihm gefiel nicht, wie das klang. Zweifellos würde sie ihn irgendwie austricksen, aber ihr Vorschlag war fair. Je nachdem, welche Art von Fragen sie ihm stellte, konnte seine Offenheit sie vielleicht ermutigen.

Er nickte. «Ich fange an. Beantworte die Frage von vorhin. Du kuschelst sonst nicht nach dem Sex?»

Ihr Blick wurde fast distanziert und ein wenig unscharf. «Nein.»

Troy wartete darauf, dass sie die Antwort weiter ausführte, doch das tat sie nicht.

Offensichtlich war es nicht Cam, die diese Intimität vermieden hatte, sondern die Männer, mit denen sie zusammen gewesen war. Wahrscheinlich hatte sie über die Jahre gelernt, den Akt eher als Verpflichtung zu sehen, nicht als Vergnügen.

«Es hat dich nie jemand nach dem Sex im Arm gehalten?»

Sie schüttelte den Kopf.

«Ist das der Grund, warum du gestern Abend dichtgemacht hast?»

Zunächst zuckte sie mit den Achseln, doch irgendwann nickte sie.

Er wusste, dass dies nicht die ganze Wahrheit war, doch für den Moment ließ er ihr die Antwort durchgehen.

«Tu das nicht», flüsterte sie plötzlich, ihr Ton war fast flehend. «Ich will kein Mitleid, okay? Nicht jeder Mensch ist emotional so offen wie du.»

«Vertrau mir, Mitleid ist das Letzte, was ich gerade empfinde.»

«Du hast drei Fragen gestellt. Jetzt bin ich dran.»

Netter Versuch. «Es zählt nicht als zusätzliche Frage, wenn man lediglich um eine genauere Antwort bittet.»

Sie kniff die Augen zusammen. «Das war vorher nicht so vereinbart.»

Er lächelte. «Jetzt ist es das. Stell deine Frage.»

«Wer ist Lindsay?» Sie hatte keinen Moment gezögert.

Interessante erste Frage. Und es war interessant, dass sie überhaupt an eine andere Frau dachte. War sie etwa eifersüchtig? Er hätte nicht gedacht, dass Cam tatsächlich in der Lage war, etwas so Unlogisches zu empfinden.

«Eine Frau, mit der ich vor einem Jahr kurz ausgegangen bin.»

Sie zog die Augenbrauen hoch. «Und du schläfst immer noch mit ihr?»

«Nein. Wieso hat Emily dich hässlich genannt?»

Sie senkte kurz den Blick, bevor sie ihm wieder in die Augen sah. Er konnte von ihrem Gesicht ablesen, dass sie in ihrem Inneren einen Kampf ausfocht.

«Sie hat gehört, wie ich mich selbst so genannt habe», antwortete sie schließlich widerwillig.

Das hatte Troy von Beginn an vermutet, auch wenn er auf eine andere Antwort gehofft hatte. Er hatte Cams Schutzmechanismen als Selbstvertrauen gedeutet. «Erklär mir das.»

Sie starrte seine Brust an. «Ich habe diese scheußlichen Klamotten anprobiert, die Heather in der Boutique für mich ausgesucht hat. Nachdem sie mich dazu gebracht haben, mir eine neue Frisur mit Strähnchen machen zu lassen. Ich habe gemurmelt: ‹Hässlich bleibt hässlich› – oder so ähnlich. Emily muss das gehört haben.»

«Du glaubst doch nicht ...»

«Ich bin dran. Mit wie vielen Frauen warst du zusammen?»

Was hatte es mit all diesen Fragen über sein Beziehungsleben auf sich? «Mit einer Menge. Allerdings nicht mit so vielen, wie du wahrscheinlich denkst.»

«Und du wolltest keine von ihnen jemals heiraten? Erinnerst du dich überhaupt an alle Namen?»

Das klang nach einer Beleidigung, die in eine Frage verpackt war. «Nein, ich wollte keine von ihnen je heiraten. Und ja, ich erinnere mich an den Namen von jeder Einzelnen. Karen war die erste, auf dem Rücksitz ihres Autos nach dem Schulball. Es ist unnötig, sie alle durchzugehen, aber ich kann mich an jede erinnern. Sie waren etwas Besonderes, aber auf lange Sicht war keine davon die Richtige für mich.»

Sie musterte ihn, offensichtlich überrascht. «Sie haben dir etwas bedeutet, nicht wahr?»

«Ja. Du hältst dich doch nicht wirklich für hässlich, oder?»

Sie seufzte. «‹Hässlich› ist ein starkes Wort ...»

Troy stieß sich vom Kopfende ab, um sich aufzurichten und ihr in die Augen zu sehen. «Beantworte die Frage, Cam: Hältst du dich selbst für hässlich?»

Sie schnappte sich die Decke und kletterte von seinem Schoß. Viel zu konzentriert wickelte sie sich ein und legte sich aufs Bett. Das war eine genauso deutliche Antwort, als hätte sie gesagt ...

«Ja. Na ja, nein. Nicht hässlich, aber auch nicht schön. Ich bin durchschnittlich. Eine dieser Personen, an der andere Menschen vorbeigehen, ohne sie wirklich zu bemerken. Früher mochte ich das.»

Troy riss den Kopf zu ihr herum und musterte ihr Gesicht, doch sie sah ihn nicht an. Ganz sicher hätte er sie auch in einem

Raum voller Frauen bemerkt, selbst wenn sie sich nie vorher begegnet wären. Das brachte ihn auf gleich mehrere Ideen für seine Liste.

«Das bist du nicht, Cam. Du bist nicht hässlich. Wer auch immer dir das gesagt ...»

«Was ist an diesem Tag passiert?» Erneut fiel sie ihm ins Wort, um von sich selbst abzulenken. «An dem Tag, an dem sie deinen Dad endgültig mitgenommen haben?», konkretisierte sie dann sanfter.

Troy fiel die Kinnlade herunter, doch er schaffte es, den Mund wieder zu schließen, bevor sie ihn mit ihren großen Augen ansah. Er presste eine Hand auf den Bauch, um seinen Magen an Ort und Stelle zu halten. Niemals hätte er damit gerechnet, dass sie *das* ansprechen würde.

Ihr Blick senkte sich auf seine Hand, bevor sie ihm wieder in die Augen sah. Es wirkte fast, als hätte sie verstanden, wie heftig sie ihn mit ihrer Frage getroffen hatte.

«Himmel, Cam!»

Abrupt richtete sie sich auf, setzte sich in den Schneidersitz und wickelte die Decke um sich. «Es tut mir leid. Ich ... ich wollte das immer wissen. Die Sozialarbeiterin hat nur gesagt, dass er für lange Zeit ins Gefängnis muss. Obwohl du achtzehn warst, bist du zu uns gekommen und hast uns gebeten, dich aufzunehmen, bis du die Highschool beendet hast.»

Troy rieb sich das Gesicht, doch die Bilder in seinem Kopf wollten nicht verschwinden. Er erwartete Ehrlichkeit von ihr, also hatte sie auch seine Offenheit verdient. Vielleicht half es gegen den Schmerz, wenn er über die Vergangenheit sprach. Oder, viel schlimmer, Cam würde erkennen, wie sehr er immer noch darunter litt.

Troy schluckte schwer und betete darum, dass er nicht die Fassung verlieren und sich zum Narren machen würde. «Erinnerst du dich an meinen Geburtstag in jenem Jahr? Du und Heather seid mit einem Geschenk vorbeigekommen. Ihr hattet ein neues Hemd und einen Kuchen dabei.» Er sah sie an und erkannte in ihr die einzige Person, der er das jemals würde erzählen können. «Ich erinnere mich nicht mal mehr daran, was für eine Art Kuchen es war ...»

«Erdbeerkuchen», sagte Cam. «Ich wusste, dass das dein Lieblingskuchen war. Heather und ich haben ihn gebacken.»

Stimmt. «Das war mein erster und einziger Geburtstagskuchen.»

Ihre Augen traten fast aus den Höhlen. «Entschuldigung?»

«Dad war nicht besonders häuslich.» Er tat diesen Umstand mit einem Achselzucken ab, wie alles andere auch. «Er hatte auch kein besonders gutes Gedächtnis, besonders nicht für Weihnachten und Geburtstage.»

«Aber wir feiern deinen Geburtstag doch jedes Jahr mit der Familie.»

«Ohne Kuchen. Darum habe ich deine Mutter gebeten.»

Cam sah sich im Raum um, anscheinend ohne wirklich etwas wahrzunehmen. Offensichtlich versuchte sie sich zu erinnern. Er konnte förmlich sehen, wie die Zahnräder in ihrem Kopf sich drehten. Während sie so abgelenkt war, platzte er mit dem Rest heraus.

«Er hat den Kuchen mit einem Jagdgewehr weggepustet, dann hat er ein Loch in den Karton mit dem neuen blauen Hemd geschossen, bevor er die Waffe auf mich gerichtet hat. Ein Nachbar hat die Schüsse gehört und die Polizei gerufen.»

Sie ballte die Hände unter der Decke zu Fäusten. «Ich habe dich fast umgebracht?»

Typisch Cam, diese Schlussfolgerung zu ziehen. «Nein, *er* hat mich fast umgebracht. Du hattest mit seinen betrunkenen Ausrastern nichts zu tun. Das ganze Jahr hatte im Grunde auf diesen Moment hingesteuert. Er hatte mehr getrunken als jemals zuvor. Ich war klug genug, wegzurennen, nur leider bin ich in mein Zimmer gelaufen, und er ist mir gefolgt. Und das war vermutlich das Dümmste, was ich hätte tun können, denn dort hat er all die Sachen gesehen, die deine Familie mir über die Jahre gegeben hatte. Und ich habe verzweifelt versucht, sie zu retten statt mich selbst.»

Sie presste sich die Decke an die Brust. Tränen rannen über ihre blassen Wangen. «Was für Sachen wolltest du retten? Was war wichtiger, als zu fliehen, Troy?»

Sie würde das nie verstehen. Niemand konnte das verstehen. Doch er erzählte es ihr trotzdem. «Fishers alten Angelkasten, den er mir bei unserem ersten Angelausflug gegeben hat. Die Weihnachtskugel von Heather. Ein Buch, das Baba mir geschenkt hat.» *Einen kleinen, blauen Matchbox-Truck von dir, den ich auch heute noch im Handschuhfach meines Pick-ups mit mir herumfahre.*

Langsam und ungläubig schüttelte sie den Kopf. «Du glaubst doch nicht, dass wir wütend gewesen wären, oder? Du bist wichtiger als irgendwelche dämlichen Gegenstände.»

«Sie waren nicht dämlich. Nicht für mich.»

Ihre Tränen versiegten, und er sah, wie Verständnis in ihren Augen aufflackerte. Eigentlich hätte er wissen müssen, dass Cam es verstehen würde. Er durfte sie niemals unterschätzen. Vielleicht hatte er deswegen nie darüber gesprochen … damit sie nicht ebenfalls all diese Angst und Leere empfinden musste.

Sie starrte ihn so lange an, dass er sich wieder wie der Zehnjährige fühlte, der versuchte, stark zu sein. Als er den Blick senkte, stellte er fest, dass seine Hände zitterten.

«Weil diese Dinge das einzig Nette waren, was jemals jemand für dich getan hatte. Deswegen hast du versucht, sie zu retten», stellte Cam ausdruckslos fest. «Es war schlimm, nicht wahr? Schlimmer, als ich es mir je ausgemalt habe. Was hat er noch getan, Troy? Ich will es wissen.»

Dieses Spiel geriet außer Kontrolle. «Nein, willst du nicht.»

Ihr wunderschönes, engelsgleiches Gesicht nahm einen harten, traurigen Ausdruck an, den er sofort verjagen und nie wieder sehen wollte. «Erzähl es mir.»

Troy rieb sich den Nacken, während er versuchte, einen Weg zu finden, sie an seiner Vergangenheit teilhaben zu lassen, ohne alles noch einmal durchleben zu müssen. «Es fing mit dem Essen an. Er hat es mir vorenthalten, um mich zu kontrollieren. Hat mir Essen verweigert wegen dummer Dinge wie ... dass ich auf dem Weg zur Schule keine Mütze getragen oder Zahnpasta-Flecken im Waschbecken hinterlassen habe. Als ich älter wurde, hat er mich stattdessen geschlagen oder verprügelt, mit allem, was ihm gerade in die Hände fiel. Meistens gab es nicht mal einen Grund für diese Ausraster. Manchmal waren es nur ein paar Ohrfeigen, manchmal konnte ich hinterher kaum stehen. Wenn ich geschrien oder überhaupt Geräusche von mir gegeben habe, wurde es schlimmer. Er war klug genug, keine blauen Flecken an Stellen zu hinterlassen, wo jeder sie hätte sehen können. Deswegen ist er so lange damit durchgekommen. Doch eines Tages ist er zu weit gegangen und hat mir den Arm gebrochen. Der Sozialdienst hat sich eingeschaltet, und ich wurde vor eurer Haustür abgesetzt.»

Schweigen breitete sich im Raum aus. Irgendwann sah Troy Cam an, überzeugt, Mitleid oder Verachtung in ihrer Miene zu entdecken. Stattdessen bemerkte er erneut Tränen. Ihre und ... seine.

Verdammt. Er rieb sich über das Gesicht.

«Ich hätte mehr tun müssen», flüsterte sie gebrochen.

Er hörte das Zittern in ihrer Stimme und versuchte, seine Tränen zu unterdrücken. «Nein.»

Sie sah ihm tief in die Augen. Anscheinend erkannte sie etwas in seiner Miene. Ein Schluchzen stieg in ihr auf, das sie zu unterdrücken versuchte – vergebens. Ihre Tränen liefen, und es brach ihm fast das Herz.

«Ich hätte mehr tun sollen, Troy.»

«Du hast *alles* getan.» Er packte ihre Arme und schüttelte sie leicht. «Verstehst du denn nicht? Im Vergleich zu vielen anderen hatte ich verdammtes Glück. Es ist selten, dass man immer wieder in dieselbe Pflegefamilie kommt. Am Schluss habe ich mehr Zeit bei euch verbracht als im Haus meines Vaters. Deine Eltern haben mich aufgenommen und mir ein Zuhause gegeben. Dein Bruder war der erste Freund meines Lebens. Heather hat mich in den Wahnsinn getrieben. Sie war die kleine Schwester, die ich nie hatte, und hat mir geholfen, zu vergessen. Sie hat mir das Gefühl gegeben, normal zu sein. Und du ...»

Oh, Camryn. Sie ahnte nicht einmal, wie viel sie ihm bedeutete. Unmöglich, das in Worte zu fassen.

«Ich?»

Ja, sie. «Du hast meinen Hintern aus dem Bett gezerrt und mich gezwungen, in die Schule zu gehen. Du hast mir bei den

Hausaufgaben geholfen. Du hast mir Sandwiches gemacht und ... hast nie jemandem von all den Dingen erzählt, die du gesehen oder gehört hast. Du hast mir gesagt, dass ich etwas erreichen kann ... hast mich glauben lassen, ich wäre jemand.»

Das war das Schrecklichste. Camryn hatte ihm das Gefühl gegeben, jemand zu sein, obwohl er innerlich ein Niemand war. Er hatte sich immer nur als wertvoll empfunden, wenn sie in der Nähe war. Den Großteil seines Lebens hatte er damit verbracht, diesem Gefühl nachzujagen, nur um jetzt zu verstehen, dass sie der Grund dafür war.

Er gab ihre Arme frei und lehnte sich zurück. Er hätte sie niemals anfassen dürfen.

«Darum geht es bei dieser Liste, Troy, nicht wahr? Du willst dich dafür revanchieren, dass ich nett zu dir war? Ist sie eine verdrehte Form des Dankes?»

Ja. Nein. Zum Teil. So mochte es angefangen haben, aber es war nicht der Grund dafür, dass er damit weitergemacht hatte. «Nein. Und hör auf, mich zu bemitleiden.»

«Troy ...»

Sie schluckte schwer, dann hob sie die Hände und umfasste seine Wangen. Ihre Finger waren so warm im Vergleich dazu, wie kalt ihm plötzlich war. Ihre Daumen strichen über die Feuchtigkeit, die seine Tränen hinterlassen hatten, und erinnerten ihn daran, dass sein Vater immer noch die Macht hatte, ihn sich schwach fühlen zu lassen. Cam lehnte sich vor und drückte ihm einen Kuss auf jede Wange. Als ihre Wimpern sanft über sein Gesicht glitten, stieg der übelkeiterregende Gedanke in ihm auf, dass das alles war, worauf er je hoffen konnte: eine zeitlich begrenzte Beziehung mit einer Person wie Cam. Cam, die mühelos für ihn traurig sein konnte, sich aber schämte, so für sich selbst zu empfinden. Die nur an ihn und nicht an ihre eigenen Bedürfnisse dachte.

Die die Kälte vertrieb.

Niemand hatte jemals um ihn geweint. «Cam, hör auf zu weinen. Bitte.»

Ihre Finger bohrten sich in seine Arme, als sie einen Kuss auf seine Brust drückte, direkt über seinem Herzen. Er schloss die Augen und vergrub die Finger in ihrem Haar.

«Ich bemitleide dich nicht», sagte sie. «In meinem Kopf töte ich gerade deinen Bastard von Vater.»

Der schmerzhafte Knoten in seinem Magen begann sich zu lösen, und das Band um seine Kehle lockerte sich. «Was?»

Sie sah ihn an, wieder ganz die Ausgeglichenheit in Person, die er aus der Zeit vor dieser Reise kannte. «Das tue ich häufiger.»

«Du tötest Leute in deinem Kopf?»

Sie lächelte, und der Knoten verschwand ganz. «Nein. Wenn alles mich zu überwältigen droht, stelle ich mir Dinge vor, damit ich nicht überreagiere.»

Das erklärte eine Menge. «Nenn mir ein Beispiel.»

Sie starrte seine Brust an. «Als Maxwell mit mir Schluss gemacht hat, wollte ich weinen, doch stattdessen habe ich ihn mir mit Hörnern und Hufen vorgestellt. Das funktioniert immer.» Sie sah ihn an. «Außer bei dir.»

Hm. «Warum bei mir nicht?»

Sie zuckte mit den Achseln. «Deine alberne Liste, nehme ich an. Oder du ...»

Er fragte sich, ob ihre Taktik vor der Sache mit der Liste bei ihm funktioniert hatte, war sich aber absolut nicht sicher, ob er die Antwort wirklich hören wollte. «Oder was?»

«Oder du machst dir einfach die Mühe, tiefer zu schauen. Hinter meine Schutzmauern zu blicken.»

«Nur fürs Protokoll: Maxwell hatte unrecht mit dem, was er über dich gesagt hat.»

Sie schüttelte den Kopf, schloss die Augen. «Wer ist an der Reihe?»

«Ich», sagte er, weil er wieder über sie reden wollte. «Wo kommt dieses Selbstbild her? Warum all die Schutzmauern und der ständige Drang, ruhig und kontrolliert zu wirken?»

Sie seufzte. «Ich weiß es nicht. Vielleicht hat es etwas damit zu tun, dass ich Heather als Kind dabei beobachtet habe, wie sie sich mit Heulen und Manipulation aus allem herausgewunden hat, statt zu ihren Fehlern zu stehen. Oder es ist die Abscheu vor diesen Frauen, die sich weigern, auf eigenen Füßen zu stehen, und sich mehr Sorgen um Lidschatten und Herbstfarben machen als um die Nachrichten.»

«Ich verstehe das mit der Unabhängigkeit und der Intelligenz, Cam. Tatsächlich respektiere ich dich dafür. Aber warum die Schutzmauern?»

Sie senkte den Blick und seufzte erneut. «In meiner Kindheit und Jugend habe ich ständig gehört, wie schön Heather und wie attraktiv Fisher ist. Wenn deine Freundinnen nur vorbeikommen, um deinen Bruder anzustarren, und dein Date beim Abschlussball den Abend damit verbringt, deine Freundin anzubaggern, um dann mit jemand anderem zu verschwinden, richtet das gewisse Dinge mit einem an.»

Wieso wusste er nichts von alledem? Es hatte direkt vor seiner Nase stattgefunden, und trotzdem hatte er nichts davon geahnt.

«Wo ist deine Mutter?», fragte Cam.

Der plötzliche Themenwechsel hätte ihm fast ein Schleudertrauma verursacht. «Ähm, sie ist im Gefängnis gelandet, als ich zwei war. Wegen Prostitution. Sie ist dort an einer Überdosis gestorben.»

«Erinnerst du dich an sie?»

«Nein.» Vielleicht war das der Grund dafür, dass dieses Thema keinerlei tiefe Gefühle in ihm auslöste. «Mit wie vielen Männern warst du zusammen?»

Troy hatte keine Ahnung, woher diese Frage kam oder warum er sie gestellt hatte, aber plötzlich musste er einfach wissen, ob alle Kerle sie behandelt hatten wie Maxwell. Ob irgendeiner von ihnen sich die Mühe gemacht hatte, Cam seine Liebe zu zeigen, oder ob sie alle verschwunden waren wie ihr verdammtes Date beim Abschlussball.

«Zwei.»

«Zwei», wiederholte er. Ein fremdartiges Konzept. «Zwei inklusive mir?» Oh Gott, konnte es sein, dass er erst der zweite Mann war, mit dem sie geschlafen hatte?

«Dich eingeschlossen, drei.»

Die Decke um sich geschlungen, stand Cam auf und durchquerte den Raum, um ihr Höschen vom Boden aufzuheben. Sobald sie es angezogen hatte, suchte sie nach ihrem Pyjama. Sie zog sich nur das Oberteil über, die Boxershorts ließ sie auf ihrer Tasche liegen. Troy beobachtete sie dabei, wie sie das Kleid aufhängte, um dann wieder ins Bett zu steigen und sich auf die Seite zu rollen.

«Hast du einen von ihnen geliebt?» Er legte sich ebenfalls hin, das Gesicht zu ihr gewandt, den Kopf auf die Hand gestützt.

«Beide. Ich habe keinen Sex ohne …» Sie brach ab und schlug sich die Hand vor den Mund. «Tja, ich nehme an, ich habe doch Sex ohne Liebe. Dieses Mal. Ich meine, ich liebe dich nicht. Oder … du weißt schon, nicht so.»

Hätte ihn ihr Gebrabbel nicht so amüsiert, wäre er vielleicht beleidigt gewesen – und verletzt. «Nicht *wie*?»

«Nicht die Art Liebe, bei der man zusammen ein Auto kauft und ein gemeinsames Konto hat.»

Er starrte sie an. Entweder seine Liste hatte nichts bewirkt, oder sie log. «Meinst du nicht … glücklich für alle Zeiten mit zweieinhalb Kindern?»

«Wie bekommt man zweieinhalb Kinder?»

«Ist das deine nächste Frage?» Er lächelte. Ihm gefiel diese Seite an ihr, kurz vor dem Einschlafen, wenn ihre Stimme undeutlich wurde und ihre Lider schwer. Wenn sie lächelte, ohne darüber nachzudenken. Cam war so liebenswert, dass es weh tat.

«Nein. Hast du irgendeine der Frauen geliebt, mit denen du geschlafen hast?»

Bevor er antworten konnte, sanken ihre Lider nach unten. Sekunden später war sie eingeschlafen.

Troy beobachtete sie. Tausend Gedanken wirbelten durch seinen Kopf, keiner davon angemessen oder klug, da es um ihn und Camryn ging.

Tatsachen waren Tatsachen, und Gefühle waren Gefühle. Er hatte sich tatsächlich in sie verliebt. Wahrscheinlich war er schon immer in sie verliebt gewesen.

Er empfand nicht wie die meisten Männer. Der Gedanke an Liebe versetzte ihn nicht in Panik. Aber er sorgte dafür, dass Troy wollte, dass seine Liste funktionierte. Seine Liste *musste* funktionieren, denn sonst würde Cam weiter denselben Weg gehen, dem sie ihr gesamtes Leben gefolgt war. Dann würde sie jemanden heiraten, der sie nicht ein Achtel so sehr liebte, wie er es tat. Sie würde nie erfahren, was für ein kostbares Geschenk die Liebe in Wahrheit darstellte.

Und er würde zurückkehren in ein Leben, wo er mit einer Frau nach der anderen ausging, in der Hoffnung, dass eine von ihnen ihn auch nur ansatzweise empfinden ließ, was er in Bezug auf Cam empfand. Sie würde sich zu der einen entwickeln, die ihm entglitten war; zu der einen, über die er niemals hinwegkommen konnte. Wie ein Gedicht von Hemingway.

Fast dreißig Jahre hatte er darauf gewartet, sich endlich so zu fühlen. Er hatte gewusst, dass solche Gefühle existierten, und hatte sich nichts mehr gewünscht, als eine solche Liebe zu finden. Und dann hatte er sich ausgerechnet in Camryn Covic verliebt.

Und hier waren sie: er, ein Niemand, der vorgab, jemand zu sein, und sie, ein Jemand, der vorgab, ein Niemand zu sein. Er lebte sein Leben von Tag zu Tag, weil er mit mehr nicht umgehen konnte, und sie plante alles durch, bis hin zur Farbe der Unterwäsche, die sie am kommenden Dienstag tragen würde.

Er senkte kurz den Blick und lächelte. Heute war es ein purpurfarbenes Höschen. Sehr hübsch.

Langsam, um Cam nicht zu wecken, zog er die Decke nach oben und über sie. Dann tat er dasselbe mit der Überdecke und steckte beides unter ihrem Kinn fest. Troy strich ihr eine Haarsträhne aus dem Gesicht, und als sie nicht reagierte, ließ er seine Finger auf ihrer Wange verweilen.

Mit einem tiefen Seufzen schloss er die Augen. «Ich habe nur eine von ihnen geliebt.»

LEBENSWEISHEITEN*

Die Meinung anderer Leute
sollte dir wichtig sein … nur nicht
die, die sie über dich haben.

*ZUMINDEST WENN ES NACH CAMRYN GEHT

KAPITEL 15

Camryn zog ein Blech mit Blaubeermuffins aus dem Ofen und schob das nächste hinein. Nach ein paar Stunden unruhigen Schlafs hatte sie um drei Uhr morgens aufgegeben und war nach unten gekommen.

Das Gespräch, das sie gestern Nacht mit Troy geführt hatte, sorgte immer noch dafür, dass ihr Herz schmerzte und ihre Hände zitterten. Seine Kindheit war viel schlimmer gewesen, als sie es je vermutet hatte. Über die Jahre hatte sie versucht, sich nicht auszumalen, was er durchgemacht haben musste. Doch seit sie ihn gestern Abend dabei beobachtet hatte, wie er versuchte, seine Tränen zu verbergen, wusste sie, dass das Thema für Troy noch nicht abgeschlossen war. Absolut nicht. Kein Wunder, dass er das Leben nicht ernst nahm und von einer Frau zur nächsten flatterte.

Sie fragte sich, welche Nummer sie wohl auf seiner langen Liste von Geliebten war. Fragte sich, wie sie wohl im Vergleich zu den anderen abgeschnitten hatte.

Sie hatte noch nie solchen Sex gehabt – nicht dass sie viel Erfahrung gehabt hätte. Troy hatte dafür gesorgt, dass sie alles außer ihm und sich selbst vergaß. Die Welt hatte sich zurückgezogen, sodass nur zwei Menschen zurückgeblieben waren, die einander genossen. Troy hatte sie für einen kurzen Moment glauben lassen, dass er die Dinge ernst meinte, die er gesagt hatte. Dass sie tatsächlich schön und witzig statt gewöhnlich war. Cam schloss die Augen. Er hatte sie tatsächlich dazu gebracht, diese Illusion für real zu halten.

In den frühen Morgenstunden, kurz vor dem Sonnenaufgang, erlaubte sie sich, davon zu träumen, wie es sein könnte. Wie es wäre, weiter mit ihm zusammen zu sein, wenn sie wieder in Milwaukee wären.

Vielleicht würden sie sogar zusammenleben und alltägliche Dinge tun, wie darüber zu diskutieren, wer mit dem Abwasch dran war, oder sich gegenseitig beim Abendessen von ihrem Tag zu erzählen, um sich dann die halbe Nacht lang zu lieben. Vielleicht würden sie nackt in einem stillen Raum tanzen, während sie vorgaben, dass durch das geöffnete Fenster Musik zu ihnen hereindrang. Er würde etwas Albernes sagen, und sie würde lachen, bis sie kaum mehr atmen konnte.

Dann öffnete sie die Augen wieder für die Realität. Troy und seine Liste waren einfach grausam, weil sie anfing zu glauben, all diese Dinge wären möglich. Aber so lief es im Leben nicht.

In der Realität waren Beziehungen wie die mit Maxwell. Sex in immer derselben Stellung. Sex, bei dem die Bewegungen im immer gleichen Takt abliefen und er hinterher sofort verschwand, ohne eine Verabschiedung oder auch nur einen Kuss auf ihren Scheitel. Gespräche beim Abendessen darüber, ob es vernünftiger wäre, eine Wohnung zu kaufen oder einen Bungalow ohne Garten, über die Strategie für das nächste Meeting. Keine geflüsterten Zärtlichkeiten spät in der Nacht, kein Lachen unter dem Sternenhimmel, keine freundlichen Worte.

«Was machst du da?»

Camryn zuckte zusammen, dann presste sie eine Hand über ihr rasendes Herz, als sie Emily entdeckte. «Pst, die anderen schlafen noch alle. Ich backe Muffins. Willst du mir helfen?»

Muffins waren kein Geburtstagskuchen und konnten auch Troys Vergangenheit nicht in Ordnung bringen, aber vielleicht konnten sie ihm zumindest ein Lächeln aufs Gesicht zaubern.

«Ja!» Emily kletterte auf einen Hocker vor der Arbeitsplatte.

Camryn stellte eine Schüssel vor ihre Nichte und reichte ihr einen Schneebesen. Sobald sie die trockenen und feuchten Zutaten für den nächsten Schwung in die Schüssel gefüllt hatte, sagte sie: «Okay, jetzt musst du das verrühren.»

Emily rammte den Schneebesen in die Schüssel und versuchte zu rühren. Apfel-Zimt-Muffinmix flog in alle Richtungen. «Ups.»

Immerhin waren diesmal keine Blaubeeren in der Schüssel gewesen.

Camryn lächelte, legte die Hand über Emilys und zeigte ihr, wie es ging. «Einfach so, Süße.»

Sie ging zur Kaffeemaschine, um eine Kanne aufzusetzen, behielt ihre Nichte dabei aber im Blick. Sobald das Wasser durch den Filter lief, kontrollierte sie Emilys Fortschritte. «Gut gemacht. Ich gehe ganz kurz nach oben. Nicht den Ofen anfassen, okay?»

Obwohl Emily zustimmend nickte, verriegelte Camryn den Ofen, nur für den Fall, dass ihre Nichte auf wilde Ideen kam. Sie kritzelte ein paar Worte auf einen Notizblock, dann trug sie einen der bereits fertigen Muffins und den Zettel nach oben.

Vorsichtig drehte sie den Türknauf und schlich auf Zehenspitzen zum Nachttisch. Dort legte sie die Notiz samt Muffin ab und musterte den schlafenden Troy. Er lag auf dem Bauch,

Arme und Beine ausgebreitet, als würde er im Schlaf Fallschirm springen. Sie schüttelte lächelnd den Kopf, dann verließ sie das Zimmer wieder und schloss vorsichtig die Tür hinter sich.

Als sie in die Küche zurückkehrte, rührte Emily immer noch eifrig. «Sieht gut aus. Aber irgendetwas fehlt noch ...»

Emily dachte darüber nach, was das sein könnte. «Schokolade?»

Verführerisch. «Hm. Nein, keine Schokolade. Ich weiß! Nicht dem Teig fehlt etwas, sondern dir.»

Emily sah an sich herunter, als fürchte sie, sie hätte vergessen, sich anzuziehen. «Was denn?»

«Das.» Camryn hob den Schneebesen und ließ ein wenig Teig auf die Nase des kleinen Mädchens tropfen.

Emily patschte die Hände in ihr Gesicht und verschmierte den Teig bis in ihre brünetten Locken. Dann wischte sie sich die Finger an ihrem Pyjama sauber. «Daddy wird sauer. Glaub mir.»

Camryn beugte sich vor und drückte ihr einen Kuss auf die Wange. «Lass ihn. Ich bin älter als er. Ich kann es wegstecken.»

Emily musterte sie abschätzend, dann schob sie vorsichtig einen Finger in die Schüssel und schmierte den Teig auf Camryns Nasenspitze. Sie zögerte, als wolle sie abwarten, ob ihre Tante schimpfen würde.

«Du machst das falsch.» Camryn schob eine Hand in die Schüssel und schmierte sich Teig auf beide Wangen. Zumindest würde sie heute gut riechen. Den restlichen Teig verteilte sie in ihrem Haar. «Siehst du, so geht das.»

Emily deutete auf sie und kicherte. «Du siehst lacherlich aus.»

«Lächerlich», korrigierte Camryn. «Du aber auch.»

Ihre Nichte hörte auf zu lächeln und legte den Kopf schräg,

um Cam intensiv zu mustern. Nach einem langen Moment fragte Emily: «Ist dir eingefallen, wo du dein Lächeln verloren hast?»

«Ich weiß nicht, was du damit sagen willst, Süße.»

«Onkel Troy hat gesagt, du lächelst nie, weil du dein Lächeln irgendwo verloren hast. Hast du es wiedergefunden? Er hat gesagt, dass du das machst.»

Troy hatte das gesagt?

«Ja, wahrscheinlich schon.» Sie grinste breit, und zur Abwechslung einmal fühlte es sich nicht fremd an.

«Oh du meine Güte.» Anna trat in die Küche. «Schaut euch beide nur an!»

«Tante Cam war das, ehrlich!»

Anna wirkte ungläubig, also beeilte sich Cam, die Worte ihrer Nichte zu bestätigen.

«Es stimmt, das war allein ich. Tut mir leid.»

Anna warf ihr denselben abschätzenden Blick zu wie zuvor ihre Tochter.

Camryn drehte sich um und machte das letzte Blech für den Ofen fertig, dann stapelte sie die bereits abgekühlten Muffins in eine Schüssel. Sie stellte sie auf den Tisch, goss sich eine Tasse Kaffee ein und drehte sich wieder zu Anna um, die mit einem breiten Grinsen Teig aus Emilys Gesicht wischte.

«Könntest du das letzte Blech aus dem Ofen holen, wenn die Uhr piept? Ich will mich kurz auf die Terrasse setzen.»

«Sicher.» Anna blinzelte, als spräche sie mit einer Fremden. «Geht es dir gut, Cam? Willst du nicht vielleicht duschen oder … noch etwas schlafen?»

Camryn zuckte mit den Achseln. «Vielleicht später.»

Jackie, eine der Angestellten, trat durch die Hintertür und

legte ihre Schlüssel auf die Arbeitsfläche. Offensichtlich bestürzt, sah sie sich in der Küche um, bevor sie ihre gesamte Aufmerksamkeit auf Camryn richtete. «Sie haben Frühstück gemacht?»

«Emily und ich, ja. Macht es Ihnen etwas aus? Ich konnte nicht schlafen.»

Jackie wedelte lächelnd mit der Hand. «Natürlich nicht. Ich mache dann ... einfach sauber.» Sie sah sich mit geschürzten Lippen um, als rechne sie damit, dass im nächsten Moment Teig von der Decke tropfen würde.

Camryn kochte wirklich gerne, und normalerweise hinterließ sie dabei nie ein solches Chaos. Aber obwohl sie selbst aussah, als wäre sie in eine Teiglawine geraten, war die Küche in einem gar nicht mal so schlimmen Zustand. «Eigentlich sind nur die Muffinbleche und die Rührschüssel dreckig.» Camryn lächelte Emily an. «Der meiste Teig ist auf uns gelandet.» Sie sah wieder Jackie an. «Brauchen Sie Hilfe?»

«Oh nein, vielen Dank.» Ihre Miene sagte deutlich: *Bitte nicht.*

Anna warf den Lappen in die Spüle. «Ich gehe mit Emily nach oben und lasse ihr ein Bad ein.»

Jackie begann, die Bleche zu schrubben, also schob Camryn die Terrassentür auf und ging mit ihrem Kaffee nach draußen.

Sie setzte sich auf einen der Stühle, die um mehrere Tische gruppiert waren, und atmete tief durch. Still beobachtete sie, wie in der Nähe der Berge das Pink des Sonnenaufgangs über den Horizont kroch. Das war auch etwas Neues für sie.

Nichtstun.

Das Haus befand sich so weit von der Hauptstraße entfernt, dass keine Autos zu hören waren. In der Ferne hämmerte ein

Specht. Ein Ziegenmelker rief, und das trällernde Geräusch wirkte seltsam entspannend. Cam war an Lärm gewöhnt: hupende Autos, wütende Pendler, in Milwaukee auf jeden Fall die Glocken der Kirche am Ende der Straße. Sie war sich nicht sicher, ob sie die Stille friedvoll oder unheimlich fand.

Die Baumwipfel bewegten sich im leichten Wind, der auch den Duft von Kiefern über den Rasen zu ihr herübertrug. Die Temperaturen waren angenehm ohne die Schwüle ihrer Heimatstadt, an die sie gewöhnt war, also lehnte sie sich zurück, schlug die Beine an den Knöcheln übereinander und beobachtete zufrieden, wie der Tag anbrach.

Zwanzig Minuten später trat ihr Dad aus dem Haus, bereits gekleidet in Cargo-Shorts und ein rotes Polohemd. Bevor er einen Stuhl erreichte, stoppte er und starrte den vertrockneten Teig in ihrem Haar sowie auf ihrem Gesicht an.

Cam zuckte mit den Achseln. «Mir ist die Seife ausgegangen.»

Ihm blieb der Mund offen stehen. Dann lachte er und setzte sich auf den Stuhl neben sie. Vorsichtig nippte er an seinem Kaffee, den Blick auf die Berge gerichtet. «Was tust du hier draußen, ohne Buch oder Laptop?»

«Ich sitze einfach nur hier.»

«Hast du dich mit Troy gestritten?»

«Nein.»

«Baba? Was hat sie jetzt wieder gesagt?»

Camryn lächelte, als sie das schmale Gesicht und die Glatze ihres Vaters musterte. «Nichts, Dad. Ich sitze hier einfach nur.»

«Das hast du noch nie vorher getan.»

Cam trank den letzten Rest ihres Kaffees und tat so, als würde sie nicht bemerken, dass ihr Vater sie eingehend musterte.

«Weißt du, Camryn, an einem Ostersonntag, du musst ungefähr neun oder zehn Jahre alt gewesen sein, hat deine Mutter dir für die Kirche eines dieser rosafarbenen Rüschenkleider angezogen. Alle haben ununterbrochen darüber geredet, wie schön du darin aussiehst. Sie haben dich richtig bewundert. Und du ... du hast mit dem Fuß aufgestampft und geschrien, hast lautstark erklärt, dass du nicht schön sein willst, sondern klug.»

Daran konnte sie sich überhaupt nicht erinnern. Noch dazu fragte sie sich, was das damit zu tun hatte, dass sie einfach nur hier draußen saß, ohne etwas zu tun.

«Und ich wusste nicht, wie ich dir sagen sollte, dass du beides sein kannst: klug und schön. Du warst so beleidigt, so unerschütterlich in deiner Empörung, dass wir es nie wieder gewagt haben, das Thema anzusprechen. Hin und wieder haben wir dir gesagt, dass du hübsch aussiehst, aber du hast jedes Mal gewirkt, als hätten wir dir eine Ohrfeige verpasst. Es hat nicht lange gedauert, bis wir einfach aufgehört haben, dir Komplimente zu machen.»

Ihre Finger waren taub, und ihr Herz schlug so langsam wie bei einem Siebenschläfer in Winterruhe. «Worauf willst du hinaus, Dad?»

Er räusperte sich, wie er es immer tat, wenn er nervös war. «Ich hätte nie aufhören dürfen, dir zu sagen, dass du schön bist. Ich glaube, du hast uns falsch verstanden. Du warst schön – und klug. Und das bist du immer noch. Aber du bist dir dessen nicht mehr bewusst, nicht wahr?» Er schüttelte den Kopf. «Das tut mir wirklich leid.»

Ihre Lippen zitterten. Sein Gesicht verschwamm vor ihren Augen, als die Tränen kamen. «Dad?»

Er erhob sich, sah sich um und klopfte seine Hosentaschen ab, bevor er seine Tochter wieder ansah. «Mehr wollte ich gar nicht sagen. Ich dachte, du solltest das wissen.» Er schaute auf die Uhr. «Weißt du, ob die Brewers gewonnen haben?»

Lachend wischte sie sich die Tränen aus den Augenwinkeln. «Keinen blassen Schimmer.»

Mit einem Nicken ging er zum Haus. Bevor er durch die Tür trat, hielt er noch einmal an, allerdings ohne sich ihr zuzuwenden. «Du hast noch nie schöner ausgesehen als jetzt, verschmiert mit ... was auch immer ... und nur in einem Pyjama. Das Lächeln steht dir.» Jetzt erst drehte er sich zu ihr um. «Haben wir das Troy zu verdanken?»

Ihr fehlten die Worte, also starrte sie ihren Vater nur an, bis er ihr mit seiner Kaffeetasse zuprostete und im Haus verschwand.

Cam stieß den Atem aus und ließ sich in ihren Stuhl sinken. Sie hatte Troy erklärt, dass Menschen sich nicht änderten. Davon war sie fest überzeugt. Wieso also führte sie intensive, mitternächtliche Gespräche mit ihm und schmierte sich selbst Muffinteig ins Gesicht? Wieso machte ihre Familie so viel Aufheben darum, wie sie sich in den letzten Tagen benommen hatte? So weit war sie doch gar nicht von ihren gewohnten Verhaltensmustern abgewichen, oder?

Troy brachte sie dazu, Dinge zu tun und zu sagen, die sie normalerweise nicht getan oder gesagt hätte. Kein Mann hatte jemals dafür gesorgt, dass sie schon morgens lächelte oder sich beim ersten Kaffee darauf freute, abends mit ihm ins Bett zu gehen, um herauszufinden, was für irrsinnige, lustige Ideen er jetzt ausgeheckt hatte. Sie ertappte sich dabei, wie sie an ihn dachte, wenn er gerade nicht in der Nähe war, und seine Meinung zu etwas hören wollte.

Solange sie sich erinnern konnte, hatte sie Troy immer gerngehabt. Doch jetzt wollte sie seine Hand halten und seinen Schmerz mit Küssen vertreiben. Sie wollte mit ihm schlafen. Gestern Nacht hatte sie ihm Dinge gestanden, derer sie sich vorher nicht einmal selbst bewusst gewesen war. Und sie war sich sicher, dass Troy noch nie mit jemandem über seinen Vater gesprochen hatte.

Was hatte sich verändert? Und wie war es dazu gekommen?

Troy hatte ihr immer noch nicht erklärt, was er mit seiner Liste erreichen wollte, aber sicher war, dass er damit Grenzen verschob. Nicht nur zwischen ihnen beiden, sondern auch in ihr. Troy machte sie ... glücklich.

Eilig stand Cam auf und ging ins Haus, bevor sie sich in Tagträumereien verlieren konnte. Träume und Wünsche waren gefährlich. Sie sorgten dafür, dass sich eine Person Illusionen hingab, Tatsachen ignorierte und sie durch leere, unrealistische Gelüste ersetzte. Träume waren nicht realer als die Vorstellung, dass zwischen ihr und Troy mehr sein könnte.

Die gesamte Familie erstarrte, als Cam die Tür öffnete. Sie musterten sie genau, während sie die Küche betrat. Okay, sie sah wie eine Verrückte aus – und fühlte sich auch ein bisschen so.

«Ich gehe duschen», murmelte sie.

«Warte kurz.» Fisher schloss den Kühlschrank und stellte ein Glas Orangensaft auf die Arbeitsfläche. «Was ist mit dir und Troy los?»

Sie erstarrte, schaute von einem Gesicht im Raum zum nächsten. Ihre Haut prickelte, als stände sie in einem Eisregen. Wussten sie, dass alles nur eine Lüge war? Und falls ja, woher?

Oh, bitte nicht! Sie mussten nur noch zwei Tage durchstehen. Nur noch zwei Tage, und alles wäre wieder normal. Trostlos, langweilig und normal. Sie sah Heather an, doch ihre Schwester zuckte nur mit den Schultern.

«Was meinst du?» Camryn konnte bloß hoffen, dass nur sie selbst das Zittern in ihrer Stimme wahrnahm.

«Troy ist vorhin nach unten gekommen. Er meinte, er sei nicht hungrig und wolle laufen gehen.»

Schockiert starrte sie ihren Bruder an. Hatte ihre Geste mit dem Muffin und dem Zettel Troy aufgeregt? Sie hatte ihm doch nur direkt nach dem Aufwachen ein Lächeln ins Gesicht zaubern wollen. Hatte etwas Nettes für ihn tun wollen, um ihn wissenzulassen ...

«Laufen?», wiederholte sie, weil sie die Information einfach nicht verarbeiten konnte.

«Das habe ich auch gesagt», merkte Baba an. «Leute sollten nur laufen, wenn sie gejagt werden.»

«Laufen», bestätigte Fisher.

Ihre Mutter stellte ihren Muffin vor sich auf den Tisch. «Ich verstehe nicht, warum das so eine große Sache ist. Geht er morgens nicht öfter joggen?»

«Ich ...» Sie war sich nicht sicher, schließlich waren sie ja nicht wirklich ein Paar. «Ich weiß es nicht.»

«Du weißt es nicht?», fragte Tetaka Myrtle und hickste. «Bist du nicht seine Freundin, Camryn?»

Alle starrten sie an, anklagend, fragend.

Diese ganze Lügengeschichte würde ihnen um die Ohren fliegen. Die Familie würde den Rest des Wochenendes damit verbringen, sie anzuschreien und auf ihr rumzuhacken. Nicht nur weil sie gelogen hatte, sondern auch weil sie Troy verletzt hatte. Sie hatte gehofft, zurück in Milwaukee zu sein, wenn es zur «Trennung» kam. So hatten sie es geplant.

«Sie leben nicht zusammen», sagte Heather. Laut. «Ich meine, sie war in Chicago, und er lebt in Milwaukee. Sie kann nicht wissen, ob er morgens joggt. Stimmt's, Cam?» Heathers Augen waren groß und flehten Camryn an, ihr zuzustimmen.

«Ja, das stimmt.»

Fisher wirkte mit jeder Sekunde wütender. «Meines Wissens geht er nur laufen, wenn er Dampf ablassen muss. Soweit ich weiß, hat er das seit Jahren nicht getan. Also, was hast du getan, Camryn?»

Was hatte *sie* getan? Wieso musste es automatisch etwas sein, das sie falsch gemacht hatte?

Troy konnte wegen eines kleinen Briefchens und eines Muffins nicht so aufgewühlt sein. Oder vielleicht doch? Wenn er nur joggen ging, wenn er wütend war, und er nach dem Aufstehen gleich nach draußen verschwunden war, musste es etwas mit ihr zu tun haben.

Gott, sie hatte ihn doch auf keinen Fall verletzen wollen!

«Ich habe nichts getan. Und ich gehe jetzt duschen.»

«Willst du nicht frühstücken?» Kuma Viola hielt ihr einen Teller mit Früchten entgegen.

«Ich bin nicht hungrig.» Damit bog sie um die Ecke und stieg die Treppe nach oben, bevor ihr Magen rebellieren konnte.

Troys Füße trommelten auf den Kies neben der Straße. Schweiß rann über sein Gesicht und tropfte auf sein bereits feuchtes T-Shirt. Seine Beinmuskulatur hatte vor ungefähr einem Kilometer angefangen zu brennen, doch er hielt nicht an.

Er war nicht mehr fit genug für so etwas. Das letzte Mal war er am Geburtstag seines Vaters letztes Jahr laufen gewesen. Erinnerungen hatten ihn überfallen, und er hatte sie nur vertreiben können, indem er rannte.

Damals hatte es funktioniert, heute tat es das nicht.

Camryn tat solche kleinen Dinge schon sein halbes Leben für ihn. Sie hatte Erdnussbutter für ihn gekauft, hatte ein Familienfoto gerahmt, ihm einen Matchbox-Truck geschenkt. Dinge, die ihn an bessere Zeiten erinnerten; ihn dazu brachten, nach vorne zu schauen. Ihm sagten, dass er ihr am Herzen lag.

Aber das, was sie heute Morgen getan hatte, war etwas anderes. Etwas vollkommen anderes.

Sie hatte einen Muffin mit einer Geburtstagskerze auf seinen Nachttisch gelegt. Troy hatte nicht mal Geburtstag. Sie hatte einfach etwas Nettes getan, um schlimme Erinnerungen zu vertreiben. Erinnerungen, von denen nur sie wusste, weil sie die einzige Person war, der er je davon erzählt hatte. Er hatte sich nicht einmal selbst erlaubt, sich zu erinnern.

Wie schaffte sie das? Wieder und wieder rettete sie ihn vor seiner Vergangenheit und ließ ihn glauben, dass er ein wertvoller Mensch war. Wieso tat sie das? Ein Teil von ihm wollte glauben, dass sie langsam nachgab und ihre Sicht auf das Leben änderte. Ein Teil von ihm hoffte, dass sie es tat, weil sie ihn ebenfalls liebte – also, wenn seine Liste wirklich funktionierte und sie an die Liebe glaubte.

Wenn dieser verdammte Muffin einfach nur eine weitere, nette Geste gewesen war, dann erwartete ihn ein böses, schmerzhaftes Erwachen. Wenn Cam seine Liebe nicht erwidern konnte, wäre er niemals wieder fähig, sie auf dieselbe Art zu sehen wie früher … oder sie überhaupt anzusehen.

Cam war alles für ihn. Keine andere Frau konnte ihm einen Kuss auf die Brust drücken und damit gleichzeitig sein Herz berühren, um die Risse darin zu heilen. Keine andere Frau konnte seinen Schmerz fühlen, ihn verstehen und langsam verblassen lassen. Keine andere hätte die Tränen weggewischt, die er viel zu lange nicht hatte weinen können, als wolle sie ihm schweigend sagen, dass die Vergangenheit vorbei war.

Troy hatte noch nie jemandem so viel bedeutet, dass derjenige einen Zettel auf seinem Nachttisch hinterlassen hätte, auf dem stand: *Du bist jemand!*

Er drehte um und lief zurück in Richtung des Hauses, beschleunigte seine Schritte, um das Brennen in seinem Herzen zu vertreiben. Kiefern säumten die Straße, genauso wie steile Böschungen, die er schon vom Hinweg kannte. Mit jedem Schritt hallten ihre Worte in ihm wider. *Du. Bist. Jemand.*

War er jemand? Und sei es nur für sie? Denn damit könnte er leben. Er konnte damit leben, für die Covics ein Sohn, für Fisher ein Freund, für Heather ein Bruder zu sein. Und die Welt für Camryn. Wenn sie die Einzige wäre, die ihn wirklich kannte und verstand, würde er als glücklicher Mann sterben.

Zuerst musste er sie um eine Verabredung bitten, mit ihr ausgehen. Diesmal richtig und nicht als Lüge, um sie vor ihrer Familie zu retten. Er musste herausfinden, ob Cam seine Gefühle auch nur ansatzweise erwiderte oder ob es für sie nur um guten Sex ging. Die meisten Frauen verwechselten Sex und Liebe, aber Cam sicherlich nicht. Und bisher hatte sie nicht an die wahre Liebe geglaubt. Er musste herausfinden, ob sie immer noch so dachte.

Jeder harte Schritt auf dem Kies brachte ihn näher zu Cam. Jeder schwere Atemzug war eine Metapher dafür, wie sie ihm die Luft zum Atmen raubte. Troy glaubte an Hoffnung, auch wenn es ihm in seinem Leben oft schwergefallen war, zu hoffen. Früher einmal hatte er auf eine Familie gehofft, die ihn lieben konnte, auf einen Freund, mit dem er spielen und Dinge teilen konnte, auf ein eigenes Heim, das niemand kaputt machen oder ihm wegnehmen konnte. Nachdem er all diese Dinge bekommen hatte, hatte er aufgehört zu hoffen, in der Annahme, dass sein Leben nun vollständig wäre. Doch das war es nicht.

Jetzt hoffte er auf Camryn.

Troy verlangsamte seine Schritte und ging die Einfahrt entlang. Als er hörte, dass die Familie sich am Pool aufhielt, schlich er sich durch die Garagentür ins Haus, damit niemand ihn sah. Er eilte die Treppe nach oben und in ihr gemeinsames Zimmer, um zu duschen, bevor er Camryn suchen würde.

Die Badezimmertür stand einen Spalt offen, und Dampf waberte heraus. Er ging hinüber und legte die Hand an den Knauf, doch sie sprach, bevor er sich bemerkbar machen konnte.

«Ja, ich habe deine Nachricht bekommen. Ich dachte, du hättest sie aus Versehen geschickt.»

Sie telefonierte. Troy zog die Hand zurück und trat einen Schritt nach hinten, um Camryns Privatsphäre zu respektieren, während er wartete.

«Was sollte ich denn denken, Maxwell? Du hast mit jemand anderem geschlafen. Du hast dich von mir getrennt, schon vergessen?»

Troy erstarrte, den Blick auf die Tür gerichtet.

«Entschuldigung? Was ist mit Alicia? Du hast doch erklärt, ihr würdet so toll zueinanderpassen. Und neben anderen grausamen Dingen hast du mich als Roboter bezeichnet. Ich war offensichtlich nicht gut genug …» Sie seufzte. «Nein, Maxwell.

Ich bin für die Hochzeit in Colorado. Ich kann nicht mit dir zu Abend essen ...»

Sein Magen krampfte sich zusammen, als seine Hoffnung ins Wanken geriet. Ihr Ex wollte sie zurückhaben. Auf keinen Fall konnte Troy mit einem Marketingmanager konkurrieren, der ihr finanzielle Sicherheit bot, außerdem ein großes Haus in einem Vorort und zweieinhalb Kinder.

«Ja, ich habe jemanden mitgebracht ... einen Freund der Familie ... Ja, ich habe Freunde ... Das geht dich nichts an.»

Und damit verließ Troy jede Hoffnung, entwich wie die Luft aus seiner Lunge. Er war nur ein Freund. Ein Freund, mit dem sie Sex haben konnte, aber nicht mehr. Da hatte er seine Antwort. Und er musste sich nicht mal selbst demütigen, indem er Cam direkt fragte.

«Schön, Maxwell. Ich werde dich anrufen, wenn ich zurück bin. Ich weiß nicht ... Ja, ich habe den Schlüssel noch. Okay. Montag.»

Troy zog sich weiter zurück, um den Raum zu verlassen, doch in diesem Moment wurde schon die Badezimmertür aufgezogen. Cam stand im Türrahmen, nur in ein Handtuch gekleidet, ihr Haar feucht.

Ihre Augen wurden groß. «Du bist zurück.»

Er schluckte. «Ja.»

Ihr Blick huschte an ihm vorbei zum Nachttisch, dann wieder zu ihm.

Er suchte nach etwas, irgendetwas, was er sagen konnte. Doch ihr Gespräch mit Maxwell zu belauschen, hatte sein Hirn außer Gefecht gesetzt.

Sie ging um ihn herum und warf den Muffin, komplett mit Kerze und Zettel, in den Mülleimer.

«Was tust du da?» Er ging hinüber und nahm alles wieder heraus, um es zurück auf den Nachttisch zu legen.

«Hör mal, es tut mir leid. Ich wollte dich damit nicht wütend machen. Ich dachte nur ...»

Himmel, er war ein Trottel! «Ich bin nicht wütend.»

«Du wirkst wütend.»

Er stieß einen tiefen Seufzer aus, dann ging er zu ihr. Sie mochte diesen Maxwell ihm vorziehen, aber sie war immer noch Cam. Sie war immer noch die fürsorgliche, besonnene Frau, die sie immer gewesen war. Troy war ihr eine Erklärung schuldig, denn in ihren Augen hatte sich nichts verändert.

Er zog sie an sich und umfasste ihren Hinterkopf, als sie ihre Wange an seine Brust legte. «Ich bin nicht wütend, Cam. Was du da getan hast, war sehr nett. Danke.»

«Bist du dir sicher?»

Er schloss die Augen. «Ja.»

«Wieso bist du dann laufen gegangen?»

Gleichzeitig mit seinen Augen öffnete er auch den Mund, bereit, ihr zu sagen, was er für sie empfand. Dann fiel ihm wieder ein, dass seine Hoffnungen zerstört worden waren. «Ich brauchte einfach frische Luft. Es hatte nichts mit dir zu tun. Ehrlich, noch mal vielen Dank für den Zettel. Er, ähm ...» Troy brach ab. Er wusste nicht, wie er den Satz beenden sollte.

Sie trat einen Schritt zurück, um zu ihm aufzusehen. «Ich verstehe.»

Nein, das tat sie nicht.

Ein Wimpernschlag, und sie verwandelte sich wieder zurück in die alte Cam. Ihr Blick wich ihm aus, kurz bevor sie es ebenfalls tat. Sie zog sich zur anderen Seite des Raums zurück, weg von ihm. Als er beobachtete, wie sie sich mit abgehackten, wütenden Bewegungen anzog, fühlte er sich wie ein Wurm. Cam schob die Füße in ihre Flipflops und ging zur Tür.

Er musste sie wissenlassen, wie viel ihre Geste ihm bedeutet hatte, sonst würde ihr wunderschöner Kopf ihr wieder einreden, dass sie auch das verbockt hatte.

«Du bist die einzige Person auf der Welt, Camryn, die jemals dafür gesorgt hat, dass ich mich wie ein Jemand fühle.»

Sie drehte sich um, Schmerz in den Augen, und verzog die hübschen Lippen. «Du *bist* ein Jemand.»

Verdammt sollte sie sein!

Er wirbelte herum und verschwand im Bad, bevor er den Mund öffnen und alles zerstören konnte.

LEBENSWEISHEITEN*

Echte Frauen weinen nicht.
Es sei denn, der Wein ist alle.

*ZUMINDEST WENN ES NACH CAMRYN GEHT

KAPITEL 16

Das Flugzeug ist eine Stunde zu früh gelandet.» Heather legte das Handy auf den Küchentisch und wickelte sich fester in ihr Handtuch. Sie trug noch ihren feuchten Badeanzug. «Das Flughafen-Shuttle kann sie erst in zwei Stunden abholen.»

Heathers zwei beste Freundinnen Shana und Katie waren jetzt schon zusammen mit Justins Freunden John und Cody eingeflogen, damit sie am Probedinner teilnehmen konnten. Obwohl sie nicht zum engsten Familienkreis gehörten, hatten sie bei der Hochzeit Aufgaben als Platzanweiser und als Vortragende während der Zeremonie zu erfüllen. Die erweiterte Familie würde später am Tag anreisen und direkt im Hotel einchecken.

Außer Heather und Camryn saßen fast alle draußen am Pool, in der Annahme, dass ihnen noch ein paar Stunden blieben, bevor sie sich anziehen und bereit für Gäste machen müssten.

Troy war immer noch oben und gönnte sich die längste Dusche der Menschheitsgeschichte.

«Ich kann sie abholen.» Camryn machte eine wegwerfende Handbewegung, um klarzustellen, dass das keine große Sache war. «Du brauchst Zeit, um dich fertig zu machen. Ich erledige das.»

Nach Maxwells Anruf und Troys plötzlichem Rückzug käme ihr die Zeit allein während der Fahrt nur recht. Und Katie würde auf jeden Fall für Ablenkung sorgen. Heathers älteste Freundin gehörte zu diesen Frauen, die jeder Mann wollte, während jede Frau so sein wollte wie sie. Trotzdem mochte Camryn sie sehr.

«Was erledigst du?» Troy trat in die Küche. Er trug Khakihosen sowie ein enges, schwarzes T-Shirt und sah in dieser lässigen Kleidung unglaublich attraktiv aus. Sein dunkelblondes Haar war immer noch feucht von der Dusche und fiel ihm bis auf den Kragen.

Hitze entzündete sich in ihrem Bauch und brachte ihre Nerven zum Brennen. Noch nie zuvor hatte ihr Körper so auf einen Mann reagiert wie auf Troy. Allein ihn anzusehen, sorgte dafür, dass sie sich ausmalte, was sie alles für verruchte Dinge tun könnten. Dinge, die nur er ihr beibringen könnte und die sie mit niemand anderem je erwogen hätte.

Das Wort «verrucht» war bisher nicht mal Teil ihres Wortschatzes gewesen.

Heather sah zwischen ihnen beiden hin und her. «Was ist los?»

«Nichts.» Troy stopfte die Hände in die Hosentaschen.

Heather wirkte skeptisch, hakte aber nicht weiter nach. «Das Flugzeug mit unseren Freunden ist früher gelandet. Cam wird sie abholen fahren.»

Troy nickte und warf Cam einen schnellen Blick zu, bevor er wieder zur Seite sah. «Ich begleite sie.»

«Das ist nicht nötig», versicherte Camryn, doch er sah sie böse an.

«Ich habe gesagt, ich begleite dich.» Er stemmte die Hände in die Hüften. «Ich hole die Autoschlüssel von Bernice.» Damit drehte er sich um und verschwand, bevor Cam auch nur reagieren konnte.

«Wow.» Nur mit Mühe gelang es Heather, den Mund zu schließen. «Ärger im Paradies?»

Camryn mochte weder Streit noch Konfrontationen, also hatte sie keine Ahnung, was sie mit Troy anfangen sollte, wenn er sich so benahm. Sie verstand nicht einmal, *warum* er so wütend war. Die Misshandlungen in seiner Vergangenheit setzten ihm offenbar immer noch sehr zu. Sie hatte gedacht, mit ihrem Zettel könnte sie ihn dazu bringen, dass er verstand, wie sie ihn sah. Sie wollte ihn wissenlassen, dass er nicht einfach nur ein Jemand war, sondern *für sie* jemand war. Vielleicht hatte sie damit stattdessen dafür gesorgt, dass ihm klargeworden war, was für einen Fehler sie gerade begingen. Hatte er deswegen seine Meinung geändert? Oder hatte er es als Angriff gesehen, weil sie damit all die schmerzhaften Erinnerungen aufgewühlt hatte, die er so unbedingt vergessen wollte?

Camryn rieb sich die schmerzende Brust. «Sag Troy, dass ich draußen auf ihn warte.»

Sie durchquerte die Waschküche und trat in die Garage. Dort öffnete sie die Hintertür des SUVs der Hortons und packte den Hebel für die dritte Sitzreihe, schaffte es aber nicht, Hebel und Sitz gleichzeitig zu bewegen.

Eine große Hand legte sich über ihre. Troys Körper drückte sich an ihren Rücken, während er den Sitz nach hinten schob und einrasten ließ. Direkt im Anschluss zog er sich zurück und kletterte auf den Beifahrersitz.

«Danke», murmelte Cam. Schauer überliefen ihren Körper und sorgten dafür, dass sich die Sommerwärme anfühlte wie ein eisiger Winter in Wisconsin.

Troy streckte die Hand durchs offene Beifahrerfenster. Von seinen Fingern baumelte der Autoschlüssel.

Sie schloss die Tür und nahm den Schlüssel, dann umrundete sie das Auto und stieg ein. Ihre Hände zitterten so heftig, dass es ihr beim ersten Versuch nicht gelang, das Auto zu starten.

Er warf ihr einen ungeduldigen Blick zu. «Soll ich fahren?»

Cam starrte das Lenkrad an. Ihre Brust war eng, ihre Kehle wie zugeschnürt. Der einzige Mann, der sie je gewollt hatte, konnte es plötzlich kaum noch ertragen, sie anzusehen. All diese netten Worte und die Punkte auf seiner Liste, die eine Veränderung in ihr angestoßen und sie glücklich gemacht hatten, waren jetzt nichts anderes als eine weitere Ohrfeige, etwas, was sie bedauern musste. Genau wie alles andere in ihrem Leben.

Wie dumm sie gewesen war, zu glauben, dass die Dinge anders laufen könnten. Dass sie und Troy eine Ausnahme sein könnten – oder sie jemand anders werden könnte als die Person, die sie immer gewesen war.

«Was für Bilder siehst du gerade in deinem Kopf, Cam? Was stellst du dir diesmal vor, um ruhig wie ein Stein zu bleiben und bloß nichts zu empfinden?»

Sie zuckte zusammen. Die Grausamkeit seiner Worte – die Art, wie er ihre Ehrlichkeit und ihr Geheimnis nun gegen sie einsetzte – ließ sie verzweifelt um Kontrolle kämpfen. Beinah wäre sie vor Verlegenheit und Scham gestorben. Nichts hatte jemals so weh getan. Es war, als würde sie in Stücke gerissen und es bliebe kein Fetzen Hoffnung, kein Versprechen übrig. Es gab keine Phantasien oder Visionen, die diesen Schmerz jemals vertreiben könnten.

Sie atmete tief durch, schluckte und drehte den Schlüssel im Zündschloss.

Fahr. Fahr einfach.

Troy sagte nichts mehr. Im Auto war es unheimlich still, bis das Navi mit einem Piepen verkündete, dass sie rechts abbiegen sollte. Um das Schweigen zu überdecken, schaltete sie das Radio ein. Sanfte klassische Musik füllte den Innenraum.

Troy hob die Hand und drückte einen Knopf, sodass aggressiver Rock aus den Lautsprechern plärrte.

Sie drehte die Lautstärke herunter, ohne den Blick von der Straße abzuwenden.

Als sie am Flughafen vorfuhren, warteten Heathers Freunde bereits vor der Gepäckausgabe. Katie sprang von einer Bank auf, als Camryn und Troy aus dem Auto stiegen. Ihre blonden Locken hüpften fast so heftig wie ihre Brüste.

Camryn sah zu Troy. Katie war die Art von Frau, mit der Troy gewöhnlich ausging – nur dass Katie mehr Hirnzellen hatte.

«Oh wow, schau dich an!», meinte Katie bewundernd, als sie Camryn so heftig umarmte, dass sie zu ersticken drohte. «Ich habe dich noch nie in Türkis gesehen.»

Camryn senkte den Blick auf eine von Heathers Anschaffungen, die sie nicht freiwillig trug.

«Steht dir gut. Es betont deine Augen und dein Haar! Sehr schick.»

«Danke dir.»

«Wo sind Heather und Justin?»

Troy packte die Koffer und zerrte sie zum Kofferraum.

«Zu Hause, sie machen sich fertig.»

Shana, Cody und John stiegen vor Katie ein. John – ein durchschnittlich attraktiver Mann mit ordentlich gekämmtem, schwarzem Haar, knapp eins achtzig groß – war eher Camryns Liga als die anderen. Er war Justins Zimmergenosse an der University of Wisconsin-Milwaukee gewesen und schien nichts mit dem Rest der Gruppe gemeinsam zu haben. Jedes Mal wenn sie sich begegneten, gab sich Camryn Mühe, mit ihm zu reden. Er wirkte immer ein wenig fehl am Platz, so wie sie auch.

Sie lächelte. «Wie geht es dir, John? Ist eine Weile her.»

Troy schob sich an ihr vorbei, um zur Beifahrertür zu gehen. «Steig in den Wagen, Cam.»

Ihr Lächeln verblasste abrupt.

John musterte Troy stirnrunzelnd. «Mir geht es sehr gut, danke. Wie läuft es in Chicago?»

«Ich ziehe bald zurück nach Milwaukee.»

Sobald John eingestiegen war, schloss sie die Tür, ging um das Auto herum und setzte sich hinter das Lenkrad. Nachdem sie in den Rückspiegel gesehen hatte, fuhr sie los, bevor die Flughafen-Sicherheit auf die Idee käme, sie könnte Massenvernichtungswaffen einladen, weil sie so lange parkte.

«Seid ihr alle bereit für eine umwerfende Junggesellen- und Junggesellinnen-Party?», fragte Katie von ihrem Platz hinter Troy.

Cody meldete sich zuerst zu Wort. «Justin und Heather haben unmissverständlich klargestellt, dass es keine wilde Party geben soll. Das weißt du.»

Camryn lächelte. Heather und Justin wollten sich dem traditionellen Wahnsinn, mit dem ein Paar gewöhnlich in der Nacht vor der Hochzeit gefoltert wurde, nicht aussetzen. Sie hatten sich für ein geselliges Beisammensein im Haus entschieden, mit Drinks und Musik. Sie fanden, es wäre unterhaltsamer, zusammenzubleiben und den Abend mit Freunden zu verbringen.

Katie seufzte dramatisch. «Ich weiß. Ich finde, das stinkt zum

Himmel. Nicht mal ein Stripper! Was ist mit dir, Troy? Könntest du nicht unser Stripper sein?»

Camryn verriss das Lenkrad, sodass der Wagen kurz über die Mittellinie ausscherte, bevor sie in die Spur zurückfand.

«Deine Fahrbahn ist hier drüben», sagte Troy sarkastisch.

Sarkasmus war ihre Strategie, verflixt noch mal, nicht seine. «Das weiß ich.»

«Heilige Scheiße.» Katie keuchte. «Es stimmt. Ich habe Justin nicht geglaubt, aber es stimmt. Ihr beide seid ein Paar. Ihr streitet euch sogar so.»

«Wann ist eure Hochzeit?», witzelte Shana.

Diesmal verriss Camryn das Lenkrad nicht, aber sie dachte ernsthaft darüber nach, es zu tun.

«Ich wusste nicht mal, dass ihr beide miteinander ausgeht», sagte John. «Wann ist das passiert?»

«Vor einem Jahr.» Troys Antwort klang harscher als nötig. «Ja, es stimmt, es ist kein Witz, und wir streiten nicht.»

Stille breitete sich im Auto aus. *Fehlt nur das Zirpen von Grillen.*

Camryn seufzte, weil sie nicht wollte, dass Heathers Freunde sich schlecht fühlten. «Es war eine lange Woche. Wir sind einfach … erschöpft. Wollt ihr erst einchecken oder gleich zum Haus fahren?»

«Zum Haus», lautete die einstimmige Antwort.

«Ich denke, Cam sollte gemeinsam mit Troy zum Altar schreiten.» Heather drehte sich zur restlichen Gruppe um.

Camryn verschränkte die Arme vor der Brust und starrte böse auf das Gras zu ihren Füßen. Sie standen jetzt seit einer Stunde auf dem Rasen rum und hatten immer noch keine wirkliche Probe durchgeführt. Und vorher hatte es natürlich eine halbstündige Diskussion darüber gegeben, warum Heather und Justin sich nicht für eine orthodoxe Zeremonie entschieden hatten.

Bernice hatte der Familie gezeigt, wo auf dem Rasen der Mittelgang, die Stühle und der Altar aufgebaut werden sollten – in einem Bereich auf der Ostseite des Hauses, jenseits des Pools. Der Hochzeitsempfang und das Abendessen würden dann auf der Westseite stattfinden, zwischen Haus und Wald. Die Firma, die sie beauftragt hatten, sollte erst morgen früh alles aufbauen, also musste die Familie sich bei dieser Probe auf ihre Phantasie verlassen.

Dummerweise hatte ihre Familie keine Phantasie.

Camryn sah zu Troy. Er schien keinerlei Meinung dazu zu haben, wie oder mit wem er zum Altar schreiten sollte. Tatsächlich hatte er seit der Autofahrt kein Wort gesprochen. Wenn man das, was er auf der Fahrt getan hatte, überhaupt «sprechen» nennen konnte. Eigentlich war es eher ein Meckern gewesen. Was war sein Problem? Langsam machte sie sein Verhalten sauer.

«Ich meine, Cam ist die Trauzeugin, Fisher der Trauzeuge», fuhr Heather fort, als niemand etwas sagte. «Eigentlich sollten sie gemeinsam gehen, aber warum lassen wir die Paare nicht zusammen?»

«Heather, was auch immer du willst.» Camryn reichte es jetzt. «Lass uns einfach diese Probe durchziehen.»

Ihre Mutter stemmte sofort die Hände in die Hüften. «Camryn Covic, dass du aus irgendeinem Grund Zank mit Troy hast, bedeutet nicht, dass du das an deiner Schwester auslassen kannst.»

Zank? «Ich will nur sagen, dass der Caterer in zwanzig Minuten das Abendessen fertig hat. Wir müssen in die Gänge kommen. Und Troy und ich … zanken uns nicht.»

«Aber definitiv zanken wir uns.» Troys Lippen wurden schmal.

«Das hilft nicht weiter, Troy.»

Er musterte sie durch seine Sonnenbrille. Sie konnte seine Augen nicht sehen, war sich aber trotzdem sicher, dass sein Blick hart war.

«Ich wusste doch, dass das nicht halten kann», kommentierte Baba.

Camryn schloss die Augen, bevor sie etwas sagte, was sie bereuen würde. Als sie sie wieder öffnete, wirbelte Baba einen brennenden Tambourstock zwischen den Fingern und warf ihre Beine hoch wie beim Cancan. Kurz bevor ihr spitzenbesetztes Kleid Feuer fangen konnte …

«Okay.» Heather hob die Hände. «Cody und John, ihr führt die Eltern den Gang entlang zu ihren Plätzen.» Heather schob die beiden in Position wie Ken-Puppen. «Sobald sie sitzen, starten Anna und Fisher.» Anna und Fisher folgten den Anweisungen, um sich dann rechts und links vom Altar aufzustellen. «Gut. Jetzt Troy und Cam.»

Cam hakte sich bei Troy unter und stampfte voran.

«Nein, nein», protestierte Baba. «Langsamer. Das ist kein Wettlauf.»

Wetten, dass doch? Trotzdem verlangsamten beide ihre Schritte und trennten sich am Altar.

«Jetzt bist du dran, Emily», sagte Heather. «Du wirst einen Korb voller Blütenblätter tragen. Lass die einfach fallen, wenn du den Gang entlanggehst. Halt an, wenn du Mommy und Daddy erreicht hast. Okay?»

Emily nickte und benahm sich erwachsener als alle anderen, als sie ruhig zu Anna ging.

Heather hängte sich bei Dad ein, und gemeinsam gingen sie Justin entgegen, der grinste wie ein Idiot. Dieser Mann hatte definitiv keine kalten Füße.

Es musste nett sein, jemanden zu haben, der fest an eine gemeinsame Zukunft glaubte, dachte Camryn. Jemanden, der sich bereits auf die nächsten vierzig Jahre freute und auf all die Überraschungen, die das Leben bringen mochte.

Sie sah Troy an, der mit verschränkten Armen und gesenktem Kopf dastand, und fragte sich, ob er wohl je jemanden finden würde, den er so sehr liebte. Und dann fragte sie sich, ob sie wohl die Kraft finden würde, so zu tun, als freue sie sich für ihn, wenn dieser Moment gekommen wäre.

Father Wieland, der hundertfünfzig Kilo schwere, irische Priester der Hortons, räusperte sich. Er fasste den Ablauf der Zeremonie kurz zusammen, bevor er Katie und Shana anwies, wo sie sich aufstellen sollten, um ihre Lesungen vorzutragen.

Emily setzte sich vor Cams Füße. Offensichtlich hatte sie genug von dieser Probe.

Camryn konnte ihr das nicht übelnehmen. Als endlich alles besprochen war, sehnte sie sich danach, einfach in einen Flieger zu springen, der sie zurück nach Milwaukee brachte. Allein.

«Moment. Was?» Katie, die gerade die Hintertür geöffnet hatte, starrte Heather entgeistert an. «Oh nein, du kannst nicht im selben Raum schlafen wie Justin. Das bringt Unglück!»

«Ich glaube nicht an Unglück.»

Natürlich nicht. Das größte Unglück in Heathers bisherigem Leben war ein abgebrochener Fingernagel gewesen.

«Heather, der Bräutigam darf die Braut vor der Hochzeit nicht sehen», beharrte Katie, als sie den anderen ins Haus folgte.

Heather lächelte. «Wir sind im selben Haus untergebracht. Wie stellst du dir das bitte vor?»

Troy schob die Sonnenbrille auf seinen Kopf, als sie das Speisezimmer betraten. «Ich werde bei Justin einziehen. Dann kann Heather in unserem Zimmer bei Cam schlafen.»

Camryn blinzelte Troy enttäuscht an. Sie hatte heute Abend allein mit ihm reden wollen, um herauszufinden, was eigentlich vor sich ging. Doch wenn er in einem anderen Zimmer schlief, war das unmöglich.

Er starrte das Gedeck vor sich an, um sie nicht ansehen zu müssen.

Alle setzten sich an den Tisch und unterhielten sich angeregt.

Baba deutete auf Camryn. «Er will nicht mal mehr mit dir schlafen. Diesmal hast du einen wirklich Guten verschreckt. Ich hoffe, du bist glücklich, Missy.»

Camryn rieb sich über die Schläfe. «Es ist alles in Ordnung, Baba.»

Ihre Großmutter schnaubte nur ungläubig.

Kuma Viola ließ sie nicht so einfach vom Haken. «Warum streitet ihr euch dann? Ihr beide habt euch getrennt, oder? Tolle Art, die Hochzeit zu versauen.»

Justins Blick huschte zwischen Camryn und Troy hin und her. «Jetzt hört mal zu. Troy tut uns einen Gefallen, indem er bei mir schläft. Tradition ist Tradition, wie Katie gesagt hat.

Und alle Paare streiten sich mal. Es ist offensichtlich, dass Troy Cam liebt ...»

Troy stemmte die Hände auf den Tisch und stand abrupt auf. «Cam, ein Wort unter vier Augen, bitte.»

«Jetzt?»

Er packte ihren Arm und zog sie vom Stuhl. «Ja, jetzt.» Er schob sich am Esstisch vorbei, durchquerte die Küche und ging in die Bibliothek, wo er die Tür zutrat. «Ich kann das nicht», murmelte er, offenbar mehr zu sich selbst, und fuhr sich mit der Hand durchs Haar, bis seine Finger an seiner Sonnenbrille hängen blieben. Er starrte sie einen Moment an, als erkenne er nicht, was er da hielt, dann steckte er sie in die hintere Hosentasche.

«Was kannst du nicht?»

«Das.» Er wedelte mit der Hand zwischen ihnen herum.

Selbst ihr Fake-Freund konnte sie schon nach ein paar Tagen nicht mehr ertragen. Deswegen würde sie auf jeden Fall weinen. Später. «Es tut mir leid, Troy. Ich hätte dich nie darum bitten dürfen. Ich dachte nicht, dass es so ...»

«Das habe ich nicht gemeint.» Seine Stimme wurde sanfter. «Hör mal, heute Morgen ...»

«Troy, bitte, hör auf. Was ich getan habe, tut mir leid. Das tut es wirklich. Und auch wenn es hier um mehr gehen muss als nur um meinen Zettel, können wir das später besprechen. Du musst nur noch ...» Korrektur. «*Wir* müssen nur noch zwei Tage durchstehen, dann bist du mich endlich los.»

«Was, wenn ich dich nicht loswerden will?»

Sie starrte ihn an. Er wirkte nicht mehr wütend. Frustriert vielleicht, aber nicht mehr wütend. Sie beobachtete, wie sein Adamsapfel hüpfte. Er starrte auf ihre Füße. Sie hatte noch nie erlebt, dass Troy sich weigerte, jemandem in die Augen zu sehen.

«Was soll das bedeuten?»

Seine Miene wurde ausdruckslos.

Ihr Herz machte einen Sprung, nur um dann die Arbeit einzustellen, während sie auf eine Erklärung wartete. Denn das klang sehr nach …

«Egal. Vergiss es.» Troy sah sich im Raum um, ließ den Blick vom Boden über die deckenhohen Bücherregale und zum Schreibtisch in der Ecke wandern, bevor er wieder aufs Parkett starrte. «Ich werde mich mehr anstrengen.»

Wenn er irgendetwas für sie empfinden würde, müsste er sich nicht anstrengen.

Er ging zur Tür, doch sie trat ihm eilig in den Weg.

«Ich würde nie irgendetwas tun, um dich zu verletzen. Das weißt du, oder? Sag mir, dass du das weißt. Wenn schon sonst nichts, Troy, sind wir doch Freunde. Was ich heute Morgen getan habe, sollte dich genau das wissenlassen.»

Er presste die Augen zu, als hätte er Schmerzen.

Sie umfasste seine Wangen und zwang ihn, sie anzusehen. «Und ich werde niemals jemandem erzählen, was du mir anvertraut hast. Was passiert ist, war nicht deine Schuld …»

Er entzog sich ihrem Halt und begann, im Raum auf und ab zu wandern; tigerte die Länge des Raums entlang wie ein Raubtier. «Jetzt ist nicht der richtige Zeitpunkt für dieses Gespräch.»

«Doch.» Weil er heute Nacht nicht in ihrem Zimmer schlafen würde und seine Schutzschilde wieder aufgerichtet hatte. Sobald sie wieder zu Hause wären, würde sich keine Gelegenheit mehr bieten, diese Dinge auszusprechen. Sie würden in ihre jeweiligen Leben zurückkehren, als hätte es diese Woche nie gegeben. «Was dein Vater getan hat, war nicht deine Schuld. Und egal, wie wütend du auch auf mich bist – egal, wie heftig du mich von dir stößt, weil ich die Wahrheit kenne –, ich werde immer für dich da sein.»

Troy wandte ihr den Rücken zu, um aus dem Fenster zu starren. Er ging auf Distanz, wie er es bei allem tat, was wichtig war. Manche Dinge konnte er ernst nehmen, aber dafür gab es eine klare Grenze, und anscheinend hatte er diese Grenze erreicht.

Nicht zum ersten Mal wünschte sich Cam, sie hätte in seiner Jugend mehr für ihn getan. Vielleicht würde er dann richtig leben, statt nur für alle anderen eine verflixt gute Show zu liefern. Vielleicht wüsste er dann, wie außergewöhnlich er war.

Gequält von Schuldgefühlen, wartete sie eine volle Minute, bevor sie nach dem Türknauf griff.

«Nicht», sagte er, bevor sie den Raum verlassen konnte.

Sie drehte sich um. Troy stand am anderen Ende des Zimmers und sah aus wie der zehnjährige Junge, der damals auf ihrer Türschwelle abgesetzt worden war: verängstigt, hoffnungsvoll und beschämt zugleich. Er hatte sich mit den Jahren nicht verändert.

Er trat näher. «Ich bin nicht wütend auf dich. Ich bin wütend auf mich selbst. Die Dinge, die ich im Auto zu dir gesagt habe …»

«Vergiss es, Troy.»

«Nein», blaffte er und stampfte auf sie zu, bis er ihre Handgelenke packen konnte. «Dafür gibt es keine Entschuldigung. Du hast etwas Besseres verdient. Jemanden, der dich besser behandelt, als ich es kann. Versprich … Versprich mir nur, dass du dich von ihm auf die richtige Art lieben lassen wirst, Cam. Mit Rosen und Kerzenschein und …»

«Mal wieder die Liste», knurrte sie und entzog ihm ihre Arme. Ihr Herz brach mit jeder verdammten Silbe, die über seine Lippen drang.

Wie konnte er es wagen? Er versuchte tatsächlich, ihr zu erklären, wie sie jemand anderen lieben sollte. Er hatte keine Ahnung. Als könnte sie in Bezug auf irgendeinen anderen Mann je so empfinden, wie sie für ihn empfand.

Sie zuckte zusammen. Oh nein, sie war tatsächlich dumm genug gewesen, die Lüge zu glauben. Sie hatte sich in ihn verliebt.

«Ja, Cam. Es stehen noch ein paar Punkte auf meiner Liste, und dann gibt es auch noch einen letzten Punkt, den du zu Hause für dich selbst tun musst.» Er hielt inne und schien durch sie hindurchzuschauen, statt sie anzusehen. «Du musst dich verlieben. Du musst die wahre, echte, verrückte Liebe finden, ohne die du einfach nicht leben kannst.»

Fast hätte sie über die Ironie der Situation gelacht. Troy hatte all das getan, um ihr zu zeigen, wie seine Version von Liebe aussah, nur damit sie sich in einen Mann verliebte, den sie vielleicht nie treffen würde. Und das, wo sie sich mit jedem Moment mehr in Troy verliebt hatte.

Sie waren beide Idioten.

«Was auch immer du sagst, Troy.»

Bevor er noch etwas von sich geben konnte, was sie langsam, aber sicher umbrachte, drehte sie den Türknauf und ging.

Er wartete ein paar Sekunden, bevor er ihr folgte. Als sie sich dem Esszimmer näherten, packte er ihre Hand und drückte ihre Finger.

Die Familie war gerade mit der Vorspeise beschäftigt, als Cam und Troy sich wieder setzten.

«Oh, gut», sagte ihre Mutter. «Ihr habt euch versöhnt.»

«Für mich sehen sie nicht besonders versöhnt aus», meinte Yjaka Mitch.

Troy stieß den Atem aus und sah Camryn an. «Vergib mir», flüsterte er so leise, dass nur sie ihn hören konnte.

Dann umfasste er ihren Hinterkopf und zog sie an sich. Als sein Mund ihren fand, packte sie seine Arme und klammerte sich verzweifelt daran fest. Seine Lippen strichen über ihre, seine Zunge eroberte ihren Mund. Wie konnte er sie so küssen, in einem Raum voller Leute, nachdem er gerade verlangt hatte, dass sie sich in jemand anders verliebte?

Gott, niemand küsste wie Troy. Niemand!

Als er sich zurückzog, lag Cam fast auf Yjaka Harolds Schoß auf dem benachbarten Stuhl.

Troy sah sich am Tisch um. «Seht ihr? Absolut versöhnt. Will noch jemand einen Kuss, um alles besser zu machen?»

Alle starrten ihn mit offenem Mund an. Alle außer zwei Personen ... Shana und Katie hoben die Hände.

Kuma Viola sah aus, als hätte sie sich am liebsten auch gemeldet.

Alle lachten. Camryn griff nach ihrer Gabel, um so zu tun, alles wäre alles in Ordnung, dann schob sie ihren Salat von rechts nach links über den Teller.

Heather schlug mit der Gabel an ein Weinglas. «Justin und ich wollen euch allen dafür danken, dass ihr hier seid. Bernice und Tim, euch haben wir es zu verdanken, dass wir hier etwas ganz Besonderes erleben. Wir sind unendlich glücklich, dass ihr alle bei uns seid.»

Gläser wurden gehoben, und alle stießen an.

«Ich bin dankbar für den Wein», sagte Katie. «Und was ist für heute Abend geplant?»

«Karaoke.» Justin schob sich ein großes Salatblatt in den Mund und zwinkerte Troy zu.

Camryn ließ die Gabel fallen und schenkte Troy einen bösen Blick. Das musste seine verdammte Idee gewesen sein. Ein weiterer Punkt auf seiner beschissenen Liste. Und jetzt fluchte sie sogar schon in ihrem Kopf!

«Oh, das wird bestimmt lustig», befand Shana.

Troy lehnte sich zu ihr und flüsterte: «Wir sind fast am Ende der Liste, Cam. Heute Abend wirst du singen.»

Sie kniff die Augen zusammen. Nur gut, dass sie ihre Gabel fallen gelassen hatte, sonst hätte sie ihm jetzt ins Auge gestochen. «Das werde ich nicht.»

Er lächelte, dieser hinterhältige Trottel. «Doch, wirst du. Und du wirst Spaß dabei haben. Für dich selbst. Für mich.»

«Einen Teufel werde ich.»

Sein Blick huschte kurz zu ihren Lippen, bevor er ihr wieder in die Augen sah. «Fluchen haben wir bereits von der Liste gestrichen. Schande über dich.»

Die Caterer räumten die Salatteller ab und ersetzten sie durch große Haufen Pasta. Cam starrte den Teller an und fragte sich, wo sie all dieses Essen unterbringen sollte. Troys Schoß wäre ein guter Ort …

«Ach übrigens.» Troy wandte sich an alle, die am Tisch saßen. «Heute Abend beim Karaoke gibt es Regeln. Jemand anders wählt das Lied aus, das man singen muss. Jeder zieht einen Namen aus dem Hut, um herauszufinden, wer über wen bestimmt.»

Dieser dreckige …

«Das wird sooo lustig!» Katie klang begeisterter, als es Cam selbst an guten Tagen möglich war. «Aber es gibt Schnaps, oder?»

LEBENSWEISHEITEN*

Ich habe jeden Tag
einen neuen peinlichsten
Moment meines Lebens.

*ZUMINDEST WENN ES NACH CAMRYN GEHT

KAPITEL 17

Troy war als Nächstes dran. Er blätterte die Titelliste der Karaoke-Maschine durch, die Justin ausgedruckt hatte, und fragte sich, wer seinen Namen gezogen und welches Lied derjenige ausgesucht hatte.

Camryns Dad gab gerade bei *Blue Suede Shoes* sein Bestes, was Troys Ohren bluten ließ.

Baba lachte so heftig, dass Troy befürchtete, sie könne jeden Moment einen Herzinfarkt bekommen.

Von seinem Tisch im hintersten Teil des Raums aus sah Troy sich im Medienzimmer um. Justins und Heathers Freunde saßen ganz vorne vor dem riesigen Flachbildschirm und waren auf dem besten Weg ins Delirium. Gemeinsam feuerten sie Papa Covic an, damit er beim Singen seine Hüften schwang wie Elvis. Die Tanten und Onkel, die – genau wie Justins Eltern – auf dem Sofa saßen, verloren langsam an Schwung und lächelten müde. Heather und Justin, rechts und links von Troy, brachten mit ihrem Jubel für Papa Covic fast seine Trommelfelle zum Platzen. Sie benahmen sich, als wären sie bei einem Bon-Jovi-Konzert.

Camryn saß in der anderen Ecke des Zimmers an einem weiteren Tisch und unterhielt sich mit John, Anna und Fisher.

Emily döste auf Cams Schoß. Cam lachte über etwas, was John gesagt hatte, und eine ihrer Hände fand Emilys Kopf, um dem kleinen Mädchen über das Haar zu streicheln. Troy fragte sich, ob Cams Kinder, wenn die Zeit einmal kam, wohl dieselbe Haarfarbe haben würden wie sie – exakt die Färbung einer Zimtstange, wie sie im Winter in einer Tasse Tee schwamm – oder ihr subtiles, liebenswertes Lächeln. Oder ihre Augen, so riesig und mit dieser besonderen Farbkombination.

Vor diesem Ausflug nach Colorado hatte der Blick aus diesen Augen apathisch und distanziert gewirkt, doch sie hatte an Leben gewonnen. Seine Liste hatte etwas in ihr bewirkt.

Nur leider war das Resultat, dass Troy sich selbst zurückzog. Früher hatte er Beklemmungen bekommen, wenn er zu lange allein gewesen war, hatte es kaum eine oder zwei Nächte ausgehalten, ohne in eine seiner Lieblingsbars zu gehen oder irgendeine Frau anzurufen, damit sie die Stille vertrieb. Jetzt wünschte er sich nichts anderes, als mit Cam zusammen zu sein. Sie beide, allein.

Doch das wäre selbst an einem Tag voller schlechter Ideen die schlechteste. Vorzugeben, sie gingen miteinander aus, und tatsächlich Gefühle für sie zu empfinden, waren zwei vollkommen unterschiedliche Dinge. Wenn es hart auf hart käme, würde die Familie zu ihr halten. Sie mochten ihn lieben, doch Cam war ein echtes Familienmitglied, er hingegen nur irgendein Kerl, dem sie irgendwann einmal geholfen hatten. Er hätte diese Scharade schon nach dem ersten Kuss im Garten stoppen müssen. Fisher mochte nicht wirklich gemeint haben, was er in Milwaukee gesagt hatte, aber er hatte trotzdem recht gehabt:

Troy war nicht gut genug für Camryn.

Sie hatte mehr verdient als einen Bauarbeiter, dessen einziger lebender Blutsverwandter im Gefängnis saß. Ihre zukünftigen Kinder hatten bessere Gene verdient. Sie brauchte jemanden mit einem Fünfjahresplan, der ähnliche Vorstellungen vom Leben hatte. Einen Kerl, der sie so zum Lächeln brachte, wie sie es gerade tat. Er hatte mit seiner Liste den Schlüssel gedreht, doch die Tür hatte sie selbst geöffnet. Egal, wen sie auch auswählte, um ihr Leben mit ihm zu verbringen, jetzt wäre sie hoffentlich fähig, ihn mit offenem Herzen zu lieben.

Maxwell wollte sie zurückhaben, ein Gedanke, der Troy fast in Stücke riss. Er fragte sich, ob Cam wohl zu ihm zurückkehren würde und, falls ja, ob sie sich wieder in die alte Cam zurückverwandeln würde. Aber vielleicht würde sie auch mit jemandem wie Justins Freund John ausgehen. Der Kerl hatte offensichtlich eine Schwäche für Cam, seit Heather sie ihm vor ein paar Jahren vorgestellt hatte. John sah Cam so an, wie Fisher Anna ansah.

Heather johlte neben Troy, als ihr Dad seinen Gesang mit einem fast schmerzhaften Tremolo beendete. «Du bist dran, Troy.»

Anna stand auf. «Wartet, ich muss erst Emily ins Bett bringen.»

Emily riss die Augen auf. «Ich will nicht ins Bett.»

«Es ist schon spät», sagte Anna. «Und morgen ist ein großer Tag.»

«Aber du hast versprochen, dass ich zusammen mit Tante Cam ein Lied singen darf!»

«Macht nur.» Troy nickte. «Ich kann warten.»

Cam trug Emily ans vordere Ende des Raums und drückte ein paar Knöpfe auf der Karaoke-Maschine. Dann stellte sie Emily vor ihre Beine und reichte dem Mädchen das Mikrophon. Cams Hände zitterten.

Gut. Nervosität war ein klares Zeichen dafür, dass ihr das unglaublich peinlich war. Cam tat oft so, als interessiere es sie nicht, was andere über sie dachten. Aber das stimmte nicht. Sie hatte ihr gesamtes Erwachsenenleben im Tarnmodus verbracht, in der Hoffnung, dass niemand sie bemerkte. Sie musste sich mal in den Mittelpunkt stellen, musste sich peinlich machen und feststellen, dass das Spaß brachte.

Die ersten Takte von *Somewhere Out There* aus dem Film *Feivel, der Mauswanderer* erklangen, und Cam kniete sich hinter Emily. Sie rückte den Monitor zurecht. Sobald die erste Textzeile erschien, deutete sie auf die Worte und sang zusammen mit Emily. Nur Cam konnte Karaoke in eine Unterrichtsstunde verwandeln, in der sie dem Mädchen zeigte, wie die Worte aussahen, die es auswendig kannte.

Emily sang lauter als Cam, doch soweit er hören konnte, erinnerte Cams Singstimme an ihre Sprechstimme, klang sanft und voll. Sie war gar nicht schlecht. Cam fing über die Länge des Raums seinen Blick ein und lächelte.

Ja, er wollte sie definitiv allein für sich. Jetzt.

Plötzlich packte Heather seinen Arm, fest genug, um ihm weh zu tun.

«Au. Was soll der Mist?»

Ihre Augen traten fast aus den Höhlen. «Oh mein Gott, du bist in sie verliebt», sagte sie im lautesten Flüsterton der Menschheitsgeschichte …

Troy sah sich nervös um, doch niemand achtete auf sie. Glücklicherweise war die Musik laut genug, um ihr Gespräch zu übertönen. Als er Heather wieder ansah, erwog er, es zu leugnen, doch was für einen Sinn hätte das gemacht? Er hatte früher am Tag schon fast Cam gegenüber die Kontrolle verloren und ihr gesagt, wie er empfand.

Also zuckte er nur mit den Achseln. «Und wenn schon.»

Heather warf einen Blick zu Camryn, dann sah sie wieder Troy an. «Du musst es ihr sagen.»

Diese Aussage war sogar noch absurder, als Baba dabei zuzusehen, wie sie *I Love Rock and Roll* sang. Außerdem brauchte er Heathers Ratschläge nicht. «Ich weiß, wie ich mit Frauen umgehen muss, vielen Dank auch.»

«Sie ist nicht einfach irgendeine Frau. Sie ist Cam.» Heather biss sich auf die Unterlippe, während sie ihn musterte. Sie wirkte, als wolle sie etwas sagen, könne die Worte aber nicht über die Lippen bringen. Nach einem langen Moment des Schweigens spuckte sie es schließlich aus: «Gott, Troy. Bitte brich ihr nicht das Herz.»

Okay, langsam wurde er sauer. «Alle machen sich solche Sorgen um Cams Herz, aber was ist mit mir? Was ist mit meinem Herz? Ich habe eins. Was, wenn sie meins bricht?»

Alle jubelten und klatschten, als Emily und Cam ihr Lied beendeten. Troy riss den Blick von Heather los, um Camryn anzusehen.

Zur Hölle, sie hatte ihm das Herz bereits gebrochen, sogar ein paarmal. Sein Argument gegenüber Heather war sinnentleert.

Camryn ging zurück in den hinteren Teil des Raums, Troy dagegen versuchte, seine Atmung zu kontrollieren. Erst als sie sich wieder gesetzt hatte, fiel ihm auf, dass ein Punkt auf seiner Liste noch nicht abgehakt war.

«Hey», protestierte er. «Mit Emily zu singen, zählt nicht, Cam. Geh wieder nach vorne. Wer hat Cams Lied ausgesucht?»

John stand auf. «Ich.»

Er ging zur Karaoke-Maschine, während Cams Augen Eisblitze in Troys Richtung schossen. Echt coole Superkraft, die sie da hatte. Schicksalsergeben stand sie auf und kehrte auf die improvisierte Bühne zurück.

John drückte ein paar Knöpfe an der Maschine und setzte sich wieder.

Als ihr Lied erklang, strahlte Cam John so breit an, dass Troys Herz sich vor Eifersucht verkrampfte.

Super. Er war noch nie in seinem Leben eifersüchtig gewesen. Nicht mal, wenn er es hätte sein sollen. Das Gefühl hinterließ einen bitteren Geschmack in seinem Mund.

Und dann wurde ihm bewusst, welches Lied John ausgewählt hatte.

«Das ist geschummelt. Das Lied hat keinen Text!»

«Aber sicher», sagte Cam ins Mikrophon, immer noch breit grinsend, bevor sie rief: «Tequila!»

Katie, Shana, Cody und Heather schlossen sich ihr an und tanzten am vorderen Ende des Raums. Troy brachte es nicht übers Herz, weiter zu widersprechen. Ein Blick auf Cam reichte, um ihm zu zeigen, dass sie Spaß hatte. Sie mochte sich nicht wirklich peinlich machen, aber es war genug.

Er setzte sich wieder und rieb sich das Gesicht.

«Ich habe dein Lied ausgesucht», sagte Justin.

Troy kniff die Augen zusammen, als er Justins hinterhältiges Lächeln sah. «Will ich es wirklich wissen?»

Anna verließ den Raum, um Emily ins Bett zu bringen.

Camryn schrie das letzte «Tequila» und kippte lachend gegen Katie.

Troy schluckte schwer. Er wollte den Blick abwenden, doch

er schaffte es einfach nicht. Selbst wenn er in seinem Leben nie mehr Schönheit sähe, würde ihm diese Erinnerung über alles hinweghelfen.

«Komm schon, Troy», drängte Justin.

Troys Blick huschte zum vorderen Teil des Raums, wo Justin inzwischen auf ihn wartete. Troy hatte nicht mal bemerkt, dass der Bräutigam aufgestanden war. Langsam erhob sich Troy, bereit, sich seiner Strafe zu stellen. Er nahm das Mikrophon von Justin entgegen.

«Sei froh, dass ich nicht das Lied aus *Titanic* ausgesucht habe.» Justin zwinkerte ihm zu. «Das war nämlich meine erste Idee.»

Troy zog eine Grimasse. Justins zweite Wahl musste besser sein als Céline Dion, richtig?

Katie brüllte eine Anfeuerung und wackelte dabei mit den Brüsten wie eine brasilianische Sambatänzerin. Nun, zumindest spielte er nicht den Stripper, wie sie vorhin im Auto vorgeschlagen hatte.

Doch dann setzte die Musik ein, und Troy bedachte Justin mit einem Killerblick.

Camryn und John lachten so heftig, dass Cam von ihrem Stuhl fiel und sich eilig wieder aufrappeln musste. Das war nicht das erste Mal, dass Troys Pläne nach hinten losgingen, aber, bei Gott, es würde das letzte Mal sein.

Er beschloss, das Beste daraus zu machen. Nachdem mindestens die Hälfte der Leute im Raum zu betrunken war, um sich morgen daran zu erinnern, fing er an, sein Hemd aufzuknöpfen. Warum nicht? Er war bisher immer die Stimmungskanone auf jeder Party gewesen.

Camryn hörte auf zu lachen.

Katie johlte.

Und als Troy anfing, *You Can Leave Your Hat On* zu singen, sang der gesamte Raum mit, wenn auch nicht gut.

Er schob das Hemd über die Arme nach unten, hob seine Hand und ließ den Stoff über seinem Kopf wirbeln wie einen Propeller.

Heather sprang auf und feuerte ihn an.

Bernice schlug sich kopfschüttelnd die Hand vors Gesicht.

Papa Covic stöhnte laut genug, um die Trauerweide im Vorgarten zu entwurzeln.

Camryn saß wie erstarrt, die rosa Lippen entsetzt geöffnet.

Schachmatt.

Zu Beginn der zweiten Strophe trat Troy vor, setzte sich rittlings auf ihren Schoß und ließ zusätzlich noch die Hüften kreisen. Für eine Frau, die Farben hasste, sah sie so rot wirklich gut aus. Das brachte sie in Verlegenheit? Ha!

Troy stand wieder auf, trat hinter sie und beugte sich vor, um ihr ins Ohr zu singen. Gleichzeitig ließ er seine Finger über ihr Schlüsselbein gleiten, in einer verführerischen Geste, auf die jede Dragqueen stolz gewesen wäre. Cam schlug die Hände vors Gesicht, doch er umfasste ihre Handgelenke mit der freien Hand und zog ihre Arme nach unten.

Da er wusste, dass der Song bald enden würde, stolzierte er wieder nach vorne, schmetterte die letzten Zeilen und öffnete gleichzeitig den obersten Knopf seiner Jeans. Das Lied war zu Ende, bevor der Stoff sich wirklich öffnete – so wie er es geplant hatte.

Die Familie klatschte wie wild.

Katie und Shana wirkten enttäuscht.

Grinsend zog Troy sein Hemd wieder an und schüttelte den

Kopf. Die älteren Semester verabschiedeten sich, um sich ins Bett zurückzuziehen. Fisher und Anna schlossen sich ihnen an. Katie konnte sich kaum noch auf den Beinen halten, Cody lag halb komatös auf dem Sofa, und Shana kicherte immer noch über Troys mittelmäßigen Striptease.

«Wir sollten euch ins Hotel bringen», sagte er.

Katie zog einen Schmollmund. «So früh? Vielleicht noch einen kleinen Drink?»

Er sah Cam an, die auf sie zukam.

John kippte seinen Drink hinunter und schloss sich ihnen an, mehr als nur ein wenig beduselt. «Noch einen Drink, liebste Katie, dann brechen wir auf.»

Justin trat an die kleine Bar in der Ecke, stellte Schnapsgläser in einer Reihe auf, goss Tequila hinein und verteilte die Drinks an alle. Dann hob er sein Glas. «Auf die Familie, Freunde … und Cam, die uns an Tequila erinnert hat!»

Alle außer Cam und Troy kippten ihren Shot runter und knallten die Gläser verkehrt herum auf die Bar. Bevor der Alkohol seine volle Wirkung entfalten konnte, trieb Troy die Gruppe in die Garage, während Heather und Justin ins Bett gingen. Cody war bereits bewusstlos, als Troy ihn auf den Beifahrersitz hievte.

Cam sah die Gruppe an und schüttelte den Kopf. «Wir sollten euch einfach hier schlafen lassen.»

Shana hickste. «Geht nich. Justin hat unser Zeug ins Hotel gebracht.»

«Kannst du ihn tragen, wenn wir dort angekommen sind?» Cam sah Troy fragend an.

Er nickte und gab ihr den Autoschlüssel. Sie hatte nur ein Glas Wein getrunken, und das vor ein paar Stunden, wohingegen er sich ein paar Bier gegönnt hatte. Nicht genug, um wirklich betrunken zu sein, aber er wollte kein Risiko eingehen.

Die Mädels kletterten auf die letzte Sitzreihe, John und Troy auf die Mittelsitze.

Cam lenkte den SUV aus der Einfahrt und fuhr Richtung Highway. «Halt sie wach», bat sie, an Troy gerichtet, und sah ihn über den Rückspiegel an.

«Oh, wir sind wach», rief Katie, bevor sie anfing zu lachen. «Cam, ich wusste gar nicht, dass du so lustig sein kannst. Ich dachte immer, du wärst verklemmt und hättest einen Stock im Hintern stecken. In einem hübschen Hintern, aber trotzdem.»

Von seinem Platz aus konnte Troy sehen, dass Cam lächelte.

«Sie ist wirklich lustig, nicht wahr?», meinte Troy.

Ihr Blick huschte zu ihm, bevor sie wieder auf die Straße sah.

«Ich meine», meinte Katie, als hätte Troy überhaupt nichts gesagt: «Echt witzig. Ernsthaft. Wusste irgendwer anders, dass Cam so lustig sein kann? Und, Troy, das nächste Mal musst du wirklich alle Klamotten ausziehen. Dein Körper ist total heiß! Hey, John, wieso hast du dich nicht ausgezogen? Ich wollte dich immer mal nackt sehen. So richtig nackt.»

John rieb sich die Stirn, offensichtlich war er unangenehm berührt.

Troy presste die Lippen aufeinander. Heathers Freunde standen kurz davor, alle Grenzen der Freundschaft zu übertreten. Alkohol verwandelte sogar die besten Menschen in taktlose Quellen der ungeschminkten Wahrheit.

«Hast du dir schon deine Rede für morgen zurechtgelegt, Cam?», fragte Troy, um das Thema zu wechseln.

«Ähm, nein. Ich dachte, ich sage ungefähr dasselbe wie bei Fishers und Annas Hochzeit, nur mit anderen Namen.»

«Oh nein.» Katie schüttelte heftig den Kopf. «Eine Hochzeitsrede muss witzig und süß sein. Und witzig.»

Erneut sah Cam kurz in den Rückspiegel, bevor sie sich wieder auf die Straße konzentrierte. «Ich bin kein besonders humorvoller Mensch, Katie.»

«Dann war das heute Abend dein böser Zwilling?» Katie lachte, als hätte sie in den letzten zehn Jahren nie etwas Lustigeres gesagt. «Heather und Justin lieben sich.» Sie seufzte verträumt. «Das ist so süß. Ich will auch jemanden lieben. Du nicht, John?»

Cam fuhr in die kreisförmige Einfahrt vor dem Hotel und schaltete den Motor gerade rechtzeitig aus, um John vor einer Antwort zu bewahren. «Hat irgendwer den Schlüssel?»

«Oh, ja! Ich!» Katie kippte den Inhalt ihrer Handtasche in ihren Schoß. «Hier ist mein Hausschlüssel!» Sie hielt ihn hoch, als wäre er die größte Entdeckung der Menschheitsgeschichte.

«Den Hotelschlüssel, nicht deinen Hausschlüssel», stellte Shana klar. «Du verträgst wirklich keinen Alkohol, Süße.» Dann rollten Shanas Augen nach hinten, weil sie selbst kurz davor stand einzuschlafen.

«Alle raus!», rief Troy, um sie aufzuwecken, bevor er jeden einzeln ins Hotel tragen musste.

Sie zuckten zusammen, plötzlich hellwach.

Er schnappte sich die Schlüsselkarte von Katies Schoß und stopfte die restlichen Sachen wieder in die Handtasche. Dann reichte er Cam die Karte und warf sich Cody über die Schulter. Katie stützte sich schwer auf Cam, während John und Shana hinter ihnen durch die Lobby stolperten.

«Wo ist der Schlüssel zum Zimmer der Jungs?», fragte Cam, als sie die Rezeption passierten.

Alle zuckten mit den Achseln.

Mit einem Seufzen wandte sie sich an den Nachtportier. «Wir brauchen eine Ersatzkarte für Zimmer …»

«Zwei-fünfzig.» Der Angestellte beäugte Cody, der schlaff über Troys Schulter hing. «Ist er tot?»

«Nein. Junggesellenabschied.»

«Können wir das beschleunigen?», drängte Troy. «Er ist nicht so leicht, wie er aussieht.»

Der Angestellte lächelte. «Diese Schlüsselkarte passt für beide Zimmer. Es ist eine Suite, wie gewünscht.»

«Wunderbar.» Katie schwankte, und Cam zog sie enger an sich. «Lasst uns gehen.»

Sobald sie im Aufzug standen, sanken Katies Lider nach unten. «Ich liebe dich, Cam, ernsthaft. Wir müssen mal wieder miteinander abhängen …»

«Mist», murmelte Camryn und tätschelte Katie die Wangen, als die Lifttüren sich öffneten. «Noch ein paar Schritte, Katie. Komm schon, bleib wach.» Sie schob die Schlüsselkarte in den Leser und trat die Tür mit dem Fuß auf. Dann zerrte sie Katie zum Bett, nur um mit ihr auf die Matratze zu fallen, weil Katie sie nicht losließ.

Troys Rücken stand kurz vor der Kapitulation. Er öffnete die Tür zum benachbarten Zimmer und ließ Cody einfach aufs Bett fallen, das Gesicht nach unten. Als er wieder in den Raum kam, bemühte sich Cam gerade, Shana aus einem Sessel zu zerren. John saß schlafend im zweiten Sessel.

«Ich kümmere mich schon um sie», sagte er schnell.

«Warte.» Cam richtete sich auf und sah von John zu Katie und zurück. «Ich habe eine Idee.»

«Was für eine Idee?» Troy wollte einfach nur schlafen gehen. Es war fast ein Uhr nachts, und er war fertig.

«Hast du gesehen, wie Katie heute Abend John angeschaut hat?»

Troy sah zwischen den beiden hin und her, bevor er den Blick wieder auf Cam richtete. «Nein.»

«Ich glaube, sie mag ihn.»

Troy fand genug Energie für ein Lachen.

«Ich weiß, das macht genauso wenig Sinn wie wir beide, aber ich glaube, sie mag ihn.»

Troy wurde ernst. «Worauf willst du hinaus, Cam?»

Ihr Blick huschte durch den kleinen Raum, dessen Wände mit nichtssagenden Tapeten in Blau und Grün versehen waren. «Was, wenn sie morgen früh im selben Bett aufwachen würden? Voll bekleidet, nichts Unanständiges. Vielleicht unternimmt sie dann etwas, oder er sieht sie mit anderen Augen.»

Troy starrte sie an, und ihm wurde warm ums Herz. Es funktionierte. Die Liste funktionierte. Cam glaubte an die Liebe, an Happy Ends. Sie schaute über das hinaus, was direkt vor ihrer Nase lag, und sah ... die Magie. Sie versuchte tatsächlich, Katie und John zu verkuppeln, indem sie ihnen die Chance bot, etwas zu tun, was sie sich bisher vielleicht einfach nicht getraut hatten.

Troy rieb sich den Nacken, obwohl er eigentlich Cam berühren wollte. Fast hätte er geweint, so sehr begehrte er sie.

«Tut mir leid, dumme Idee. Vergiss es.»

Als Antwort beugte Troy sich vor und zog Johns Arm über seine Schulter, um ihn zu dem Bett zu befördern, in dem Katie lag. Dann ging er ins andere Zimmer und brachte Cody zum Sofa. Als Letztes legte er Shana auf das jetzt Cody-freie Bett. Mit Hilfe eines Buchs sorgte er dafür, dass die Tür zwischen den Räumen geöffnet blieb, bevor er sich aufrichtete und Camryn ansah.

Sie schluckte schwer und schaute ihn mit genau demselben Blick an wie vor einer Woche im Garten der Hortons. Darin lag eine Mischung aus Überraschung, Verlangen und etwas Tieferem.

Er wollte den Geruch von Zitronengras so dringend aus seiner Erinnerung vertreiben, wie er Cam nehmen wollte. Jetzt. Für immer. Er wollte die Gesetze der Physik außer Kraft setzen und sie beide zu anderen Menschen machen, damit diese verrückte Sache zwischen ihnen funktionieren konnte.

Doch bald schon kehrte die Realität zurück, traf ihn wie ein Schlag. «Lass uns zurückfahren.»

Langsam nickte sie und trat vor ihm auf den Hotelflur.

In der Lobby hielt sie an der Rezeption an. «Raum zwei-fünfzig und zwei-zweiundfünfzig brauchen um acht Uhr dreißig einen Weckanruf. Könnten Sie es bitte klingeln lassen, bis wirklich jemand abhebt?»

«Natürlich, Ma'am.»

Die Rückfahrt verlief schweigend. Troy konnte nicht anders, als sich zu fragen, was Cam wohl dachte. Was sie heute getan hatte, bewies, dass sie sich verändert hatte. Würde sie Maxwell noch wollen, wenn sie wieder zu Hause wären? Oder würde sie nach echter Liebe streben, nach etwas Besserem? Sie hatte so viel mehr verdient als das, womit sie sich bisher zufriedengegeben hatte.

«Cam, ich weiß, dass ich dich das schon mal gefragt habe, aber ich muss die Frage noch einmal stellen. Hast du Maxwell geliebt?»

Für einen kurzen Moment packte sie das Lenkrad fester. «Ich weiß es nicht», antwortete sie leise. «Ich dachte schon, aber jetzt …»

«Jetzt *was*?»

Sie zuckte mit den Achseln. «Jetzt glaube ich das nicht mehr. Nein.»

«Hat er dich geliebt?»

«Ich bezweifele es. Falls ja, hatte er eine seltsame Art, es zu zeigen.» Sie seufzte. «Aber es war meine Schuld. In gewisser Weise hatte er recht, ich habe ihm nicht alles gegeben. Also ist er losgezogen, um es bei jemand anderem zu finden. Ich schaffe es nicht mal mehr, wütend auf ihn zu sein. Wer könnte ihm das übelnehmen?»

Troy. Troy konnte ihm das übelnehmen, und er hätte Maxwell nur zu gerne eine Faust ins Gesicht gerammt.

«Wir sind Freunde, Cam. Und als dein Freund bitte ich dich um einen Gefallen. Bitte geh nicht zu ihm zurück. Mir zuliebe. Finde jemand anderen.»

«Wo kommt das plötzlich her, Troy?»

Sein Blick schoss zur Tür, und er umklammerte den Handgriff. «Aus meinem Herzen.»

Ohne eine weitere Erklärung stieg er aus dem Auto und ließ Cam in der Garage zurück. Mit großen Schritten durchquerte er das Haus und stieg die Treppe nach oben. Beinah wäre er in Richtung ihres Schlafzimmers abgebogen, bevor ihm noch rechtzeitig einfiel, dass er stattdessen zu Justins Zimmer gehen musste.

Er öffnete die Tür und entdeckte Justin, der auf dem Bett an seinem Laptop saß. «Wieso bist du noch wach?», fragte Troy und warf sein Portemonnaie auf die Kommode.

Justin zuckte mit den Achseln. «Ich konnte nicht schlafen, also dachte ich, ich checke mal meine E-Mails.»

Troy zog sein Hemd aus und ein T-Shirt über. «Du wirst mir

doch nicht nervös, oder?», fragte er, bevor er sich auch seiner Hose entledigte.

«Nö. Heather einen Antrag zu machen, war das Klügste, was ich je getan habe.» Justin schloss den Laptop und stellte ihn auf den Boden, dann streckte er sich unter der Decke aus. «Weißt du, ich würde ja vorschlagen, dass du dasselbe bei Cam tust, aber das war ja alles eine Lüge.»

Troy blieb zögernd neben dem Bett stehen und starrte Justin an. «Ich dachte, Heather wäre die Einzige, die das weiß.»

«Falsch. So schwer wart ihr nicht zu durchschauen.»

Troy glitt unter die Decke und fragte sich, wer wohl noch zu demselben Schluss gekommen war. Er hatte das für Cam getan, die es wiederum für Heather getan hatte, um die Hochzeit nicht kaputt zu machen.

«Keine Sorge», meinte Justin beruhigend, «sonst weiß es niemand. Tatsächlich bin ich mir nicht mal sicher, ob du es weißt.»

«Was soll das denn bedeuten?»

«Sag du es mir, Mann.» Justin zog die Augenbrauen hoch und starrte Troy an, als warte er auf eine Antwort.

Doch Troy hatte nicht vor, ihm eine zu geben. Justin mochte die Lüge durchschaut haben, aber das bedeutete noch lange nicht, dass Troy ihm die ganze Wahrheit sagen musste.

Justins Mundwinkel zuckten. «Sieht aus, als wärst auch du auf das Schauspiel hereingefallen.»

Troy atmete tief durch und rieb sich das Gesicht. «Ich weiß nicht, was ich sagen soll, Justin ... bis auf eins: dass Cam und ich zusammen niemals funktionieren können. Lass es einfach gut sein.»

Justin beugte sich vor und schaltete die Nachttischlampe aus. «Wenn du sie gehen lässt, geht der Witz auf deine Kosten.»

«Das alles war kein Witz.»

«Da bin ich mir sicher.» Justin zögerte und sah Troy in der Dunkelheit an. «Und es ist auch wirklich nicht lustig, oder?» Damit rollte Justin sich herum, sodass er mit dem Rücken zu Troy lag.

Troy starrte ihn an. Er fand es furchtbar, wie viel Wahrheit in den Worten des Bräutigams mitschwang. Nach ein paar Minuten, als er schon glaubte, Justin wäre eingeschlafen, drehte der sich noch mal um.

«Oh, und Troy?»

Er runzelte die Stirn. «Ja?»

«Bleib auf deiner Seite des Bettes. So verlockend ich auch sein mag, ich werde morgen heiraten.»

Lachend rollte Troy sich auf die Seite.

LEBENSWEISHEITEN*

Schlechte Entscheidungen
liefern gute Geschichten.

*ZUMINDEST WENN ES NACH CAMRYN GEHT

KAPITEL 18

Die Männer waren ins Medienzimmer geschickt worden, die Frauen in die Bibliothek. Katie nahm diese Die-Braut-vor-der-Zeremonie-nicht-sehen-Sache echt ernst. Die arme Bernice musste sich ganz allein um die Aufbaumannschaften kümmern. Bisher hatten sie Justins Mutter nur einmal kurz gesehen, als sie den Kopf in den Raum gesteckt und verkündet hatte, dass es draußen dreiundzwanzig Grad waren und die Sonne schien.

Camryn schälte eine Orange, während sie ihren letzten Bissen Toast kaute. Sie war nicht die Braut, und das Make-up- und Friseur-Team kam erst in einer Stunde. Also konnte sie kurz den Raum verlassen, um Bernice zu helfen.

«Ich bin in einer Stunde zurück.» Sie stand auf.

«Kann ich mitkommen?» Emily sprang von dem Schreibtisch auf, an dem sie Bilder ausgemalt hatte.

Eine Dreijährige zu zwingen, bis halb vier in diesem Raum auszuharren, war grausam, egal, wie viele Malbücher und Filme auch zur Verfügung standen. Camryn hielt ihrer Nichte die Hand hin.

Sie fanden Bernice auf der Ostseite des Gartens, wo sie eine Mannschaft aus zwanzig Leuten beim Aufstellen von weißen

Klappstühlen beaufsichtigte. Bernice hatte den Ablauf so geplant, dass die Braut und ihr Gefolge durch die Hintertür hinaus- und dann ums Haus gehen sollten.

«Ich glaube, du hast deine Berufung gefunden.» Camryn streckte Bernice ein paar Orangenschnitze auf einer Serviette entgegen. «Du hättest Hochzeitsplanerin werden sollen.»

Bernice lächelte, nur um dann zusammenzuzucken. «Nein.» Sie winkte den Arbeitern zu. «Der Bogen gehört auf das Podest, auf dem das Paar während des Gelübdes stehen wird.» Sie wandte sich an Camryn. «Klingt es albern, wenn ich zugebe, dass ich hier im Haus immer eine Hochzeit feiern wollte?»

«Ich glaube nicht. Und vielen Dank. Meine Familie ist nicht besonders organisiert. Hätte Annas Familie damals nicht die Hochzeitsplanung übernommen, hätten wir ein Problem gehabt.»

Bernice grinste, dann sah sie Emily an. «Bist du aufgeregt?»

Das Mädchen nickte heftig. «Ich darf ein hübsches Kleid tragen, und ein Mann macht mein Haar genau wie das von Tante Heather.»

«Können wir dir irgendwie helfen?» Cam sah sich um.

Die Angestellten hatten bereits eine Menge erledigt. Auf dem Rasen zu beiden Seiten eines Mittelgangs waren etliche Reihen weißer Klappstühle aufgebaut worden, von denen aus man einen schönen Blick auf die Berge hatte. Vorne erhob sich eine Sperrholzplattform, die mit lavendelfarbenem Stoff verkleidet war. Dort befestigten die Arbeiter gerade einen weißen Bogen, der über und über mit purpurfarbenen Blüten besteckt war. Mit den Flatirons vor dem kobaltblauen Himmel im Hintergrund sah der Aufbau atemberaubend aus.

Bernice schob sich ein Stück Orange in den Mund. «Nein,

aber vielen Dank. Im Wesentlichen beaufsichtige ich bloß die Arbeiter. Ich muss auch noch nach den anderen sehen.»

Cam und Emily folgten ihr auf die Westseite des Hauses, wo eine weitere Mannschaft am Waldrand eine Art Tanzfläche aufbaute, die auf der linken Seite von einer Bar und runden Tischen mit weißen Tischtüchern gesäumt wurde. Die Büfetttische standen rechts. Der Tisch für das Brautpaar mitsamt Gefolge befand sich ebenfalls links von der Tanzfläche.

Plötzlich fiel ein Kabel aus einem Baum neben dem DJ-Pult.

Emily wirkte verwirrt. «Was machen die Leute in den Bäumen?»

Bernice beobachtete die Männer mit schiefgelegtem Kopf. «Sie wickeln Lichterketten um die Äste, damit alles romantisch aussieht.»

«Was bedeutet ‹romantisch›?»

Offensichtlich aus dem Konzept gebracht, sah Bernice zu Emily. «Ähm, na ja ...»

Camryn eilte zu ihrer Rettung. «Wenn Leute verliebt sind, tun sie romantische Dinge, um einander ihre Zuneigung zu zeigen. Zum Beispiel schenken sie sich Blumen.» Oder tanzen im Regen.

Cam schloss die Augen und schüttelte den Kopf. Das war keine Romantik gewesen, sondern nur Troy, der Punkte auf seiner Liste abgehakt hatte.

Emily war nicht überzeugt. «Aber an Weihnachten gibt es auch Lichterketten. Das hat nichts mit Liebe zu tun.»

Camryn sah sich auf der Rasenfläche um und stellte sich vor, wie es heute Abend beim Essen aussehen würde. «Wenn es dunkel wird und die Musik anfängt zu spielen, werden die Leute direkt dort drüben tanzen. Sie werden sich an den Händen halten und sich im Kreis drehen wie in einem Märchen. Auf den Tischen werden wunderschöne Blumen und sanft leuchtende Kerzen stehen. Aber am schönsten wird es oben in den Bäumen. Du wirst nichts sehen außer Tausenden von kleinen Lichtern, die wie blinkende Sterne über Tante Heather und Onkel Justin wachen. Das wird magisch.»

Als sie den Blick von Emily abwandte, um Bernice anzusehen, entdeckte sie Tränen in den Wimpern von Justins Mutter. «Schön gesagt, Camryn. Genauso habe ich es mir vorgestellt. Anscheinend bin ich nicht die einzige Romantikerin hier.»

Das Seltsame war nur, dass Camryn nie eine Romantikerin gewesen war. Bis vor kurzem hatte sich alles in ihrem Leben um Logik und Notwendigkeiten gedreht. Romantik war albern. Eine Illusion, nur geschaffen, um unrealistische Erwartungen von angeblich wahrer Liebe zu bedienen. Die Erklärung, die sie Emily gerade geliefert hatte, war so untypisch für sie, dass Cam fast gekeucht hätte.

Sie schluckte schwer, bevor sie erneut ihre Nichte ansah. «Wieso läufst du nicht ein wenig herum? Sobald dein Haar hübsch gemacht ist und du dein Kleid trägst, darfst du eine Weile nicht mehr toben.»

Emily nickte, dann rannte sie in Richtung der Bäume davon, die Arme weit ausgebreitet, als wäre sie ein Flugzeug. Hinter den Arbeitern bog sie scharf rechts ab und begann, sich im Kreis zu drehen.

«Habe ich etwas Falsches gesagt?», fragte Bernice.

Cam lächelte, um Bernice zu beruhigen, auch wenn ihr Magen sich anfühlte, als wäre darin eine Lawine abgegangen. «Nein. Ich benehme mich nur diese Woche anders als sonst, das ist alles. Ich glaube, ich bin hier nicht in meinem Element.»

Bernice nickte, den Blick auf Emily gerichtet. «Weißt du, auch wenn du dich anders benimmst als sonst, wirst du dadurch nicht zu einem anderen Menschen, Camryn. Es bedeutet nur, dass du eine andere Seite deiner selbst zeigst. Jede Mensch hat verschiedene Facetten. Sie zu unterdrücken, würde bedeuten, dass du dir selbst nicht erlaubst, dein volles Potenzial auszuschöpfen.»

Camryn starrte Bernice mit offenem Mund an. Ihre Kehle war wie zugeschnürt. Niemand hatte je so mit ihr gesprochen – hatte ihr etwas so Einfaches auf eine Weise erklärt, die nicht dazu führte, dass Camryn sich schuldig oder anormal fühlte. Vielleicht hatte Camryn sich einfach nur nie erlaubt, diesem Teil ihrer Persönlichkeit zu folgen, weil sie immer die Rolle des Familienmitglieds übernommen hatte, das mit beiden Füßen fest auf der Erde stand.

Denn ihre Familie brauchte dringend jemanden, der sie auf dem Boden der Tatsachen hielt!

«Ich finde, dass du und Troy ein wunderschönes Paar abgebt», fuhr Bernice fort und drehte sich zu Camryn um. Sie lächelte mit den Augen, nicht mit dem Mund. «Nicht nur äußerlich schön, sondern auch innerlich. Ihr wirkt ausgleichend aufeinander, bringt im jeweils anderen die besten Seiten zum Vorschein. Meiner Überzeugung nach sind es diese Beziehungen, die halten – die von Paaren, die sich nicht zu ähnlich sind. Das verhindert, dass die Beziehung langweilig wird, findest du nicht auch?»

Camryn öffnete den Mund, nur um ihn sofort wieder zu schließen. Konnte das der Grund dafür sein, dass sie für Troy so vollkommen anders empfand als für jeden anderen Mann vor ihm? War es nicht nur, weil sie bereits durch ihre Freundschaft, ihre gemeinsame Kindheit verbunden waren ... sondern auch, weil sie sich gegenseitig ergänzten?

Noch so ein idiotischer romantischer Gedanke. Doch einer, der fast schon Sinn ergab. Nur dass Bernice nicht wusste, dass die ganze Beziehung eine Lüge war. Hätte sie es gewusst, hätte sie sich bestimmt nicht so geäußert.

Denn ehrlich, was auch immer da zwischen ihr und Troy war, Liebe war es nicht. Es konnte niemals Liebe sein. Er würde sich irgendwann langweilen und sich jemand Lustigeren wünschen. Und ihr Frustlevel würde steigen, bis sie sich jemanden wünschte, der verlässlicher war.

Doch die arme Bernice wollte nur nett sein, also hielt Cam ihre Tränen zurück und lächelte. «Danke. Das ist sehr lieb von dir.»

Mehrere Autos fuhren in die Einfahrt. Gregory, der Mann, der im Salon ihr Haar geschnitten und gefärbt hatte, stieg aus dem ersten Auto.

Cam seufzte und sah sich nach Emily um. Sie fand ihre Nichte in der Nähe der Tische. «Emily, wir müssen jetzt wieder reingehen.»

Widerspruchslos kam ihre Nichte angehüpft und ergriff Cams Hand.

«Wenn du Hilfe brauchst, Bernice, ruf mich einfach. Ich muss nicht den ganzen Tag dadrin verbringen.»

Camryn ging zusammen mit Emily zur Bibliothek und öffnete die Tür. Bevor sie eintreten konnte, kam Katie herausgeeilt.

«Ich muss mit dir reden!»

«Okay.» Ging etwa irgendetwas bei den letzten Hochzeitsvorbereitungen schief? Camryn schickte Emily in die Bibliothek, wartete, bis auch die Friseure und Kosmetikerinnen den Raum betreten hatten, und schloss die Tür.

Katie zog Camryn ein kleines Stück den Flur entlang. «Ich war gestern Nacht betrunken. Richtig übel betrunken.»

Das war noch eine ziemliche Untertreibung.

Camryn lächelte. «Ja, das warst du.»

«Ich kann mich kaum noch an was erinnern.» Katie biss sich auf die Unterlippe. «Heute Morgen ...»

Camryn hatte sich schon gefragt, ob zwischen Katie und John etwas geschehen war, nachdem Troy und sie die beiden auf dem Bett arrangiert hatten. «Was war heute Morgen?», hakte sie nach.

Katie fuhr sich mit der Hand durch die blonden Locken, sodass sie in alle Richtungen abstanden. «Also ... seit ein paar Monaten empfinde ich etwas für John. Na ja, eine Art Schwärmerei. Du weißt schon, ich denke einfach darüber nach und so. Aber heute Morgen sind wir zusammen aufgewacht. Im selben Bett.»

«Ich verstehe.» Camryn musste sich sehr beherrschen, um nicht zu lachen. «Und was ist passiert?»

«Das ist es ja: Ich weiß es nicht. Ich dachte, du könntest mir da vielleicht weiterhelfen. Du hast uns zum Hotel gefahren. An mehr erinnere ich mich nicht.»

Mist. So hatte Camryn sich das nicht vorgestellt. Schuldgefühle sorgten dafür, dass sich ihr Magen zusammenkrampfte. «Wir haben euch nur ins Zimmer gebracht und sind zurückgefahren.»

Katie seufzte. «Wir waren noch angezogen, also ist wahrscheinlich nichts gelaufen. Aber als wir aufgewacht sind ...»

«Ja?»

Katie, die bisher auf ihre Füße gestarrt hatte, sah Camryn an.

Ihre Unterlippe zitterte. «Ich hätte nie gedacht, dass John mich so sehen könnte, als mehr als eine gute Freundin. Ich dachte immer, er hätte Gefühle für dich. Ihr seid beide so …»

«Verklemmt.»

Katies Augen wurden groß. «Nein, das wollte ich nicht sagen. Du bist nur sehr reserviert, sehr …»

«Verklemmt. Das ist zumindest das Wort, das du gestern verwendet hast.»

«Oh Gott! Das habe ich nicht wirklich, oder? Cam, es tut mir leid.»

Camryn schüttelte lachend den Kopf. «Mach dir keine Sorgen, Katie. Ich kann manchmal verklemmt sein. Aber weswegen genau bist du jetzt so durcheinander?»

Katie starrte die Wand hinter Camryns Schulter an. «Als ich aufgewacht bin, war John da. Er lag neben mir auf dem Bett und hat mich angestarrt. Und bevor ich mich auch nur fragen konnte, wie es dazu gekommen ist, hat er sich vorgelehnt und mich geküsst.»

Also hatte Camryns Plan funktioniert, und sie hatte auch recht damit gehabt, dass Katie John mochte. Ihre Schuldgefühle verpufften. Nur wo lag das Problem?

Tränen traten in Katies Augen. «Es war unglaublich, Cam, so was von unglaublich. Aber jetzt kann ich nicht mehr so tun, als wäre diese Schwärmerei nichts Ernstes. Das könnte unsere Freundschaft zerstören.»

Camryn kannte das Gefühl. Nur zu gut. Doch sie war nicht gerade eine Expertin für Liebe und Beziehungen. «Rede lieber mit Heather. Ich bin für so was nicht die Richtige.»

«Aber du verstehst, wie ich mich fühle. Mit dir und Troy war es doch dasselbe. Was soll ich tun?»

Camryn schluckte. «Ich weiß es nicht. Ich weiß nicht mal, was ich eigentlich tue.» Katie sackte in sich zusammen, also suchte Camryn verzweifelt nach einem Weg, wie sie ihr helfen konnte. «Was empfindet John denn?»

Katie zuckte mit den Achseln. «Sobald der Kuss vorbei war, hat er sich entschuldigt und ist duschen gegangen.»

«Ich verstehe.» Camryn sah den Flur entlang. Sie würde einfach kurz bei den Männern im Medienraum vorbeischauen. Vielleicht konnte sie etwas herausfinden. Das Ganze war immerhin ihre Schuld. Sie hätte klug genug sein sollen, sich aus Herzensangelegenheiten herauszuhalten. Camryn war eher die Stiefschwester als Aschenputtel. «Okay, bleib ruhig. Nach der Zeremonie ist noch genug Zeit, um mit ihm zu reden. Das wird schon.»

Katie nickte, dann wischte sie sich über die Augen. «Ist es das wert?», flüsterte sie. «Eine Freundschaft zu riskieren, einfach weil es sich richtig anfühlt, obwohl man weiß, dass es absolut falsch ist?»

Das, was Camryn für Troy empfand, war keine echte Liebe. Und umgekehrt genauso. Zumindest ging sie nicht davon aus. Sie hatten sich einfach durch die Umstände mitreißen lassen. Troy sorgte dafür, dass sie sich anders fühlte, als etwas Besonderes. Und er bedeutete ihr so viel, dass es langsam schmerzhaft wurde. Aber am Ende würde diese Affäre mit Troy sie zerstören, Liebe oder nicht. War es das wert?

Sie wollte nein sagen. Wollte behaupten, dass all der Schmerz, der sie später erwartete, diese kurzen Momente des Glücks nicht aufwiegen konnte. Doch das wäre eine Lüge gewesen.

«Ja, es ist es wert.» Camryn schnappte nach Luft. «Geh wieder rein. Ich komme in ein paar Minuten nach.»

«Wo gehst du hin?»

Camryn drehte sich noch einmal zu Katie um. «Ich spiele die gute Fee.»

Sie ging den Flur entlang, durch die Küche und ans andere Ende des Hauses. Dort klopfte sie einmal an die Tür des Medienraums und trat ein. Justin und Fisher saßen in zwei Sesseln und hämmerten mit den Daumen auf ihren Controllern herum, um das Autorennen auf dem Bildschirm zu gewinnen. Die anderen jubelten ihnen zu. Nur John saß allein in einer Ecke und starrte auf den Fernseher, wobei er nicht wirkte, als würde er irgendetwas wahrnehmen.

Als sie auf ihn zukam, sah er auf. «Stimmt etwas nicht?»

Sie schüttelte lächelnd den Kopf. Ganz im Gegenteil: Alles stimmte. Der arme John war genauso durch den Wind wie Katie, zeigte dieselbe niedergeschlagene Miene. Manche Dinge schienen einfach vorherbestimmt zu sein.

Sie nahm seine Hand und flüsterte ihm ins Ohr: «Katie empfindet dasselbe für dich. Bitte sie später um einen Tanz. Sag ihr, was du fühlst.»

Seine Finger zuckten in ihren. «Bist du dir sicher?»

«Ja.» Sie küsste ihn auf die Wange, dann richtete sie sich auf, um den Raum wieder zu verlassen.

Troy beobachtete sie.

Sie nickte ihm lächelnd zu, in der Hoffnung, dass er verstehen würde, dass sie gestern Abend zusammen etwas Gutes vollbracht hatten.

Troy spielte an der Fliege seines Smokings herum, während er versuchte, sich darüber klarzuwerden, was zur Hölle Cam ihm vorhin wortlos hatte sagen wollen. Hatte sie seinen Rat angenommen und John um eine Verabredung gebeten? Denn das hatte Troy eigentlich nicht gemeint, als er sie gebeten hatte, sich zu verlieben. Der optimistische, dämliche Teil seines Hirns hatte die Hoffnung gehegt, dass sie sich für ihn entscheiden würde. Dass sie sich in ihn verliebt hatte.

Mit einem Knurren riss er sich die Fliege vom Hals.

John nahm ihm das Stück Stoff ab. Ohne ein Wort zu sagen, band er die Fliege korrekt und nickte.

Troy sah in den Spiegel. «Danke.»

John grinste, wurde ernst, grinste wieder. Was auch immer er und Cam besprochen hatten, es hatte den Mann glücklich gemacht.

«Wieso grinst du wie ein Idiot?» *Okay, nicht gerade taktvoll, Troy.*

John schüttelte den Kopf. «Sagen wir einfach, dass ich einen Tanz für deine Frau reserviere, wenn heute Abend alles gut läuft.»

Troy drehte sich um. «Was hat sie getan?»

«Ich dachte, ich hätte einen Riesenfehler gemacht.» John musterte ihn und schien zu verstehen, dass Troy ihm nicht folgen konnte. «Katie und ich sind heute Morgen im selben Bett aufgewacht. Ich habe sie geküsst.» Er lachte. «Ich weiß wirklich nicht, was über mich gekommen ist. Ich habe einfach … Ich dachte, ich hätte alles kaputt gemacht. Aber dann hat mir Camryn gesagt, dass das nicht stimmt. Sie hat gesagt, ich solle Katie später zum Tanzen auffordern und ihr sagen, wie ich empfinde.»

«Camryn hat das gesagt? *Meine* Cam?» Verdammt.

Justin kam herüber und schlug Troy auf die Schulter. «Es geht los, Mann.»

Troy nickte, dann folgte er den anderen aus dem Zimmer und durch die Haustür. Sie gingen ums Haus und betraten den seitlichen Garten.

Auf den Stühlen rechts und links des Mittelgangs saßen mindestens zweihundert Menschen. Der Priester wartete auf dem Podium und war gerade damit beschäftigt, sich das Gesicht mit einem Taschentuch abzuwischen. Bergeweise weiße Rosen und purpurfarbene Blüten, die er nicht benennen konnte, standen auf der Plattform und prangten auf dem Bogen darüber. Die Luft war mild und angenehm, doch im direkten Sonnenschein war es um einiges wärmer – besonders wenn man einen Smoking trug. Die Berge in der Ferne, riesig und mit schneebedeckten Gipfeln, waren umgeben von leuchtend grünen Wäldern.

Troy nickte. Ein wirklich toller Ort für eine Hochzeit. Und zumindest mussten sie keine zweistündige orthodoxe Zeremonie durchstehen, wie bei Fisher und Anna.

«Letzte Chance», warnte Fisher Justin. «Niemand würde es dir übelnehmen, wenn du abhaust.»

Der Bräutigam lachte. «Auf keinen Fall.»

Als das achtköpfige Orchester links des Podiums anfing, *Canon in D* zu spielen, eskortierten John und Cody als Erstes Baba, Mama Covic und Justins Eltern zu ihren Plätzen in der ersten Reihe. Justin folgte ihnen ohne das geringste Anzeichen von Nervosität und stellte sich vor den Priester.

Troy sah über die Schulter zurück und entdeckte Anna mit Emily, die, gefolgt von Cam, durch die Terrassentür traten. Sein Herz blieb stehen.

Das lavendelfarbene Kleid umschmeichelte Cams Rundungen, und die Farbe brachte den hellen Ton ihrer Haut perfekt zur Geltung. Ihr Haar war in Locken an ihrem Hinterkopf zusammengefasst. Die Frisur betonte ihr engelsgleiches Gesicht mit den riesigen Augen. Ihr Make-up war anders als sonst. Irgendwie wirkten ihre Augen dunkler, und ihr Mund leuchtete kirschrot.

«Wow.»

Cam sah an sich selbst herunter. «Danke, denke ich.»

«Denken wird überschätzt. Gott, Cam. Du bist wunderschön.»

Zur Abwechslung einmal, für eine wunderbare Sekunde, stellte sie sein Kompliment nicht in Frage. Sie lächelte nur und sagte: «Vielen Dank.»

Cam reichte Anna ihren Strauß aus lila Fingerhut und weißen Lilien – was er nur wusste, weil er sich erinnern konnte, wie Heather und Bernice neulich beim Abendessen über die Blumen gesprochen hatten –, dann ging sie in die Hocke, um mit Emily zu reden. «Nicht vergessen: Warte ab, bis Onkel Troy und ich am Ende des Gangs sind, bevor du losläufst. Lass die Blütenblätter beim Gehen fallen.»

Die Musiker begannen, *Clair de Lune* zu spielen, was das Signal für Fisher und Anna war. Sobald sie den Altar erreicht hatten, führte Troy Camryn durch den Gang, wobei er langsam im Kopf den Takt zählte, damit Baba ihn später nicht anbrüllen konnte, weil er zu schnell gelaufen war. Am Altar nahmen sie ihre Plätze ein und drehten sich um, damit sie Emily beobachten konnten. Sie machte zwei Schritte und ließ den Korb mit den Blütenblättern fallen, bevor sie selbstbewusst weiterging.

Die Gäste lachten, was dafür sorgte, dass Emily anhielt und sich irritiert umsah.

Camryn warf einen Blick zu Anna, die den Kopf schüttelte und zu Emily trat.

«Aber Tante Cam hat gesagt, ich soll die Blütenblätter fallen lassen!»

Die Gäste lachten wieder.

Anna nahm Emilys Hand und richtete sich mit einem verlegenen Lächeln auf. Sie hob den Korb auf und verstreute die Blütenblätter zusammen mit Emily, bis sie den Altar erreicht hatten.

Und dann trat Heather mit ihrem Dad aus dem Haus. Die Gäste standen auf und keuchten ob Heathers Schönheit, des Kleides und dem riesigen Strauß aus weißen Rosen. Das Bild war so makellos, dass es auf dem Cover eines Magazins hätte erscheinen können. Justin sah aus, als wolle er in Tränen ausbrechen.

Doch Troy nahm nach einem kurzen Blick auf Heather nichts anderes mehr wahr als Camryn. Das Sonnenlicht auf ihrem zimtfarbenen Haar, ihre zarte, helle Haut, das Lächeln, das auf ihrem Gesicht leuchtete, weil sie sich so für ihre Schwester freute. Troy wünschte sich, sie könnte sich selbst durch seine Augen sehen.

Während Katie eine Bibelstelle vorlas, sah Camryn einmal zu ihm. Als sie ihn dabei ertappte, wie er sie anstarrte, zuckte sie zusammen, und ihr Blick huschte zum Brautpaar – eine stille Aufforderung, sich auf das Wesentliche zu konzentrieren. Doch das tat er bereits. Er wollte lieber Cam beobachten, also schüttelte er kaum wahrnehmbar den Kopf. Sie schürzte die Lippen und kniff die Augen zusammen, bevor sie sich wieder der Zeremonie zuwandte.

Er beobachtete Cam, als Heather und Justin ihre Gelübde sprachen, als Fisher die Ringe übergab und in dem Moment, als Justin und Heather sich küssten. Er beobachtete sie, weil er wusste, dass heute ihre letzte Nacht zusammen war. Und während er sie beobachtete, fragte er sich, ob es auch anders sein könnte.

Nach der Zeremonie posierten alle für den Fotografen und stellten sich an, um zu gratulieren. Als sie Stunden später endlich am Brauttisch saßen, war Troy kurz davor, Cam ins Haus zu zerren und sich mit ihr im Schlafzimmer einzuschließen. Und damit gleichzeitig alles auszuschließen, was sein *sollte,* um sich dem hinzugeben, was sein *könnte.*

Justin stand auf und schlug mit der Gabel an sein Glas.

Die Menge verstummte, um zuzuhören.

«Sollte ich heute sterben, würde ich als der glücklichste Mann der Welt sterben. Als ich Heather zum ersten Mal gesehen habe, wusste ich sofort, dass sie die Eine für mich ist.» Die Gäste seufzten gerührt. «Heather und ich möchten euch allen dafür danken, dass ihr gekommen seid, um mit uns zu feiern – manche von euch von sehr weit entfernt.»

Gläser klirrten, als alle anstießen.

Fisher und Anna standen auf und hielten ihre Rede gemeinsam, was in Troy die Frage aufwarf, ob Cam und er das auch hätten tun sollen.

Jetzt war es zu spät.

Troy erhob sich kurz darauf und nahm das Mikrophon. «Heather, könntest du deine Hand auf den Tisch legen?» Sie tat es. «Gut. Justin, leg jetzt bitte deine Hand über ihre.» Justin tat wie ihm geheißen, immer noch grinsend. «Schau genau hin, Justin. Das ist das letzte Mal, dass du die Oberhand hast.» Die

Gäste schüttelten sich vor Lachen. Troy hob sein Champagnerglas zu einem Toast. «Auf die Opferung der Unabhängigkeit zugunsten der Liebe. In meinen Augen ist es das wert.»

Als er sich setzte und Cam aufstand, wünschte Troy, er hätte ihr den Vortritt gelassen. Cam würde wahrscheinlich ihre Rede von Annas und Fishers Hochzeit wiederverwenden. Sie war nicht langweilig gewesen, aber die Worte waren auch nicht unbedingt ihrem Herzen entsprungen. Hätte er als Letztes gesprochen, hätte sich niemand an ihre Rede erinnert, und Cam hätte hinterher nicht das Gefühl gehabt, dass sie schon wieder etwas falsch gemacht hatte.

Cam nahm das Mikro und räusperte sich. «Märchen sind nur Worte in Büchern. Geschichten über die Liebe, die alle Widerstände überwindet, nur um dieses ersehnte, scheinbar so unerreichbare Happy End zu erringen.»

Troy sah in die enttäuschten Mienen vor sich. Er wusste, dass das keine recycelte Rede war, und hoffte inständig, dass Cam nicht gerade ihre Sicht auf die wahre Liebe in Worte fassen wollte. Verdammt, sie hätten ihre Rede zusammen halten sollen. Das würde hässlich werden. Gerade als er aufstehen und die Situation retten wollte, fuhr sie fort.

«Doch, wie jemand mir kürzlich beigebracht hat …» Sie hielt inne, um auf ihn herunterzulächeln und ihm damit den Atem zu rauben. «… geht es nicht darum, ob diese Geschichten real sind oder nicht, sondern darum, ob wir daran glauben, dass sie real sind. Dass wir an die Liebe glauben. An die Magie.» Sie schaute über die Gäste hinweg, bevor sie Heather und Justin ansah. «Möge dieser Tag euer *Es war einmal …* sein.»

Während alle jubelten und klatschten, auf Camryns Rede

und das Paar anstießen, starrte Troy die Frau an, die er bereits sein halbes Leben lang und doch gar nicht kannte.

Und in diesem Moment traf er die Entscheidung zu kämpfen. Er würde um Cam und ihre Beziehung kämpfen. Er würde sie niemand anderem überlassen, egal, welche Konsequenzen das auch haben oder wie das enden mochte. Es spielte keine Rolle, dass er ein einfacher Bauarbeiter war, mit einem Alkoholiker als Vater. Troy würde alles in seiner Macht Stehende tun, um sie glücklich zu machen. Kinder, Familie, was auch immer sie wollte.

Wenn sie denn *ihn* wollte.

Camryn setzte sich wieder neben ihn. Bevor sie mit dem Stuhl an den Tisch rücken konnte, umfasste er ihren Nacken und küsste sie vor den Augen der Gäste, um alle wissenzulassen, dass sie ihm gehörte.

Er beendete den Kuss und legte die Stirn gegen ihre. «Das war wunderschön, Cam.»

«Danke.» Sie lehnte sich zurück, um einem Kellner zu erlauben, ihre Teller abzustellen. Dann griff sie nach der Gabel, um den Lachs zu zerteilen. «Du färbst auf mich ab. Ich verwandele mich in eine rührselige Romantikerin. Stell dir vor, ich habe vorhin tatsächlich zwischen Katie und John vermittelt. *Ich.*» Sie lachte.

Er versuchte zu schlucken, doch es gelang ihm nicht. «Camryn ...»

Sie sah ihn an, doch ihm fehlten die Worte, um auszudrücken, was er empfand. Es gab einfach nicht genug Adjektive, die auch nur ansatzweise geeignet waren, die Gefühle zu beschreiben, die Cam in ihm auslöste. Es war wie Ertrinken. Freiwillig, ständig, in ihr.

Sie runzelte besorgt die Stirn. «Geht es dir gut?»

Er schüttelte den Kopf.

Sie wandte sich ihm zu. «Hast du heute schon etwas gegessen?»

Wieder schüttelte er den Kopf.

«Du bist bleich, Troy. Iss etwas.»

«Essen kann das nicht in Ordnung bringen.»

«Was ist denn los?»

Er sah tief in ihre außergewöhnlichen Augen – und erstarrte. Er versuchte, zu blinzeln. Er versuchte, diese einfachen drei Worte auszusprechen, aber es gelang ihm nicht. Es war nicht der richtige Zeitpunkt und nicht der richtige Ort dafür. Er musste mit ihr allein sein, nur sie und er.

«Nichts», stieß er hervor. «Egal. Lass uns essen, bevor es kalt wird.»

Sie wirkte unschlüssig, also schob er sich eine Gabel Wildreis in den Mund, um zu beweisen, dass es ihm gutging.

Bis der Kuchen serviert und die Teller wieder abgeräumt waren, hatte die Abenddämmerung eingesetzt. Die Lichter in den Bäumen erwachten zum Leben und schimmerten zwischen den Blättern.

Justin führte Heather auf die Tanzfläche. Der DJ legte das Lied für ihren ersten Tanz auf.

Camryn stützte den Kopf auf ihrer Hand ab und beobachtete das Paar, wobei sie aussah wie ein kleines Mädchen, dass sich ihren eigenen, großen Tag vorstellte. Sie wirkte anders. Alles an ihr wirkte anders. Sie war immer noch Cam, zu still und zu klug. Doch sie trug nicht mehr dieses tonnenschwere Gewicht auf den Schultern mit sich herum; all diese Bedenken, die sie niedergedrückt und ihr Strahlen gedämpft hatten.

Vielleicht hatte er das bewirkt. Vielleicht hatte diese ganze Sache sie hierhergeführt, wo sie hingehörten.

Emily kam herangehüpft und kletterte auf Cams Schoß. «Die Lichter sehen wirklich hübsch aus», flüsterte sie Cam zu. «Verlieben sich jetzt alle? Wegen der Romantischheit?»

«Romantik.» Camryn grinste auf ihre Nichte hinunter.

Troys Puls raste. Er hatte sie nicht mehr so lächeln sehen, seit ... na ja, noch nie. Bisher hatte sie immer kurz gezögert, bevor sie gelächelt hatte, als müsse sie sich selbst ermahnen, es tatsächlich zu tun.

«Vielleicht.» Ihr Grinsen wurde noch breiter, bis ihm fast das Herz stehen blieb. «Wenn sie Glück haben.»

Heilige Scheiße. Er hatte es geschafft, dank ihm glaubte sie an Magie, Liebe und Happy Ends. Er hatte sie dazu gebracht, sorglos zu grinsen und laut zu lachen, spontan zu handeln, wütend zu werden ... All das hatte funktioniert, das wusste er nun mit absoluter Sicherheit.

Sie glaubte wieder an die Liebe.

Aber wollte sie ihn auch so, wie er sie wollte?

Fisher kam vorbei und hob Emily von Cams Schoß. «Der nächste Tanz ist für dich reserviert, Em.»

Es drängten sich bereits einige Gäste auf der Tanzfläche, als Fisher mit seiner Tochter in diese Richtung verschwand. Sobald er außer Hörweite war, sah Troy Cam an.

«Wenn ich dich um einen Tanz bitte, darf ich dann führen?»

Sie lachte. «Hängt davon ab. Kannst du tanzen?»

«Nein, aber ich kann so tun, als ob.» Er nahm ihre Hand und führte sie an den Rand der Tanzfläche, wo er sie an seine Brust zog. Und, oh Wunder, sie überließ ihm die Führung.

Er schloss die Augen und lächelte in ihr Haar. Zitronengras.

«Schau dir das an», murmelte Cam einen Augenblick später.

Widerwillig löste er sich von ihr. Er folgte ihrem Blick zu Katie und John, die lächelnd und eng umschlungen miteinander tanzten.

«Sieht aus, als hättest du sie tatsächlich zusammengebracht, Cam. Und du hast gesagt, du glaubst nicht an die Liebe.»

Ihre Wange glitt über seine, als sie sich ihm wieder zuwandte.

Sie fühlte sich in seinen Armen zu richtig und zu real an. Auf seiner Liste stand nur noch ein Punkt, er hatte nur noch eine letzte Nacht mit ihr. Und danach sollte er sie eigentlich gehen lassen.

Doch Troys Herz hörte nicht auf zu rasen, wollte das nicht akzeptieren.

«Camryn, ich würde gern etwas wissen. Haben diese anderen Männer, mit denen du vor mir zusammen warst, dein Herz zum Klopfen gebracht? Haben sie dafür gesorgt, dass in deinem Bauch Schmetterlinge tanzen oder dir vor Lachen schwindelig wird?»

Sie hörte auf zu tanzen und lehnte sich ein wenig nach hinten, um ihn anzusehen. Tausende Emotionen huschten über ihr Gesicht, während er mit angehaltenem Atem auf ihre Antwort wartete.

«Nein.» Sie wandte den Blick ab und zog ihn wieder in den Tanz.

«Tue ich es?»

Wieder erstarrte sie, dieses Mal, ohne ihm in die Augen zu sehen. Sie packte seine Hand fester, und ihr Atem glitt über seinen Hals. «Haben die Frauen vor mir das bei dir getan?»

Es war verrückt. Fast hätte er gesagt, dass es vor ihr keine anderen Frauen gegeben hatte. «Nein.»

«Tue ich es?»

Sie setzte seine eigene Taktik gegen ihn ein. Clever.

«Beantworte meine Frage, Cam.»

John tippte auf ihre Schulter, und sie wirbelte zu ihm herum.

«Kann ich mir Cam für einen Moment ausleihen? Ich möchte nur kurz mit ihr reden. Du bekommst sie gleich zurück.»

Troy sah sie an, wie sie vor ihm stand, den Blick gesenkt, die Schultern hochgezogen. Er hatte so lange auf Cam gewartet, da konnte er es jetzt auch noch ein paar Minuten länger aushalten.

Er nickte. «Wir treffen uns gleich am Tisch. Und dann werden wir dieses Gespräch zu Ende führen.»

LEBENSWEISHEITEN*

Schönheit liegt im Auge des Betrachters. Aber manchmal braucht der Betrachter eine Brille.

*ZUMINDEST WENN ES NACH CAMRYN GEHT

KAPITEL 19

Während Camryn beobachtete, wie Troy davonging, atmete sie gefühlt zum ersten Mal seit Minuten durch.

John ergriff ihre Hand und zog sie in einen langsamen Tanz. Troys Frage schwirrte noch immer in ihrem Kopf umher, daher wäre sie fast zusammengezuckt, als John anfing zu reden.

«Ich habe deinen Ratschlag beherzigt.»

Sie riss sich zusammen und lächelte ihn an. «Und wie es aussieht, ist es gut gelaufen.»

«Allerdings.» Er hielt inne und musterte sie intensiv. «Ich habe Katie immer nur als gute Freundin betrachtet. Aber als ich heute Morgen aufgewacht bin und sie vor mir gesehen habe, hat sich etwas in mir verschoben. Es ist seltsam, weißt du? Dabei war sie die ganze Zeit direkt vor meiner Nase.»

«Ich verstehe das.» Tatsächlich verstand sie nur allzu gut. Nun, zumindest würde es für John und Katie gut ausgehen.

«Ich bin froh, dass ich durch die Hochzeit die Gelegenheit hatte, dich ein wenig besser kennenzulernen. Du bist nicht so, wie ich es erwartet hatte.»

Sie zog die Augenbrauen hoch. «Was hattest du denn erwartet?»

Seine Schultern hoben und senkten sich. «Ehrlich gesagt

habe ich dich immer als ein wenig unnahbar wahrgenommen, als würde dich nichts berühren. Doch offensichtlich habe ich mich geirrt. Du wirkst glücklich.»

Cam nickte, auch wenn diese Worte sie trafen wie ein Schlag. «Ich hoffe, ihr beide seid auch glücklich.»

Der DJ wechselte zu einem schnelleren Song. Er stammte von einer von Heathers Lieblingsbands, die Camryn nicht ausstehen konnte.

«Das ist nicht meine Musik, ich werde mich wieder hinsetzen.»

John hielt sie noch einen Moment fest. «Ich danke dir, Camryn.»

«Wirklich gern geschehen.»

Irgendwer hinter ihr packte ihren Arm und zerrte sie in die Mitte der Tanzfläche. Als sie sich umdrehte, entdeckte sie eine grinsende Heather.

«Tanz», befahl ihre Schwester.

Camryn verschränkte die Arme vor der Brust. «Dieses Lied setze ich aus.»

Katie schlang einen Arm um Heather, einen um Camryn und zog sie an sich. Bevor Camryn wusste, wie ihr geschah, sprang und tanzte sie die nächste Stunde durch. Obwohl sie dabei bestimmt jedes Rhythmusgefühl vermissen ließ, amüsierte sie sich.

Justins Freundin Jessie fing den Brautstrauß und Cody das Strumpfband.

Camryn runzelte die Stirn. Das war mal ein Paar.

«Meine Füße bringen mich um», sagte Cam schließlich zu Katie. «Ich werde mich kurz hinsetzen.»

Doch ihr Vater hatte andere Pläne. Erneut erklang ein langsamer Song, und ihr Dad packte ihre Hand, bevor sie auch nur die Tanzfläche verlassen und aufs Gras treten konnte. «Du siehst heute Abend wirklich gut aus.»

«Danke, Dad. Du auch.»

Er lächelte sie an, sodass sich Krähenfüße in seinen Augenwinkeln bildeten. «Zwei meiner drei Kinder sind unter der Haube. Wann bist du dran?»

Camryns Lachen klang hohl.

Ihr Dad hob die Augenbrauen.

Eilig versuchte sie ihren Ausrutscher zu überspielen. «Ähm, wenn ich dazu bereit bin?»

«Du gehst seit mehr als einem Jahr mit Troy aus.»

Sie hatte bisher nie darüber nachgedacht, wie tief die Trennung ihre Eltern treffen könnte. Troy war für sie wie ein eigenes Kind. Troy und Cam zusammen zu sehen, hatte die beiden wahrscheinlich wirklich glücklich gemacht – zumindest, nachdem sie sich von dem Schock erholt hatten.

«Dad, nimm es nicht zu schwer, wenn das am Ende doch nicht funktioniert, okay?»

«Was meinst du damit?» Sein Blick wirkte besorgt, nicht wütend, was Camryns Magen dazu brachte, sich vor Schuldgefühlen zusammenzukrampfen.

«Nichts. Na ja …»

«Gibt es da etwas, was ich nicht weiß?»

Ja, alles.

Fisher tippte ihr plötzlich auf die Schulter, um den Platz ihres Vaters einzunehmen. Ihr Dad trat zurück und beobachtete sie. Cam konnte ihm die Enttäuschung deutlich am Gesicht ablesen.

Sie hatte gewusst, dass es passieren würde. Sie und Troy

würden sich morgen trennen, sobald sie wieder in Milwaukee waren. Doch die Miene ihres Dads sorgte dafür, dass sie sich ein anderes Ende wünschte. Dass sie sich wünschte, nur einmal dem Idealbild ihrer Eltern von einer Tochter entsprechen zu können.

Ihr Vater drehte sich um und ging.

«Was hast du getan, um Dad so aufzuregen?»

Camryn sah Fisher an und zuckte mit den Achseln. «Er will noch eine Hochzeit.»

«Und? Willst du Troy nicht heiraten?»

Na ja, irgendwie schon. Okay, eigentlich sogar sehr. «Ich versuche, realistisch zu bleiben.»

«Ich kapiere das nicht.»

Das tat sie auch nicht.

Für den Rest des Tanzes vermied Camryn es, Fisher anzusehen, in der Hoffnung, dass er die Botschaft verstand. Als der Song endete und die ersten Takte eines neuen, schnelleren Lieds erklangen, eilte Camryn zur Bar, bevor jemand sie davon abhalten konnte.

Sie bestellte einen Weißwein und wandte den anderen Gästen den Rücken zu. Lächelnd nahm sie ihr Glas vom Barkeeper entgegen und nippte daran.

«Ich habe den halben Abend am Tisch auf dich gewartet, Cam.»

Für einen Moment schloss sie die Augen, dann öffnete sie die Lider und drehte sich um. «Tut mir leid, Troy. Ich bin aufgehalten worden.»

Er hatte sein Jackett ausgezogen und die Fliege abgelegt. Die ersten zwei Knöpfe an seinem Hemd standen offen. Sie wollte auch noch den Rest öffnen, den Stoff teilen …

Er schnappte sich ihr Glas und stellte es auf die Bar. Dann packte er ihren Ellbogen und führte sie weg von dem Getümmel, um eine Hausecke. «Erklär mir, wie diese Trennung laufen soll. Wirst du mich beim Öffnen der Geschenke vor der gesamten Familie absägen? Im Flugzeug? Oder willst du nett sein und warten, bis wir zu Hause sind? Ich würde sagen, lass uns die Sache hinter uns bringen. Wir können jetzt sofort einen Riesenkrach inszenieren. Ich werde dem DJ das Mikro wegnehmen und die Musik stoppen.» Seine Lippen waren schmal, und seine Nasenflügel bebten.

Cam blieb der Mund offen stehen. Sie fragte sich, woher dieser plötzliche Ausbruch kam. Ihr Blick huschte über Troys Gesicht, saugte sich an seinen Augen fest. Obwohl sie zu Schlitzen verengt waren, stellte sie überrascht fest, dass sie nicht Wut darin erkannte, sondern ... Schmerz, Angst.

Sie schluckte. «Ich lasse dich nicht im Stich, Troy. Keiner von uns wird das tun. Das Ende dieser ... Beziehung ist nicht das Ende ...»

«Zur Hölle damit, Cam.» Er packte ihre Schultern und zog sie an sich. «Empfindest du irgendetwas für mich?»

«Ja, natürlich tue ich das.»

Er knurrte. «Ich meine nicht, als Freund. Hast du Gefühle für mich?» Er dehnte die Worte, als spräche er mit einem kleinen Kind.

Wieso interessierte ihn das? Troy führte keine richtigen Beziehungen. Er mochte behaupten, dass er nach der Liebe suchte, sich eine Ehe wünschte, doch seine Handlungen bisher zeugten vom Gegenteil.

Nur dass sie in seinen Augen etwas erkannte, was sie bei ihm noch nie gesehen hatte – bei keinem Mann: Zuneigung,

Interesse, Entschlossenheit und ein Flehen. Die Art, wie er sie ansah …

Cam konnte nicht atmen, sie bekam keine Luft. Ihre Lunge funktionierte nicht mehr.

Troy senkte die Arme, und seine Miene wurde weicher. «Ich muss es wissen, Cam. Bitte. Ist hier drin Platz für irgendetwas außer Freundschaft?» Seine Finger glitten über den Stoff ihres Kleides, direkt über ihrem Herzen.

Sie keuchte und schloss die Augen. Die Wahrheit zu gestehen, würde sie verwundbar machen, doch sie konnte ihn nicht anlügen. Nicht heute Abend. Nicht nach allem, was er getan hatte. «Ja.»

Er starrte sie an, in einer Mischung aus Schmerz und Erleichterung. Langsam hob und senkte sich sein Adamsapfel. Er hob die Hand, um Camryn zu berühren, nur um seine Finger abrupt zurückzuziehen. Ein paar Sekunden später versuchte er es noch einmal, und diesmal umfasste er ihre Wange. «Komm mit mir nach oben. Ich möchte dir etwas zeigen.»

Sie nickte, unfähig, ihm einen Wunsch abzuschlagen.

Troy nahm ihre Hand, führte sie um das Gebäude herum und durch die Garagentür ins Haus. Schweigend durchquerten sie das große Wohnzimmer und stiegen die Treppe nach oben. Sobald sie ihr Schlafzimmer betreten hatten, schloss er die Tür und verriegelte sie. Er ging zu den Balkontüren und zog die Vorhänge zu, dann öffnete er sein Hemd, zog es aus und warf es zur Seite.

Von der anderen Seite des dämmrigen Raums aus musterte sie Troys Rücken, wartete darauf, dass er ihr zeigte, was auch immer er ihr zeigen wollte. Er war so schön, so attraktiv. Was zum Henker wollte er mit jemandem wie ihr? Selbst wenn es am Anfang nur eine Lüge gewesen war, irgendwann hatten sie eine unsichtbare Linie überschritten; waren zu weit gegangen, um es ungeschehen zu machen. Sie wollte wissen, warum er das getan hatte.

Nach einem langen Moment senkte er den Kopf und stemmte die Hände in die Hüften. «Komm her, Cam.»

Sie öffnete die Riemchen ihrer Pumps und zog sie aus. Gänsehaut huschte über ihre Haut. So hatte sich Troy noch nie benommen. Sie war niemals zu ihm gekommen. Im Bett hatte immer er die Initiative übernommen.

Sie durchquerte den Raum, ergriff seine Hand. «Was willst du mir zeigen?»

«Dich. Ich will dir dich selbst zeigen.»

Sanft zog er sie zum Bad. Doch statt den Raum zu betreten, schloss er die Tür, sodass sie davorstanden und in den bodentiefen Spiegel sahen.

Er trat hinter sie und legte die Hände auf ihre Schultern. «Schau in den Spiegel, Cam.»

Sie tat, worum er sie gebeten hatte, musterte ihr gemeinsames Spiegelbild und fühlte sich dabei verwundbarer, als wenn sie nackt gewesen wäre.

Troy hob die Hände an ihr Haar, um die Haarnadeln zu lösen, eine nach der anderen. «Dein Haar hat die Farbe von Zimt, so untypisch für deine serbische Abstammung. Es riecht nach Zitronengras. Ich werde diesen Duft nie wieder einatmen können, ohne dabei an dich zu denken.»

Ihr Haar fiel auf ihre Schultern herab, und er ließ die Finger durch die Strähnen gleiten. Die sanfte Berührung jagte einen Schauer über ihre Haut. Sie fragte sich, was er hiermit erreichen wollte.

Troy suchte im Spiegel ihren Blick, seine Lippen schwebten neben ihrem Ohr. «Niemand hat Augen wie du. Sie zeigen alles, was du empfindest, egal, wie sehr du dich auch bemühst, deine Gefühle zu verbergen. Dein Mund ist klein, aber wenn du lächelst, beherrscht er dein gesamtes Gesicht. Ich kann nicht aufhören, dich anzustarren, wenn du lächelst.»

Sie schloss die Augen, weil sie den Kampf gegen das Begehren verlor, der in ihr tobte. Hitze breitete sich in ihr aus.

«Öffne die Augen.»

Sie gehorchte, dann schluckte sie schwer, als er den Reißverschluss ihres Kleides nach unten zog.

«Deine Haut ist so weich und zart. Ich liebe diese kleinen Sommersprossen auf deinen Schultern.»

Das Kleid fiel zu Boden. Sie versuchte, ihre nackten Brüste zu bedecken, doch er ergriff ihre Hände und zog sie nach unten.

«Und ich liebe deine weibliche Figur.» Sein Finger glitt über eine Brust, an ihrer Seite nach unten und über die Hüfte. Hitze folgte seiner Berührung. «Deine Brüste passen perfekt in meine Hände.» Er bewies diese Aussage, indem er sie sanft umfasste.

Atemlos drängte Cam sich ihm entgegen, weil sie mehr wollte. Alles wollte.

Doch Troy war noch nicht fertig. Er schob die Finger unter den Saum ihres Höschens, dann trat er vor sie und zog den Stoff nach unten, über ihre Hüften und Schenkel, auf ihre Knöchel, bis er vor ihr kniete. Sie trat aus dem Kleid und dem Höschen und begann zu zittern, als Troy nicht wieder aufstand.

«Deine Beine sind lang und perfekt. Wenn du sie um mich schlingst, verliere ich den Verstand.» Seine Finger glitten auf der Innenseite ihrer Schenkel nach oben. «Und was sich zwischen diesen Beinen verbirgt, macht mich wahnsinnig vor Verlangen.»

Ohne Vorwarnung presste er den Mund auf ihre Hitze. Sie keuchte, und ihre Knie gaben nach.

In einer geschmeidigen Bewegung stand er auf und fing sie. «Und das ist das Beste, Cam», sagte er heiser. «Dich zu beobachten, wenn die Leidenschaft Besitz von dir ergreift. Das Wissen, dass nur ich dich so sehen darf.» Sein Atem glitt über ihre Wange. «Schau in den Spiegel.»

Ihr Herz schlug wie wild gegen ihre Rippen. Ihre Kehle wurde eng. Sie hob die Lider und sah sie beide im Spiegel an. Er stand mit dem Rücken zum Glas, die Arme um ihren Körper gelegt. Seine straffen Muskeln, ihre weichen Kurven. Seine Bräune im Kontrast zu ihrer hellen Haut.

Sie beide. Zusammen.

«So sehe ich dich, Cam. Du bist wunderschön.»

Sie schloss fest die Augen, um die plötzlich aufsteigenden Tränen zurückzuhalten.

«Mach sie auf», verlangte er. «Schau dich selbst an. Sag es. Sag: ‹Ich bin schön.›»

Ein gepresstes Wimmern drang aus ihrer Kehle. Hätte sie nicht gefühlt, wie es in ihr aufstieg, hätte sie nie geglaubt, dass dieses Geräusch von ihr stammte.

Sie hatte recht gehabt. Troy würde sie zerstören, bis nichts mehr von ihr übrig war außer Knochen und Verlangen. Genau davor hatte sie sich schützen wollen. Kein anderer Mann würde sich jemals mit ihm messen können. Niemand anderem würde es gelingen, diese Empfindungen in ihr zum Leben zu erwecken. Sie würde den Rest ihres Lebens innerlich leer verbringen und vergeblich darauf warten, sich noch einmal so zu fühlen.

Er trat zurück, öffnete seine Hose und ließ sie zu Boden fallen. «Sag es, Cam.»

«Du bist schön», sagte sie, ohne den Blick von ihm abzuwenden.

Sein Mundwinkel zuckte. «Camryn ...»

«Ich bin schön.»

Er lächelte, entwaffnend und charmant. «Und jetzt glaub es auch.»

Sie wandte den Blick ab. Tränen rannen über ihre Wangen. «Steht das auf deiner Liste, Troy?»

«Ja. Der letzte Punkt. Doch deswegen ist das, was ich gesagt habe, nicht weniger wahr. Ich habe es ernst gemeint. Willst du wissen, warum ich diese Liste aufgestellt habe, Cam?» Mit dem Daumen wischte er eine Träne aus ihrem Gesicht, sein Blick voller Zärtlichkeit.

Sie sah ihn an, und ihr wurde klar, dass sie es nicht wissen wollte. Hätte er ihr diese Frage vor ein paar Tagen gestellt, dann hätte sie vielleicht ja gesagt. Aber jetzt nicht. Egal, welche Motive ihn auch antrieben, es waren seine. Die Gründe spielten keine Rolle, nur das Ergebnis. Sie wollte sich lieber an die Illusion klammern.

«Nein.» Wieder wandte sie den Blick ab.

Er legte einen Finger unter ihr Kinn, bis sie ihn wieder ansah. «Sag es noch mal. Und diesmal musst du es ernst meinen, Cam. Glaub daran, weil es wahr ist.»

Während Troy sie anstarrte, stieg die Erinnerung daran in ihr auf, was ihr Vater an diesem Morgen auf der Terrasse zu ihr gesagt hatte. Darüber, warum sie vor Komplimenten zurückscheute und wie es zu ihrem Selbstbild gekommen war. Dass sie klug und schön sein konnte. Dass sie sich nicht für eines davon entscheiden musste.

Und dann ... dann begannen Troys Worte in sie einzusinken.

«Ich bin schön.» Sie sah ihm tief in die Augen und wollte zum Dank mehr tun, als nur seine Worte zu wiederholen. Ihr gesamtes Leben hatte sie sich unattraktiv und gewöhnlich gefühlt. Nur seinetwegen wusste sie jetzt, dass das nicht stimmte.

Sie hob die Hand und spreizte die Finger auf seiner Brust. Doch als er sich vorbeugte, um sie zu küssen, hielt sie ihn zurück.

Troys Ängste wegen seiner Vergangenheit hielten ihn genauso zurück wie sie ihre Unsicherheiten. Wenn er eine Liste aufstellen konnte, konnte sie das auch tun. Vielleicht würde er eines Tages die richtige Frau treffen und sie lieben ... so wie er wollte, dass sie jemand anderen fand. Oder vielleicht, nur vielleicht, konnten sie ihre Lüge in etwas verwandeln, das wahrhaftig war.

Sie drehte sich so, dass er mit dem Gesicht zum Spiegel stand und sie mit dem Rücken zum Glas.

«Camryn ...»

«Sch. Jetzt hörst du zu.» Sie ließ ihre Fingerspitzen über seine Stirn gleiten. «In deinem Kopf lauern all die schrecklichen Dinge, die dein Vater gesagt und getan hat, und sorgen dafür, dass du jede deiner Beziehungen in Frage stellst. Die Leute um dich herum haben keine Hintergedanken. Wir sind hier, weil wir hier sein wollen.»

Er packte ihre Oberarme, stieß ihren Namen hervor. «Tu das nicht. Es geht heute nicht um mich.»

Sanft entzog sie sich seinem Halt. «Hier drin», sagte sie und berührte seine Brust, «schlägt ein gutes Herz. Du bist ein Mann, der niemals eine andere Person verletzen würde, weil er weiß, wie schrecklich sich das anfühlt. Weil er stärker ist, als sein Vater es jemals war. Du hast ein Gewissen, eine gute Seele.»

Seine Arme sanken nach unten. Er biss die Zähne so fest zusammen, dass der Muskel an seinem Kinn zuckte. Als sie ihn ansah, schloss er langsam die Augen.

«Mach sie auf», befahl sie, so wie er es vorhin bei ihr getan hatte. «Sieh die Wahrheit, Troy.»

Langsam hoben sich seine Lider, und er schaute sie an. Zitternd stieß er den Atem aus, bevor er den Blick abwandte. «Genug, Cam. Du hast genug gesagt.»

«Dein Mund», fuhr sie fort, ohne seine Worte zu beachten, «ist immer bereit, einen Witz zu reißen oder Komplimente zu machen oder mich besinnungslos zu küssen. Niemand hat jemals so freundliche Dinge zu mir gesagt oder mich geküsst, wie du es tust. Doch deine größte Stärke ist dein entwaffnendes Grinsen.» Sie lächelte bei der Erinnerung daran. «Es ist erstaunlich und bewundernswert, dass du nach allem, was du durchgemacht hast, immer noch solchen Spaß haben kannst. Und deine Augen? Sie sind dunkel und tief, und es liegt immer ein Glitzern darin, als würdest du etwas aushecken, während du gleichzeitig nach Stabilität suchst.»

Ihre Finger glitten über seine Schultern, seine Arme. Er stand hoch aufgerichtet vor ihr und musste sich offensichtlich anstrengen, nicht zu reagieren. «Ich könnte endlos über deinen atemberaubenden Körper sprechen ... über all die Dinge, die wir zusammen getan haben, aber das weißt du alles bereits.»

Sie lehnte sich nach hinten und ergriff seine Hände, verschränkte ihre Finger mit seinen. Sie wartete, bis Troy sie ansah, bevor sie ihre Ausführungen beendete. «Deine Hände sind das Beste an dir. Sie beweisen, dass du hart arbeitest und dich weigerst, zum Opfer deiner Vergangenheit zu werden. Du würdest sie niemals als Waffe einsetzen. Denn obwohl sie schwielig und rau sind, ist deine Berührung immer sanft.» Sie presste ihren Körper an seinen – Haut an Haut, Herz an Herz – und schlang die Arme um ihn.

Es dauerte ein paar Sekunden, doch dann hob Troy die Arme und erwiderte die Umarmung, bevor er zitternd den Atem ausstieß. «Warum hast du das getan? Es sollte um dich gehen. Versuchst du, mich zu entwaffnen? Ich frage nur, weil es funktioniert hat.»

«Ich fand, du solltest meine Wahrheit sehen, so wie du mir deine gezeigt hast.»

Er zögerte, drückte ihr einen Kuss auf die Schläfe. «Was bedeutet das alles, was sind wir? Ich muss es wissen. Du musst es für mich in Worte fassen.»

Wenn er ihr eines beigebracht hatte, dann war es, mutig zu sein und für das zu kämpfen, was sie wollte, selbst wenn sie es nie erreichen konnte. «Vielleicht sollten wir das hier nicht übereilt beenden.»

Er starrte sie an, voller Hoffnung, antwortete aber nicht.

«Vielleicht können wir die Trennung aufschieben und schauen, ob wir das, was wir haben, auch zu Hause aufrechterhalten können. Wir könnten versuchen zusammenzuleben. Dass wir auf engem Raum miteinander auskommen, wissen wir ja bereits. Schließlich haben wir uns auf dieser Reise das Zimmer geteilt und auch als Kinder schon zusammengewohnt. Offensichtlich kommen wir gut miteinander aus.»

Wieder keine Antwort, doch seine Nasenflügel bebten, und seine Augen wurden glasig.

«Außer uns und Heather müsste niemand wissen, dass alles nur vorgetäuscht war.»

Zweifel mischten sich unter die Hoffnung in seinem Blick. Er starrte sie lange an, dann räusperte er sich. «Und das, obwohl wir nur eine Lüge waren, Cam? Obwohl diese gesamte Woche nur dazu diente, eine friedliche Hochzeit zu gewährleisten?»

Es fühlte sich an, als wolle er sie reizen, doch sie verstand nicht, warum. Sie hatten vorgegeben, ein Paar zu sein, sicher. Aber sie hatten auch hinter geschlossenen Türen damit weitergemacht, bis sie sich real angefühlt hatte ... real geworden war. Zumindest war das bei ihr der Fall.

Vielleicht hatte sie seine Motive falsch gedeutet. Vielleicht hatte er sie einfach nur aus Dankbarkeit zu einem besseren Menschen machen wollen. Vielleicht empfand er, bis auf körperliche Anziehung, überhaupt nichts für sie.

Wie dumm sie gewesen war!

Sie schluckte. Ihr Herz war schwer und ihre Kehle eng, als sie sich aus seiner Umarmung löste und nach ihrem Kleid bückte. Sie ging zum Schrank und hängte das Kleidungsstück auf einen Bügel, bevor sie die Tür schloss. Als sie nach der Tasche auf dem Bett griff, packte er ihre Hand.

Troy warf die Tasche zur Seite. «Würdest du aufhören, meinen Fragen auszuweichen? Nur dieses eine Mal?» Seine Stimme war gefährlich tief, als stände er kurz davor, die Kontrolle zu verlieren. «Du und ich, Cam. Was sind wir?»

Von einem Augenblick auf den anderen schlug ihr Schmerz und die Verzweiflung in Wut um. Ihre Schläfen pulsierten, und Druck sammelte sich in ihrer Brust. Ihr war bewusst, dass sich ihre Verteidigungsmechanismen einschalteten, doch es war ihr vollkommen egal. Sie hatte den Sprung gewagt – was ihr unglaublich schwergefallen war –, und er hatte sie nicht aufgefangen. Stattdessen hatte er ihr die Realität um die Ohren gehauen.

«Schön, Troy. Wir hatten eine tolle Woche miteinander. Ist

es das, was du hören willst? Du hast alle meine Geheimnisse entschlüsselt, wir haben uns ein paar Mal gegenseitig das Herz ausgeschüttet und hatten tollen Sex.» Als er näher an sie herantrat, stieß sie ihn von sich. Sie war mit diesem Gespräch durch. «Morgen fahren wir zurück, und alles wird wieder normal. Ist das deutlich genug für dich?»

Seine Augen traten fast aus den Höhlen, und er fletschte die Zähne. Wut strahlte in so heißen Wellen von ihm aus, dass sie die Hitze sogar ein paar Schritte entfernt fühlen konnte. «Mehr war es nicht?» Er überbrückte den Abstand zwischen ihnen mit wenigen Schritten, presste sie gegen den Bettpfosten, packte ihre Handgelenke und hielt sie über ihrem Kopf fest. «Antworte mir.»

«Ich denke, das habe ich bereits.»

Schwer atmend starrte er auf sie herunter. Sie standen Nase an Nase. Sein Blick war wild, und sie konnte sehen, dass seine Selbstkontrolle an einem seidenen Faden hing. Und Himmel, sie wollte, dass dieser Faden riss. Seine Erektion presste sich gegen ihren Bauch, und Camryn musste gegen das Bedürfnis ankämpfen, sich ihm entgegenzudrängen. Es war einfacher – und sicherer! –, sich an ihrer eigenen Wut festzuklammern.

«Einen Teufel hast du.» Damit presste er den Mund auf ihren.

LEBENSWEISHEITEN*

Vor Wut in die Luft
zu gehen führt nur zu einer
unsanften Landung.

*ZUMINDEST WENN ES NACH CAMRYN GEHT

KAPITEL 20

Sie hätte sich nicht klarer ausdrücken können. Ab morgen war das hier vorbei. Troy hatte sie angefleht, ihre Beziehung in Worte zu fassen; hatte ihr die Möglichkeit gegeben, ihm ihre Gefühle anzuvertrauen. Und was hatte sie getan? Hatte irgendeinen Mist darüber geredet, dass sie versuchen könnten, die Lüge weiterzuspinnen. Sie wählte immer noch den sicheren Weg, blieb vorsichtig.

Troys Körper wollte die Botschaft allerdings nicht hören. Dasselbe galt für sein Herz, doch darum würde er sich später Sorgen machen. Für den Moment, für heute Nacht, hatte er sie.

Sie und seine Wut.

Denn sein Zorn hatte kein bisschen nachgelassen. Er hatte versucht, ruhig durchzuatmen, hatte versucht wegzugehen. Stattdessen spürte er nur seine Erektion und sein Verlangen.

Er vergrub die Hände in ihrem Haar, verschlang sie förmlich mit seinem Kuss.

Nicht genug.

«Gott verdammt, du frustrierst mich, Cam.»

Ein langes Bein schlang sich um seine Hüfte. «Gut, dann sind wir ja quitt.»

Ohne jegliche Finesse brachte er sich in Position und drang in sie ein. So eng. So heiß.

Sie drängte sich ihm entgegen, einen Aufschrei auf den Lippen. Fast wäre es ihm nicht rechtzeitig gelungen, die Hand auf ihren Mund zu pressen. Sie waren nicht allein im Haus, und draußen feierten immer noch Gäste. Er wollte Cam zu Hause lieben, in seinem Bett, einfach nur um ihr dabei zuhören zu können, wie sie hemmungslos kam.

Sie schob seine Hand zur Seite und presste den Mund auf seinen, angespannt und herausfordernd. Troy packte den Bettpfosten über ihrem Kopf und stieß hart in sie, immer wieder, reizte ihre empfindlichste Stelle. Je länger dieser sinnliche Kampf dauerte, desto mehr schmerzten seine Beine und desto mehr kribbelte es in seinem unteren Rücken. Sie küssten sich verzweifelt, ihre Körper suchten Erlösung.

Troy fürchtete, dass es nie dazu kommen würde. Rein körperlich, sicher, aber geistig und emotional? Sein Herz würde sie niemals gehen lassen. Nicht einmal, wenn sie ihn verließ.

Sie kam heftig und sackte zusammen, als sie erschauerte und ihre inneren Muskeln um ihn herum zuckten.

Zur Hölle, nein, sie waren noch nicht fertig. Nicht mal ansatzweise.

Er umfasste ihren Hintern, drehte sich und landete mit Cam über sich auf der Matratze. Sie zögerte keinen Moment. Ihre Hände fanden das Kopfende, um sich abzustützen. Sie warf den Kopf in den Nacken und nahm ihn so tief in sich auf, dass er den Himmel sah.

«Camryn …» Hölle, sie brachte ihn um.

«Halt die Klappe, Troy.»

«Okay.» Schön. Wenn sie es so wollte … er war bereit.

Er setzte sich auf, schlang die Arme um sie und stieß in sie. Ein gepresstes Wimmern stieg aus ihrer Kehle, und er spürte das Geräusch als Vibration in ihren Brüsten, die an seinen Oberkörper gepresst waren. Sie vergrub das Gesicht an seinem Hals, die Finger in seinem Haar und trieb ihn in den Wahnsinn und zurück, als sie beide …

… explodierten. Heftig, schnell und ohne jede Zurückhaltung.

Danach lag Cam zitternd und keuchend auf ihm.

Er umarmte sie fester, ein wenig effektiver Versuch, sich zu beruhigen und noch für einen Moment so zu tun, als würde sie ihn nicht verlassen. So fest, dass er nicht sagen konnte, ob es ihr oder sein Herz war, das so heftig hämmerte. Wahrscheinlich waren es beide.

Nur dass seins gebrochen war.

«Wir haben das Kondom vergessen», sagte sie nach einer Weile.

Troy erstarrte. Egal, wie attraktiv eine Frau war und wie gut der Sex auch sein mochte, er vergaß nie, ein Kondom zu benutzen. Niemals. Doch Cam hatte ihn so wütend gemacht, so erregt und verängstigt, dass er keinen Augenblick an Verhütung gedacht hatte.

«Es ist nicht der richtige Zeitpunkt in meinem Zyklus. Es sollte in Ordnung sein.» Sie zog sich leicht zurück, um ihn anzusehen, und wirkte dabei so ruhig wie immer. «Bist du gesund?»

Er knirschte mit den Zähnen. «Wäre ich nicht gesund, hätte ich dich niemals angerührt. Trau mir wenigstens das zu.»

«Du bist derjenige, der mit der halben Bevölkerung von Milwaukee geschlafen hat. Es war eine naheliegende Frage.» Sie erhob sich und ging ins Bad.

Er sprang vom Bett, um ihr zu folgen. «Was zur Hölle willst du damit sagen?»

Sie versuchte, die Tür zu schließen, aber er drückte sie auf.

«Verbinde die Punkte, Troy. Es war ziemlich offensichtlich.»

«Himmel. Wir sind offensichtlich noch nicht fertig mit streiten.»

Sie lachte bitter. «Du bist derjenige, der mich wütend sehen wollte. ‹Werde wütend, Cam›, hast du gesagt. ‹Hak den Punkt auf meiner Liste ab. So, wie du bist, bist du nicht gut genug. Mach all diese Dinge, und du wirst eine Frau sein statt ein Roboter.›»

Ihr Spott sorgte dafür, dass Troy erneut die Kontrolle verlor, sie löste sich einfach in Luft auf.

Er packte ihre Arme und zog sie rückwärts in die Dusche. «Ich habe dich nie einen Roboter genannt. Ich habe diese Dinge nie gesagt. Und du bist gut genug!» War diese Woche denn gar nichts in ihren hübschen Schädel vorgedrungen?

Sie starrte seine Hände an, dann sah sie ihm in die Augen. Als sie die Brauen hob, senkte er den Blick. Er hatte sie unbewusst auf die Zehenspitzen hochgezogen. Sofort gab er sie frei, sodass sie wieder normal stehen konnte.

Gott, das hatte er gar nicht bemerkt. Obwohl er sich sicher war, dass er ihre Arme nicht zu fest umklammert hatte, suchte er auf ihrer Haut nach Rötungen, konnte aber keine entdecken.

Troy drehte das Wasser auf. Heißes Wasser ergoss sich über sie beide. Er konnte nur hoffen, dass eine Dusche auch ihre Stimmung wegwaschen konnte. Innerhalb von Sekunden füllte Dampf den Raum, während sie beide sich immer noch anstarrten.

«Willst du mich schlagen?»

Langsam sickerte ihre Frage in sein Bewusstsein. Als hätte es sie nicht im Mindesten beunruhigt, dass er sie herumgezerrt hatte wie ein Barbar, hatte sie ihn jetzt mit den furchtbarsten Worten herausgefordert, die sie hätte äußern können. Und dabei war sie so ruhig, als sprächen sie darüber, welchen Sirup sie zu ihrem Pfannkuchen essen wollten, nicht über körperliche Misshandlungen.

«Nein.» Niemals. Er konnte sich keine Situation vorstellen, in der er ihr Gewalt antun würde. Eher würde er sterben. Eher würde er sich umbringen.

«Aber du bist wütend auf mich?»

Worauf wollte sie hinaus? «So sehr, dass ich kaum atmen kann.»

«Da haben wir es. Siehst du? Du bist nicht er. Selbst wenn dich jemand bis aufs Äußerste reizt, reagierst du nicht wie dein Vater.»

Jetzt dachte er doch darüber nach, etwas zu schlagen, zum Beispiel seine Faust durch die Fliesen zu rammen. «Du hast mich absichtlich wütend gemacht, um dein Argument zu unterstreichen?»

«Nein. Das war ein zufälliger Nebeneffekt, aber ich habe bewiesen, dass ich recht habe. Du kannst aufhören, dir Sorgen zu machen, ob du dein Temperament zügeln kannst. Ich bin übrigens immer noch wütend. Lass mich aus der Dusche raus.»

«Drei Orgasmen haben nicht ausgereicht, um dich zu beruhigen?»

«Nein.»

Troy grinste. Nicht weil die Situation witzig gewesen wäre, sondern weil … «Ich gehe dir unter die Haut.»

Vielleicht hatte er sogar einen Platz in ihrem Herzen gefunden, so wie sie es bei ihm getan hatte. Er hatte Cam herausgefordert, und trotzdem war sie nicht aufs Ganze gegangen. Sie hatte lieber den sicheren Weg eingeschlagen, indem sie vorgeschlagen hatte, dass sie sich erst einmal schrittweise an einer richtigen Beziehung versuchen könnten. Zusammenleben und es mal ausprobieren, hatte sie gesagt. Kein Wort davon, dass sie ihn wollte, ihn brauchte … ihn liebte.

Sie verdrehte die Augen. «Ja, wie ein parasitäres Insekt. Beweg dich, Troy.»

Er wurde schon wieder hart. Die wütende Camryn war unglaublich sexy. Er könnte das die ganze Nacht tun. Sich streiten und sich lieben. Tatsächlich würde es wahrscheinlich genau so laufen. Hinter ihrer ruhigen Fassade hatten sich jede Menge Aggressionen angestaut, und Troy half ihr nur allzu gern dabei, ein Ventil dafür zu finden.

Er verschränkte die Arme und blieb stehen. «Nein.»

Ihre Augen verengten sich zu schmalen Schlitzen. «Beweg dich, Troy.»

«Ich liebe es, wenn du meinen Namen sagst.»

«Troy …», knurrte sie, und fast wäre er direkt dort in der Dusche gekommen.

Gott, wie sie seinen Namen aussprach … wie einen Fluch! Noch nie in seinem Leben war er so hart gewesen. Langsam drängte er sie gegen die Fliesen, packte eines ihrer Handgelenke und presste es über ihrem Kopf an die Wand. Er griff nach dem anderen Arm und tat dasselbe.

Sie wehrte sich gegen ihn … halbherzig. Er wurde noch härter, bis seine Erektion ihm mehr Schmerzen als Vergnügen verschaffte.

Niemand konnte dafür sorgen, dass Camryn Covic die Kontrolle verlor. Niemand außer ihm. Troy war hinter ihren Schutzwall gelangt, Cam weigerte sich nur, es zuzugeben – noch. Darum ging es bei all dieser Wut. Bei all diesem heißen, wilden Sex. Sie wurde lieber wütend, als ihm ihre Gefühle zu gestehen oder zuzugeben, dass seine Liste ihre Theorien über die Liebe ad absurdum geführt hatte.

Er drängte sich so eng an sie, dass nicht einmal mehr Platz für das Wasser blieb. Er senkte den Kopf, um sie zu küssen, ließ seine Lippen aber über ihrer Wange schweben. Erneut fing sie an zu zittern.

«Was willst du, Cam? Sag es mir.»

«Lass mich los.»

«Mm-hm. Was willst du wirklich?» Er ließ die Zunge zart über die feuchte Haut ihrer Wange gleiten, über ihren Hals. Dann wandte er sich der anderen Seite zu und leckte jeden Tropfen auf. «Sag es mir, Cam. Was willst du?»

Als sie sich weigerte, ihm zu antworten, schob er ein Knie zwischen ihre Beine. Sie stöhnte. Es war ein tiefes, leidenschaftliches Stöhnen. Er konnte den Moment spüren, in dem ihr Zorn verrauchte, ihr Widerstand brach und sie in seinem Griff weich wurde.

«Dich. Ich will dich.»

Gott, endlich!

Er hob langsam den Kopf, gab ihre Handgelenke frei und sah ihr tief in die Augen. «Du hast mich.»

Camryn öffnete die Augen und blinzelte in das dunkle Zimmer. Neben ihr im Bett schnarchte Troy leise. Tatsächlich schnarchte er schon seit vier Stunden. Er war direkt eingeschlafen, nachdem sie Sex in der Dusche gehabt hatten – und im Bett noch mal.

Du hast mich.

Sie hatte es nicht gewagt nachzufragen, was er damit meinte, erlaubte sich nicht, zu hoffen. Sie hatte ihm auf der Feier gesagt, worauf sie hoffte. Und er hatte ihr die Lüge vorgehalten, ohne auch nur einen Hinweis darauf, ob er dasselbe wollte.

Außerdem unterschieden sich seine und ihre Vorstellungen von einer Beziehung vollkommen. Ihre Ziele für die Zukunft und seine waren nicht ansatzweise deckungsgleich. Wieso also hatte er vorhin so um sie gekämpft? Er hätte sie einfach gehen lassen können. Warum hatte er Fragen gestellt, als wolle er ihre Beziehung auf eine neue Ebene heben?

Weil er Mitleid mit ihr hatte? Darum war es doch in dieser Woche und bei dieser Liste gegangen, oder? So musste es sein. Oder zumindest hatte es so angefangen. Ihr Freund hatte fiese Dinge gesagt und sie abgesägt. Troy hatte Mitleid gehabt und zugestimmt, Maxwells Platz einzunehmen. Er hatte einen Blick auf ihre Version eines Lebens geworfen und festgestellt, wie jämmerlich es aussah. Dann hatte er ihr Aufgaben gestellt, um sie zu einem besseren Menschen zu machen, zu einer leidenschaftlicheren, weniger langweiligen Frau – damit der nächste Kerl, der sie absägte, sie dabei vielleicht nicht auch noch beschimpfte.

Sie war als Kind nett zu Troy gewesen, hatte ihm ein oder zwei Mal geholfen. Laut Troy war sie sein Rettungsanker gewesen. Er hatte mehr oder weniger zugegeben, dass er das alles getan hatte, um sich für ihre Freundlichkeit zu revanchieren. Er hätte einfach nur Danke sagen sollen. Das hätte weniger weh getan, als ihre Gefühle mit in die Sache hineinzuziehen.

Als Freunde hatten sie immer eine tolle Beziehung gehabt, respektvoll und geprägt von gegenseitiger Zuneigung. Sie hatten niemals Dinge wie «Ich liebe dich» gesagt, doch das zwischen ihnen war Liebe. Nicht im romantischen Sinn, aber trotzdem Liebe.

Sie hatte das vage Gefühl, dass Troy versuchte, ihr ein Geständnis zu entlocken. Deswegen forderte er sie heraus und stocherte in ihrer Seele herum. Sie hatte es versucht, doch er hatte sich nicht darauf eingelassen. Wenn es stimmte – wenn Troy wirklich ebenfalls mehr von ihr wollte –, warum hatte er dann nicht reagiert, als sie ihm die Chance dazu gegeben hatte? Er kämpfte für das, was er sich wünschte; das hatte er schon immer getan.

Aber um sie hatte er nicht gekämpft. Und das wiederum bedeutete, dass ihre Gefühle nicht erwidert wurden.

Ihr Hirn wollte keine Ruhe geben, wollte nicht aufhören, das «Was wäre, wenn»-Spiel zu spielen. Dieses eine Mal in ihrem Leben brauchte sie wirklich eine Pause von ihrem Verstand, doch ausgerechnet jetzt konnte sie nicht schlafen.

Mit einem Seufzen sah sie zur Uhr auf dem Nachttisch. In ein paar Stunden würden alle aufstehen. Am Morgen sollten die Geschenke geöffnet werden. Danach würden Justin und Heather für ihre Hochzeitsreise nach Cancún fliegen, und ihre Familie würde nach Milwaukee zurückkehren.

Vorsichtig rollte sie sich aus dem Bett und schlich auf Zehenspitzen zum Schrank, um sich ein einfaches weißes Kleid zu holen. Es war das einzige neutrale Kleidungsstück, das Heather vor ein paar Tagen nicht gestohlen hatte. Himmel, war seitdem wirklich so wenig Zeit vergangen?

Cam trat aus dem Schrank und warf einen schnellen Blick zu Troy hinüber. Er schlief noch.

Sie ging ins Bad, um sich zu waschen und anzuziehen. Sobald sie sich geschminkt hatte, holte sie ihre Tasche.

Die banale Aufgabe, für ihren Aufbruch zu packen, erdete Cam und ermöglichte es ihr, die Fassung zurückzugewinnen, die sie brauchte. Es wurde Zeit, in die Realität zurückzukehren, Zeit, sich wieder normal zu benehmen.

Sobald sie die letzten Oberteile gefaltet in die Tasche gelegt hatte, packte sie ihren Kulturbeutel. Sie zögerte, als sie Troys Zahnbürste neben ihrer auf dem Waschbeckenrand liegen sah. Die Intimität des Bildes ließ ihre Hände zittern.

Maxwell hatte niemals seine Zahnbürste in ihrer Wohnung gelassen. Er hatte niemals etwas anderes hinterlassen als eine Lücke, wo ein Freund hätte sein sollen.

Troy war anders. Sie waren nicht mal ein echtes Paar, mit all den Verpflichtungen und Kompromissen, die eine richtige Beziehung beinhaltete. Und doch hatte er sich komplett darauf eingelassen, mit Körper und Geist.

Er war die ganze Woche mit ihr hiergeblieben. Nicht nur als Ersatz, sondern er war wirklich präsent gewesen. Wie sollte sie jemals in ihr altes Leben zurückkehren? Die vorgetäuschte Beziehung mit ihm war realer gewesen als jede echte Beziehung, in die sie je investiert hatte.

Mit einem Kopfschütteln packte sie Troys Sachen ebenfalls, auch wenn sie die Dinge im Bad unberührt ließ, damit er sie nach dem Aufstehen noch benutzen konnte. Dann stellte sie seine Tasche auf die Kommode.

Mit ihrer Tasche in der Hand blieb sie neben der Tür stehen. Sie fühlte sich seltsam sentimental. Sie erklärte sich selbst, dass sie sich nur noch einmal im Raum umsah, um sicherzustellen, dass sie nichts vergessen hatte. Schließlich würde sie das Zimmer nicht noch einmal betreten. Sie würde ihre Gefühle zurückdrängen, irgendwie das Öffnen der Geschenke durchstehen und nach Hause fahren.

Doch einen letzten, einen allerletzten Blick konnte sie sich erlauben.

Sie betrachtete den schlafenden Troy. Sie würde auch ihn und das, was sie miteinander getan hatten, in diesem Raum zurücklassen – dort, wo es hingehörte. Es war nur eine Erinnerung, ein Traum … und das einzig Gute, was ihr je im Leben passiert war.

Sie schluckte schwer, dann verabschiedete sie sich im Kopf von ihm. Sie musste einen Schlussstrich ziehen, damit sie irgendwie weitermachen konnte.

Wieso schmerzte das so? Sie hatte vom ersten Tag an gewusst, dass diese Beziehung nicht echt war. Ein Wir hatte es niemals gegeben. Wenn das irgendjemand verstanden hatte, dann sie.

Lass dir nie anmerken, dass du verletzt bist. Erlaube niemandem, dich weinen zu sehen. Lass niemand an dich heran.

Doch Troy, verdammt sollte er sein, hatte jede ihrer Regeln gebrochen.

Sie schloss die Tür hinter sich und starrte sie an, während sie mit dem Drang kämpfte, in das Zimmer zurückzurennen.

Schließlich drehte sie sich um und ging nach unten in die Küche. Dort setzte sie eine Kanne Kaffee auf, bevor sie den Tisch deckte und schon mal ein paar Sachen bereitlegte, die Bernice fürs Frühstück gekauft hatte. Zusätzlich zauberte sie einen Obstsalat aus allem, was sich in der Küche fand, und stellte auch diese Schüssel auf den Tisch.

Die anderen würden bald aufwachen. Zum ersten Mal, seit sie sich erinnern konnte, freute sie sich auf die Familie. Je früher alle aufwachten, desto eher wäre dieser Tag vorbei. Sie sah aus dem Fenster, als ein Blitz aufleuchtete. Regen trommelte gegen das Glas und lief in Rinnsalen daran hinunter.

Sie goss sich eine Tasse Kaffee ein und trat auf die überdachte Terrasse, um in den Regen hinauszusehen. Das Geräusch erinnerte sie an den Tag auf dem Balkon, als Troy sie zum Tanzen gezwungen hatte. Traurig lächelnd nippte sie an ihrem Kaffee.

Die Firma, die die Hortons engagiert hatten, hatte bereits alle Überreste der Hochzeit aufgeräumt; man sah nur noch das feuchte Gras. Sie würde diesen Ort vermissen, wenn sie wieder zu Hause wäre. Die Ruhe, die saubere Bergluft – und Troy.

Donner grollte, als die ersten Familienmitglieder in die Küche schlurften. Sie drehte sich um. Fisher hatte den Orangensaft aus dem Kühlschrank geholt, und Emily beobachtete sie aus dem Türrahmen.

Camryn streckte die Hand aus, um das Mädchen einzuladen, sich ihr anzuschließen.

«Ich hasse Regen», verkündete ihre Nichte, als sie sich mit einem Schmollmund vom Türrahmen löste.

«Ich liebe Regen. Er riecht sauber, und das Geräusch ist entspannend.»

Emily sah sie an. «Man kann im Regen nicht spielen. Das ist scheiße.»

Camryn grinste. «Sag nicht ‹scheiße›, sonst wird dein Dad wütend. Und natürlich kannst du im Regen spielen. Tatsächlich macht das sogar ziemlich viel Spaß.»

«Dad sagt, ich darf nicht, weil ich dann nass werde.»

«Na ja, dann vielleicht nicht heute, aber ein anderes Mal.»

Ihre Nichte wirkte skeptisch. «Machst du das mit mir?»

So wie es klang, waren inzwischen alle aufgewacht.

Cam sah Emily an. «Sicher. Bald, ja? Und jetzt lass uns reingehen, bevor Tetaka Myrtle alle Schokodonuts allein aufisst.»

Lachend rannte ihre Nichte ins Haus.

Camryn warf einen letzten Blick auf die Berge und den Wald, bevor sie ihr folgte.

Beim zweiten Donnern des Morgens stöhnte Troy auf. Er konnte der Versuchung kaum widerstehen, sich tiefer unter der Decke zu verkriechen. Dann änderte er seine Meinung und streckte den Arm nach Camryn aus, um sich mit ihr einzukuscheln.

Das Bett war leer.

Er öffnete die Augen, um nachzusehen. Dann setzte er sich auf und schaute sich im Raum um. Er entdeckte weder Cam noch irgendeinen Hinweis darauf, dass sie sich jemals in diesem Zimmer aufgehalten hatte.

Langsam stand er auf und ging ins Bad. Ihr Schminkzeug war verschwunden. Er schob den Kopf aus der Tür und sah zum Schrank: ebenfalls leer. Als er sich mit der Hand durchs Haar fuhr, fiel sein Blick auf die Kommode. Sie hatte seine Tasche für ihn gepackt.

Nun, subtil war die Nachricht nicht.

Troy seufzte, und ein Gefühl wie von Steinen im Magen durchzog ihn. Cam hatte offensichtlich wieder in den Verteidigungsmodus geschaltet und mit der Situation abgeschlossen. Sie war bereit weiterzuziehen, trotz der Fortschritte, die sie nach der Hochzeit gemacht hatten. Vielleicht war das bei ihr auch eine Art Überlebensinstinkt.

Aber Troy hatte mit gar nichts abgeschlossen. Wenn er ihr sagen würde, was er für sie empfand, würde sie seine Liebe erwidern? Letzte Nacht hatte sie gesagt, dass sie ihn wollte; hatte angedeutet, dass sie es versuchen wollte. Er stemmte die Hände in die Hüften, als er sich fragte, ob es nur um körperliches oder auch um emotionales Begehren ging. Auf jeden Fall hatte sie ihm nicht ihre Liebe gestanden.

Und er musste sich auch fragen, ob sie ihn nur wollte, weil er sie überhaupt etwas fühlen ließ, wo es anderen Männern nicht gelungen war. War Troy nur ein weiteres Sicherheitsnetz für sie, oder hegte sie tiefere, echte Gefühle für ihn?

Camryn war nicht der Typ für One-Night-Stands ... oder in ihrem Fall für einen One-Week-Stand. Selbst nach allem, was geschehen war – nach all den abgehakten Punkten auf seiner Liste –, erkannte Cam wahre Liebe auch dann nicht, wenn sie direkt vor ihren Augen war. Zu sehr fürchtete sie sich davor, den Gedanken zuzulassen, dass jemand sie so sehr lieben könnte. Zu groß war ihre Angst, nachzugeben und sich selbst Liebe zu erlauben.

Andererseits hatte Troy selbst sich auch nicht gerade offenbart. Vielleicht wusste sie einfach nicht, wie tief seine Gefühle gingen. Vielleicht war sie sich nicht sicher, ob sie zu solchen Gefühlen fähig war. Würde sie ihre Meinung ändern, wenn er etwas wagte? Wenn er ihr gestand, was er für sie empfand? Zur Hölle, er hatte keine andere Wahl.

Troy eilte zurück ins Bad, rasierte sich, putzte sich die Zähne und zog sich an. Dann stopfte er seinen Kulturbeutel in die Tasche, rannte aus der Tür und die Treppe nach unten. Er hoffte, sie zu erwischen, bevor die Familie ...

Die Familie saß bereits am Tisch und frühstückte. Toll.

Er ließ die Tasche neben der Tür fallen. «Guten Morgen, alle miteinander.»

Ein paar Leute murmelten eine Begrüßung.

Er goss sich einen Kaffee ein und setzte sich gegenüber von Camryn an den Tisch. Sie schob Fruchtstücke von einer Seite ihres Tellers auf die andere und hielt den Blick gesenkt, ohne sich an den Gesprächen um sich herum zu beteiligen. Sie wollte ihn nicht einmal ansehen.

«Daddy, kann ich auch einen Kater haben? Tante Heather und Yjaka Mitch haben beide einen.» Emily sah mit ihrem Schokoladenbärtchen ein wenig aus wie Groucho Marx.

Fisher rieb sich seufzend die Stirn. «Vielen Dank auch, ihr alle.»

Heather verdrehte die Augen. «Entspann dich. Das ist kein Fluchen, um Gottes willen.»

Mama Covic zwinkerte. «Ein Kater ist das, was Daddy jeden Sonntag hatte, bevor du geboren wurdest.»

«Mutter!»

Verzweifelt wandte Emily sich an Camryn. «Warum darf ich keine Katze haben, Tante Cam?»

Camryn riss den Kopf hoch. «Was?»

Yjaka Harold lachte. «Sieht aus, als hätte auch Cam einen Kater.»

«Hab ich nicht.»

«Was stimmt dann nicht mit dir?», hakte ihre Mutter nach.

«Nichts.» Oh, sie war eine schrecklich schlechte Lügnerin,

schon immer gewesen. Sie sah Emily an. «Was wolltest du wissen, Süße?»

«Alle haben einen Kater. Nur ich nicht. Das ist ungerecht, oder?» Die Dreijährige sprach langsam und betont, als wäre Camryn eine Idiotin. Troy fand das höchst amüsant, vor allem, weil sie der einzige Nicht-Idiot im Raum war.

Camryn wischte ihrer Nichte mit einer Serviette die Schokolade aus dem Gesicht. «Wenn Erwachsene sagen, dass sie einen Kater haben, ist damit kein Tier gemeint, sondern dass sie zu viel Alkohol getrunken haben und sich am nächsten Tag nicht gut fühlen. Das Wort hat hier eine übertragene Bedeutung.»

«Und warum Kater und nicht Katze?»

«Das weiß ich leider nicht. Sprichwörter wie ‹einen Kater haben› beziehen sich meist auf historische Sachverhalte, die uns heute nicht mehr geläufig sind. Ich schlage es später nach und erkläre es dir dann.»

Cam hatte ihn immer noch nicht angesehen. Er fühlte sich wie ein schlecht gewordenes Stück Fleisch, das man in den Müll geworfen hatte. Zumindest konnte er seine schlechte Laune auf Alkohol oder wenig Schlaf schieben, wenn jemand nachfragte. Theoretisch war er immer noch ihr Freund, also mussten sie ihre Rollen spielen. Aber sobald sie allein wären …

Bernice stand auf. «Wenn ihr beide euren Flug erwischen wollt, sollten wir jetzt die Geschenke öffnen.»

Die Familie erhob sich vom Tisch wie ein Schwarm Insekten.

Troy blieb sitzen, bis sich nur noch Cam und Bernice im Raum aufhielten. Cam half Justins Mutter dabei, die Teller abund die Küche aufzuräumen.

«Ich finde es wirklich traurig, dass ihr heute alle aufbrecht. Ihr müsst zurückkommen und uns noch mal besuchen.»

Camryn legte eine Hand auf Bernice' Arm. «Das mache ich sehr gerne. Danke noch mal für alles. Das Haus ist wunderschön, und du hast Heathers großen Tag unvergesslich gemacht.»

Bernice nickte, dann ging sie zum Wohnzimmer, wo bereits ein Schreiduell darum entbrannt war, ob zuerst die Karten oder die Geschenke geöffnet werden sollten.

Cam ließ die Ellbogen auf die Arbeitsfläche sinken und rieb sich die Stirn.

Jetzt oder nie. Troy musste ihr sagen, dass er sie liebte, oder dabei zusehen, wie sie weglief. Um sein Glück kämpfen oder es für immer bereuen. Eigentlich hatte er keine Wahl, trotzdem stieg Panik in ihm auf.

«Ich habe ein todsicheres Hausmittel gegen Kopfweh.»

Sie riss den Kopf herum. «Ich habe gar nicht bemerkt, dass du noch hier bist.»

«Offensichtlich. Wir müssen reden.»

Sie richtete sich auf. «Nicht jetzt, Troy.»

«Doch, jetzt.»

Mit einem Kopfschütteln wirbelte sie herum und ging Richtung Flur.

Lass sie nicht fliehen. Lass sie nicht entkommen.

Er war bereits von seinem Stuhl gesprungen und hatte den Raum durchquert, bevor sie auch nur die Tür erreichen konnte. Indem er einen Arm in den Rahmen stemmte, schnitt er ihr den Weg ab.

«Troy, lass mich gehen.»

«Ich kann nicht.» Frustriert fuhr er sich mit der freien Hand durchs Haar. «Siehst du, genau da liegt das Problem. Anscheinend kann ich dich nicht gehen lassen, Cam.»

«Camryn!», rief ihre Mutter aus dem Wohnzimmer. «Komm endlich her.»

Sie wandte sich ab.

Er berührte ihren Arm, um sie aufzuhalten. «Hör mir zu. Zu Beginn hatte ich die Liste erstellt, weil ich dir zeigen wollte, wie du lachen, lieben und das Leben umarmen kannst. Ich wollte, dass du an Magie glaubst. Du bist eine zu kluge Frau, Cam, um nicht an die Liebe zu glauben. Ich wollte dir beweisen, dass die Dinge, die dein Ex zu dir gesagt hat, einfach nicht stimmen.» Er wusste, dass er zu schnell sprach, dass er plapperte wie ein Trottel, aber sie musste alles wissen. «Doch nachdem ich dich geküsst habe, hat sich alles geändert. Es ging nicht mehr darum, dich dazu zu bringen, generell an die Liebe zu glauben. Es ging darum, dich dazu zu bringen, dich in *mich* zu verlieben.»

Sie keuchte und riss die Augen auf, was sie unendlich unschuldig wirken ließ. Hatte ihr denn noch niemand gesagt, dass er sie liebte?

«Hat es funktioniert, Cam? Hast du dich in mich verliebt?»

«Camryn!» Diesmal kam der fordernde Ruf von Baba.

Gott, konnten sie denn nicht mal die Klappe halten? Nur ein einziges Mal? «Sie wird in einer verdammten Minute da sein!» Er rieb sich das Gesicht.

«Troy?» Cam stieß zitternd den Atem aus. Ungläubig, fast wie traumatisiert.

Verdammt. Er war schrecklich schlecht in dem, was er gerade tat. Und sie auch.

«Was, wenn es nicht nur vorgespielt gewesen wäre?»

Sie starrte ihn an. Ihre wunderschönen Augen flehten ihn

an … *etwas* zu tun. Aufzuhören? Weiterzumachen? Ihre Lippen öffneten sich leicht, wahrscheinlich, um ihn abzuweisen.

Er kam ihr zuvor. «Geh mit mir aus.»

Sie blinzelte. «Entschuldigung?»

«Geh mit mir aus. Eine richtige Verabredung. Nicht nur hier, nicht vorgetäuscht, sondern wirklich. Und danach zieh bei mir ein. Denn eines kann ich dir jetzt und hier schon sagen: Wenn wir nach Hause kommen, wird sich nichts ändern. Ich werde dasselbe für dich empfinden. Wir werden immer noch wir sein. Und wir können dafür sorgen, dass diese Beziehung funktioniert. Keine Lüge mehr, sondern etwas Echtes.»

Sie schluckte. Für einen Moment huschte ein Anflug von Hoffnung über ihr Gesicht und vertrieb den Schock. «Du bist wahnsinnig.»

Er stemmte die Hände in die Hüften. «Ja. Aber für eine verzauberte Woche warst du es auch. Wir stecken da gemeinsam drin. Das ist verrückt, wir sind verrückt. Aber ich will dich, Cam. Nicht nur vorgespielt, sondern …»

«Ich glaub es nicht!»

Sie drehten sich gleichzeitig um.

In der anderen Tür stand Fisher. «Macht ihr Witze?» Seine gefauchte Frage war offensichtlich rein rhetorisch. «Ihr habt gelogen? Das war alles eine verdammte Lüge?»

«Was geht hier vor?» Mama Covic. Phantastisch.

Bevor Troy den Mund öffnen – oder seinem besten Freund die Faust ins Gesicht rammen konnte –, drängte der gesamte Clan in die Küche.

«Warum wird hier so herumgeschrien?», wollte Camryns Mutter wissen.

«Sie haben gelogen.» Fisher wedelte mit den Händen in Richtung Troy und Camryn. «Sie sind nicht zusammen. Sie haben das alles nur erfunden.»

Gleichzeitig drehten sich alle um, um sie anzustarren.

«Ist das wahr, Camryn?» Ihr Vater wirkte, als hätte ihm jemand einen Schlag in den Magen verpasst.

Sie schloss die Augen und wurde bleich.

Troy beobachtete, wie sie um ihre Selbstkontrolle kämpfte, beneidete sie um diese Fähigkeit. Und dann ... erkannte er, mit einem Knoten im Magen, dass ihre Miene Scham ausdrückte, nicht Bedauern.

«Antworte ihm», befahl Fisher. «Sag ihnen, dass das alles nur ein Witz war.»

Troy trat vor, ohne wirklich zu wissen, was er vorhatte, doch Camryn kam ihm zuvor.

«Nein», sagte sie leise, entschlossen. Sie sah ihn an, als wäre das ihre Antwort auf die Frage, die er ihr eben gestellt hatte.

Troy war sich nicht sicher, worauf sie sich bezog – ob sie Fishers Frage mit Nein beantwortete oder ihm eine Absage für ein echtes Date erteilte. Doch plötzlich schien sein Blut nicht mehr zu fließen, und die Kälte, gegen die er sich mit solcher Kraft gewehrt hatte, kehrte zurück.

Cam räusperte sich, dann sprach sie lauter weiter. «Es war nie als Witz gemeint, aber es stimmt: Wir haben gelogen. *Ich* habe gelogen», stellte sie richtig. «Troy war so nett, mitzuspielen. Wir sind kein Paar, das sind wir nie gewesen.» Sie sah sich in der Küche um, musterte jedes Mitglied ihrer Familie, eines nach dem anderen. «Ich habe ihn darum gebeten, weil ...» Ihr Blick wurde abwesend, traurig. «Das spielt eigentlich keine Rolle. Es tut mir leid. Nehmt es ihm nicht übel, das ist alles meine Schuld. Wie alles andere auch.»

Fünf Sekunden lang herrschte angespannte Stille im Raum, bevor Baba ... *lachte.*

«Ich habe es euch doch gesagt. Ich habe euch gesagt, dass er nie mit ihr ausgehen würde.»

Stille. Schock.

Dann brach in der Küche das absolute Chaos aus. Alle schrien durcheinander und wedelten mit den Armen. Das serbische Temperament brachte die Luft zum Flimmern wie eine Hitzewelle in Carolina.

«Ich kann es nicht glauben!»

«Aber sie haben sich geküsst!»

«Wo ist der echte Freund?»

«Den hat sie wahrscheinlich auch nur erfunden!»

Troy beobachtete Camryn, um ihre Reaktion abzuschätzen. Sie starrte ausdruckslos auf die Arbeitsfläche vor sich. Ihre Hände umklammerten die Granitplatte so fest, dass ihre Knöchel weiß hervortraten. Wie im Auge des Sturms standen sie ruhig da, während um sie herum ein Tornado alles ins Wanken brachte.

Sie hatte der Familie erklärt, dass alles eine Lüge gewesen war. Aber sie hatte nicht darauf reagiert, dass er ihr seine Gefühle offenbart hatte.

Alles, worauf er gehofft hatte, war zerstört worden. In einem einzigen Augenblick, einfach so. Sein gesamtes Leben über hatte er sich nichts anderes gewünscht als Liebe. Jemanden, der ihn liebte ... weil niemand das je getan hatte.

Vielleicht hatte Cam doch recht gehabt, und wahre Liebe existierte nicht. Sie war nur ein sinnloser Traum, an den er sich geklammert hatte, um zu überleben. Um irgendwie mit dem Leben klarzukommen.

Tränen erschienen in ihren Augen, rannen über ihre Wangen. «Das war ein Fehler», flüsterte sie in das Chaos.

Wahrscheinlich war es nur für ihre eigenen Ohren bestimmt, doch er hatte die Worte gehört. Laut und deutlich.

LEBENSWEISHEITEN*

Niemand wird klug geboren,
aber man muss sich
wirklich sehr anstrengen,
um dumm zu bleiben.

*ZUMINDEST WENN ES NACH CAMRYN GEHT

KAPITEL 21

Die Anschnallzeichen erloschen, doch ihre Mutter faselte weiter darüber, dass sie einfach nicht verstand, warum Camryn gelogen hatte. Troy saß ein paar Reihen vor ihnen neben ihrem Dad. Er wirkte genauso unglücklich wie sie. Zumindest litt er in Ruhe. Mom wusste einfach nicht, wann sie die Klappe halten musste.

Camryn drehte den Kopf zum Fenster und versuchte, alle Geräusche auszublenden. Ihr Platz lag direkt über der linken Tragfläche, was sie an eine alte Folge von *Twilight Zone* erinnerte. Ein Gremlin mit einem teuflischen Lächeln im Gesicht tauchte auf der Tragfläche auf. Die hässliche kleine Kreatur deutete auf die Antriebsdüse und fragte schweigend, ob er sie ihr zuliebe zerstören sollte. Fast hätte Cam gelächelt und genickt, als sie sich vorstellte, wie das Flugzeug als rauchender Haufen Trümmer auf dem Boden endete. John Lithgow nahm den Platz ihrer Mutter auf dem Nebensitz ein und schüttelte heftig den Kopf.

Jemand packte ihre Hand und riss sie aus ihrer Phantasiewelt.

«Camryn», flehte ihre Mutter. «Bitte, sag mir einfach, warum du das getan hast.»

Hätte ihre Familie nicht so sehr darauf gedrängt, dass sie

einen Mann zum Heiraten fand, wäre nichts von alledem passiert.

«Vielleicht war ich es einfach leid, nie gut genug zu sein und ständig als Zielscheibe für den Spott der gesamten Familie herhalten zu müssen. Vielleicht hing es mir zum Hals raus, ununterbrochen zum Heiraten gedrängt zu werden. Ich dachte, wenn ich jemanden mitbringe, lasst ihr mich vielleicht in Ruhe.»

Tränen glänzten in den Augen ihrer Mutter. «Oh, Cam. Wir wollen doch nur, dass du glücklich bist.»

«Vor dieser Reise war ich vollkommen glücklich.» Eigentlich nicht, aber darum ging es gerade nicht.

«Glaubst du das wirklich? Wann immer ich dich und Troy zusammen beobachtet habe, warst du glücklich. Das war das erste Mal seit Jahren, dass ich dich wirklich glücklich gesehen habe.» Ihre Mutter legte ihre Hand nun auf Camryns Unterarm. «Vielleicht war es gar keine Lüge. Ihr könntet daran arbeiten ...»

Camryn entzog sich ihrem Griff. «Und schon geht es wieder los. Ich brauche keinen Mann, um zufrieden zu sein. Ich bin nicht wie ihr alle. Mein Glück hängt nicht von einer anderen Person ab. Es war alles ein Schwindel, und es ist vorbei.»

Ein Schwindel, der sich schrecklich wahr angefühlt hatte. Der Schmerz in ihrer Brust bestätigte das. Und sie *war* mit Troy glücklich gewesen. Sie mochte sich dessen nicht vollkommen bewusst gewesen sein, doch jetzt im Nachhinein war es ihr klar. Sie wünschte sich, sie hätte dieses Gefühl nie kennengelernt, hätte den Rest ihres Lebens in wunderbarer Ahnungslosigkeit verbringen dürfen.

Noch eine Lüge.

Wenn der Staub dieser Reise nach Colorado sich gelegt hätte, würde sie ihr Gespräch mit Troy zu Ende führen und herausfinden, wo sie standen – ohne die rosarote Ferienbrille.

Ihre Mutter wischte sich über die Augen. «Ich habe dich zu sehr unter Druck gesetzt. Das wollte ich nicht. Wir haben uns um dich nie solche Sorgen machen müssen wie um Fisher oder Heather. Die einzige Ausnahme war dein Liebesleben. Es ist nicht so, als wärst du nicht gut genug, Cam. Du bist beruflich erfolgreich, dein Leben verläuft in geordneten Bahnen. Aber das ist nicht dasselbe, wie glücklich zu sein.» Sie schniefte und starrte auf ihren Schoß. «Ich wollte doch nur, dass du jemanden so liebst, wie ich deinen Vater liebe. Dass du erfährst, wie sich das anfühlt.» Sie schluckte schwer, dann sah sie erneut Camryn an. «Liebe bedeutet nicht, deine Identität und Unabhängigkeit aufzugeben. Es geht darum, das Leben mit jemandem zu teilen. Jemanden zu haben, mit dem man jeden Abend ins Bett geht und neben dem man aufwacht.»

Camryns Wut ließ nach. Sie seufzte. Vielleicht hatte sie alles falsch verstanden, genau wie bei dieser Schön-sein-Sache mit ihrem Vater. Sie hatte sich in so vieler Hinsicht geirrt. «Ich weiß deine guten Absichten zu schätzen, Mom. Aber die Sache mit Troy und mir war nur eine Illusion. Und jetzt lass es bitte gut sein. Ich bin müde. Okay?»

Cam sah die Enttäuschung im Gesicht ihrer Mutter, bevor diese nickte und sich zögernd von ihr abwandte.

Camryn schaute wieder aus dem Fenster, doch der Gremlin war verschwunden. Wie schade.

Nach ein paar Minuten kletterte Emily über Moms Beine, um sich auf Camryns Schoß niederzulassen. «Mommy meinte, ich solle heute Nacht vielleicht bei dir schlafen. Weil du einsam bist.»

Camryn schloss für einen Moment die Augen, um sie dann widerwillig wieder zu öffnen. Sie hatte morgen ein Vorstellungsgespräch in Milwaukee. Danach hatte sie vor, auf Wohnungssuche zu gehen, bevor sie sich in Chicago mit Maxwell treffen würde. Emily in der Nacht bei sich zu haben, würde eine Leere füllen, deren Existenz sie nicht zugeben wollte.

«Klingt nach einem guten Plan. Wir werden uns einen Film ansehen.»

«Mit Cockporn?»

Statt ihre Nichte zu korrigieren, lächelte Cam. «Sicher. Mit Cockporn.»

Camryn brachte Emily zum Haus ihrer Eltern, dann kämpfte sie sich durch den Berufsverkehr in Richtung Innenstadt. Sie überlegte, ob sie wirklich in den westlichen Vororten nach einer Wohnung suchen und sich das hier jeden Morgen antun sollte. Andererseits war der Verkehr in Milwaukee nicht ansatzweise so schlimm wie der in Chicago.

Cam atmete erleichtert auf, als sie endlich ihre Ausfahrt entdeckte. Zum Glück hatte sie einen ordentlichen Zeitpuffer eingeplant. Nachdem sie geparkt hatte, ins Gebäude gegangen war und auf den Aufzugknopf gedrückt hatte, sah sie auf die Uhr und stellte fest, dass sie dennoch nur fünf Minuten zu früh dran war. Mist. Sie hatte gehofft, einen besseren Eindruck zu hinterlassen.

Drei Firmen hatten sie zu Vorstellungsgesprächen eingeladen, doch das hier war der Job, den sie wollte. Wenn aus keinem der drei etwas würde, wäre sie vielleicht gezwungen, eine Weile bei ihren Eltern zu wohnen.

Bei dem Gedanken rann ihr ein kalter Schauer über den Rücken.

Sie trat aus dem Aufzug und ging zum Empfang. Noch bevor sie sich in den Wartebereich setzen konnte, schob ein Mann den Kopf um die Ecke und rief ihren Namen. Er sah aus, als wäre er nach einem langen Saufabend in seiner Verbindung gerade erst aufgestanden.

«Ich bin Trevor. Wenn Sie mir folgen würden? Dann fangen wir gleich an.»

Sie tat, worum er sie gebeten hatte, wobei sie bemerkte, dass sein dichtes, verwuscheltes dunkles Haar sorgfältig zu diesem Look gestylt war. Seine Jeans waren an den Säumen ausgefranst, dazu trug er ein blaues Polohemd – über der Hose.

Lieber Gott. Bitte mach, dass das der IT-Kerl ist und nicht mein potenzieller Chef.

Sie folgte Trevor in ein geräumiges Büro mit einem tollen Blick über den Lake Michigan. In der Ferne glitten Segelboote über das Wasser. Auf dem Fenstersims hinter dem Schreibtisch standen Action-Figuren aufgereiht: Spider-Man, Captain Kirk, Yoda, eine Wackelkopffigur von Ryan Braun. Diese Wackelkopffiguren waren unheimlich, fand Camryn.

Sie setzte sich auf einen Stuhl ihm gegenüber und fühlte sich unbehaglich, weil so viele starre Plastikaugen sie anstarrten.

«Also», fing er an. «Erzählen Sie mir ein wenig von sich.»

Ihr Blick huschte zu dem Kind-im-Männerkörper. Warum wurde bei Vorstellungsgesprächen immer diese Frage gestellt?

Wie sollte sie darauf antworten? «Ich stamme aus Milwaukee, doch ich habe seit meinem Abschluss in Chicago gearbeitet, im Marketing. Ich bin sehr organisiert ...»

Er wedelte mit der Hand, um ihre Ausführungen zu stoppen. «Nein, nein. Das weiß ich doch alles, schließlich habe ich Ihren Lebenslauf gelesen. Erzählen Sie mir von *sich.*»

Bilder aus ihrem Berufsleben in Chicago stiegen in ihr auf. Die Sekretärinnen, die Camryn «die Eiskönigin» genannt hatten, die allein verbrachten Abende und Wochenenden. Sie dachte daran, wie sie ständig Überstunden gemacht hatte, um die Leere zu füllen, an die Mittagessen alleine am Schreibtisch. Ihr fiel ein, dass sie innerhalb der Firma nur eine einzige Weihnachtskarte bekommen hatte – von ihrer Sekretärin, die das wahrscheinlich als ihre Pflicht betrachtet hatte.

Dann sah sie den Mann vor sich an und traf eine Entscheidung. Sie würde diesen Job bekommen. Sie würde hier Freunde finden. Sie würde nicht steif wie ein Brett sein und jede spontane Äußerung herunterschlucken. Sie würde sympathisch und freundlich und ...

«Ich stamme aus einer großen, verrückten, serbischen Familie, und die meiste Zeit über bin ich davon überzeugt, dass ich adoptiert wurde. Ich bin alleinstehend, doch ich würde eines Tages gerne heiraten. Aber ich verspreche, dass das keine Besessenheit ist ... Sie werden keine Brautmagazine in meinem Schreibtisch finden. Ich lese gerne, schaue wenig fern und hasse lange Spaziergänge am Strand.»

Er musterte sie so lange mit hochgezogenen Augenbrauen, dass Camryn überzeugt war, es in den Sand gesetzt zu haben. Was stimmte bloß nicht mit ihr? Sie sagte nie solche Dinge ... besonders nicht in einem Vorstellungsgespräch. Das war so unprofessionell. Die Chance, dass sie diesen Job bekam, hatte sich in …

Trevor schüttelte lachend den Kopf. «Ich mag dich. Du hast Humor», stellte er fest und wechselte spontan zum Du.

Ihr fiel die Kinnlade herunter.

Trevor beugte sich vor. «Ich habe diese Firma vor drei Jahren gegründet, aus meiner Wohnung heraus. Letztes Jahr musste ich expandieren, weil ich inzwischen so viele Kunden hatte. Überwiegend kümmern wir uns um Webdesign und die Pflege von Internetseiten, doch in letzter Zeit gab es vermehrt Anfragen für Marketingkampagnen und Langzeitverträge. Das wäre deine Aufgabe. Ich brauche jemanden, der Prognosen erstellt, größere Kunden anwirbt und außerdem Hintergrundrecherchen für die Sites anstellt, um die wir uns kümmern. Hin und wieder würdest du dich mit Kunden treffen, manchmal auch reisen, aber das dürfte eher selten vorkommen. Außerdem wärst du verantwortlich für unsere Werbung, also Social-Media-Accounts, Werbeaufnahmen, solche Dinge eben.»

Diese Aufgaben waren die angenehmsten an ihrem alten Job gewesen. Das Angebot war einfach zu gut, um wahr zu sein. Sie wartete auf den Haken.

Trevor stand auf und bedeutete ihr, ihm aus dem Büro zu folgen. Er deutete in Richtung mehrerer Büros an der südlichen Wand, in denen zwei junge Frauen und ein Mann in ihrem Alter saßen. «Das sind unsere Graphikdesigner Ashley und Susan sowie unser Technik-Freak Ben.»

Alle winkten. Sie winkte zurück.

Dann folgte sie Trevor zum nördlichen Ende der Räume.

«Das ist unser Besprechungszimmer, und hier drüben ist der Pausenraum.»

Das Besprechungszimmer war in fröhlichem Gelb gestrichen. In der Mitte stand ein großer, schwarzer, ovaler Tisch. In einer Ecke befanden sich neben einem Fünfzig-Zoll-Flachbildfernseher ein Projektor und eine iPad-Station.

Der Pausenraum hatte frühlingsgrüne Wände, mit zwei Cafétischen in einer Ecke, die Küchenzeile ausgestattet mit einer Kaffeemaschine, einem Milchaufschäumer, einer Mikrowelle und einem Toaster. Neben der Spüle stand ein Kühlschrank, dessen Front über und über mit Post-its beklebt war.

Cam nickte beeindruckt, dann folgte sie Trevor zurück in Richtung seines Büros. Doch statt dorthinein ging er in ein zweites Büro in der Nähe, das fast so geräumig war wie seines.

«Du müsstest dich auch um die Personalangelegenheiten kümmern. Bisher mache ich das, und ich hasse es. Wir haben einen Buchhalter, aber er arbeitet nur Teilzeit und kümmert sich wirklich nur um die Bücher. Wenn er im Urlaub ist, würdest du auch die Gehaltsabrechnungen übernehmen. Das hier wäre dein Büro.»

Zum zweiten Mal fiel ihr die Kinnlade herunter. Ein Eckbüro mit Blick über den Lake Michigan? Die gesamte Wand hinter dem Schreibtisch war mit deckenhohen Regalen aus Ahornholz ausgestattet. Es gab eine Abstellkammer, und der Raum war kornblumenblau gestrichen. In der Ecke am Fenster stand ein marineblauer, lederbezogener Sessel. In ihrem alten Büro hatten gerade mal ihr Tisch und ihr Stuhl Platz gefunden, dabei hatte sie mehr oder minder die Abteilung geleitet.

«Ist das für dich in Ordnung?»

Sie sah ihn an und räusperte sich. «Aber natürlich.»

Sie gingen zurück in sein Büro und setzten sich wieder.

«Die Atmosphäre hier ist sehr entspannt. Statt Casual Fridays haben wir Casual Mondays. Montage sind furchtbar, aber so werden sie wenigstens ein bisschen besser. Sonst reicht Business Casual aus, es sei denn natürlich, wir treffen Kunden.»

Das erklärte die Jeans. Und die Frisur.

Trevor griff nach ihrer Bewerbung und ließ den Blick darüberwandern. «Es sieht aus, als wärst du mit allen Aufgaben vertraut. Ich habe deine Referenzen bereits geprüft: Du wurdest mir sehr empfohlen. Was das Gehalt betrifft, kann ich dasselbe zahlen, was du bisher verdient hast. Ich kann nicht mehr bieten, bis wir mehr Kunden angeworben haben, was mir wiederum nicht gelingen wird, bevor ich nicht deine Position besetzt habe.» Er lehnte sich in seinem Sessel zurück und verschränkte die Hände hinter dem Kopf. «Also, willst du den Job?»

Überrascht zog sie die Augenbrauen nach oben. Meinte er das ernst? «Wann soll ich anfangen?»

«Zuerst muss ich dir noch etwas sagen. Etwas Wichtiges.»

Sie hatte es doch gewusst. Dieser Job war zu gut, um wahr zu sein. Natürlich hatte sie intensive Recherchen über die Firma angestellt, bevor sie hierhergekommen war, und hatte eine stabile Entwicklung und Hinweise auf gute Geschäftsentscheidungen gesehen. Doch nun fragte sie sich, wo der Haken war.

«Und das wäre?»

Er runzelte die Stirn. «Ich bin Kroate. Du stammst aus einer serbischen Familie. Ist das für dich ein Problem?» Er musterte sie abwartend.

Fast hätte sie gelacht, doch dafür war das Thema zu ernst. «Für mich zählt nur, ob jemand ein anständiger Mensch ist. Alles andere interessiert mich nicht.»

«Gut. Das sehe ich genauso», sagte er und lächelte endlich.

«Du kannst nächsten Montag anfangen. Schau noch bei der Sekretärin vorbei, bevor du gehst. Sie wird sich um den Papierkram kümmern.»

Grinsend schüttelte Cam ihm die Hand und ging zur Tür. Doch sie konnte einen nagenden Zweifel einfach nicht abschütteln, also drehte sie sich noch einmal um. «Das mag dämlich klingen … aber darf ich fragen, warum du mich einstellst? Du musst doch schon mehrere Bewerbungsgespräche für diese Position geführt haben.»

Er verschränkte die Arme vor der Brust, dann zuckte er mit den Achseln. «Du hast Erfahrung und bringst Autorität mit. Außerdem bist du die erste Person, die mir keine Durchschnittsantwort gegeben hat, als ich mehr über dich wissen wollte. Ich will Leute mit Persönlichkeit für unser Team.»

Er war der Meinung, sie sei jemand mit Persönlichkeit?

Sie starrte ihn an, ihre Kehle wie zugeschnürt. Noch vor einer Woche hätte sie den Job nicht bekommen. Vor einer Woche war sie eine Statue gewesen. Ein Roboter, genau wie Maxwell es gesagt hatte.

Troy hatte alles verändert, indem er sie dazu gebracht hatte, dass sie sich öffnete. Er hatte ihr gezeigt, wer sie wirklich war und dass sie diese Person auch tatsächlich sein durfte.

Und, verdammt, sie vermisste ihn unglaublich.

Mit einem Nicken verließ sie Trevors Büro.

Camryn nutzte ihren Ersatzschlüssel, um die Tür zu Maxwells Wohnung aufzuschließen. Da sie wusste, dass er jeden Moment aus dem Büro nach Hause kommen würde, goss sie sich ein Glas Wasser ein und setzte sich zum Warten aufs Sofa.

Seine Dreizimmerwohnung lag im achtzehnten Stockwerk eines Hochhauses im Norden von Chicago und hatte mehr gekostet, als sie in fünf Jahren verdiente. Nachdem er die Wohnung gekauft hatte, war eine Innenarchitektin mit der Einrichtung beauftragt worden. Noch vor ein paar Wochen hätte Camryn sie als modern beschrieben, doch jetzt wirkte die Einrichtung auf sie einfach nur kalt: graue Wände, abstrakte Kunst in Schwarz und Weiß ... Es war so ganz anders als Troys Haus, das männlich wirkte, aber auch Individualität, Stil und Geschmack ausstrahlte.

Maxwell besaß nur ein Bücherregal. Allein das war schon ein Verbrechen. Noch schlimmer, die Regalbretter waren ausschließlich mit Sachbüchern gefüllt, die sich damit beschäftigten, wie man Geld verdienen konnte. Kein einziger Roman. Sie würde darauf wetten, dass sich bei Troy jede Menge Romane finden ließen. Sie grinste. Auch Liebesromane.

In Maxwells Wohnung gab es nicht mal Fotos. Nicht von ihr, nicht von seiner Mutter oder seinen Freunden. Wenn er denn Freunde hatte.

Das hätte ihr Leben sein können. Hätte er sich nicht von ihr getrennt, hätten sie vielleicht gemeinsam hier gesessen und über Heathers Hochzeit geredet und darüber, wie kitschig das alles in seinen Augen gewirkt hatte.

Sie fragte sich, ob er sie wirklich zurückhaben wollte ... und was sie jemals in ihm gesehen hatte.

Die Tür schwang auf. Camryn erhob sich und stellte ihr Wasserglas auf einen Untersetzer.

«Du bist da.» Der Enthusiasmus in seiner Stimme hätte kein

Schnapsglas gefüllt. Er ließ seinen Schlüsselbund auf den Tisch neben der Tür fallen und ging zu ihr, um ihr über die Arme zu streichen. Kein Kuss auf die Wange, kein Lächeln.

«Du hast mich gebeten zu kommen.»

«Hast du schon gegessen?»

«Ja», log sie.

«Ich werde etwas von diesem Thailänder bestellen, den du so magst», sagte er, als hätte er sie nicht gehört. Das tat er oft, doch bis vor zwei Wochen hatte es sie nicht gestört.

«Ich habe gesagt, ich habe bereits gegessen. Und ich hasse Thai-Essen. Du bist derjenige, der es mag.»

Er drehte sich zu ihr um, das Smartphone in der Hand, sein Gesichtsausdruck schockiert. «Okay.» Er steckte sein Handy weg und glättete seine Miene. «Ich habe interessante Neuigkeiten. Die Firma will dich vielleicht zurückhaben. Fenzer Footwear hat sich zurückgezogen, als sie herausgefunden haben, dass du nicht mehr bei uns arbeitest. Der Geschäftsführer hat Alicia zusammengestaucht, weil sie dich entlassen hat. Sie wollen ein wenig umorganisieren und ...»

«Ich habe einen neuen Job.» Oh, das tat gut. Zu erfahren, dass ihnen inzwischen klargeworden war, welchen Mist sie gebaut hatten, und dass Alicia zurechtgewiesen worden war! Am liebsten hätte Cam ein fröhliches Tänzchen aufs Parkett gelegt. Stattdessen musterte sie Maxwell ruhig.

«Seit wann?»

«Seit heute. Ich fange nächste Woche an.» Sie setzte sich auf einen Barhocker an der Küchenzeile und verschränkte die Hände im Schoß.

Er starrte sie an, als wäre ihr plötzlich ein zweiter Kopf gewachsen und Feuer käme aus ihren Nasenlöchern. «Deine Frisur ist anders. Und deine Kleidung.» Er war doch tatsächlich arrogant genug, um zu lächeln. «Du hast darüber nachgedacht, was ich gesagt habe, und meine Meinung berücksichtigt.»

Sie hatte seine Meinung immer berücksichtigt, selbst wenn sie im Widerspruch zu ihrer eigenen gestanden hatte. Wobei sie sich rückblickend in den letzten eineinhalb Jahren eigentlich keine eigene Meinung mehr erlaubt hatte. Sie hatte sich viel zu lang zu seinem Fußabtreter gemacht. «Oh, ich habe darüber nachgedacht. Aber ich habe das nicht für dich getan.»

Maxwell rieb sich die Brust, als brauche er zum fünfzigsten Mal heute eine Tablette gegen Sodbrennen. «Hör mal, es tut mir leid, wie das alles gelaufen ist. Alicia und ich ... das war ein Fehler. Ich möchte diese Probleme mit dir lösen. Wir sind uns schließlich ähnlich, du und ich.»

Camryn blinzelte die Hörner auf seinem Kopf an, seine glühend roten Augen. Ihr war nicht entgangen, dass er sich nicht für die grausamen Worte in seinem Büro entschuldigt hatte, sondern nur erklärt hatte, dass ihm nicht gefiel, wie es ausgegangen war. Er bedauerte nicht die Trennung, sondern nur, dass Alicia ihn abgesägt hatte. Was er vermisste, war nicht Camryn, sondern die Routine ihrer Beziehung.

Sie wusste nicht genau, warum sie überhaupt zugestimmt hatte, sich mit Maxwell zu treffen. Ein Teil von ihr hatte wahrscheinlich gehofft, dass er sich entschuldigen würde, und wollte zurückhaben, was sie einst besessen hatte. Wollte, dass Maxwell seine Fehler eingestand und versuchte, sie zurückzugewinnen, weil er sie vermisst hatte.

Das hier fühlte sich wie ein hohler Sieg an.

Sie hörte Troys Worte in ihrem Kopf, als er sie angefleht hatte, jemand anderen zu finden, den sie lieben konnte – auf diese verrückte und wahre «*Ich kann ohne dich nicht leben*»-Art lieben. Und dieser jemand war nicht Maxwell. Er war es nie gewesen und würde es auch nie sein. Sie hatte in ihrem Leben nur eine Person auf diese Art geliebt, und diese Chance hatte sie wahrscheinlich für immer vertan. Jedenfalls hatte er all ihre Nachrichten und Anrufe ignoriert.

«Camryn, du tust es schon wieder. Du verschwindest ins La La Land und ignorierst mich.»

«Du nennst mich nie Cam.»

Er kniff die Augen zusammen. «Was?»

«Du nennst mich nie Cam.» Wenn man darüber nachdachte, war das eine Kleinigkeit. Ein Spitzname, eine Kurzform. Ihre Familie nannte sie ständig so, genau wie Troy. Bisher war ihr das nie aufgefallen, doch es fühlte sich an wie ein Kosename.

«Dein Name ist Camryn. Wieso in aller Welt sollte ich dich … *Cam* nennen?» Er sprach die Kurzform voller Ekel aus.

Cam sah Maxwell an und empfand nichts als Mitleid. Er hatte niemanden in seinem Leben, dem er so viel bedeutete wie sie Troy. Es gab niemanden, der ihm Abenteuer und Glück zeigen konnte, bevor es zu spät war. Cam wollte ihm sagen, dass das Leben mit ihm gewesen war wie ein Zwölfstundenflug in der Holzklasse, während das Leben mit Troy war, als würde man mit einem Fallschirm aus dem Flugzeug springen, um dieser Enge zu entkommen. Sie wollte all die bösen Gedanken in ihrem Kopf aussprechen und Maxwell sagen, dass er so aufregend war wie ein leerer Pappkarton, während Troy sie ständig zum Lachen brachte, ohne es auch nur darauf anzulegen.

Doch es war unfair, Maxwell mit Troy zu vergleichen. Sie wollte Maxwell nicht, und Troy würde sie niemals haben können. Es sei denn, er würde endlich auf eine ihrer Nachrichten oder Anrufe reagieren. Wenn sie sich auf Maxwells Niveau herabließ, würde das keines ihrer Probleme lösen. Dafür zu sorgen, dass er sich genauso schlecht fühlte, wie sie es einst getan hatte, wäre Rache, keine Gerechtigkeit.

Cam sprang von ihrem Hocker und schob seinen Schlüssel über die Bar.

«Camryn, sei vernünftig.»

Sie lächelte, weil sie sich einfach nicht davon abhalten konnte. «Ich war lange genug vernünftig, und das hat mich nirgendwohin gebracht.» Sie ging an ihm vorbei in Richtung Tür.

«Du machst einen Fehler.»

Sie drehte sich um. «Ich habe schon jede Menge gemacht. Aber das hier ist keiner.» Sie drehte den Türknauf in dem Moment, als draußen Donner grollte. Es erinnerte sie an das Gefühl von Sommerregen im Gesicht und an Troys Duft, als er sie in seinen starken Armen gehalten hatte. Sie hielt kurz inne. «Ich hoffe, du lernst eines Tages, im Regen zu tanzen.»

«Was? In diesem Anzug? Das ist das Lächerlichste, was ich je gehört habe.»

Ihr Lächeln wurde noch breiter. «Gut, dann kannst du lachen, bis es weh tut. Das ist seltsam erfrischend. Leb wohl, Maxwell.»

Camryn klebte den letzten Karton zu und setzte sich mit einem *Plopp* auf einen zweiten. Die Umzugsleute würden morgen kommen, um ihre Sachen einzulagern, bis nächsten Monat ihre neue Wohnung in Milwaukee frei wurde. Morgen würde sie sich endgültig von dieser schrecklichen, lauten Stadt verabschieden und nach Hause zurückkehren. Sie würde ihr altes Leben zurücklassen und ein neues beginnen.

Und das war irgendwie traurig, weil ihr altes Leben eigentlich kein Leben gewesen war.

Camryn starrte aus dem Fenster, betrachtete die aufgehende Sonne und erinnerte sich an den Sonnenaufgang in Colorado. Er war so schön gewesen, dass dieser hier dagegen fast gewöhnlich wirkte.

Troy hatte gewollt, dass sie sich verliebte. Dass sie an Magie glaubte, wie er es ausgedrückt hatte.

Und das hatte sie getan. Sie hatte sich in ihn verliebt.

Der Schmerz explodierte in ihrer Brust, so wie er es seit ihrem Rückflug jede Sekunde tat. Er reichte so tief, dass nichts ihn unterdrücken konnte. Es war ein ständiges *«Ich kann ohne ihn nicht leben»*-Sehnen.

Troy hatte in Colorado versucht, ihr etwas zu sagen, bevor Fisher sie unterbrochen hatte. Wieder und wieder ging sie das Gespräch im Kopf durch. Eine Sekunde lang hatte die Romantikerin in ihr gehofft, er wolle ihr seine unsterbliche Liebe erklären. Es hatte tatsächlich geklungen, als wolle er darauf hinaus.

Doch statt ein Märchen zu bekommen, hatte da nur dieser Mann vor ihr gestanden und versucht, auf logische Art diese unlogische Sache zwischen ihnen zu erklären. Sie fragte sich, wie es in seinem Herzen aussah, ob er sie ebenfalls liebte. Es fiel ihr immer noch schwer, sich selbst zu vertrauen und zu glauben, dass seine Gefühle echt sein könnten. Dass sie es als Paar in der realen Welt schaffen könnten. Sie fürchtete, dass die Verbindung, die zwischen ihr und Troy bestand, nur ihrer Familie zu verdanken war. Dass die Leidenschaft, die sie geteilt hatten, nur eine Illusion gewesen war.

Wann immer sie allein war, ohne jede Ablenkung, fühlte sie sich gezwungen, jeden seiner Sätze wieder und wieder zu überdenken und sich ihren eigenen Wünschen zu stellen.

Sie liebte ihn mehr als alles andere auf der Welt.

Plötzlich klingelte ihr Handy, sodass sie zusammenzuckte. Sie stand auf, ging zur Arbeitsfläche und schaute aufs Display. Fisher. Ihre Laune rauschte in den Keller, obwohl sie es hätte besser wissen müssen. Troy hatte in den vier Tagen, die sie jetzt zurück waren, nicht ein einziges Mal angerufen und auch ihre Anrufe nicht angenommen.

«Hey», sagte ihr Bruder. «Heather hat eine Nachricht aus Cancún geschrieben. Sie kommen am Freitag zurück. Mom will ein Familienessen veranstalten.»

Sie ließ sich auf einen Küchenstuhl sinken. «Okay, ich werde da sein.»

«Ich habe gehört, dass du den Job bekommen hast. Glückwunsch.»

Sie lächelte. Zumindest das war gut gelaufen. «Danke. Ich glaube, es wird mir in der Firma gefallen.»

«Cam …» Er räusperte sich. «Ich finde es schön, dass du nach Hause zurückkommst.»

Ach, manchmal konnte ihr Bruder wirklich süß sein. «Ich liebe dich auch.»

Ein Moment der Stille. «Heather hat mir von Maxwell erzählt und erklärt, warum du und Troy …» Er seufzte schwer. Cam wartete einfach ab. «Hast du dich mit deinem Ex getroffen? Wenn ihr wieder zusammen seid, kannst du ihn vielleicht zum Essen mitbringen …»

«Wir sind nicht wieder zusammen.»

«Oh. Okay.»

Gott sei Dank hatte Fisher Anna geheiratet, denn seine kommunikativen Fähigkeiten hatten sich seit dem Kindergarten kaum verbessert.

«Ich habe ihn nicht geliebt.» Cam starrte erneut aus dem Fenster. Die Sonne schien durch die Vorhänge und erzeugte kleine Muster auf ihrem Teppich. Maxwell brachte ihr Herz nicht zum Rasen und sie nicht zum Lachen. Diese Fragen hatte ihr Troy einmal gestellt. Der Gedanke, Maxwell zu verlieren, hatte ihr nicht das Gefühl gegeben, innerlich zu sterben. «Ich liebe jemand anderen», flüsterte sie.

Sie biss sich auf die Zunge und hoffte, dass Fisher sie nicht gehört hatte.

Troy würde zum Familienessen am Freitag kommen. Diese Gelegenheit musste sie ergreifen, um allein mit ihm zu reden. Vielleicht konnte sie ihn bitten, ihr zu verraten, was er in Colorado wirklich hatte sagen wollen. Vielleicht würde ihr das Klarheit verschaffen. Dieser ständige Schmerz und die Einsamkeit, die sie empfand, waren so neu und unerträglich.

Irgendwo im Hintergrund quietschte Emily, dann folgte ein lautes Flüstern: «Sag es ihr, Daddy!»

«Okay, okay!», meinte er zu seiner Tochter. «Cam, es tut mir leid, wie ich mich benommen habe.»

Sie lächelte, als sie sich vorstellte, wie ihre Nichte Fisher so lange bedrängt hatte, bis er sich entschuldigte. «Ist schon okay. Ich vergebe dir. Es ist ohnehin besser so.»

Es jagte ihr fast Angst ein, wie sehr sie sich an das Lügen gewöhnt hatte.

LEBENSWEISHEITEN*

Wahre Liebe fühlt sich
mitunter an, als würde man
Stromschläge bekommen.
Und jemand anders sitzt
am Schalter.

*ZUMINDEST WENN ES NACH CAMRYN GEHT

KAPITEL 22

Troy lenkte den Truck in seine Einfahrt und schaltete den Motor aus. Fisher saß auf der Verandatreppe vor dem Haus, die Unterarme auf die Oberschenkel gestützt. Er sah aus, als hätte er diese Woche genauso wenig geschlafen wie Troy.

Troy öffnete die Tür, trat in die schwüle Luft und ging zum Haus. «Was führt dich hierher?»

Fisher stand auf und rieb sich den Nacken. «Schuldgefühle.»

Gut. Er sollte sich schuldig fühlen. «Wieso hast du deinen Schlüssel nicht benutzt? Hier draußen ist es heiß.»

Sein Freund zuckte mit den Achseln. Sein Blick huschte über die Umgebung, doch Troy sah er kein einziges Mal an. «Ich war mir nicht sicher, ob du den Schlüssel nach allem, was passiert ist, nicht zurückhaben willst.»

Troy musterte Fisher einen langen Moment, dann nickte er. «Willst du ein Bier?»

Fisher stieß den Atem aus. «Ja.»

Troys Blick fiel auf einen Umschlag in Fishers Hand, während er die Eingangstür aufschloss. «Was ist das?» Er deutete darauf.

Sie betraten das Haus. Die klimatisierte, kühle Luft im Inneren fühlte sich wie eine Liebkosung an.

«Keine Ahnung. FedEx hat das gebracht, während ich gewartet habe. Kommt von den Hortons.»

Interessant. Troy schloss die Tür. «Leg es einfach auf den Tisch. Ich gehe kurz duschen. Nimm dir ein Bier, ich bin gleich wieder da.»

Sobald er geduscht und sich wieder angezogen hatte, schnappte er sich ein Bier und setzte sich neben Fisher auf die Couch. Schweigen.

«Ähm, also … Familienessen am Freitagabend, weil Heather und Justin von ihrer Hochzeitsreise zurückkommen.»

«Okay.»

Fisher sah schuldbewusst aus wie ein kleiner Junge, der ins Bett gemacht hatte. «Camryn wird auch da sein.»

Fast hätte Troy gelächelt. «Hatte ich mir schon gedacht.»

«Sie hat den Job bekommen. Sie glaubt, dass es ihr in der Firma gefallen wird.»

«Hm-mmm.» Troy lächelte zum ersten Mal seit vier Tagen. Vier langen, elenden Tagen. «Bist du hier, um mir das zu erzählen?»

Fisher ließ den Kopf in den Nacken fallen und starrte an die Decke. «Es tut mir leid, Mann. Wirklich. Ich habe überreagiert.»

Troy musterte ihn, bevor er antwortete. «Ich habe mich schon vor langer Zeit an deine Ungeduld und dein aufbrausendes Temperament gewöhnt.» Dafür wünschte er sich, er hätte Fishers Rückgrat.

«In Colorado habe ich etwas unterbrochen, oder? Diese Sache zwischen Cam und dir, war das wirklich nur eine Lüge?»

Troy nahm einen großen Schluck von seinem Bier. «Nicht für mich», antwortete er dann.

«Falls dir das etwas bedeutet, sie ist nicht wieder mit ihrem Ex zusammengekommen.» Ein Funken Hoffnung erwachte zum Leben. «Sie hat gesagt, sie würde jemand anderen lieben.»

Troy riss den Kopf herum und starrte Fisher an. Er hoffte bei Gott, dass er sich das nicht nur ausgedacht hatte, um seine Schuldgefühle zu besänftigen.

Fisher starrte sein Bier an, bevor er es austrank. Dann stellte er die Flasche auf den Tisch und stand auf. «Ich …» Er schüttelte den Kopf. «Ich habe nichts von dem gemeint, was ich gesagt habe, Troy. Du gehörst zur Familie, bist mein bester Freund. Niemand hat es mehr verdient als du, glücklich zu werden. Sie ist nicht zu gut für dich.»

Troy biss die Zähne zusammen und versuchte vergeblich, nicht auf Fishers Worte zu reagieren. Er schloss die Augen und zählte langsam bis zwanzig. Als er die Lider wieder öffnete, war Fisher auf halbem Weg zur Tür stehen geblieben, die Arme vor der Brust verschränkt, als wüsste er nicht, ob er gehen oder bleiben sollte.

«Niemand ist zu gut für dich.»

«Scheiße, Fisher.» Troy rieb sich das Gesicht, um seine Tränen zu unterdrücken.

Es waren eine riesige, verrückte serbische Pflegefamilie und eine zurückhaltende, superintelligente Frau nötig gewesen, damit Troy anfing, die Worte zu glauben, die sein bester Kumpel gerade ausgesprochen hatte. Wegen dieser Familie, wegen Cam, hatte er das eigentlich schon vor langer Zeit verstanden. Doch seine gemischten Gefühle Cam gegenüber und die Geister der Vergangenheit, die so oft in ihm aufstiegen, sorgten manchmal dafür, dass er trotzdem zweifelte. Das hieß nicht, dass Troy den Zweifeln glaubte. Es hieß nur, dass er hart darum kämpfen musste, die Wahrheit nicht zu vergessen.

Sein Vater hatte ihn nicht zerstört. Und Troy war um ein Vielfaches besser, als sein Vater es jemals sein könnte.

«Ich muss gehen», sagte Fisher und ging zur Tür. «Anna kocht, und ich muss Em noch bei Mom abholen.»

«Fisher.» Sein Freund, *sein Bruder*, drehte sich um. «Danke dir.»

«Nein, ich danke dir.»

Als die Tür ins Schloss fiel, musste Troy schlucken, weil der Schmerz in seiner Brust übermächtig wurde. Er schnappte nach Luft, ließ den Kopf auf die Sofalehne sinken und starrte an die Decke.

Camryn war nicht wieder mit Maxwell zusammen. Sie war nicht in alte Muster zurückgefallen.

Und sie erwiderte Troys Liebe.

Zumindest wenn Fisher die Wahrheit gesagt hatte.

Troy hob den Kopf und sah zu dem Umschlag aus Colorado auf dem Tisch. Er beugte sich vor, stellte sein Bier ab und schnappte sich stattdessen das Päckchen. Er öffnete es und ließ den Inhalt neben sich auf die Kissen fallen. Mehrere Fotos rutschten über das Polster. Troy griff nach der beigelegten Nachricht.

Ich habe diese Bilder gerade entwickeln lassen und dachte, du würdest dich über Abzüge freuen. Nach dem, was ich auf den Fotos sehe, wirkt eure Beziehung nicht unecht, aber was weiß ich schon.
Und die Putzfrau hat noch etwas unter dem Bett gefunden. Vielleicht möchtest du das zurückhaben. Es erschien mir wichtig.

Ich hoffe, es geht dir gut und du bist glücklich. Komm uns jederzeit besuchen.
Bernice

Troy legte die Fotos zur Seite und erstarrte. Camryns Zettel mit der Nachricht, die sie an jenem Morgen neben den Muffin gelegt hatte, zitterte in seiner Hand.

Du bist jemand.

Troy stellte sich auch jetzt dieselbe Frage wie letzte Woche. War er nur einfach allgemein ein Jemand, oder war er jemand *für Cam*? Und falls er ihr etwas bedeutete, warum hatte sie in der Küche der Hortons nicht auf seine Erklärung reagiert? Er hatte sich geöffnet, hatte den Sprung gewagt, indem er sie hatte wissenlassen, wie er empfand. Würde sie anders reagieren, wenn er es noch mal täte?

Das erinnerte ihn an ihre Definition von Wahnsinn.

Zur Hölle, er war verrückt genug, um Cam seine Liebe hundertmal zu erklären, wenn es auch nur den Hauch einer Chance gab, dass sie seine Gefühle erwiderte.

Troy legte den Zettel zur Seite und griff nach den Fotos. Es gab ein paar Bilder von ihnen beiden, wie sie bei der Hochzeit zusammen zum Altar schritten, ein paar vom Karaoke-Abend, und eines zeigte sie beim Tanzen. In der Nahaufnahme ihrer Gesichter wirkte Cams Lächeln entspannt und glücklich. Und was er da in ihrem Blick erkannte, war nicht nur Freundschaft …

Mit einer Fingerspitze strich er über das Bild. Er hatte dieses Lächeln nur ein paarmal gesehen, und jedes Mal hatte es ihn förmlich in die Knie gezwungen.

Seitdem sie aus Colorado zurückgekehrt waren, hatte Cam einige Male versucht, ihn zu erreichen; er hatte einige Text- und

Mailboxnachrichten von ihr. Dämlich, wie er war, hatte ihm der Mut gefehlt, zu antworten oder die Sprachnachrichten auch nur anzuhören, zu sehr war er damit beschäftigt gewesen, sich in Selbstmitleid zu suhlen und sich zu fragen, ob sie ihn liebte.

Doch jetzt hatte er seine Antwort bekommen. Es war an ihm, etwas zu unternehmen. Zur Hölle, er wollte aufs Ganze gehen!

Er schnappte sich sein Handy und wählte hektisch und ungeduldig. Dann tigerte er in seinem Wohnzimmer auf und ab, bis endlich jemand abhob.

«Mama Covic, ich brauche deine Hilfe.»

Nach einer viel zu langen und gleichzeitig viel zu kurzen Fahrt, während der ihre Eingeweide sich zu einem Knoten in der Größe von England zusammengeballt hatten, bog Camryn in die Einfahrt ihrer Eltern ab und stieg aus. Den vielen anderen Wagen nach zu urteilen, die hier parkten, war der Großteil der Familie vor ihr angekommen, Troy inklusive.

Sie starrte seinen Truck an. Sie würde nur erfahren, ob sie ihm etwas bedeutete, wenn sie mit ihm sprach. Die alte Camryn wollte eine stoische Miene aufsetzen und sich einfach nicht damit auseinandersetzen, so tun, als fühle sie sich nicht, als hätte ihr jemand alle Organe aus dem Körper gerissen.

Sie öffnete den Kofferraum, nahm ihre Übernachtungstasche heraus und ging den Weg entlang. Als sie sah, dass Heather und Justin auf der Veranda auf sie warteten, hielt sie abrupt an.

Nach einem Moment trat sie zu ihnen, und so nah am Haus roch sie gebratenes Lamm und *Gibanita* im Ofen. Der wunderbare, fettige Duft drang aus dem offenen Küchenfenster wie die verlockenden Dampffäden in einem Cartoon. Allein der Gedanke an den Teig und die verschiedenen Käsesorten der Gibanita sorgte schon dafür, dass sie fünf Kilo zunahm.

«Hey», sagte sie. «Wieso sind denn alle so früh schon hier?»

Heather sah kurz zu Justin, bevor sie erneut Cam anschaute. «Ähm, keine Ahnung.»

Camryn kniff die Augen zusammen. Ihre Schwester war die einzige Person in ihrem Umfeld, die noch schlechter lügen konnte als sie selbst. «Okay. Wie war Cancún?»

«Oh, es war atemberaubend!», schwärmte Heather. «Das Wasser war so unglaublich blau, und wir haben in einem kleinen Bungalow direkt am Strand gewohnt.»

«Heather.» Justin zog die Augenbrauen hoch.

«Oh, richtig.» Heather kicherte. *Kicherte.* «Ich werde dir später alles erzählen. Lass uns reingehen. Die anderen warten schon.»

«Worauf warten sie?»

Die beiden antworteten nicht. Wunderbar.

«Was habe ich jetzt schon wieder getan?» Im Kopf ging Camryn die letzte Woche durch. Ihr fiel nichts ein, wofür die Familie ihr die Schuld geben könnte – wie ein Erdbeben oder ein plötzlicher Preisanstieg beim Rohöl.

«Nichts», versicherte Heather eilig … zu eilig. «Troy ist aber auch dadrin.»

«Was für eine schockierende Enthüllung.» Camryns Stimme troff vor Sarkasmus. «Er gehört zur Familie. Ich hatte erwartet, dass er hier ist. Und ich kann seinen Truck sehen, weil er direkt vor meinem Auto steht.»

Heather wirkte nervös. Camryn wartete ab. Und so standen

sie da und starrten sich gegenseitig an. Das einzige Geräusch stammte von den Vögeln, die in den Kiefern um den Vorgarten sangen.

Justin verdrehte die Augen. «Kommt schon, Ladys.» Er nahm Camryn ihre Tasche ab und öffnete die Tür.

Während sie sich fragte, was hier eigentlich los war, betrat Camryn das Haus und entdeckte die gesamte Familie im Wohnzimmer. Alle starrten sie an. Sie hielt an und sah sich um.

«Hallo?», bot sie an, auch wenn der Gruß eher klang wie eine Frage.

Niemand bewegte sich. Es herrschte absolute Stille.

Irgendwann drängte sich Emily durch eine Wand aus Körpern. «Tante Cam! Spider-Man hat Mrs. Horton gebracht!»

«Entschuldigung?»

Anna hob Emily auf ihre Hüfte. «Nicht Spider-Man. Eine Webcam, Süße.»

Emily zuckte im selben Moment mit den Achseln, in dem Bernice' Stimme erklang. «Hallo, Camryn.»

Sie sah sich um. Schließlich entdeckte sie den Laptop auf Fishers Schoß. «Ähm, hallo. Ich habe die Fotos bekommen, die du mir geschickt hast. Vielen Dank.» Verwirrt sah sie Fisher an. «Wieso nimmt Bernice per Webcam an einem Familienessen teil?»

«Ich habe sie gebeten, sich uns anzuschließen.» Troy trat an Yjaka Harold vorbei in ihr Blickfeld. «Ich möchte dir etwas sagen.»

«Was geht hier vor sich?» Panik stieg in ihr auf. «Wo ist Baba? Geht es Baba gut?»

«Mir geht's prima. Hör auf, so ein Theater zu machen.»

Der Blick auf Baba war durch Mom und Dad verstellt, doch

Cams Herzschlag beruhigte sich, als sie das Meckern der alten Frau hörte. Baba konnte taktlos und grausam sein, doch inzwischen hatte Camryn eine Ahnung, warum sie sich so benahm. Als ihr Mann vor zehn Jahren gestorben war, hatte Baba die Liebe ihres Lebens verloren, zusammen mit ihrer gesamten Fröhlichkeit. Die Liebe zu Troy – auch wenn es zwischen ihnen nie funktionieren konnte – hatte Camryn gezeigt, welche Schmerzen Baba seitdem jede Sekunde jedes Tages empfunden haben musste.

Camryn beäugte misstrauisch die Gesichter der anderen. Alle Blicke waren auf sie gerichtet. «Okay, was ...»

«Ich habe schon in Colorado versucht, dir das zu sagen.» Troys Adamsapfel hüpfte, als er schwer schluckte. «Aber dann hat mich jemand unsanft unterbrochen.»

Fisher seufzte. «Ich habe mich bereits dafür entschuldigt. Können wir das jetzt abhaken?»

Anna stieß ein genervtes Geräusch aus. «Geschieht dir recht. Du hast mal wieder gehandelt, ohne vorher nachzudenken. Du kannst einfach den Mund nicht halten.»

«Kann ich wohl.»

Trotz des Geplänkels im Hintergrund wandte Troy den Blick keinen Moment von Camryn ab.

Er sah anders aus. Sein Haar war immer noch zu lang, seine Augen immer noch faszinierend goldbraun und sein Körper immer noch muskulös und attraktiv, doch das sorglose Lächeln war genauso verschwunden wie der humorvolle Unterton in seiner Stimme. Der Troy, der immer eine beneidenswerte Lebensfreude ausstrahlte, war verdrängt worden von einer niedergeschlagenen, graueren Version seiner selbst. Ihr Herz brach, als sie ihn musterte und sich fragte, ob sie der Grund für diese Veränderung war – und ob sie das wieder in Ordnung bringen konnte.

«Du bist so viel wunderbarer, als du dir selbst eingestehst, Cam.» Troy schüttelte verzweifelt den Kopf, als hielte er einen Nachruf. «Für mich war das, was wir geteilt haben, echt. Es mag seinen Anfang als Lüge genommen haben, doch so muss es nicht enden.»

Oh Mann. Hatte er gerade gesagt …

Er ergriff ihren Arm und drückte ihr etwas in die Hand, um sofort ihre Finger darum zu schließen. Dann trat er wieder zurück, und sie senkte den Blick auf einen kleinen, blauen Matchbox-Truck.

«Troy», warf ihre Mutter in einem vorsichtig fragenden Ton ein. «Das ist nicht, was wir …»

«Still, Ma», sagte er, ohne den Blick von Camryn abzuwenden.

«Es ist doch nett von Onkel Troy, dass er sein Spielzeug teilt, oder?»

«Ja, Süße.» Anna tätschelte Emily den Rücken.

Camryns Hand zitterte, und ihr Herz schlug so wild, dass es in ihren Ohren rauschte, als stände sie direkt am Meer. «Troy?»

«Erinnerst du dich?», fragte er.

Natürlich erinnerte sie sich, wie sollte sie das je vergessen? Er hatte das Spielzeug all die Jahre aufbewahrt? Wie konnte ihm etwas so Kleines so viel bedeutet haben?

Sie hatte es ihm gegeben, als sie Kinder waren. Damals hatte sie einfach dafür sorgen wollen, dass er sich besser fühlte und verstand, dass das Leben nicht immer so schrecklich sein würde.

«Du hast mir den Truck vor langer Zeit geschenkt. Seitdem

ist kein Tag vergangen, an dem ich dieses Spielzeugauto nicht angesehen und an dich gedacht habe. Du hast mich gerettet. Niemand kennt mich so gut wie du. Ich will keine andere Frau als dich, und ich will keinen weiteren Tag ohne dich verbringen.»

Cam blieb das Herz stehen, ihr Blick verschwamm, und ihre Kehle wurde eng.

«Troy?», presste sie nur mit Mühe hervor. Momentan schien ihr gesamter Sprachschatz auf dieses eine Wort reduziert worden zu sein.

«Öffne die Tür des Trucks.»

Sie wischte sich erst mit der Handfläche über die Wangen, bevor sie die kleine Tür des Spielzeugautos öffnete. Im Innenraum lag ein Ring. «Oh Gott», hauchte sie, als sie den kleinen Finger hineinschob, um den Ring herauszuangeln.

Während sie noch den einfachen Goldring mit dem schlichten Diamanten darauf anstarrte, sank Troy auf die Knie.

Sie keuchte.

«Troy, man geht auf ein Knie, nicht auf beide», sagte Yjaka Mitch.

«Oh, sei still», hielt ihre Mutter dagegen. «Er kann das so machen, wie er möchte.»

«Ich sage ja nur, er macht das falsch. Für einen Antrag geht man auf ein Knie ...»

Nach dem Wort «Antrag» hörte Camryn nichts mehr. Weißes Rauschen füllte ihre Ohren. Sie sah den Ring an, so klein und wunderschön. Offensichtlich war Troy bewusst, dass sie schlichten Schmuck bevorzugte. Er kannte sie besser als jeder andere Mensch, genau wie er es umgekehrt behauptet hatte.

Und er wollte sie. Lieber Gott, er wollte ...

«Camryn.» Troys feste Stimme durchdrang das Rauschen und sorgte dafür, dass sie den Raum um sich herum wieder wahrnahm: das aufgeregte Plappern, ihre verrückte, wahnsinnige Familie. Er hielt vor dem gesamten Irrenhaus um ihre Hand an.

«Sie hätte sich das Haar aufstecken sollen.» Das war Kuma Viola.

«Nein, mir gefällt es, wenn sie es offen trägt.» Tetaka Myrtle rülpste.

«Es ist ja nicht so, als hätte sie gewusst, was passieren würde», verteidigte Heather ihre Schwester.

«Macht endlich hinne.» Baba schnaubte. «Einem geschenkten Gaul schaut man nicht ins Maul, Fräulein!»

«Vielleicht sollten wir in ihrer Umgebung keine Pferde erwähnen. Sie könnte traumatisiert sein.» Dad runzelte die Stirn.

«Sie wird ablehnen. Schaut sie euch an.» Das war Yjaka Harold. «Wir sollten ihr einfach ein Dutzend Katzen kaufen.»

«Ich liebe dich.» Troy.

Nur er zählte. Troy, nur Troy. Der Schmerz in ihrer Brust ließ nach, ihr Magen beruhigte sich.

Bis zu diesem Moment hatte sie nicht gewusst, was wahres Glück – wahre Liebe – war.

Liebe war alles. Ohne Liebe war das Leben sinnlos.

Troy erhob sich von den Knien und ergriff ihre Hände. «Zieh dich nicht zurück, blende mich nicht aus. Bleib bei mir.»

«Das werde ich nicht. Ich bin hier. Troy …»

«Ich weiß, dass es dir schwerfällt, an wahre Liebe zu glauben», fiel er ihr panisch ins Wort. «Aber du bist mein Happy End, Cam, und ich wünsche mir nichts mehr, als dir zu beweisen, dass es so etwas gibt.»

Himmel. Wenn das nicht das Kitschigste und Süßeste war, was sie je gehört hatte! Und er verwandelte sie damit in eine sentimentale Heulsuse, weil ihr Tränen in die Augen stiegen.

«Weint sie etwa?», fragte Yjaka Mitch.

«Nein», blaffte Baba. «Sie schwitzt aus den Augen, du Idiot! Natürlich weint sie.»

«Nein, das kann nicht sein», hielt Yjaka Harold dagegen. «Cam weiß gar nicht, wie man weint.»

«Das sind Glückstränen, oder, Tante Cam?»

«Ja, Emily.» Camryn wischte sich über die Wangen, den Blick auf alles gerichtet, was sie sich je gewünscht hatte und doch nie für möglich gehalten hätte. «Und sie lebten glücklich und zufrieden bis an ihr Lebensende», flüsterte sie Troy zu.

«Was?»

Sie konnte ihn durch den Schleier ihrer Tränen kaum erkennen. «Ich habe ja gesagt.» Sie schniefte. «Unter einer Bedingung ...»

Troy stand steif vor ihr und starrte sie an. Er wirkte schockiert. «Welche Bedingung?»

«Dass wir deinem ursprünglichen Plan folgen. Zuerst verabreden wir uns richtig, und dann ziehen wir zusammen.» Sie lächelte. «Und dann werde ich noch mal ja sagen, ohne weitere Bedingungen. Weißt du, warum? Weil ich an uns glaube ... an dich glaube.»

«Okay», hauchte er. Er wirkte nach wie vor, als warte er auf ein *Aber*. Hinter ihm begann die Familie zu jubeln.

«Das war so romantisch. Ich habe Gänsehaut», behauptete Kuma Viola und schlug Yjaka Harold auf den Kopf. «Wieso war dein Antrag nicht so romantisch?»

Yjaka Harold rieb sich die schmerzende Stelle. «Was war

denn falsch daran, den Ring im Kartoffelbrei zu verstecken, damit du ihn findest?»

«Ich wäre fast daran erstickt. Du bist nicht mal auf ein Knie gesunken, *prevariti*!»

Camryn konnte sich nicht erinnern, was *prevariti* übersetzt hieß, doch sie hoffte inständig, dass es etwas Harmloses wie «Narr» war. Sie schüttelte den Kopf und wollte sich gerade den Ring auf den Finger schieben, als Annas Stimme den Lärm durchdrang.

«Nein, Cam. Das muss er tun. Troy?»

Sie beide sahen ihn an, doch Troy bewegte sich immer noch nicht.

«Lasst uns essen.» Tetaka Myrtle wandte sich dem Flur zu.

Nachdem der Hauptteil der Show vorbei war, verteilte sich die Familie, in Gespräche vertieft, zwischen Küche und Esszimmer. Heather und Justin setzten sich neben Fisher aufs Sofa. Anna stellte Emily auf den Boden, und das Mädchen hüpfte Richtung Küche davon.

«Troy.» Anna schnippte vor seiner Nase mit den Fingern.

Er zuckte zusammen.

«Sie hat deinen Antrag angenommen. Schieb ihr den Ring auf den Finger.»

«Ja. Okay. Richtig.» Immer noch wie in Trance trat er vor, nahm ihr den Ring ab und schob ihn ihr steif wie ein Android auf den Finger. «Ich dachte, du würdest nein sagen», murmelte er, als spräche er mit sich selbst. «Ich habe nicht geglaubt …»

Plötzlich packte er ihre Handgelenke.

«Hast du das ernst gemeint? Sag mir, dass du es ernst gemeint hast. Ich könnte es nicht ertragen, wenn du einen Rückzieher machst, Cam. Ich weiß, dass ich dir nicht viel bieten kann. Alles, was ich habe, ist ein kleines Haus und einen durchschnittlichen Job.»

Sie entzog ihm ihre Handgelenke und umfasste sanft sein Gesicht. Sie wollte nichts anderes als ihn. Für immer.

«Du hast mich. Du wirst mich immer haben. Ich brauche nichts außer dir. Ich will den Rest meines Lebens verrückte Dinge mit dir tun, wie im Regen zu tanzen. Himmel, ich will dich sogar im Regen küssen. Ich liebe dich.» Sie schlang die Arme um seine Hüften und flüsterte ihm ins Ohr: «Ich liebe dich, Troy. Wirklich. Ich liebe dich.»

Er hob eine Hand und umklammerte ihre Schulter, vergrub kurz die Finger in ihrer Haut, bevor er den Arm um ihren Rücken legte. Seine Brust zitterte, dann stieß er den angehaltenen Atem aus. «Gott, Cam, ich liebe dich auch.»

Er senkte den Kopf und presste seinen Mund auf ihren.

Oh, wie sie das vermisst hatte! Als der Kuss sich von erleichtert zu zärtlich wandelte, lächelte sie an seinen Lippen.

Und anscheinend trieb ihn das in den Wahnsinn. Er packte sie fester, zog sie eng an sich und vergrub seine freie Hand in ihrem Haar.

«Ich werde dich nie-niemals gehen lassen», sagte er. «Mir ist es egal, wie viele Dates wir haben oder wie lange wir vor dem ‹Ich will› zusammenleben müssen. Ich lasse dich nicht mehr gehen.»

«Ich hoffe, du meinst das metaphorisch. Sonst könnte es ein wenig umständlich werden.»

Er lachte, und in diesem Moment entspannte sich sein Körper endgültig. «Ich will mit dir nach Hause fahren, dich die ganze Nacht lieben und …»

Sie konnte dieses *Und* kaum erwarten. «Später», sagte sie

an seinen Lippen. Sie hatte niemals ein Versprechen ernster gemeint.

Jemand zog an ihrem T-Shirt.

Emily starrte zu ihnen auf. «Kann ich mit dem Truck spielen?»

Camryn sah Troy an. «Da musst du Troy fragen, Süße.»

Für einen kurzen Moment wirkte er innerlich zerrissen, gefangen zwischen der Vergangenheit und der Gegenwart. Doch nach einem Augenblick nickte er und grinste Cams Nichte an. «Ich glaube, ich brauche ihn nicht mehr. Du kannst ihn behalten.»

Begeistert schnappte Emily sich das Spielzeug und rannte davon.

Camryn lächelte ihre Schwester an.

Heather zwinkerte ihr zu. «Herbsthochzeit?» Sie ergriff Justins Hand.

Typisch Heather, bereits nach fünf Sekunden genauere Details zu verlangen.

«Ihr könntet hier heiraten», meinte Bernice.

«Ups. Wir haben ganz vergessen, dass du da bist, Mom.» Justin grinste in Richtung des Laptops, der immer noch auf Fishers Schoß stand.

«Das war ja klar. Da plant man eine ganze Hochzeit, und hinterher kann sich niemand an einen erinnern. Aber ich meine das ernst, ihr beide. Ihr könntet hier heiraten.»

Camryn sah Troy an und zuckte mit den Achseln. «Oder wir könnten vor der Familie fliehen und nach Vegas durchbrennen.»

Troy lachte. «Sehr verlockender Gedanke.»

«Ich logge mich mal aus», meinte Bernice. «Glückwunsch euch beiden.»

Fisher schloss den Laptop und stellte ihn auf den Couchtisch.

Heather räusperte sich und sah Camryn mit hochgezogenen Augenbrauen an. «Du hättest es wissen müssen. Schließlich hatte er den Test bereits bestanden, bevor ihr überhaupt miteinander ausgegangen seid.»

Camryn schüttelte lächelnd den Kopf, während ihre Geschwister über den Insiderwitz lachten. Aber Heather hatte recht. Laut dem Dysfunktionalitätstest hatten die Covic-Geschwister die richtige Person für sich entdeckt, wenn sie jemanden fanden, der längere Zeit mit der Familie verbringen und sich einfügen konnte, ohne dabei wahnsinnig zu werden. Und Troy hatte das noch vor Anna und Justin geschafft.

Troy schlang einen Arm um ihre Taille und zog sie an seine Seite. Er wirkte verwirrt, was nur dafür sorgte, dass die Geschwister noch heftiger lachten.

«Was ist da draußen so lustig?», schrie ihre Mutter aus der Küche.

«Gar nichts!», antworteten sie gleichzeitig, was Camryn an schöne Momente ihrer gemeinsamen Jugendzeit erinnerte.

Gerade als alle sich wieder beruhigt hatten, fragte Troy: «Welcher Test?», und das hysterische Gelächter ging von neuem los.

«Camryn.» Heather fächelte sich mit der Hand Luft zu. «Es ist Zeit, Troy in unser Geheimnis einzuweihen. Los, erzähl es ihm.»

Troy sah sie mit hochgezogenen Brauen an.

«Also», setzte Camryn an, «vor langer, langer Zeit haben drei Teenager etwas entworfen, was sie den Dysfunktionalitätstest getauft haben ...»

Babas Slavski-Kolac-Brot

(Babas Geschichtsstunde: Dieses Brot wird gewöhnlich zu Krsna Slava gebacken – der Feier des Hauspatrons einer serbischen Familie. Es kann aber auch für Hristos se Rodi gebacken werden – Weihnachten. Wenn es zu Weihnachten serviert wird, nennen Serben es «Geldbrot» oder «Nikolausbrot». Sie wickeln Münzen in Alufolie und backen sie in das Brot mit ein. Und jetzt legt los!)

2 Esslöffel getrocknete Hefe
1 Teelöffel Zucker
3 Esslöffel Mehl
½ Tasse warmes Wasser
1 ½ Tassen warmes Wasser
6 Tassen Mehl
1 Teelöffel Salz
1 Tasse weiche Butter
3 Eier
¼ Tasse Zitronensaft
½ Tasse Zucker
1 Ei, mit einem Teelöffel Wasser geschlagen

Hefe, Zucker und drei Esslöffel Mehl mit einer halben Tasse warmem Wasser vermischen, bis sich alles aufgelöst hat. Dann in einer großen Schüssel anderthalb Tassen warmes Wasser,

Salz, Butter, Eier, Zitronensaft und Zucker verrühren. Hefemischung und verbleibendes Mehl nach und nach hinzufügen. Der Teig sollte fest sein. Ungefähr zehn Minuten lang mit der Hand kneten. Schüssel mit einem feuchten Tuch abdecken. Ein bis zwei Stunden stehen lassen, bis der Teig auf ungefähr doppelte Größe gegangen ist. Noch mal fünf Minuten kneten. In eine gut gefettete Form von zwanzig Zentimeter Durchmesser geben. Noch mal eine halbe Stunde ruhen lassen, dann in den auf hundertfünfundsiebzig Grad vorgeheizten Ofen geben. Das Brot nach einer halben Stunde mit der Eier-Wasser-Mischung bestreichen und noch einmal eine halbe Stunde backen. Auf einem Gitter abkühlen lassen.

Moms *Sarma*

(Warnung von Troy: Das mag gut schmecken, aber im Haus stinkt es hinterher fürchterlich!)

1 großer Kohlkopf
1 Pfund Schweinehack
½ Pfund Rinderhack
2 große Eier
1 Teelöffel Salz
1 Teelöffel Paprika
½ Teelöffel schwarzer Pfeffer
1 Dose einfache Tomatensoße
5 Esslöffel Öl
½ Tasse gekochter Reis

Das Herz aus dem Kohlkopf schneiden und innen leicht salzen. Das ungebratene Schweine- und Rinderhack vermischen. Salz, Paprika, Pfeffer, Eier und Reis hinzufügen und untermengen. Kohl kochen, bis er weich ist, ungefähr fünfzehn Minuten. Abgießen und anschließend Blätter voneinander trennen. Drei bis vier Esslöffel Fleischmischung auf ein Kohlblatt legen und einrollen, dann die Enden einfalten. Öl in eine Auflaufform träufeln. Kohlrouladen eng einlegen. Tomatensoße über die Rouladen gießen. Bei hundertfünfundsiebzig Grad fünfundvierzig Minuten in geschlossener Form in vorgeheiztem Ofen braten. Deckel abnehmen und noch mal für fünfzehn bis zwanzig Minuten im Ofen lassen.

Süße Käse-Gibanita

(Warnung von Camryn: Wird auch Gibanica geschrieben und kann mit Fleisch oder Käse zubereitet werden. Wenn es mit Käse gemacht wird, gibt es die Varianten «süß» oder «salzig». In meiner Familie gab es immer die süße Variante. Euer Arzt, eure Hüften, euer Hintern und euer Cholesterinspiegel werden euch nach dem Verzehr von Herzen hassen.)

1 Packung körniger Hüttenkäse
2 Stücke Butter, weich
1 Paket Frischkäse
¾ Pfund Feta, grob zerrieben
6 Eier
½ Tasse Sahne
1 Tasse Zucker
1 Packung Blätterteig-Platten

Butter und Zucker rühren, bis eine glatte Masse entsteht. Sahne, Käse und Eier hinzufügen und erneut rühren. In einer Auflaufform eine dünne Schicht Blätterteig auslegen, bis der Boden bedeckt ist. Eine dünne Schicht Käsemischung auf den Teig streichen. Prozess wiederholen, bis die Käsemischung aufgebraucht ist. Für gute Ergebnisse sollten es mindestens vier Schichten werden. In einem auf hundertfünfundsiebzig Grad vorgeheizten Ofen ohne Deckel eine Stunde backen. Vor dem Anschneiden zehn Minuten abkühlen lassen. Warm oder kalt servieren.

Dads Lammbraten

(Tipp von Dad: Kann auch im Slow-Cook-Verfahren auf einem Spieß oder auf einem Drehspieß im Garten zubereitet werden. Dabei das Lammfleisch, genau wie für den Bräter, ein bis zwei Stunden vorher marinieren.)

1 Lammkeule, Lammschulter oder Lammlende
1 Teelöffel Salz
½ Tasse Essig
1 Tasse Wasser
½ Teelöffel Pfeffer
2 Teelöffel Petersilie
1 Esslöffel Knoblauchpulver
½ Teelöffel Thymian
4–5 Scheiben Bacon, roh

Das Lammfleisch mit dem Salz einreiben und in eine tiefe Auflaufform oder einen Bräter legen. In einem Kochtopf Essig, Wasser, Pfeffer, Petersilie, Knoblauchpulver und Thymian vermischen. Aufkochen und über das Lamm gießen. Baconscheiben über das Lammfleisch legen. Im auf hundertneunzig Grad vorgeheizten Ofen braten. Die Bratzeit variiert je nach Art des Fleisches. Gewöhnlich eine halbe Stunde mit Deckel braten, dann Deckel abnehmen und weitere zehn bis fünfzehn Minuten braten. Das Fleisch ist gar, wenn man hineinsticht und kein Widerstand zu spüren ist oder wenn das Fleisch vom Knochen fällt.

LESEPROBE

KELLY MORAN

When you look at me

ROMAN

Aus dem Englischen von Vanessa Lamatsch

KYSS by Rowohlt Polaris
Erscheint am 17. 08. 2021

Ein neuer Stand-alone der «Queen of Cozy Romance»

Die Welt sieht in Xavier Gaines nichts als einen eiskalten Roboter. Niemand ahnt, dass der erfolgreiche Geschäftsmann tatsächlich unter einer sozialen Angststörung leidet und er nichts mehr hasst als Aufmerksamkeit. Doch wenn er seine Firma auf die nächste Stufe heben will, muss er lernen, mit Menschen und vor allem der Presse umzugehen. Nur einer einzigen Person vertraut er genug, um sie in seine Probleme einzuweihen. Peyton Smoke. Sie ist eine erfolgreiche PR-Beraterin und genau die Richtige, um sein Image aufzupolieren. Die beiden vereinbaren von Anfang an, absolut ehrlich miteinander zu sein. Nur eine einzige Sache behält Xavier für sich: dass er plötzlich an nichts anderes mehr denken kann, als seine wichtigste Angestellte zu küssen …

Kelly Moran schreibt besondere Geschichten: Hier wird das Stereotyp des kalten, arroganten CEOs auf den Kopf gestellt.

«Moran lässt ihre Leser durch die Seiten fliegen durch starke Charaktere, eine spannende Handlung und einen guten Stil.»
Library Journal

Weitere Informationen unter www.endlichkyss.de und www.rowohlt.de

KAPITEL 1

Ihr letzter Termin ist hier, Mr. Gaines.»

Xavier riss den Blick von seinem Monitor los und drückte den Sprechknopf des Telefons auf seinem Schreibtisch, aus dem die blecherne Stimme seiner Sekretärin erklungen war. «Bitte schicken Sie sie in fünf Minuten herein.»

«Ja, Sir.»

In fünf Minuten würde endlich das Treffen stattfinden, auf das er bereits seit der Terminvereinbarung vor einigen Wochen hinfieberte. Im Grunde sogar noch länger, wenn man das letzte Jahr mitzählte, seit er sie auf dieser Wohltätigkeitsgala gesehen hatte. Er hatte auf eine Lücke in ihrem Terminplan warten müssen, bevor sie bereit gewesen war, sich überhaupt mit ihm zu treffen. Und dafür hatten seine Angestellten sich mächtig ins Zeug legen müssen.

Nervös stand er von seinem Schreibtisch auf und ging zur Fensterwand seines Büros im obersten Stockwerk eines Hochhauses im Bankenviertel von San Francisco. Gaines Industries gehörte zu den vielen Fortune-500-Firmen, die ihren Sitz in den sterilen Wolkenkratzern in dem Gebiet östlich der Kearny Street hatten. Die Dämmerung brach gerade herein und tauchte die Bucht in der Ferne durch einen Nebelschleier in pinkes und purpurnes Licht. Anders als in vielen anderen Großstädten, wo der Finanzdistrikt nach Feierabend verwaiste, blieb das historische Bankenviertel von San Francisco lebendig, dank all der Restaurants, Bars, Cafés und Bäckereien hier. Das liebte Xavier am meisten daran, hier zu leben. Geschäft traf Vergnügen. Die Stadt besaß … Persönlichkeit.

Die phantastische Aussicht half ihm nicht, seine Nerven zu beruhigen. Sein Magen verkrampfte sich vor Anspannung, und da er allein war, rieb er sich den Bauch. Die meisten Menschen hätten niemals vermutet, dass er unter seinem Tausend-Dollar-Anzug einfach nur ein Computernerd war, der darum kämpfte, seinen Platz in der Welt zu finden. Seine Angestellten nannten ihn «Iceman», und die Medien hatten ihn in die Schublade «berechnend und mysteriös» gesteckt. Auch wenn seine Firma gut dastand und Millionen abwarf, lief doch nicht alles so reibungslos, wie er es sich vorstellte. Im letzten Quartal hatten die Aktien fünf Prozent an Wert verloren. Das Ende seiner kurzen Beziehung mit dem aufstrebenden Model Pamela Squire hatte zudem an seinem Image gekratzt, vor allem die Dinge, die sie über ihn gesagt hatte – in aller Öffentlichkeit. Das war das Ergebnis, wenn er jemandem auch nur ein bisschen vertraute – er wurde als *kaltherziger Schlipsträger* und *emotional verkümmert* beschrieben.

Der rein geschäftlichen Seite seines Lebens war er gewachsen, den sozialen Aspekten nicht so sehr. Unglücklicherweise liefen Wirtschaft und Public Relations immer Hand in Hand.

Und genau aus diesem Grund brauchte er Peyton Smoke. Es war immens wichtig, sie davon zu überzeugen, den Job anzunehmen und ihm zu helfen – besonders weil nächsten Monat die Verhandlungen über die Regierungsaufträge anstanden.

Allein bei dem Gedanken daran, wie viel Medienaufmerksamkeit dieses Geschäft hervorrufen würde, bekamen seine Magengeschwüre Magengeschwüre.

«Miss Smoke ist hier, um Sie zu sehen, Mr. Gaines.»

Xavier wandte sich vom Fenster ab, um seine Sekretärin anzuschauen, doch sein Blick glitt einfach über Fern hinweg zu ... *ihr.*

Peyton Smoke war mit den Jahren nur noch schöner geworden. Sie hatten einander seit der Highschool nicht mehr gesehen – ließ man den kurzen Blick außer Acht, den er bei der Gala letztes Jahr auf sie erhascht hatte. Langes champagnerblondes Haar fiel bis über ihre Schultern. Das hellblaue Kostüm betonte ihre schlanke Silhouette, und ihr Outfit war zwar sexy, sagte ihm aber zugleich, dass sie keine halben Sachen machte. Wenn er sich richtig erinnerte – und das tat er –, waren die Augen hinter der geschäftsmäßigen schwarz umrandeten Brille himmelblau. Ihre Haut wirkte immer noch so hell und zart wie damals, mit nur einem Hauch von Pfirsich auf den Wangen. Auf ihren sündhaft roten Lippen lag ein höfliches Lächeln. Eilig sah er Fern an, weil sein Herz zu rasen begann.

Seine Sekretärin war Mitte fünfzig und trug ihre wilden braunen Locken unordentlich hochgesteckt. Er hatte den gesamten Tag noch nicht bemerkt, dass sie eine einfache graue Stoffhose mit einer farblich passenden Bluse trug. Es irritierte ihn, dass ihm Ferns Kleidung nun auffiel – und er sie zudem mit Peytons elegantem Outfit verglich.

Xavier räusperte sich. «Das wäre dann alles, Fern, vielen Dank. Sagen Sie allen, dass sie Feierabend machen können.»

«Ja, Sir.» Sie senkte den Blick auf den Boden, verließ den Raum und schloss die Tür hinter sich.

Die meisten seiner Angestellten hatten Probleme, Xavier in die Augen zu sehen. Ihn interessierte das nicht besonders, doch Peyton hatte es anscheinend registriert, da sie leicht irritiert die Augenbrauen hochzog.

«Miss Smoke, danke, dass Sie gekommen sind. Setzen Sie sich doch.»

Er ging zu seinem Stuhl und verschränkte die Hände auf dem Schreibtisch, um nicht nervös mit den Fingern auf die Tischplatte zu trommeln. Er hatte die letzten Jahre hart daran gearbeitet, sich diesen Tick abzugewöhnen.

Sie sah sich kurz in seinem Büro um, bevor sie auf dem Stuhl ihm gegenüber Platz nahm.

Er fragte sich, welchen ersten Eindruck sie wohl gewonnen hatte. Eilig schaute auch er sich um und versuchte, den Raum durch ihre Augen zu sehen. Er hatte vor ein paar Jahren einen Innenarchitekten beauftragt und dem Mann vollkommen freie Hand gelassen. Daher waren die Möbel in der Sitzecke am anderen Ende des Raums mit schwarzem Leder bezogen, die Tische bestanden aus Eisen und Glas, der Teppich war in kühlem Grau gehalten und sein Schreibtisch aus schwarzem Walnussholz. Die Bilder an den Wänden zeigten abstrakte Farbkleckse ohne jede Persönlichkeit. Wahrscheinlich wirkte sein Büro genauso gefühlskalt und unpersönlich, wie er selbst gerne in den Medien dargestellt wurde.

«Es ist schön, dich wiederzusehen. Du hast dich ziemlich verändert.» Sie tippte sich an die Schläfe. «Du bist deine Brille losgeworden, und ich habe eine bekommen. Und du wirkst so erwachsen.»

Nun, ein Wachstumsschub im College, gefolgt von unzähligen Stunden im Fitnessstudio, dazu ein paar Kontaktlinsen …

all das zusammengenommen hatte den dürren Jungen aus der Highschool, der ständig gemobbt worden war, in einen Mann verwandelt, der sich behaupten konnte. Die Veränderungen hatten nicht über Nacht stattgefunden, aber für Peyton mussten sie überraschend sein.

Er nickte und konzentrierte sich auf die dünne Goldkette um ihren Hals. Ein kleiner Anhänger in Form eines Schlüssels lag in der Kuhle zwischen ihren Schlüsselbeinen.

«Ich war mir nicht sicher, ob du dich an mich erinnerst.»

Der fünfzehnjährige Xavier Gaines war kein Junge gewesen, den die Leute bemerkten – wenn sie nicht gerade auf ihm herumtrampelten, um sich überlegen fühlen zu können.

«Natürlich erinnere ich mich. Du hast mich unbeschadet durch Geometrie und Algebra gebracht.» Ihr Tonfall war so weich und geschmeidig wie die weiße Seidenbluse unter ihrem Jackett. In der Highschool hatte sie die Fähigkeit besessen, fast alles von den Leuten zu bekommen, was sie wollte, nur indem sie ihre Stimme geschickt einsetzte.

Und natürlich erinnerte sie sich an ihren Matheunterricht. Aber an ihn? Xavier hatte nie vergessen, dass sie die Einzige gewesen war, die damals für ihn eingetreten war und ihm in der Cafeteria einen Platz an ihrem Tisch angeboten hatte. Dieses mutige Verhalten hätte sie zu einer Ausgestoßenen machen können, doch stattdessen hatten alle Peyton geliebt. Es war den Leuten schwergefallen, nicht in ihre Umlaufbahn gesogen zu werden.

Er verschränkte die Finger fester, um sich unter ihrem direkten Blick nicht zu winden. «Ich bin mir ziemlich sicher, dass du es auch ohne meine Hilfe geschafft hättest.»

Das Grinsen, das auf ihrem Gesicht erschien, raubte ihm den

Atem. «Du unterschätzt dich, Mr. Killer-IQ. Du hast eine App, die du in einem Studentenzimmer entwickelt hast, für fünfzig Millionen Dollar verkauft. Und ich meine mich zu erinnern, dass du auch als einer der begehrenswertesten Junggesellen an der Westküste gelistet wirst. Ich glaube, das war im *People Magazine*, richtig? In dem Artikel stand, dass dein unglaublich gutes Aussehen und dein Hirn deinen Mangel an Charme ausgleichen würden. Und dass die richtige Frau dich eines Tages schon ‹auftauen› würde.»

Er biss genervt die Zähne zusammen. «Da hat jemand gründlich recherchiert.»

Sie legte den Kopf schief. «Ich lese den Alumni-Newsletter unserer alten Highschool.» Sie schürzte die Lippen. «Und das *Wall Street Journal*, die *New York Times*, bla, bla, bla. Also, hast du mich herbestellt, um über alte Zeiten zu reden, oder ist das ein geschäftlicher Termin?»

Seltsamerweise verspürte er plötzlich den Drang zu lächeln – was deswegen ungewöhnlich war, weil er sich normalerweise in der Gegenwart anderer Menschen nicht wohlfühlte und sich nicht erinnern konnte, wann er das letzte Mal gelächelt hatte. «Ein bisschen von beidem, um ehrlich zu sein.» Sie musste sein Angebot unbedingt annehmen, und so langsam bekam er den Eindruck, dass er jemanden wie sie nicht überzeugen konnte, solange sich ein Schreibtisch zwischen ihnen befand. «Hast du schon Pläne fürs Abendessen?»